保险精算系列教材

高等数学

（上）

孙疆明 编著

BAOXIAN JINGSUAN XILIE JIAOCAI

GAODENG SHUXUE

西南财经大学出版社
Southwestern University of Finance & Economics Press

前　言

本书是依据教育部颁布的高等学校财经类专业核心课程经济数学基础——微积分教学大纲，参考全国保险精算师考试大纲和英国瓦特大学精算和统计学本科教学大纲编写的. 因此，它既可以作为保险精算专业本科高等数学课程教材，也可以作为高等财经院校本科对数学基础要求较高的其他经济管理专业高等数学课程教材，亦可供学习本课程的自学者选用.

本书在内容上注重数学基础知识的逻辑性、完整性，同时注重数学方法、原理与经济学相关知识的结合与应用，力图在学习高等数学基本原理的同时引入数学在经济学中的运用思想. 另外，结合全国保险精算师考试大纲，在数学基础知识上有所侧重，以利课程教授与学习.

本书分上、下两册，上册为一元微积分主要部分，下册分多元微积分和一元微积分中进一步加深的一些内容. 全书共分12章，其中1~6章及10~12章为一元微积分，7~9章为矢量代数、空间解析几何初步和多元微积分.

本书的编写得到了西南财经大学保险学院领导的关心与帮助，得到了经济数学学院领导和老师的大力支持和帮助，特别是保险学院李恒琦教授为本书做出了大量工作，在此一并表示衷心感谢. 同时，也感谢西南财经大学出版社对本书的出版给予的支持和帮助.

由于编者的水平有限，书中难免存在不妥之处，恳请同行专家和读者批评指正.

目　　录

第1章　\1

§1.1　预备知识　\1

§1.2　函数概念　\3

§1.3　函数的几个简单性质　\7

§1.4　反函数与复合函数　\11

§1.5　函数分类　\15

综合练习1　\20

第2章　\23

§2.1　极限的概念　\23

§2.2　无穷小量与无穷大量　\39

§2.3　极限的运算与性质　\43

§2.4　两个重要极限　\50

§2.5　函数的连续性　\60

§2.6　连续函数的性质　\66

综合练习2　\73

第3章　\75

§3.1　导数概念　\75

§3.2　导数的运算法则与导数公式　\83

§3.3　隐函数与参数方程表示的函数求导法　\88

§3.4　高阶导数　\94

§3.5 函数的微分 \99

综合练习3 \106

第4章 \108
§4.1 中值定理 \108
§4.2 罗必达法则 \115
§4.3 函数的单调性与极值 \120
§4.4 曲线的凹向、拐点、渐近线与函数作图 \133
§4.5 泰勒公式及其应用 \141
§4.6 导数在经济分析中的应用 \149

综合练习4 \154

第5章 \155
§5.1 不定积分的概念与性质 \155
§5.2 不定积分的性质与基本积分法 \159
§5.3 换元积分法 \162
§5.4 分部积分法 \173
§5.5 几类特殊类型的函数积分 \180

综合练习5 \189

第6章 \191
§6.1 定积分的概念 \191

§6.2　定积分基本公式　　\206

§6.3　定积分积分法　　\212

§6.4　广义积分　　\223

§6.5　定积分的应用　　\236

综合练习6　　\250

第1章 函数

世间万物,无一不在一定的范围内运动变化.它们变化的规律总是透过一定的"量"的关系显现出来.

在经济活动中也是这样,不论是市场规律还是生产决策,无处不显现出"量"的确定作用.需求、供给影响着商品的价格,价格反过来又刺激商品的供给并影响商品的需求;利润激励了企业的投资,投资风险会给企业带来极大的伤害;保险为企业提供了风险防范保证,但费用太高会加大企业的成本,影响企业参保的积极性,进而影响保险业自身的发展,等等.这些关系都可通过"量"——价格、费用、成本、利润等——反映出来.要想把握这些经济规律并达到预期目的,就需要研究这些"量"及其关系.

现实世界中的"量"有些是可控或可观测的,有些则随控制(或观测)量变化.这些变化中,有些是以确定的对应关系随之而变,有些是以不确定的对应关系变化.数学分析是用分析的方法研究具有确定对应关系的量随控制(或观测)量变化的过程及其变化特征、特性的学科.

§1.1 预备知识

1.1.1 实数

1.实数的概念

形如$\dfrac{p}{q}$,$p \in \mathbf{Z}$(整数),$q \in \mathbf{Z}$,$q \neq 0$ 的数称为**有理数**,所有有理数构成的集合称为有理数集.每一个有理数在数轴上都有唯一一个点与之对应,称之为有理数点.

有理数集具有四则运算**封闭性**和**稠密性**.四则运算封闭性是指有理数加减乘除(除数不为0)后仍为有理数,对四则运算封闭的数集称为**数域**.有理数集是一个

数域,具有稠密性. 稠密性是指任意两个不同的有理数之间都有无穷多个有理数. 这一点在研究极限中很重要.

事实上,若 r_1,r_2 为两个不同的有理数,$\dfrac{r_1+r_2}{2}$ 就是介于 r_1,r_2 之间的有理数.

但是,有理数没有充满整个数轴. 如边长为 1 的正方形对角线长 $\sqrt{2}$ 就不是一个有理数. 因为若 $\sqrt{2}=\dfrac{p}{q}$,p,q 互质,则 $p^2=2q^2$,p 可以被 2 整除,即 $p=2n$,进而 $2q^2=(2n)^2=4n^2$,q 也可以被 2 整除,与 p,q 互质矛盾. 这样的数称为**无理数**.

有理数和无理数统称为**实数**. 全体实数构成的集合称为实数集,记为 R. 实数集也是一个数域,实数充满了整个数轴.

2. 实数集的上下界

定义 1.1 设 A 为一非空实数集,若存在实数 M,使得 $\forall x\in A$,有 $x\leqslant M$($\forall$ 表示任意取定),则称 A **有上界**,M 为 A 的一个上界;若存在实数 m,使得 $\forall x\in A$,有 $x\geqslant m$,则称 A **有下界**,m 为 A 的一个下界;既有上界又有下界的集合称为**有界**集合.

若集合有上(下)界,则一定不唯一. 事实上,如果 M 为上界,则 $M+1$,$M+2$ ……都是上界.

称数集 A 的上界中最小的上界为数集 A 的**上确界**,记为 $\sup A$;称数集 A 的下界中最大的下界为数集 A 的**下确界**,记为 $\inf A$.

在有理数域上,有界数集不一定有确界.

如 $A=\{x\mid x^2<2\}$ 有上界 2,但在有理数域上找不到最小的上界. 事实上最小的上界是 $\sqrt{2}$.

确界公理 实数域上非空有上界的数集必有上确界,非空有下界的数集必有下确界.

注:上确界、下确界与最大值、最小值不同,数集 A 最大值、最小值是数集 A 中的数,上(下)确界可以不是数集 A 中的数. 如上例中 $\sqrt{2}$ 就不是数集 A 中的元素.

定理 1.1 M 是非空数集 A 的上确界的充分必要条件是

$$\forall x\in A,\text{有 } x\leqslant M,\text{且对 } \forall \varepsilon>0,\exists x^*\in A,\text{使 } x^*>M-\varepsilon;$$

m 是非空数集 A 的下确界的充分必要条件是

$$\forall x\in A,\text{有 } x\geqslant m,\text{且对 } \forall \varepsilon>0,\exists x^*\in A,\text{使 } x^*<m+\varepsilon.\ (\exists \text{ 表示存在})$$

3. 区间

定义 1.2 在实数域 R 上,设 $a\leqslant b$,称介于 a、b 之间的所有实数构成的数集为一个区间. 如果该数集不含 a、b,则称之为开区间,记为 (a,b);如果该数集包含 a、b,则称之为闭区间,记为 $[a,b]$.

类似可定义半闭半开区间.

在区间中约定:在没有特别说明时,都是指的实数集合.特别地,有界开集 $\{x\mid\mid x-x_0\mid<\delta\}$ 和 $\{x\mid 0<\mid x-x_0\mid<\delta\}$ 分别称为 x_0 的 δ 邻域和 x_0 的空心 δ 邻域,记为 $U(x_0,\delta)$ 和 $\overset{\circ}{U}(x_0,\delta)$. 如图 1-1 所示.

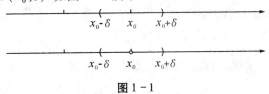

图 1-1

1.1.2 常量与变量

在研究现实问题过程中,常常要涉及许多的量.这些量有的在整个研究过程中始终保持不变,有的在研究过程中可取不同数值,有的则在研究过程某个阶段保持不变,但在不同的阶段又可取不同数值,等等.

在整个研究过程中保持不变的量称为**常量**.常量又分为数字常量和符号常量.

例如钢铁的密度 7.8,地球上平均重力加速度 9.8 等就是数字常量;而在市场问题中,当价格不变时,销售收入与销售量成正比,其中的比例系数(价格)就是符号常量.符号常量通常用小写英文字母 $a,b,c,\cdots$ 表示.

在研究过程中可取不同数值的量称为**变量**.

例如在生产过程中,研究一段时间内产品的产量.这里时间可取不同数值,随时在"变";产量在不同的时刻也可能为不同的数值,它们都是变量.变量常用英文字母 $x,y,z,\cdots$ 表示.

如果一个量在研究过程中某个阶段保持不变,但在不同的阶段又可取不同数值,称之为**参数常量**或简称参数.参数在研究过程的每个阶段内为常量,而当阶段不同时则发生变化.例如在价格不变时研究商品的销售收入,每一种商品的销售收入中价格都是常量,但是,从一种商品换为另一种商品时,价格通常会发生改变,价格就是一个参数.参数常用希腊字母 $\alpha,\beta,\gamma,\cdots$ 表示.

§1.2 函数概念

函数是一种对应关系,是一个量随其他量变化的关系,是数学分析所研究的基本对象.本节将给出函数的定义.

1.2.1 函数定义

定义 1.3 设 x,y 为两个变量,若变量 x 在其变化集合 I 上任意取定一实数,通过某个确定的对应规则 f,变量 y 都有唯一一个确实的实数值与之对应,则称对应规则 f 是定义在集合 I 上的一个函数.并记为 $y=f(x)$.

其中 x 称为**自变量**，I 称为**定义域**，记为 $D(f)$（或 D_f），y 称为**因变量**（也称为函数变量）.

根据定义可知，函数是一个对应关系，通过这个关系，对定义域 I 上任意一个实数都可以得到唯一一个确定的对应实数值，称之为**函数值**，$f(x)$ 就是 x 对应的函数值. 定义域 I 对应的函数值的集合称为值域，记为 $f(I)$.

值得指出是，函数 f 与 $f(x)$ 是有所区别的.

例如 $f(x) = \dfrac{\sin^2 x}{1 + x^2}$ 中，函数 f 是对定义域中取定的数值作正弦运算再平方作分子，以这个取定数值的平方加 1 作分母这样一个运算规则，即 $f(\ ) = \dfrac{\sin^2(\ )}{1 + (\ )^2}$，而 $f(x)$ 除表示这个运算规则外，还表示对 x 运算的结果 $\dfrac{\sin^2 x}{1 + x^2}$.

例1 设 $f(x) = \dfrac{2^x \cos x}{3x - 5}$，$D(f) = (-1, 1]$，求 $f(0)$，$f(1)$.

解 $f(0) = \dfrac{2^0 \cos 0}{3 \times 0 - 5} = -\dfrac{1}{5}$；$f(1) = \dfrac{2^1 \cos 1}{3 \times 1 - 5} = -\cos 1$.

一般情况下，当自变量 x 在定义域内取不同值时，对应的函数值 $f(x)$ 也可能取不同值，即 x 变化时，函数值也随之而变，故函数也可以理解为一个变量（因变量）随另一个变量（自变量）变化的规则.

如市场问题中，需求量 Q、供给量 S 随价格 p 变化，若记 Q 随 p 变化的对应关系为 f，S 随 p 变化的对应关系为 g，则市场变化规律可记为 $Q = f(p)$ 和 $S = g(p)$，市场均衡（供给等于需求）问题变为是否存在价格 $p(>0)$，使 $f(p) = g(p)$，即方程 $f(p) - g(p) = 0$ 是否存在正实根的问题.

函数的定义域 $D(f)$ 是指函数 f 有意义的自变量集合. 这里"有意义"包含两层意思：

（1）如果函数 f 给定的同时，指定了定义域 I，这时函数 f 只能对集合 I 内的实数进行运算. 该集合之外的数值，即使形式上可以通过 f 关系得到对应值，仍认为无定义. 即对应的实数值不是 f 的函数值.

（2）如果给定函数 f 时，没有指定定义域，函数的定义域 $D(f)$ 为使 f 运算有意义的所有实数.

例2 设 $f(x) = \begin{cases} x \sin x, & 0 \leqslant x < 1 \\ x - \lg(1 - x), & -2 \leqslant x < 0 \end{cases}$，求 $f(x)$ 的定义域.

解 $D(f) = [0, 1) \cup [-2, 0) = [-2, 1)$.

这里 $f(x)$ 给定时，指定了允许运算的自变量 x 的集合，并且当 $0 \leqslant x < 1$ 时，要用

$x\sin x$ 对应函数值, $-2 \leqslant x < 0$ 时, 要用 $x - \lg(1-x)$ 对应函数值; 对其他实数, 两式尽管可以对应实数值, 但不再是 f 对应的函数值, 因此, 函数 f 对这些实数无定义.

例3 求 $f(x) = \dfrac{\sqrt{2-x^2}}{\lg(1+x)}$ 的定义域 $D(f)$.

解 函数要有意义, 则

$$2 - x^2 \geqslant 0, 1 + x > 0, \text{且} \lg(1+x) \neq 0,$$

解得 $|x| \leqslant \sqrt{2}, x > -1$ 且 $x \neq 0$,

所以 $D(f) = (-1, 0) \cup (0, \sqrt{2}]$. (这里 "$\cup$" 表示集合的并集运算)

对于函数, 一旦定义域 $I = D(f)$ 和对应关系 f 被确定, 其函数值 $f(x)$ 及其值域 $f(I)$ 也完全被确定. 因此, 定义域和对应关系称为函数的两要素.

反之, 如果有两个函数 f、g 定义域相同 (设 $I = D(f) = D(g)$), 且 $\forall x_0 \in I$, 有 $f(x_0) = g(x_0)$, 则说明 f、g 是同一个对应规则, 是 I 上同一个函数, 称之为两**函数相等**. 且记为 $f(x) = g(x)$.

例4 下列函数哪些相等.

$$f_1(x) = x, f_2(x) = \sqrt{x^2}, f_3(t) = |t|, f_4(u) = (\sqrt{u})^2.$$

解 f_1, f_2, f_3 的定义域为 $(-\infty, +\infty)$, f_4 的定义域为 $[0, +\infty]$

由定义域不同, 知 f_4 与其他函数都不相等;

$\forall x \in (-\infty, +\infty)$, 当 $x < 0$ 时,

$$f_1(x) = x < 0, f_2(x) = \sqrt{x^2} = -x > 0, f_3(x) = |x| = -x > 0$$

所以 f_1 与 f_2, f_3 不等.

而 f_2, f_3 两函数尽管变量字母不同, 表达形式也不同, 但是定义域相同, 对定义域内任意 x_0, 两函数对应的函数值都是 $|x_0|$, 所以

$$f_2(x) = f_3(x)$$

1.2.2 函数的表示法

函数的表示方法有多种形式, 常用的有下列几种:

1. 公式法

公式法也叫**解析法**, 是指用数学解析公式表示函数的对应规则. 这种方法表示的函数便于用解析的方法讨论, 因此是数学分析讨论的主要函数形式.

如例1、例2、例3中的函数都属于公式法表示的函数, 其中例2的函数在定义域的不同集合上用不同解析式表示同一个函数, 称之为**分段函数**.

再如, 函数 $f(x) = |x| = \begin{cases} -x, & x < 0 \\ x, & x \geqslant 0 \end{cases}$, $\mathrm{sgn}(x) = \begin{cases} 1, & x > 0 \\ 0, & x = 0 \\ -1, & x < 0 \end{cases}$ 等都是分段函数,

$\text{sgn}(x)$ 叫做符号函数.

2. 列表法

如果两个变量间的对应关系 f 不便用解析式表示,而只能测得两变量的对应数值,则可以通过列表方式反映其对应关系,这种表示函数关系的方法为**列表法**.

设某商品的售价与平均月销售量如下表:

售价(元)	20	18	17	15	14	13	11
销售量(件)	55 182	60 985	64 112	70 855	74 488	78 307	86 543

这个表格就是销售量与价格之间的函数关系.

3. 图示法

股市的走势图是我们了解股市变化的重要依据. 通过走势图,任意取定一个时刻,都有唯一的股价、成交量等与之对应,因此,股票走势图形反映了股价、成交量随时间变化的对应关系——函数. 这种函数关系的表示方法称为函数的**图示法**.

同样,心电图、脑电图、气象图、地震图也是医学、气象学、地质学中常用的函数表示形式.

4. 符号法

在研究现实问题的过程中,经常还会遇到已知两变量之间有确定的对应关系,但具体对应规则不十分清楚(特别是初次被研究的量)的情况,这时,可直接用函数符号 $f(x)$ 描述这种对应关系,称之为**抽象函数**.

这种函数表示法是经济研究中最常用的方法. 这是因为经济中大部分变量之间的对应关系,我们了解的都还很少,无法准确描述其对应关系. 同时,经济中许多变量之间的对应关系在不同外部环境下对应关系也不一样,若用某一个具体的函数关系表述,得到的结论也不具有广泛的适用性,而用函数符号则可以得到具有更一般性的结果.

抽象函数的研究都要从函数的性质出发.

习题 1.2

1. 求下列函数的定义域.

(1) $y = \sqrt{x-1}$

(2) $y = \sqrt{\cos 2x}$

(3) $y = \sqrt{\dfrac{1-x}{1+x}}$

(4) $y = \dfrac{1}{\ln x}$

(5) $y = \arcsin \dfrac{x}{1-x}$

(6) $y = \lg[\lg(x^2 + 8x + 15)]$

2. 设 $f(x) = \log_a x$,证明:

$$(1)f(x) + f(y) = f(xy) \qquad\qquad (2)f(x) - f(y) = f\left(\frac{x}{y}\right)$$

3. 设 $\mathrm{sh}x = \dfrac{e^x - e^{-x}}{2}$，$\mathrm{ch}x = \dfrac{e^x + e^x}{2}$，$\mathrm{th}x = \dfrac{\mathrm{sh}x}{\mathrm{ch}x}$，证明：

$$(1)\ \mathrm{ch}^2 x - \mathrm{sh}^2 x = 1 \qquad\qquad (2)\ \mathrm{ch}^2 x + \mathrm{th}^2 x = 1$$

4. 下列各题中两函数是否相等？

$$(1)\ \sqrt{x^2},(\sqrt{x})^2 \qquad (2)\ \ln x,\frac{1}{2}\ln x^2 \qquad (3)\ \arctan x,\mathrm{arccot}\frac{1}{x}$$

§1.3　函数的几个简单性质

研究函数就是要了解函数的各种性质,特别是未知的抽象函数,性质是我们认识函数的必经之路. 本节主要复习一下初等数学中已涉及到的函数的几个性质.

1.3.1　单调性(增减性)

定义1.4　设 f 是定义在 D 上的函数, $\forall x_1,x_2 \in D$, 若 $x_1 < x_2$ 时,恒有 $f(x_1) < f(x_2)(f(x_1) \leqslant f(x_2))$ 则称 f 是 D 上单调增加(不减)的函数;若 $x_1 < x_2$ 时,恒有 $f(x_1) > f(x_2)(f(x_1) \geqslant f(x_2))$ 则称 f 是 D 上单调减少(不增)的函数.

例如 $y = \dfrac{1}{x}$ 在 $(-\infty,0)$ 和 $(0,+\infty)$ 上都是单调减少函数,但在定义域上不是单调减少函数.

记 $f(x) = \dfrac{1}{x}$,因为 $\forall x_1,x_2 \in (-\infty,0)$,当 $x_1 < x_2$ 时,

$$f(x_1) - f(x_2) = \frac{x_2 - x_1}{x_1 x_2} > 0$$

恒成立,所以, f 在 $(-\infty,0)$ 上单调减少;

类似可证 f 在 $(0,+\infty)$ 上也单调减少.

但是,在定义域 $D = (-\infty,0) \cup (0,+\infty)$,设 $x_1 < 0,x_2 > 0$,则 $x_1,x_2 \in D$,且 $x_1 < x_2$,但

$$f(x_1) - f(x_2) = \frac{x_2 - x_1}{x_1 x_2}$$

由 $x_1 x_2 < 0,x_2 - x_1 > 0$,得 $f(x_1) < f(x_2)$,即 f 不是 D 上单调减少函数.

函数的单调性除用定义讨论外,还有其他方法. 第四章将介绍利用导数研究函数单调性的方法.

1.3.2 奇偶性(对称性)

定义1.5 设 $f(x)$ 的定义域为 D,如果 $\forall x \in D$ 恒有 $f(-x) = f(x)$,则称 $f(x)$ 为偶函数;如果 $\forall x \in D$ 恒有 $f(-x) = -f(x)$,则称 $f(x)$ 为奇函数;否则称 $f(x)$ 为非奇非偶函数.

例如 $x, \sin x, x^3, \sqrt[3]{x}$ 等为奇函数,$x^2, |x|, \cos x$ 等为偶函数.

根据定义可知,奇、偶函数定义域一定是关于原点对称的集合.例如 $\sqrt{x}$ 因在 $x < 0$ 时无定义,因此一定是非奇非偶函数.

例1 证明 $f(x) = a^x - a^{-x}$ 为奇函数.

证 $f(-x) = a^{-x} - a^{-(-x)} = -(a^x - a^{-x}) = -f(x)$,所以 $f(x)$ 为奇函数.

例2 设 $f(x)$ 在 $(-l, l)$ 上有定义,证明 $f(x) + f(-x)$ 为 $(-l, l)$ 上的偶函数.

证 设 $F(x) = f(x) + f(-x)$,则对 $\forall x \in (-l, l)$ 有

$$F(-x) = f(-x) + f[-(-x)] = f(-x) + f(x) = F(x)$$

所以 $F(x)$ 也即 $f(x) + f(-x)$ 为 $(-l, l)$ 上的偶函数.

类似可证明 $f(x) - f(-x)$ 是 $(-l, l)$ 上的奇函数.

进而由

$$\frac{1}{2}\{[f(x) + f(-x)] + [f(x) - f(-x)]\} = f(x)$$

可得:任意在对称区间有定义的函数都可以表示为一个奇函数和一个偶函数之和.

偶函数图形上的点 $(-x, f(-x)) = (-x, f(x))$ 与 $(x, f(x))$ 关于 Y 轴对称,因此,偶函数图形关于 Y 轴对称;

奇函数图形上的点 $(-x, f(-x)) = (-x, -f(x))$ 与 $(x, f(x))$、原点在一条直线上,并且点 $(x, f(x))$ 与点 $(-x, f(-x))$ 到原点距离相等,称之为关于原点对称.奇函数图形关于原点对称.

1.3.3 周期性

定义1.6 设 $f(x)$ 的定义域为 $D(f)$,a 为非零常数,如果 $\forall x \in D(f)$,恒有 $f(x+a) = f(x)$,则称 $f(x)$ 为**周期函数**,a 为函数的一个**周期**.

根据定义,若 a 为 $f(x)$ 的一个周期,则因为

$$f(x+2a) = f((x+a)+a) = f(x+a) = f(x)$$

所以 $2a$ 也是 $f(x)$ 的一个周期.

由

$$f(x) = f((x-a)+a) = f(x-a)$$

知,$-a$ 也是 $f(x)$ 的一个周期.因此,周期函数一定存在无穷多个周期.且因

$x \in D(f)$ 时，$x \neq a, x \neq 2a \cdots \in D(f)$，所以 $D(f)$ 是既无上界也无下界的集合.

如果周期函数 $f(x)$ 的周期 a 中存在最小的正周期 T，则称 T 为周期函数 $f(x)$ 的函数周期.

例如三角函数 $\sin x$、$\cos x$、$\tan x$、$\cot x$ 都是周期函数，$\pm 2\pi$，$\pm 4\pi$，$\cdots$ 都是它们的周期，但 $\sin x$、$\cos x$ 的函数周期为 2π，$\tan x$、$\cot x$ 的函数周期为 π.

例3 证明 $D(x) = \begin{cases} 1, & x \text{ 为有理数} \\ 0, & x \text{ 为无理数} \end{cases}$ 为周期函数，但不存在函数周期.

证 设 $a \neq 0$ 为有理数，对任意实数 x，若 x 为有理数，则 $x + a$ 为有理数，有

$$D(x + a) = 1 = D(x)$$

若 x 为无理数，则 $x + a$ 为无理数，有

$$D(x + a) = 0 = D(x)$$

根据定义知 $D(x)$ 是周期函数，非0有理数 a 都是 $D(x)$ 的一个周期；

因为不存在最小的正有理数，因此，$D(x)$ 不存在函数周期.

若要证明一个函数没有周期，则要证明对任何非零常数 T，都存在 x_0 使得 $f(x_0 + T) \neq f(x_0)$.

例4 证明 $f(x) = x\sin x$ 不是周期函数.

证 设 T 为 $f(x)$ 的周期，则由

$$f(0 + T) = T\sin T = 0 = f(0)$$

$$f\left(\frac{\pi}{2} + T\right) = \left(\frac{\pi}{2} + T\right)\sin\left(\frac{\pi}{2} + T\right) = f\left(\frac{\pi}{2}\right) = \frac{\pi}{2} \text{ 及 } \quad T \neq 0$$

得

$$\sin T = 0, \left(\frac{\pi}{2} + T\right)\cos T = \frac{\pi}{2}$$

解得

$$T = -\pi$$

而

$$f\left(\frac{\pi}{6} - \pi\right) = \frac{5\pi}{12}, f\left(\frac{\pi}{6}\right) = \frac{\pi}{12}, f\left(\frac{\pi}{6} - \pi\right) \neq f\left(\frac{\pi}{6}\right)$$

所以 $f(x) = x\sin x$ 不是周期函数.

例5 证明若 T 为 $f(x)$ 的函数周期，$a \neq 0$，则 $\omega = \dfrac{T}{|a|}$ 为 $f(ax + b)$ 的函数周期.

证 因为

$$f(a(x + \omega) + b) = f(ax + b \pm T) = f(ax + b)$$

所以 ω 是 $f(ax + b)$ 的一个周期.

如果 ω 不是 $f(ax+b)$ 的函数周期,则存在 $0<T_0<\omega$,使得

$$f(a(x+T_0)+b)=f(ax+b+aT_0)=f(ax+b)$$

即 $|a|T_0$ 是 $f(x)$ 的一个周期,且

$$|a|T_0<|a|\omega=T$$

与 T 是 $f(x)$ 的函数周期发生矛盾. 所以 $\omega=\dfrac{T}{|a|}$ 必是 $f(ax+b)$ 的函数周期.

1.3.4 有界性

定义1.7 设 $f(x)$ 在 D 上有定义,如果 $\exists M$ 常数,使得 $\forall x\in D$,恒有 $f(x)\leqslant M$,则称函数 $f(x)$ 在 D 有**上界**,M 为 $f(x)$ 在 D 上的一个上界;如果 $\exists m$ 常数,使得 $\forall x\in D$,恒有 $f(x)\geqslant m$ 则称 $f(x)$ 在 D 上有**下界**,m 为 $f(x)$ 在 D 上的一个下界;如果 $f(x)$ 在 D 上既有上界,又有下界,则称 $f(x)$ 在 D 上**有界**.

定理1.2 函数 $f(x)$ 在 D 上有界的充分必要条件是 $\exists M>0$,使得 $\forall x\in D$,有 $|f(x)|\leqslant M$.

证 (充分性) 由 $\forall x\in D$,$-M\leqslant f(x)\leqslant M$ 得,M、$-M$ 分别分 $f(x)$ 在 D 上的上界、下界,所以 $f(x)$ 有界.

(必要性) 因为 $f(x)$ 有界,根据定义,$\exists a,b$ 使得 $\forall x\in D$ 有

$$a\leqslant f(x)\leqslant b$$

记 $M=\max\{|a|,|b|\}$,则有

$$-M\leqslant-|a|\leqslant a\leqslant f(x)\leqslant b\leqslant|b|\leqslant M$$

即有 $|f(x)|\leqslant M$.

例5 证明 $f(x)=\dfrac{x}{1+x^2}$ 在定义域上有界.

证 $f(x)$ 的定义域为 R,$\forall x\in R$,因为 $1+x^2\geqslant 2|x|$,所以

$$|f(x)|=\frac{|x|}{1+x^2}\leqslant\frac{1}{2}$$

即 $f(x)$ 在 R 上有界.

习题1.3

1. 讨论 $y=x^2$ 在 $(-\infty,0)$ 上的单调性.

2. 设 $f(x)>0$,且在 D 上单调增加,证明 $g(x)=\dfrac{1-f(x)}{1+f(x)}$ 在 D 上单调减少.

3. 求下列函数的函数周期.

(1) $\sin 3x$ (2) $\cos\dfrac{\pi}{3}x$ (3) $\tan(1-2x)$

4. 设 $f(x)$ 是以 2π 为周期的偶函数, 且在 $[0,\pi]$ 上 $f(x)=x$, 求 $f(x)$.

5. 讨论函数 $f(x)=\ln(\sqrt{1+x^2}+x)$ 的奇偶性.

6. 设 $f(x)$ 为奇函数, 证明 $f[f(x)]$ 为偶函数.

7. 证明 $f(x)=\dfrac{1}{x}\sin\dfrac{1}{x}$ 在 $(0,1)$ 上无界.

§1.4　反函数与复合函数

变量之间的对应关系, 可以很简单, 也可以十分复杂. 如果复杂的函数可以通过一系列简单函数的运算得到, 就可以借助简单函数的性质了解复杂函数的规律与特性.

1.4.1　反函数

在初等数学中我们都知道, $y=x^3$ 是定义在实数域 R 上的函数, 值域也为 R. 反之对于值域 R 上任一实数 y, 通过上式也有唯一的 $x=\sqrt[3]{y}$ 与之对应, 即 $y=x^3$ 在值域上还定义了另一个函数 $x=\sqrt[3]{y}$. 这样成对出现的函数称之互为反函数.

定义 1.8　设 $y=f(x)$ 是定义在 D 上的函数, 值域为 $Y=f(D)$. 如果 $\forall y\in Y$, 通过 $y=f(x)$, 在 D 上也有唯一的 x 与之对应, 则 $y=f(x)$ 在 Y 上定义了一个以 y 为自变量, x 为因变量的新函数, 记为

$$x=f^{-1}(y),\ y\in Y=f(D)$$

并称之为 $y=f(x)$ 的**反函数**.

在作函数图形时, 习惯上通常取函数值为平面直角坐标系中的纵坐标, 自变量为横坐标. 故约定 $y=f(x)$ 的反函数 $x=f^{-1}(y)$ 记为

$$y=f^{-1}(x),\ x\in Y$$

以后, 在没有特别说明时, 反函数都是指约定的习惯上的反函数.

注: $y=f(x)$ 与 $x=f^{-1}(y)$ 是同一对应关系的不同表示形式, 因此, 图形是同一条曲线; 而 $y=f^{-1}(x)$ 是交换 $x=f^{-1}(y)$ 的 x、y 得到.

在直角坐标系中, 点 (x,y) 与 (y,x) 是关于直线 $y=x$ 对称的点, 因此 $y=f^{-1}(x)$ 的图形与 $x=f^{-1}(y)$ (即 $y=f(x)$) **关于直线 $y=x$ 对称**. 如图 1-2 所示.

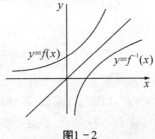

图 1-2

根据反函数的定义,欲求 $y = f(x)$ 的反函数 $y = f^{-1}(x)$,应先从 $y = f(x)$ 中解出反函数关系 $x = f^{-1}(y)$,再将式中 x、y 交换即可.

例1   求 $y = \dfrac{x}{1+x}$ 的反函数.

解   由 $y = \dfrac{x}{1+x}$,解得

$$x = \frac{y}{1-y}$$

所以 $y = \dfrac{x}{1+x}$ 的反函数为

$$y = \frac{x}{1-x}, x \neq 1$$

例2   设 $f(x) = \dfrac{a^x - a^{-x}}{2}(a > 0)$,求 $f^{-1}(x)$.

解   记 $f(x) = y$,由 $y = \dfrac{a^x - a^{-x}}{2}$,解得

$$x = \log_a(\sqrt{1+y^2} + y)$$

所以

$$f^{-1}(x) = \log_a(x + \sqrt{1+x^2})$$

例3   求 $f(x) = \sqrt[3]{x + \sqrt{1+x^2}} + \sqrt[3]{x - \sqrt{1+x^2}}$ 的反函数 $f^{-1}(x)$.

解   设 $f(x) = y$,则

$$y = \sqrt[3]{x + \sqrt{1+x^2}} + \sqrt[3]{x - \sqrt{1+x^2}}$$

由 $y^3 = 2x - 3y$,解得

$$x = \frac{1}{2}(y^3 + 3y)$$

所以

$$f^{-1}(x) = \frac{1}{2}(x^3 + 3x)$$

由定义可得反函数存在定理:

定理1.3   若函数 $y = f(x)$ 在 D 上单调增加(或减少),则存在反函数 $y = f^{-1}(x), x \in f(D)$,且此反函数在 $f(D)$ 上也单调增加(或减少).

根据定理1.3,如果函数 $y = f(x)$ 没有反函数,可在其定义域中取函数单调的一个子区间,在此区间上,函数一定存在反函数. 如此得到的反函数称为取函数的单值枝.

如 $\sqrt{x}$ 是函数 x^2 的单值枝.

反三角函数 arcsin$x$、arccos$x$、arctan$x$、arccot$x$ 等分别为三角函数 sin$x$、cos$x$、tan$x$、cot$x$ 在主值部分的单值枝.

其中 $-\dfrac{\pi}{2}\leqslant\text{arcsin}x\leqslant\dfrac{\pi}{2}$，$0\leqslant\text{arccos}x\leqslant\pi$，$-\dfrac{\pi}{2}<\text{arctan}x<\dfrac{\pi}{2}$，$0<\text{arccot}x<\pi$.

1.4.2 复合函数

简单函数可以通过运算,定义复杂的函数. 反过来,许多复杂的函数都是一些简单函数的运算结果. 通过函数运算定义的新函数就是复合函数.

定义1.9 设 $y=f(u)\quad u\in D_f$，$u=g(x)\quad x\in D_g$ 为两个函数. 如果 $g(D_g)\cap D_f\neq\varnothing$，则 $\forall x\in D_g\cap\{x|g(x)\in D_f\}$，通过 u 的联系,有唯一的 y 与之对应,即函数 f，g 构成一个新函数,称此函数为 f 与 g 复合而成的**复合函数**,记为

$$y=f[g(x)]\qquad x\in D_g\cap\{x|g(x)\in D_f\}$$

根据复合函数概念, f 与 g 的复合函数 $y=f[g(x)]$ 就是用 $g(x)$ 替换 $f(x)$ 的自变量,而 $f[g(x)]$ 能否构成函数关键在于 $g(D_g)\cap D_f$ 是否非空. $f[g(x)]$ 的定义域为 $D_g\cap\{x|g(x)\in D_f\}$.

例4 设 $f(x)=2^x$，$g(x)=x^2$，求 $f[g(x)]$，$g[f(x)]$.

解 $f[g(x)]=2^{x^2}$，$g[f(x)]=(2^x)^2=2^{2x}=4^x$.

例5 设 $f(x)$ 的定义域为 $[-1,1)$，求 $f(a-x^2)$ 的定义域.

解 要使 $f(a-x^2)$ 有意义,应有 $-1\leqslant a-x^2<1$.

当 $a<-1$ 时无解, $f(a-x^2)$ 的定义域为空集;

当 $-1\leqslant a<1$ 时,由 $a-1<x^2\leqslant a+1$ 及 $x^2\geqslant0$ 得 $f(a-x^2)$ 的定义域为 $[-\sqrt{1+a},\sqrt{1+a}]$；

当 $a\geqslant1$ 时,由 $a-1<x^2\leqslant a+1$ 得 $\sqrt{a-1}<|x|\leqslant\sqrt{a+1}$，即 $f(a-x^2)$ 的定义域为 $[-\sqrt{a+1},-\sqrt{a-1})\cap(\sqrt{a-1},\sqrt{a+1}]$.

例6 设 $f(x)=\dfrac{x}{1+x}$，求 $f[f(x)]$.

解 $f[f(x)]=\dfrac{f(x)}{1+f(x)}=\dfrac{\dfrac{x}{1+x}}{1+\dfrac{x}{1+x}}=\dfrac{x}{1+2x}$.

若要复合函数有意义,则应有 $f(x)\neq-1$ 且 $x\neq-1$.联立解得复合函数的定义域为 $x\neq-1$，$x\neq-2$.

例7 设 $f(x) = \begin{cases} x^2 + 1, & |x| \leqslant 1 \\ \sin x, & |x| > 1 \end{cases}$，$g(x) = \begin{cases} e^x, & x \leqslant 1 \\ \sqrt{x}, & x > 1 \end{cases}$，求 $f[g(x)]$.

解 $f[g(x)] = \begin{cases} g^2(x) + 1, & |g(x)| \leqslant 1 \\ \sin g(x), & |g(x)| > 1 \end{cases} = \begin{cases} e^{2x} + 1, & x \leqslant 0 \\ \sin e^x, & 0 < x \leqslant 1. \\ \sin \sqrt{x}, & x > 1 \end{cases}$

运用复合运算除了可以利用简单函数构造新的复杂函数外,反过来也可以把一个复杂函数分解为许多简单函数的复合. 所谓简单函数是指幂函数、指数函数、对数函数、三角函数、反三角函数、常数及其只做四则运算而成的函数. 如 $x^2 + 1$, $2^x + 3\sin x$ 等.

例8 将 $f(x) = \sqrt{\log_3(1 + 2^x)}$ 分解为简单函数.

解 设 $y = f(x)$，$u = \log_3(1 + 2^x)$，$v = 1 + 2^x$，$w = 2^x$，则

函数 $f(x) = \sqrt{\log_3(1 + 2^x)}$ 被分解为 $y = \sqrt{u}$，$u = \log_3 v$，$v = 1 + w$，$w = 2^x$ 几个简单函数的复合.

注：函数分解一般是不唯一的,如上例函数也可分解为 $y = \sqrt{u}$，$u = \log_3 v$，$v = 1 + 2^x$.

例9 设 $f(\ln x) = \dfrac{\tan x}{1 + x^2}$，求 $f(x)$. ($\ln$ 是以无理数 e 为底的对数)

解法一：设 $\ln x = u$，则 $x = e^u$，从而 $f(u) = \dfrac{\tan e^u}{1 + e^{2u}}$，所以

$$f(x) = \frac{\tan e^x}{1 + e^{2x}}$$

解法二：因为 $f(\ln x) = \dfrac{\tan x}{1 + x^2} = \dfrac{\tan e^{\ln x}}{1 + (e^{\ln x})^2}$，所以

$$f(x) = \frac{\tan e^x}{1 + e^{2x}}$$

习题1.4

1. 求下列函数的反函数.

(1) $y = x^3 + 1$

(2) $y = 2^x - 2^{-x}$

(3) $y = 2\arctan 2x$

(4) $y = \ln(x + 1) - \ln(2x + 1)$

2. 证明 $y = \dfrac{1 + x}{1 - x}$ 的反函数与直接函数相等.

3. 求下列各题中的复合函数.

(1)$y = u^2, u = 2^x$，求 $y(x)$；

(2)$f(x) = \sin x, g(x) = x\ln(1 + x^2)$，求 $f[g(x)], g[f(x)]$；

(3)$f(x) = \sqrt{1 - x}, g(x) = x^2 + 2$，求 $f[g(x)], g[f(x)]$；

(4)$f(x) = \arccos x, g(x) = e^{x-1}$，求 $f[g(x)], g[f(x)]$．

4. 设 $f(x) = \dfrac{1 + x}{1 - x}$，求 $f\{f[f(x)]\}$．

5. 将下列函数分解为简单函数．

(1)$y = \sin(1 - e^{-x^2})$ 　　　　　　　(2)$y = \ln(1 + \sqrt{1 + x^2})$

(3)$y = \dfrac{1}{3^{\tan(1-x)}}$ 　　　　　　　(4)$y = \arctan(1 - \sin x)$

6. 求下列各题中复合函数．

(1)$f(x) = \begin{cases} 1, & x > 0 \\ 0, & x = 0 \\ -1, & x < 0 \end{cases}$，$g(x) = x^2$，求 $f[g(x)], g[f(x)]$；

(2)$f(x) = \sin x, g(x) = \begin{cases} x^2, & |x| \leq 1 \\ \dfrac{1}{x}, & |x| > 1 \end{cases}$，求 $f[g(x)], g[f(x)]$．

§1.5　函数分类

由函数概念可知，现实社会中具有函数关系的量是最常见的量，而对应的函数关系却是千差万别．但是，在这千差万别的函数中，有许多又在某些方面具有共同的特性，如 $y = ax + b$ 在 a、b 取不同数值时，得到不同的函数，但是它们有一个共同的特性——直线．如果把具有某些共同特性函数作为一类，就可以利用共同特性简化研究过程．

1.5.1　基本初等函数

下列六类函数统称为基本初等函数：

1. 常数函数 　　　$y = c, c$ 为常数．

此函数的对应规则是自变量取任何实数，对应的函数值是同一数值 c．因此，函数定义域为 R，值域为 $\{c\}$，是单调不增且单调不减的偶函数，任何非 0 实数都是周期，但是没有函数周期，有界．

特别地，当 $c = 0$ 时，既是偶函数，又是奇函数．

2. 幂函数 　　　$y = x^\alpha, \alpha \neq 0$ 为常数．

幂函数定义域随着 α 不同而有所区别，但在 $(0, +\infty)$ 上都有定义且都过

(1,1)点;在$(0,+\infty)$上,当$\alpha>0(\alpha<0)$时,函数单调增加(减少);当α为奇(偶)数时,函数为奇(偶)函数;无周期,无界.反函数(如果存在)仍是幂函数.如图1-3所示.

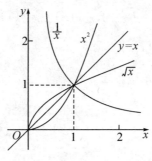

图 1-3

3. 指数函数 $\qquad y=a^x,0<a\neq1$.

定义域为 **R**,当$a>1$时单调增加,当$a<1$时单调减少;无上界,下确界为0.如图1-4所示.特别地,以无理数e为底的指数函数e^x也记为$\exp(x)$.

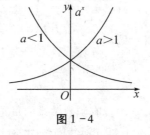

图 1-4

4. 对数函数 $\qquad y=\log_a x,0<a\neq1$.

对数函数$y=\log_a x$与指数函数$y=a^x$互为反函数,定义域为$(0,+\infty)$;当$a>1$时单调增加,当$a<1$时单调减少;无界.如图1-5所示.特别地,以无理数e为底的对数函数$\log_e x$简记为$\ln x$.

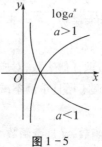

图 1-5

5. 三角函数

基本初等函数中,三角函数包括正弦函数$\sin x$、余弦函数$\cos x$、正切函数$\tan x$、

余切函数 $\cot x$、正割函数 $\sec x$ 和余割函数 $\csc x$. 其中 $\sin x$、$\cos x$ 定义域为 R,周期为 2π,$|\sin x| \leq 1$,$|\cos x| \leq 1$,有界;$\tan x$、$\cot x$ 以 π 为周期,$\sec x$、$\csc x$ 以 2π 为周期. 见图 1-6.

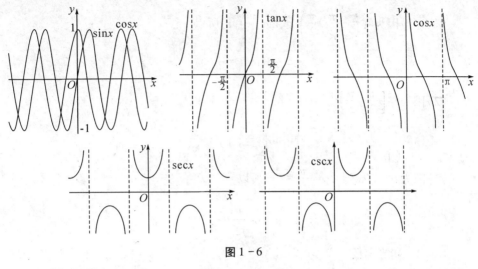

图 1-6

6. 反三角函数

三角函数 $\sin x$、$\cos x$、$\tan x$、$\cot x$ 在主值部分的反函数称为这些函数的反三角函数,分别记为

$$y = \arcsin x, \ -\frac{\pi}{2} \leq y \leq \frac{\pi}{2}$$

$$y = \arccos x, 0 \leq y \leq \pi$$

$$y = \arctan x, \ -\frac{\pi}{2} < y < \frac{\pi}{2}$$

$$y = \text{arccot} x, 0 < y < \pi$$

图形如图 1-7 所示.

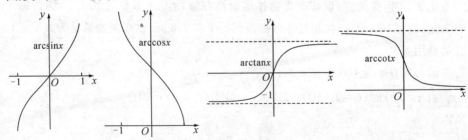

图 1-7

反三角函数的函数值可以通过三角(直接)函数求得.

例 1 求下列反三角函数值.

(1) $\arctan 1$ 　　　　(2) $\arcsin\left(-\dfrac{1}{2}\right)$ 　　　　(3) $\arccos\dfrac{1}{\sqrt{2}}$

解 (1) 因为在 $\left(-\dfrac{\pi}{2},\dfrac{\pi}{2}\right)$ 上, $\tan\dfrac{\pi}{4}=1$, 所以

$$\arctan 1 = \frac{\pi}{4}$$

(2) 因为在 $\left[\dfrac{\pi}{2},\dfrac{\pi}{2}\right]$ 上, $\sin\left(-\dfrac{\pi}{6}\right)=-\dfrac{1}{2}$, 所以

$$\arcsin\left(-\frac{1}{2}\right)=-\frac{\pi}{6}$$

(3) 因为在 $[0,\pi]$ 上, $\cos\dfrac{\pi}{4}=\dfrac{1}{\sqrt{2}}$, 所以

$$\arccos\frac{1}{\sqrt{2}}=\frac{\pi}{4}$$

1.5.2 初等函数

由基本初等函数经过有限次四则运算和有限次复合运算且用一个式子表达的函数称为**初等函数**. 如: $y=x^2+\sin x$, $y=\ln\arctan(1+e^x)$, $y=\cos\sqrt{1+x^2}$ 等都是初等函数.

1.5.3 分段函数

除初等函数外,都是非初等函数.

非初等函数种类很多,其中在定义域的不同区间上用不同表达式(两个及以上)表达的函数适合用解析的方法讨论,称之为**分段函数**.

如 $|x|=\begin{cases}x,&x\geqslant 0\\-x,&x<0\end{cases}$ 就是一个分段函数.

例 2 (运费函数)设某类货物托运价格在货物重量不超过 100 千克时,每千克 2 元;超过 100 千克时,超过部分提高到每千克 2.8 元. 试求货物重量为 x 千克时托运费用 C .

解 当 $0\leqslant x\leqslant 100$ 时, $C=2x$;

当 $x>100$ 时, $C=2\times 100+2.8\times(x-100)=2.8x-80$;

所以

$$C(x)=\begin{cases}2x,&0\leqslant x\leqslant 100\\2.8x-80,&x>100\end{cases}$$

分段函数的定义域为各段区间的并集. 其复合函数可能是分段函数,也有可能

是初等函数.

例3 设 $f(x) = \arcsin x, g(x) = \begin{cases} x^2, & x \le 1 \\ e^{x-1}, & x > 1 \end{cases}$,求 $f[g(x)], g[f(x)]$.

解 因为要使复合函数 $f[g(x)]$ 有意义,应有 $-1 \le g(x) \le 1$,而 $x > 1$ 时 $e^{x-1} > 1$,所以由 $-1 \le g(x) \le 1$ 得 $x^2 \le 1$,解得 $-1 \le x \le 1$,从而

$$f[g(x)] = \arcsin g(x) = \arcsin x^2 g$$

$$[f(x)] = \begin{cases} f^2(x), & f(x) \le 1 \\ e^{f(x)-1}, & f(x) > 1 \end{cases} = \begin{cases} \arcsin^2 x, & -1 \le x \le \sin 1 \\ e^{\arcsin x - 1}, & \sin 1 \le x \le 1 \end{cases}$$

例3 下列函数中,哪些是基本初等函数?哪些是初等函数?哪些是分段函数?

(1) $\sqrt{x}$ (2) $|x|$ (3) $\sqrt{x^2}$ (4) $\sqrt{\sin x - 2}$

(5) $f[f(x)]$,其中 $f(x) = \begin{cases} x, & |x| \le 1 \\ \sin x, & |x| > 1 \end{cases}$

解 (1) $\sqrt{x} = x^{\frac{1}{2}}$ 是基本初等函数——幂函数;

(2) $|x| = \begin{cases} x, & x \ge 0 \\ -x, & x < 0 \end{cases}$ 是分段函数;

(3) $\sqrt{x^2}$ 是幂函数 $\sqrt{x}$ 与 x^2 复合而成的复合函数,是初等函数;

(4) $\sqrt{\sin x - 2}$ 的定义域是空集,因此,不是函数;

(5) $f[f(x)] = \begin{cases} \sin f(x), & |f(x)| \le 1 \\ f(x), & |f(x)| > 1 \end{cases} = \begin{cases} \sin(\sin x), & |x| \le 1 \\ \sin x, & |x| > 1 \end{cases}$,所以 $f[f(x)]$ 是分段函数.

注:尽管上例中 (2)、(3) 是同一函数,但因表达形式的不同,而分属不同的函数类.

习题1.5

1. 下列函数中,哪些是基本初等函数?哪些是初等函数?为什么?

(1) $\cot x$ (2) e^{-x}

(3) $\log_5(2^{-x^2} - 1)$ (4) $\sqrt{1 - |x|}$

2. 等腰直角三角形的腰长为 l(如图1-8所示),试将其内接矩形的面积表示成矩形的底边长 x 的函数。

3. 试将图1-9阴影部分的面积表示成 x 的函数.

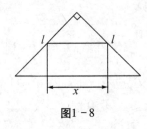

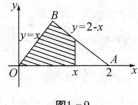

图1－8   图1－9

4. 计算下列反三角函数值.

（1）$\arccos 1$ （2）$\arcsin \dfrac{\sqrt{3}}{2}$ （3）$\arctan \dfrac{1}{\sqrt{3}}$ （4）$\arccos \dfrac{1}{2}$

5. 设某商品需求量 Q（单位：吨）随销售价格 P（单位：千元）的递减函数为 $Q = 50.3^{-P}$，若该商品的固定成本为5千元，每生产1吨，成本增加8千元，试分别将该商品的销售利润表示为需求量 Q 的函数和销售价格的函数 P.

综合练习1

1. 分别求下列函数的定义域和值域.

（1）$f(x) = \dfrac{2x}{1+x}$ （2）$f(x) = \dfrac{1+x}{1-x}$

2. 函数 $f(x) = \sqrt{x^2+1} - x$ 与函数 $g(x) = \dfrac{1}{\sqrt{x^2+1}+x}$ 是否表示同一函数？为什么？

3. 函数 $f(x) = \dfrac{\sqrt{x-1}}{\sqrt{x-2}}$ 与函数 $g(x) = \sqrt{\dfrac{x-1}{x-2}}$ 是否表示同一函数？为什么？

4. 函数 $f(x) = \sin(\arcsin x)$ 与函数 $g(x) = \arcsin(\sin x)$ 是否表示同一函数？为什么？

5. 设奇函数 $f(x)$ 满足条件 $f(1) = a$ 和 $f(x+2) - f(x) = f(2)$.

（1）试求 $f(2)$ 及 $f(n)$（n 为正整数）；

（2）如果 $f(x)$ 是以2为周期的周期函数，试确定 a 的值.

6. 设 $f(x)$ 是以 $T = 2$ 为周期的周期函数，且在 $[0,2]$ 上 $f(x) = x^2 - 2x$，求 $f(x)$ 在 $[-2,4]$ 上的表达式.

7. 讨论下列函数的奇偶性.

（1）$f(x) = \dfrac{a^x}{a^{2x}+1}$ （2）$f(x) = x + \operatorname{arccot} x$

（3）$f(x) = \log_a(x + \sqrt{x^2+1})$ （4）$f(x) = \dfrac{e^x+1}{e^x-1} \ln \dfrac{1-x}{1+x}$

(5)$f(x) = (e^{x+|x|} - 1) \cdot \ln(1 + |x| - x)$

8. 设 $f(x) = \begin{cases} x+2, & -1 \leqslant x < 1 \\ x-1, & 1 < x \leqslant 3 \end{cases}$，$\varphi(x) = f(a+x) + b$，

试求 a,b 的值，使 $\varphi(x)$（$x = 0$ 除外）为奇函数.

9. 设 $f(x) = \dfrac{2e^x}{1+e^x}$，求奇函数 $G(x)$ 与偶函数 $F(x)$，使

$$f(x) = G(x) + F(x)$$

10. 讨论 $f(x) = \dfrac{x}{1+x}(0 \leqslant x < +\infty)$ 的单调性和有界性.

11. 讨论函数 $f(x) = \dfrac{1}{3+2^{\frac{1}{x}}}$ 的有界性.

12. 证明:函数 $f(x)$ 在区间 I 上严格单调的充分必要条件是 $\forall x_1, x_2, x_3 \in I$，其中 $x_1 < x_2 < x_3$，有 $[f(x_1) - f(x_2)][f(x_2) - f(x_3)] > 0$.

13. 求 $f(x) = \dfrac{e^x - e^x}{e^x + e^{-x}}$ 的反函数 $f^{-1}(x)$，并指出其定义域.

14. 求下列函数的反函数.

(1)$f(x) = \dfrac{1 - \sqrt{1-x}}{1 + \sqrt{1-x}}(x \leqslant 1)$ 　　　　(2)$y = \dfrac{e^x}{1+e^x}$

(3)$y = \ln\dfrac{a-x}{a+x}(a > 0)$ 　　　　(4)$y = \arctan\sqrt{\dfrac{1-x}{1+x}}$

(5)$y = x|x| + 4x$

15. 在下列各题中求复合函数 $f[\varphi(x)]$.

(1)$f(x) = \arcsin x, \varphi(x) = \lg x$

(2)$f(x) = \dfrac{1}{x+1}, \varphi(x) = \dfrac{x^2+1}{x^2-1}$

(3)$f(x) = \dfrac{x}{1+x^2}, \varphi(x) = \dfrac{1}{x}$

16. 已知 $f(x) = e^{x^2}$，$f[\varphi(x)] = 1 - x$，且 $\varphi(x) \geqslant 0$，求 $\varphi(x)$.

17. 设 $f(x)$ 的定义域是 $(0,1)$，求 $f(\lg x)$ 的定义域.

18. 设 $f(x)$ 的定义域是 $(0,1)$，求 $f(\sqrt{1-x^2})$ 的定义域.

19. 设 $f(x) = \ln\dfrac{2-x}{2+x}$，求 $f(x) + f\left(\dfrac{1}{x}\right)$ 的定义域.

20. 设 $y = \dfrac{1}{y}f(t-x)$，且当 $x = 2$ 时，$y = \dfrac{t^2}{2} - 2t + 5$，求 $f(x)$.

21. 设 $f(x-1) = x^2$，求 $f(2x+1)$.

22. 设 $f\left(\dfrac{1}{x}\right) = x\left(\dfrac{x}{x+1}\right)^2$，求 $f(x)$.

23. 在某零售报摊上每份报纸的进价为 0.25 元，而零售价为 0.40 元，并且如果报纸当天未售出不能退给报社，只好亏本. 若每天进报纸 N 份，而销售量为 x 份，试将报摊的利润 y 表示为 x 的函数.

24. 设 $f(x)$ 对一切实数 x_1, x_2 都有 $f(x_1+x_2) = f(x_1)f(x_2)$，且 $f(0) \neq 0$，$f(1) = a$，求 $f(0)$ 及 $f(n)$. (n 为正整数).

第2章 极限与连续

极限是微积分最重要、最基本的概念之一,极限理论是微积分理论的基础.极限方法和思想在经济分析和解决实际问题中也有着重要的应用.

§2.1 极限的概念

2.1.1 引例

例1 人口问题.

人口是一项重要的经济指标,它是经济活动中劳动力的来源和消费对象;但是,人口增长也加速了资源消耗并带来一些新的发展危机.

因此,在研究经济问题中需要了解人口变化规律.

假设人口增长率为 k(单位人口在单位时间内增长的人口数),任一时刻 t 的人口数为 $R(t)$,则经过 Δt 时间,人口改变数量为 $t+\Delta t$ 时刻人口数 $R(t+\Delta t)$ 与 t 时刻人口数 $R(t)$ 之差;由于增长率为 k,因此,当 t 时刻人口数为 $R(t)$ 时,Δt 时间内增长的人口数也近似等于 $kR(t)\Delta t$,于是有

$$R(t+\Delta t) - R(t) \approx kR(t)\Delta t,$$

式中 Δt 越小,右端误差越小,越接近我们研究的真实情况.人口随时间演化的规律问题转化为研究 Δt(向0)无限变小时,$kR(t)\Delta t$ 和 $R(t+\Delta t) - R(t)$ 的变化特征问题.

例2 连续复利问题.

连续复利是指任一时刻都以前一时刻资产为本金,以利率 r 计算利息.

假设初始资产为 A_0,如果年利率为 r,一年结算一次利息,经过 t 年后资产的本利总和(资产价值)记为 $A(t)$.则一年以后资产总值 $A(1)$ 及 t 年后资产总值 $A(t)$,用初等数学的方法可以得到

23

$$A(1) = A_0(1+r), A(t) = A_0(1+r)^t$$

如果任一时刻都以前一时刻资产为本金,以利率 r(时间单位:年)计算利息,一年后,资产总值 $A(1)$ 是否仍是 $A_0(1+r)$?

连续复利中的利率 r 是指:任一时刻单位资产在单位时间产生的利息. 根据时间的单位选取不同,有年利率、月利率等称呼. 这里的年利率、月利率并非一元钱一年(或一月)后的利息.

如果 r 的时间单位为年,则同样的利率以月为时间单位,则有 $r_月 = \dfrac{r}{12}$. 类似地,以 $\dfrac{1}{n}$ 年为时间单位则有 $r_n = \dfrac{r}{n}$.

假设利率为 r(时间单位:年),一年结算 n 次,利用初等数学的方法,可得连续复利情况下一年后的资产总值

$$A(1) \approx A_0 \left(1 + \frac{r}{n}\right)^n$$

t 年后资产总值

$$A(t) \approx A_0 \left(1 + \frac{r}{n}\right)^{nt}$$

显然,n 越大,越接近连续计算. 从而,连续复利计算问题变为讨论上式当 n 无限增大时的特征与结果.

上述两例中,尽管问题不同,但是最后都归结为讨论自变量无限变化过程中,函数的变化结果(趋势)问题,这类问题就是所说的极限.

注:无限过程不能简单地由有限过程推广而来.

例如:数学家的困惑

$$1 - 1 + 1 - 1 + 1 - 1 + \cdots = ?$$

如果简单地将有限个实数的和差运算推广,假设上式为实数 a. 即

$$a = 1 - 1 + 1 - 1 + 1 - 1 + \cdots$$

由

$$a = (1-1) + (1-1) + (1-1) + \cdots = 0 + 0 + \cdots$$

得 $a = 0$

又

$$a = 1 - (1 - 1 + 1 - 1 + 1 - \cdots) = 1 - a$$

又可推得 $a = \dfrac{1}{2}$

出现矛盾.

因此,在数学上的无限过程是一个全新的概念.

2.1.2 极限的概念

在自变量无限变化过程中,函数会产生什么样的变化结果?观察下面例子的几种情况:

例3 (1)$f(x) = \dfrac{2x-1}{x}$, $x > 0$且无限增大;

(2)$f(x) = \dfrac{1}{x}$, $|x|$无限变小;

(3)$f(n) = \dfrac{1 + (-1)^n}{n}$, n取正整数且无限增大;

(4)$f(x) = \sin x$, $|x|$无限增大;

(5)$f(n) = n\sin\dfrac{n\pi}{2}$, n取正整数且无限增大.

(1)当x增大时,由于$f(x)$单调增加,所以函数值会越来越大。并且函数值$f(x)$与常数2的距离$|f(x) - 2|$可以比任何给定的正数ε小.

例如给定$\varepsilon = 0.01$,只要$x > 100$,就恒有$|f(x) - 2| < \varepsilon$;当给定$\varepsilon = 0.0001$,则只要$x > 10000$,就恒有$|f(x) - 2| < \varepsilon$成立.

(2)当$|x|$不断变小时,$f(x)$的绝对值$|f(x)|$会不断增大. 但是,与(1)不同的是:$|f(x)|$在变化过程中,可以比任何正数M都大,并且,在其后的变化过程中,会永远比给定正数M大.

事实上,只要$|x| < \dfrac{1}{M}$,就有$|f(x)| = \dfrac{1}{|x|} > M$恒成立.

(3)当n无限增大,函数值$f(n)$呈一正一0上下跳跃变化. 但是,跳跃的幅度越来越小,$f(n)$与常数0的距离$|f(n) - 0|$仍然可以比任意给定的正数ε小. 只要$n > \dfrac{2}{\varepsilon}$,就有$|f(n) - 0| < \varepsilon$恒成立.

(4)$f(x)$是以2π为周期的周期函数,在$|x|$增大的过程中,函数值$f(x)$始终在± 1之间上下波动. 虽然在x的变化过程中,$f(x)$与± 1之间的任一常数$a(|a| \leqslant 1)$的距离$|f(x) - a|$可以比任一正数ε小,但是对于$\varepsilon < \dfrac{|a|}{2}$,在其后总能找到无穷多$x$(如$a = 1, x = 2n\pi, n = 1,2\cdots$),使得$|f(x) - a| = |a| > \varepsilon$.

(5)当n无限增大时,$f(n)$的绝对值可以比任意正数M大,如$n = 4[M] + 1$时($[M]$为不超过M的最大整数),就有

$$|f(n)| = 4[M] + 1 > M$$

但是,在其后的 $n = 4[M] + 2$ 对应函数值 $|f(n)| = 0 < M$,不能在某个"时刻"以后,恒大于给定的正数.

本例(1)(3),在自变量变化过程中,函数值与一个常数 a 的距离可以无限小,称之为函数可以无限趋向常数 a;(2)中函数值绝对值可以无限大,称之为函数趋向无穷大.

设 $f(x)$ 是定义在 D 上的函数. 如果在自变量的一个无限变化过程中(在 D 内),函数值 $f(x)$ 可以无限地趋向一个常数 A,则称函数 $f(x)$ 在该变化过程中有极限 A 或 $f(x)$ 在此过程中无限趋向于 A. 否则称之为无极限或极限不存在.

如果 $f(x)$ 在一个过程中无极限,且 $|f(x)|$ 可以无限增大,则称 $f(x)$ 在该过程中是一个无穷大量.

据此,给出极限的定义:

定义2.1 设函数 $f(x)$ 在 x 的无限变化过程中有定义. 如果 $\forall \varepsilon > 0$,都存在自变量 x 变化过程中的一个"时刻",在此时刻后,恒有

$$|f(x) - A| < \varepsilon$$

成立,则称 A 是该过程中 $f(x)$ 的**极限**. 且记为

$$\lim_{\text{过程}} f(x) = A \quad \text{或} \quad f(x) \xrightarrow{\text{过程}} A$$

否则称 $f(x)$ 在该过程中极限不存在.

特别地当 $f(x) \to 0$ 时,也称 $f(x)$ 为**无穷小量**.

定义2.2 设函数 $f(x)$ 在 x 的无限变化过程中有定义. 如果 $\forall M > 0$,都存在自变量 x 变化过程中的一个"时刻",在此时刻后,恒有

$$|f(x)| > M$$

成立,则称 $f(x)$ 为该过程中的**无穷大量**. 且记为:

$$\lim_{\text{过程}} f(x) = \infty \, (\text{极限不存在})$$

根据自变量不同的变化过程,极限定义也可以细分为以下几种情况.

2.1.3 数列的极限

1. 数列

数列也叫**序列**,是指以正(或非负)整数 n 为自变量的函数 $f(n)$,常记为 $\{a_n\}$ $(a_n = f(n))$. 且 a_n 称为数列的**一般项**.

如例2中 $\left\{ \left(1 + \dfrac{r}{n}\right)^{tn} \right\}$ 就是一个数列,一般项 $a_n = \left(1 + \dfrac{r}{n}\right)^{tn}$. 当 $r = t = 1$ 时,

$a_1 = \left(1 + \dfrac{1}{1}\right)^1 = 2, a_2 = \left(1 + \dfrac{1}{2}\right)^2 = \dfrac{9}{4}, a_3 = \dfrac{64}{27}, a_4 = \dfrac{625}{256}, \cdots$

例4 根据所给数列前几项,写出下列数列的一般项 a_n.

$(1) 1,\dfrac{1}{2},\dfrac{1}{4},\dfrac{1}{8},\dfrac{1}{16},\cdots$

$(2) \dfrac{1}{4},\dfrac{4}{9},\dfrac{9}{16},\dfrac{16}{25},\dfrac{25}{36},\cdots$

$(3) 2,\dfrac{4}{2},\dfrac{8}{3},\dfrac{16}{4},\dfrac{32}{5},\cdots$

$(4) \dfrac{4}{2},\dfrac{8}{6},\dfrac{16}{24},\dfrac{32}{120},\dfrac{64}{720},\cdots$

解 $(1) a_n=\dfrac{1}{n},n=1,2,3,\cdots$

$(2) a_n=\dfrac{(n-1)^2}{n^2},n=2,3,4,\cdots$

或 $\quad a_n=\dfrac{n^2}{(n+1)^2},n=1,2,3,\cdots$

$(3) a_n=\dfrac{2^n}{n},n=1,2,3,\cdots$

$(4) a_n=\dfrac{2^n}{n!},n=2,3,4,\cdots$

或 $\quad a_n=\dfrac{2^{n+1}}{(n+1)!},n=1,2,3,\cdots$

例5 写出下列数列的前五项.

$(1) \{a_n\}=\left\{\dfrac{n}{2n-1}\right\}$

$(2) \{a_n\}=\left\{\dfrac{(-1)^n}{1+n^2}\right\}$

$(3) \{a_n\}=\left\{\dfrac{2n+1}{n^2}\right\}$

$(4) \{a_n\}=\left\{\dfrac{1+(-1)^{n-1}}{n}\right\}$

解 $(1) a_1=1,a_2=\dfrac{2}{3},a_3=\dfrac{3}{5},a_4=\dfrac{4}{7},a_5=\dfrac{5}{9}$

$(2) a_1=-\dfrac{1}{2},a_2=\dfrac{1}{5},a_3=-\dfrac{1}{10},a_4=\dfrac{1}{17},a_5=-\dfrac{1}{26}$

$(3) a_1=3,a_2=\dfrac{5}{4},a_3=\dfrac{7}{9},a_4=\dfrac{9}{18},a_5=\dfrac{11}{25}$

$(4) a_1=0,a_2=1,a_3=0,a_4=\dfrac{1}{2},a_5=0$

2. 数列的极限

数列的自变量 n 为正整数,因此,只有一种无限变化形式——自变量无限增大(记作 $n\to\infty$).自变量变化过程中的一个"时刻",可以用其增大到某个正整数 N 描述,此时刻以后,则 n 取比 N 还大的正整数.函数极限应用到数列中,就有以下定义:

定义2.3($\varepsilon-N$ 定义) 设 $\{a_n\}$ 是一个数列,a 为常数.如果 $\forall\varepsilon>0$,$\exists N>0$,当 $n>N$ 时,恒有不等式

$$|a_n - a| < \varepsilon$$

成立,则称数列 $\{a_n\}$ 在 $n \to \infty$ 时以 a 为极限,或数列 $\{a_n\}$ 在 $n \to \infty$ 时收敛于 a.且记为

$$\lim_{n\to\infty} a_n = a \quad \text{或} \quad a_n \to a(n\to\infty)$$

否则称数列 $\{a_n\}$ 无极限,或称数列 $\{a_n\}$ 发散.

定义2.4 如果 $\forall M > 0, \exists N > 0$,当 $n > N$ 时,恒有不等式

$$|a_n| > M$$

成立,则称 $n \to \infty$ 时,数列 $\{a_n\}$ 是无穷大量(极限不存在).且记为

$$\lim_{n\to\infty} a_n = \infty \quad \text{或} \quad a_n \to \infty \ (n\to\infty)$$

根据定义,要证明 $a_n \to a \ (n\to\infty)$,就要对任意给定的 $\varepsilon > 0$,证明存在 N(一般与 ε 有关),并且其后的 n 对应的 a_n 的值与常数 a 的距离 $|a_n - a|$ 比 ε 小.

例6 证明 $\lim\limits_{n\to\infty} \dfrac{1}{n} = 0$.

证 $\forall \varepsilon > 0$,因为 $\left| \dfrac{1}{n} - 0 \right| = \dfrac{1}{n}$,因此,要使 $\left| \dfrac{1}{n} - 0 \right| < \varepsilon$,只要 $\dfrac{1}{n} < \varepsilon$,即 $n > \dfrac{1}{\varepsilon}$ 即可.

故可取 $N = \left[\dfrac{1}{\varepsilon} \right] + 1 > 0$,当 $n > N$ 时,就恒有

$$\left| \frac{1}{n} - 0 \right| = \frac{1}{n} < \frac{1}{N} < \frac{1}{\frac{1}{\varepsilon}} = \varepsilon$$

成立.

所以 $\lim\limits_{n\to\infty} \dfrac{1}{n} = 0$.

例7 证明 $\lim\limits_{n\to\infty} \dfrac{1 - 2^n}{1 + 2^n} = -1$.

证 $\forall \varepsilon > 0$,因为

$$\left| \frac{1 - 2^n}{1 + 2^n} - (-1) \right| = \frac{2}{1 + 2^n} < \frac{1}{2^{n-1}}$$

因此,要使 $\left| \dfrac{1 - 2^n}{1 + 2^n} - (-1) \right| < \varepsilon$,只要 $\dfrac{1}{2^{n-1}} < \varepsilon$,即 $n > 1 - \log_2 \varepsilon$ 即可;当 $\varepsilon > 1$ 时,显然任意正整数 n 均成立;当 $\varepsilon \leq 1$ 时,可取 $N = [1 - \log_2 \varepsilon] + 1 > 0$,当 $n > N$ 时,就恒有不等式

$$\left| \frac{1 - 2^n}{1 + 2^n} \right| < \frac{1}{2^{n-1}} < \frac{1}{2^{N-1}} < \frac{1}{2^{-\log_2 \varepsilon}} = \varepsilon$$

成立.

所以 $\lim\limits_{n\to\infty}\dfrac{1-2^n}{1+2^n}=-1$.

例8 证明 $\lim\limits_{n\to\infty}\lg n=\infty$.

证 $\forall M>0$,因为 $|\lg n|=\lg n$,因此,要使 $|\lg n|>M$,只要 $\lg n>M$,即 $n>10^M$,故可取 $N=[10^M]+1$,当 $n>N$ 时,就恒有不等式

$$|\lg n|=\lg n>\lg N>\lg 10^M=M$$

成立.

所以 $\lim\limits_{n\to\infty}\lg n=\infty$.

用定义证明极限,关键是要找到使 $|a_n-a|<\varepsilon$ 的时刻 N(一般不唯一),如果不容易找,可以将 $|a_n-a|$ 适当放大.如例6.

例9 证明 $\lim\limits_{n\to\infty}\sqrt[n]{n}=1$.

证 $\forall\varepsilon>0$,设 $u_n=\sqrt[n]{n}-1$,则 $u_n\geqslant 0$,且

$$n=(1+u_n)^n=1+C_n^1u_n+C_n^2u_n^2+\cdots+u_n^n>C_n^2u_n^2=\dfrac{n(n-1)}{2}u_n^2$$

或 $u_n^2<\dfrac{2}{n-1},u_n<\sqrt{\dfrac{2}{n-1}}$

故只要 $\sqrt{\dfrac{2}{n-1}}<\varepsilon$,就有 $|u_n|<\varepsilon$.

取 $N=\left[1+\dfrac{2}{\varepsilon^2}\right]$,则当 $n>N$ 时,就恒有

$$\left|\sqrt[n]{n}-1\right|=u_n<\varepsilon$$

成立.

所以 $\lim\limits_{n\to\infty}\sqrt[n]{n}=1$.

3. 数列极限的性质

定理2.1(极限的唯一性)

设 $\lim\limits_{n\to\infty}a_n=a$ 且 $\lim\limits_{n\to\infty}a_n=b$,则必有 $a=b$.

证 假设 $a\neq b$,则 $|a-b|>0$.由 $\lim\limits_{n\to\infty}a_n=a$,$\lim\limits_{n\to\infty}a_n=b$,得

对 $|a-b|>0$,$\exists N_1>0$,$N_2>0$,

当 $n>N_1$ 时,恒有 $|a_n-a|<\dfrac{|a-b|}{2}$;

当 $n>N_2$ 时,恒有 $|a_n-b|<\dfrac{|a-b|}{2}$.

取 $N = \max\{N_1, N_2\}$，当 $n > N$ 时，就有 $n > N_1$，且 $n > N_2$，进而恒有

$$|a - b| = |a - a_n + a_n - b|$$

$$\leq |a_n - a| + |a_n - b|$$

$$< \frac{|a - b|}{2} + \frac{|a - b|}{2} = |a - b|$$

成立，显示矛盾．故必有 $a = b$．

定理2.2（极限的有界性）

若 $\lim\limits_{n \to \infty} a_n = a$ 存在，则 $\{a_n\}$ 有界．

证 因为 $\lim\limits_{n \to \infty} a_n = a$，故对 $\forall \varepsilon > 0$，$\exists N > 0$，当 $n > N$ 时，恒有 $|a_n - a| < \varepsilon$ 成立，即 $n > N$ 时，使 $a - \varepsilon < a_n < a + \varepsilon$．

记 $M = \max\{|a_1|, |a_2|, \cdots, |a_N|, |a - \varepsilon|, |a + \varepsilon|\}$，则对任意 n，有

$$|a_n| \leq M$$

即数列 $\{a_n\}$ 有界．

定理2.3（极限的保号性）

设 $\lim\limits_{n \to \infty} a_n = a$，则

（1）$a > 0$（或 $a < 0$）时，存在 N，当 $n > N$ 时，$a_n > 0$（或 $a_n < 0$）；

（2）$a_n \geq 0$（或 $a_n \leq 0$）时，有 $a \geq 0$（或 $a \leq 0$）．

证 （1）由 $\lim\limits_{n \to \infty} a_n = a$ 知，对 $a > 0$，$\exists N > 0$，当 $n > N$ 时，恒有 $|a_n - a| < \frac{a}{2}$ 成立，即 $n > N$ 时，$a_n > a - \frac{a}{2} = \frac{a}{2} > 0$．

$a < 0$ 时，将上式中 $\frac{a}{2}$ 换成 $\frac{|a|}{2}$，类似可证．

（2）$a_n \geq 0$ 时，若 $a < 0$，则由（1）推出矛盾．故必有 $a \geq 0$．

定理2.4（极限与无穷小量关系）

$$\lim\limits_{n \to \infty} a_n = a \Leftrightarrow a_n = a + \alpha$$

其中 $\lim\limits_{n \to \infty} \alpha = 0$．

证 $\lim\limits_{n \to \infty} a_n = a \Leftrightarrow \forall \varepsilon > 0$，$\exists N > 0$，当 $n > N$ 时，恒有

$$|a_n - a| = |(a_n - a) - 0| < \varepsilon \text{ 成立} \Leftrightarrow a_n - a \to 0 (n \to \infty \text{ 时})．$$

若记 $a_n - a = \alpha$，则 $\lim\limits_{n \to \infty} \alpha = 0$，且 $a_n = a + \alpha$．

4．子数列

在一个数列中任意抽取无穷多项，并保持这些项在原数列中的先后顺序得到

的数列,叫作原数列的一个**子数列**.

例如 $\{a_{2n}\}$、$\{a_{2n-1}\}$ 都是数列 $\{a_n\}$ 的子数列.

定理2.5(数列与子数列极限关系)

设 $\{a_{n_k}\}$ 是数列 $\{a_n\}$ 的任一个子数列,若 $\lim\limits_{n\to\infty}a_n=a$ 则必有 $\lim\limits_{k\to\infty}a_{n_k}=a$.

证 因 $\lim\limits_{n\to\infty}a_n=a$,所以 $\forall\varepsilon>0$,$\exists N>0$,当 $n>N$ 时,恒有 $|a_n-a|<\varepsilon$ 成立;又 $\lim\limits_{k\to\infty}n_k=\infty$,$\exists K>0$,当 $k>K$ 时,$|n_k|>N$,进而有 $|a_{n_k}-a|<\varepsilon$ 恒成立

所以 $\lim\limits_{k\to\infty}a_{n_k}=a$.

定理2.5告诉我们,数列若收敛,必然任何子数列都趋向同一个常数;反之,如果数列的两个子数列不能趋向同一个常数,这个数列就一定没有极限.

例10 证明 $\lim\limits_{n\to\infty}\sin\dfrac{n\pi}{2}$ 不存在.

解 设 $a_n=\sin\dfrac{n\pi}{2}$,因 $\lim\limits_{k\to\infty}a_{2k}=\lim\limits_{k\to\infty}\sin k\pi=0$,$\lim\limits_{k\to\infty}a_{4k+1}=\lim\limits_{k\to\infty}\sin\dfrac{\pi}{2}=1\neq0$,

所以 $\lim\limits_{n\to\infty}a_n=\lim\limits_{n\to\infty}\sin\dfrac{n\pi}{2}$ 不存在.

5. 数列极限的几何意义

根据定义,$\lim\limits_{n\to\infty}a_n=a$,则 $\forall\varepsilon>0$,$\exists N>0$,当 $n>N$ 时,恒有 $|a_n-a|<\varepsilon$ 成立,即 $n>N$ 的 a_n 都满足 $a-\varepsilon<a_n<a+\varepsilon$,也就是除 $a_1,a_2,\cdots,a_N$ 外,其余 a_n 都会落入以 a 为心,ε 为半径的开区间内. 如图2-1所示.

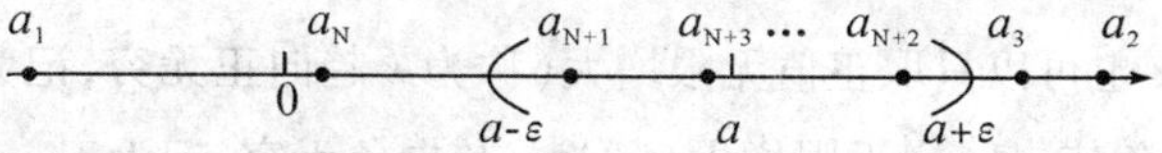

图2-1

2.1.4 函数的极限

1. $x\to\infty$ 时函数的极限

这里所说的 $x\to\infty$ 是指 $|x|$ 无限增大过程.

定义2.5 设 $f(x)$ 在 $|x|$ 充分大时有定义,A 为一常数. 如果 $\forall\varepsilon>0$,$\exists X>0$,当 $|x|>X$ 时,恒有不等式

$$|f(x)-A|<\varepsilon$$

成立,则称函数 $f(x)$ 在 $x\to\infty$ 时以 A 为极限,且记为

$$\lim\limits_{x\to\infty}f(x)=A \quad \text{或} \quad f(x)\to A \quad (x\to\infty)$$

否则称函数 $f(x)$ 在 $x\to\infty$ 时无极限.

定义2.6 设 $f(x)$ 在 $|x|$ 充分大时有定义. 如果 $\forall M>0$,$\exists X>0$,当 $|x|>X$ 时,

$$|f(x)| > M$$

成立,则称函数 $f(x)$ 在 $x \to \infty$ 时是无穷大量,且记为

$$\lim_{x \to \infty} f(x) = \infty \quad 或 \quad f(x) \to \infty \quad (x \to \infty)$$

例11 证明 $\lim\limits_{x \to \infty} \dfrac{a}{x^n} = 0$,($a$ 为常数,n 为正整数).

证 $\forall \varepsilon > 0$,当 $a = 0$ 时,恒有 $\left| \dfrac{a}{x^n} - 0 \right| = 0 < \varepsilon$ 成立.

故设 $a \neq 0$,因为

$$\left| \frac{a}{x^n} - 0 \right| = \frac{|a|}{|x|^n}$$

因此,要使 $\left| \dfrac{a}{x^n} - 0 \right| < \varepsilon$,只要 $\dfrac{|a|}{|x|^n} < \varepsilon$,即 $|x| > \sqrt[n]{\dfrac{|a|}{\varepsilon}}$ 即可.

故可取 $X = \sqrt[n]{\dfrac{|a|}{\varepsilon}} > 0$,则当 $|x| > X$ 时,就恒有不等式

$$\left| \frac{a}{x^n} - 0 \right| = \frac{|a|}{|x|^n} < \frac{|a|}{\left(\sqrt[n]{|a|/\varepsilon} \right)^n} = \varepsilon$$

成立.

所以 $\lim\limits_{n \to \infty} \dfrac{a}{x^n} = 0$.

实数变量 x 也可以只取正值无限增大(称为 x 趋向正无穷,记为 $x \to +\infty$);同样,也可以只取负值,且 $|x|$ 无限增大(称为 x 趋向负无穷,记为 $x \to -\infty$).

上述两个无限过程,只要分别用 $x > X$ 和 $x < -X(X > 0)$ 描述时刻 X(或 $-X$)以后的 x 就可以区分.

定义2.7 设 $f(x)$ 在 $(a, +\infty)$ 有定义,A 为一常数. 如果 $\forall \varepsilon > 0$,$\exists X > 0$,当 $x > X(x > a)$ 时,恒有不等式

$$|f(x) - A| < \varepsilon$$

成立,则称函数 $f(x)$ 在 $x \to +\infty$ 时以 A 为极限,且记为

$$\lim_{x \to +\infty} f(x) = A \quad 或 \quad f(x) \to A \quad (x \to +\infty)$$

否则称函数 $f(x)$ 在 $x \to +\infty$ 时无极限.

定义2.8 设 $f(x)$ 在 $(-\infty, b)$ 有定义,A 为一常数. 如果 $\forall \varepsilon > 0$,$\exists X > 0$,当 $x < -X(x < b)$ 时,恒有不等式

$$|f(x) - A| < \varepsilon$$

成立,则称函数 $f(x)$ 在 $x \to -\infty$ 时以 A 为极限,且记为

$$\lim_{x \to -\infty} f(x) = A \quad \text{或} \quad f(x) \to A \quad (x \to -\infty)$$

否则称函数 $f(x)$ 在 $x \to -\infty$ 时无极限.

仿照 $x \to \infty$ 的情形,定义 $x \to +\infty$(或 $x \to -\infty$)时的无穷大量.

例12 证明 $(1) \lim_{x \to -\infty} 2^x = 0$;$(2) \lim_{x \to +\infty} 2^x = \infty$(不存在).

证 (1) $\forall \varepsilon > 0$,当 $\varepsilon \geqslant 1$ 时,$\exists X = 1$,当 $x < -X$ 时,恒有

$$|2^x - 0| = 2^x < 1 \leqslant \varepsilon$$

成立;

当 $\varepsilon < 1$ 时,$\exists X = -\log_2 \varepsilon > 0$,当 $x < -X$ 时,恒有

$$|2^x - 0| = 2^x < 2^{-X} = 2^{\log_2 \varepsilon} = \varepsilon$$

成立.

所以 $\lim_{x \to -\infty} 2^x = 0$.

(2) $\forall M > 0$,若 $M \leqslant 1$,则 $x > 0$ 时就恒有不等式 $|2^x| > M$ 成立;当 $M > 1$ 时,$\exists X = \log_2 M > 0$,当 $x > X$ 时,恒有

$$|2^x| = 2^x > 2^{\log_2 M} = M$$

成立,所以

$$\lim_{x \to +\infty} 2^x = \infty \text{(极限不存在)}$$

定理2.6 $\lim_{x \to \infty} f(x) = A \Leftrightarrow \lim_{x \to +\infty} f(x) = A$ 且 $\lim_{x \to -\infty} f(x) = A$.

证 $(\Rightarrow)$ 因为 $\lim_{x \to \infty} f(x) = A$,所以 $\forall \varepsilon > 0$,$\exists X > 0$,

当 $|x| > X$ 时,恒有不等式 $|f(x) - A| < \varepsilon$ 成立,

即 $x > X$ 时,恒有不等式 $|f(x) - A| < \varepsilon$ 成立,且 $x < -X$ 时,也恒有不等式 $|f(x) - A| < \varepsilon$ 成立.

所以 $\lim_{x \to +\infty} f(x) = A$ 且 $\lim_{x \to -\infty} f(x) = A$.

$(\Leftarrow)$ 由 $\lim_{x \to +\infty} f(x) = A$ 且 $\lim_{x \to -\infty} f(x) = A$ 知,$\forall \varepsilon > 0$,

$\exists X_1 > 0$,当 $x > X_1$ 时,恒有 $|f(x) - A| < \varepsilon$ 成立,

$\exists X_2 > 0$,当 $x < -X_2$ 时,恒有 $|f(x) - A| < \varepsilon$ 成立,

取 $X = \max\{X_1, X_2\}$,当 $|x| > X$ 时,$x > 0$ 则 $x > X_1$,恒有 $|f(x) - A| < \varepsilon$ 成立;$x < 0$ 则 $x < -X_2$,恒有 $|f(x) - A| < \varepsilon$ 成立.

所以 $\lim_{x \to \infty} f(x) = A$.

证毕.

例13 设 $f(x) = 3^{\frac{1}{x}}$，证明 $\lim\limits_{x \to \infty} f(x) = 1$.

证 $\forall \varepsilon > 0, x > 0$ 时，要使 $|f(x) - 1| = 3^{\frac{1}{x}} - 1 < \varepsilon$，只要 $x > \dfrac{1}{\log_3(1 + \varepsilon)}$ 即可，

故可取 $X_1 = \dfrac{1}{\log_3(1 + \varepsilon)}$，当 $x > X_1$ 时，就恒有不等式

$$|f(x) - 1| < \varepsilon$$

成立.

即 $\lim\limits_{x \to +\infty} f(x) = 1$.

$x < 0$ 时，$0 < 3^{\frac{1}{x}} < 1$，若 $\varepsilon \geqslant 1$ 则恒有

$$|f(x) - 1| = 1 - 3^{\frac{1}{x}} < 1 \leqslant \varepsilon$$

成立.

故设 $\varepsilon < 1$,

要使 $|f(x) - 1| = 1 - 3^{\frac{1}{x}} < \varepsilon$，显然只要 $x < \dfrac{1}{\log_3(1 - \varepsilon)}$ 即可，故可取

$X_2 = \left| \dfrac{1}{\log_3(1 - \varepsilon)} \right|$，当 $x < -X_2$ 时，就恒有不等式

$$|f(x) - 1| < \varepsilon$$

成立.

即 $\lim\limits_{x \to -\infty} f(x) = 1$.

根据定理2.6得 $\lim\limits_{x \to \infty} f(x) = 1$.

例14 设 $f(x) = \begin{cases} \dfrac{1}{x^2}, & x > 0 \\ 2^x, & x \leqslant 0 \end{cases}$，求 $\lim\limits_{x \to \infty} f(x)$.

解 由例11、例12知:

$$\lim\limits_{x \to +\infty} f(x) = \lim\limits_{x \to +\infty} \frac{1}{x^2} = 0, \ \lim\limits_{x \to -\infty} f(x) = \lim\limits_{x \to -\infty} 2^x = 0$$

因为 $\lim\limits_{x \to +\infty} f(x) = \lim\limits_{x \to -\infty} f(x) = 0$，所以 $\lim\limits_{x \to \infty} f(x) = 0$.

2. $x \to x_0$ 时函数的极限

实数(或有理数)集具有稠密性,因此,实数(或有理数)变量 x 除了可以无限增大方式无限变化外,还可以与任何实数(或有理数) x_0 无限接近(记为 $x \to x_0$).

定义2.9（ε-δ 定义） 设 $f(x)$ 在 x_0 的邻域（x_0 可除外）有定义，A 为常数，如果 $\forall \varepsilon > 0, \exists \delta > 0$，当 $0 < |x - x_0| < \delta$ 时，恒有不等式

$$|f(x) - A| < \varepsilon$$

成立,则称 $x \to x_0$ 时,函数 $f(x)$ 以 A 为极限(或 A 为 $f(x)$ 在 x_0 点的极限).且记为

$$\lim_{x \to x_0} f(x) = A \quad 或 \quad f(x) \to A \quad (x \to x_0)$$

否则称为 $f(x)$ 在 $x \to x_0$ 时无极限.

定义2.10 设 $f(x)$ 在 x_0 的邻域(x_0 可除外)有定义,如果 $\forall M > 0$,$\exists \delta > 0$,当 $0 < |x - x_0| < \delta$ 时,恒有不等式

$$|f(x)| > M$$

成立,则称 $x \to x_0$ 时,函数 $f(x)$ 是无穷大量.且记为

$$\lim_{x \to x_0} f(x) = \infty \quad 或 \quad f(x) \to \infty \quad (x \to x_0)$$

例15 证明 $\lim\limits_{x \to x_0} C = C$

证 设 $f(x) = C$,$\forall \varepsilon > 0$,对任意的 $\delta > 0$,当 $0 < |x - x_0| < \delta$ 时,都恒有

$$|f(x) - C| = |C - C| = 0 < \varepsilon$$

成立.

所以 $\lim\limits_{x \to x_0} C = C$.

同样可以证明 $\lim\limits_{x \to \infty} C = C$.

例16 证明 $\lim\limits_{x \to x_0} \dfrac{x^2 - x_0^2}{x - x_0} = 2x_0$.

证 $\forall \varepsilon > 0$,因为

$$\left| \frac{x^2 - x_0^2}{x - x_0} - 2x_0 \right| = \left| \frac{x^2 - x_0^2 - 2x_0 x + 2x_0^2}{x - x_0} \right| = |x - x_0|$$

故可取 $\delta = \varepsilon > 0$,当 $0 < |x - x_0| < \delta$ 时,就恒有不等式

$$\left| \frac{x^2 - x_0^2}{x - x_0} - 2x_0 \right| = |x - x_0| < \delta = \varepsilon$$

成立.

所以 $\lim\limits_{x \to x_0} \dfrac{x^2 - x_0^2}{x - x_0} = 2x_0$.

例17 证明 $\lim\limits_{x \to x_0} \sin x = \sin x_0$.

证 $\forall \varepsilon > 0$,$\exists \delta = \varepsilon$,当 $0 < |x - x_0| < \delta$ 时,恒有不等式

$$|\sin x - \sin x_0| = 2 \left| \sin \frac{x - x_0}{2} \right| \left| \cos \frac{x + x_0}{2} \right| < |x - x_0| < \delta = \varepsilon$$

成立.

所以 $\lim\limits_{x \to x_0} \sin x = \sin x_0$.

类似可以证明$\lim\limits_{x \to x_0}\cos x = \cos x_0$.

与$x \to \infty$极限类似,$x \to x_0$时,有时也要特别考察x从哪一侧趋向x_0,称之为函数在x_0的单侧极限或左、右极限.

定义2.11 设$f(x)$在x_0的邻域(x_0可除外)有定义,A为常数,如果$\forall \varepsilon > 0$,$\exists \delta > 0$,当$0 < x - x_0 < \delta$时,恒有不等式

$$|f(x) - A| < \varepsilon$$

成立,则称x从x_0右侧趋向x_0时(记为$x \to x_0^+$),函数$f(x)$以A为极限(或A为$f(x)$在x_0的右极限).且记为

$$\lim_{x \to x_0^+} f(x) = A \quad \text{或} \quad f(x_0 + 0)$$

定义2.12 设$f(x)$在x_0的邻域(x_0可除外)有定义,A为常数,如果$\forall \varepsilon > 0$,$\exists \delta > 0$,当$0 < x_0 - x < \delta$时,恒有不等式

$$|f(x) - A| < \varepsilon$$

成立,则称x从左侧趋向x_0时(记为$x \to x_0^-$),函数$f(x)$以A为极限(或A为$f(x)$在x_0的左极限).且记为

$$\lim_{x \to x_0^-} f(x) = A \quad \text{或} \quad f(x_0 - 0)$$

可仿照$x \to x_0$的情形,定义$x \to x_0^+$和$x \to x_0^-$时,$f(x)$是无穷大量.

定理2.7 $\lim\limits_{x \to x_0} f(x) = A \Leftrightarrow \lim\limits_{x \to x_0^-} f(x) = \lim\limits_{x \to x_0^+} f(x) = A$.

证 ($\Rightarrow$)因为$\lim\limits_{x \to x_0} f(x) = A$,所以$\forall \varepsilon > 0$,$\exists \delta > 0$,当$0 < |x - x_0| < \delta$时,恒有$|f(x) - A| < \varepsilon$成立.即当$0 < x - x_0 < \delta$时,恒有$|f(x) - A| < \varepsilon$成立;当$0 < x_0 - x < \delta$时,也恒有$|f(x) - A| < \varepsilon$成立.

所以 $\lim\limits_{x \to x_0^+} f(x) = A$且$\lim\limits_{x \to x_0^-} f(x) = A$.

($\Leftarrow$)若$\lim\limits_{x \to x_0^+} f(x) = A$且$\lim\limits_{x \to x_0^-} f(x) = A$,则对$\forall \varepsilon > 0$,$\exists \delta_1 > 0$,当$0 < x - x_0 < \delta_1$时,恒有$|f(x) - A| < \varepsilon$成立;$\exists \delta_2 > 0$,当$0 < x_0 - x < \delta_2$时,恒有$|f(x) - A| < \varepsilon$成立.取$\delta = \min\{\delta_1, \delta_2\}$,则当$0 < |x_0 - x| < \delta$时,若$x > x_0$,有$0 < x - x_0 < \delta \leqslant \delta_1$进而恒有$|f(x) - A| < \varepsilon$成立;若$x < x_0$,有$0 < x_0 - x < \delta \leqslant \delta_2$进而恒有$|f(x) - A| < \varepsilon$成立;即$0 < |x_0 - x| < \delta$时,恒有$|f(x) - A| < \varepsilon$成立.

所以 $\lim\limits_{x \to x_0} f(x) = A$.

例18 证明 $\lim\limits_{x \to x_0} a^x = a^{x_0}$.

证 设$a > 1$,$\forall \varepsilon > 0$,当$x > x_0$时,有

$$|a^x - a^{x_0}| = a^{x_0}(a^{x - x_0} - 1)$$

要使 $|a^x - a^{x_0}| < \varepsilon$，只要 $a^{x_0}(a^{x-x_0} - 1) < \varepsilon$ 即 $x - x_0 > \log_a\left(\dfrac{\varepsilon}{a^{x_0}} + 1\right)$ 即可；故可取

$$\delta_1 = \log_a(1 + \varepsilon/a^{x_0})$$

当 $0 < x - x_0 < \delta_1$ 时，就恒有 $|a^x - a^{x_0}| < \varepsilon$ 成立，即 $\lim\limits_{x \to x_0^+} a^x = a^{x_0}$.

若 $x < 0$，有

$$|a^x - a^{x_0}| = a^{x_0}(1 - a^{x-x_0}) < a^{x_0}$$

当 $\varepsilon \geqslant a^{x_0}$ 时，$|a^x - a^{x_0}| < \varepsilon$ 恒成立；当 $\varepsilon < a^{x_0}$ 时，可取 $\delta_2 = -\log_a(1 - \varepsilon/a_0^x) > 0$，就有 $0 < x_0 - x < \delta_2$ 时，$|a^x - a^{x_0}| < \varepsilon$ 恒成立，即 $\lim\limits_{x \to x_0^-} a^x = a^{x_0}$.

当 $a < 1$ 时，有 $\dfrac{1}{a} > 1$，类推得 $\lim\limits_{x \to x_0^+} a^x = a^{x_0}$，$\lim\limits_{x \to x_0^-} a^x = a^{x_0}$，

由定理2.7得 $\lim\limits_{x \to x_0} a^x = a^{x_0}$.

类似可以证明 $\lim\limits_{x \to x_0} \log_a x = \log_a x_0$，$\lim\limits_{x \to x_0} x^n = x_0^n$，$\lim\limits_{x \to x_0} \sqrt[n]{x} = \sqrt[n]{x_0}$ 等.

例19 设 $f(x) = \begin{cases} \sin x, & 0 < x < 1 \\ 1, & x = 0 \\ x^2, & x < 0 \end{cases}$ ，求 $\lim\limits_{x \to 0} f(x)$，$\lim\limits_{x \to -1} f(x)$.

解 $\lim\limits_{x \to 0^+} f(x) = \lim\limits_{x \to 0^+} \sin x = \sin 0 = 0$，$\lim\limits_{x \to 0^-} f(x) = \lim\limits_{x \to 0^-} x^2 = 0$，

所以 $\lim\limits_{x \to 0} f(x) = 0$；

$\lim\limits_{x \to -1} f(x) = \lim\limits_{x \to -1} x^2 = (-1)^2 = 1$.

函数的极限与数列的极限有类似性质：

定理2.8（极限的唯一性）

设 $\lim f(x) = A$ 且 $\lim f(x) = B$，则必有 $A = B$.

定理2.9（局部有界性）

若 $\lim\limits_{x \to x_0} f(x) = A$（或 $\lim\limits_{x \to \infty} f(x) = A$），则存在 x_0 的邻域 $U_0(x_0, \delta)$（或当 $|x|$ 充分大时），函数 $f(x)$ 有界. 如图2-1(a)(b)所示.

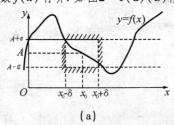

(a)

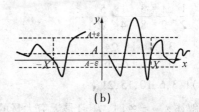

(b)

图2-1

定理2.10(保号性)

设 $\lim\limits_{x\to x_0}f(x)=A$(或 $\lim\limits_{x\to\infty}f(x)=A$),

(1)$A>0$[或 $A<0$],则存在 x_0 的邻域 $U_0(x_0,\delta)$(或当 $|x|$ 充分大时),函数 $f(x)>0$[或 $f(x)<0$];

(2)$f(x)\geqslant0$(或 $f(x)\leqslant0$),则 $A\geqslant0$(或 $A\leqslant0$).

定理2.11(极限与无穷小量关系)

$\lim f(x)=A\Leftrightarrow f(x)=A+\alpha$ α 为同过程中的无穷小量.

定理2.12(函数极限与数列极限关系)

设 $\lim\limits_{x\to x_0}f(x)=A,a_n\neq x_0$ 且 $\lim\limits_{n\to\infty}a_n=x_0$,则必有 $\lim\limits_{n\to\infty}f(a_n)=A$.

例20 证明 $\lim\limits_{x\to\infty}\sin x$ 不存在.

证 取 $x=2n\pi$,则 $n\to\infty$ 时 $x\to\infty$,这时有

$$\lim\limits_{x\to\infty}\sin x=\lim\limits_{n\to\infty}\sin(2n\pi)=0$$

取 $x=2n\pi+\dfrac{\pi}{2}$,同样 $n\to\infty$ 时有 $x\to\infty$,这时有

$$\lim\limits_{x\to\infty}\sin x=\lim\limits_{n\to\infty}\sin\left(2n\pi+\dfrac{\pi}{2}\right)=1\neq0$$

所以 $\lim\limits_{x\to\infty}\sin x$ 不存在.

类似可证 $\lim\limits_{x\to\infty}\cos x$ 不存在.

习题2.1

1. 用 $\varepsilon-N$ 语言叙述:数列 $\{a_n\}$ 以1为极限.

2. 写出下列数列的前五项.

(1)$\left\{\dfrac{n^2}{n+1}\right\}$　　　　(2)$\left\{\sin\dfrac{n\pi}{2}\right\}$　　　　(3)$\left\{\cos\dfrac{\pi}{2n}\right\}$

3. 根据所给前几项,写出下列数列的一般项.

(1)$\dfrac{1}{2},\dfrac{1}{2},\dfrac{3}{8},\dfrac{1}{4},\dfrac{5}{32},\cdots$

(2)$0,\dfrac{3}{5},\dfrac{8}{10},\dfrac{15}{17},\dfrac{24}{26},\cdots$

(3)$1,3,6,10,15,21,\cdots$

4. 叙述 $x\to-\infty$ 时,$f(x)$ 是无穷大量的定义.

5. 叙述 $x\to x_0^+$ 时,$f(x)$ 是无穷大量的定义.

6. 证明下列极限.

$(1)\lim\limits_{x\to x_0}\cos x=\cos x_0$ $\qquad\qquad(2)\lim\limits_{x\to x_0}\log_a x=\log_a x_0,(x_0>0)$

7. 计算下列极限.

$(1)f(x)=\begin{cases}e^x,x\leqslant0\\\cos x,x>0\end{cases},\lim\limits_{x\to0}f(x)$

$(2)f(x)=\begin{cases}\sin x,x\leqslant\dfrac{\pi}{2}\\1,x>\dfrac{\pi}{2}\end{cases},\lim\limits_{x\to1}f(x)$

§2.2 无穷小量与无穷大量

上节在极限概念中,给出了两类具有特殊变化趋势的变量——无穷小量和无穷大量,本节将进一步研究这两类变量的特性.

2.2.1 无穷小量与无穷大量的关系

定理2.13 $f(x)$ 为无穷大量的充分必要是 $\dfrac{1}{f(x)}$ 为同一过程中的无穷小量.

证 ($x\to x_0$ 情形)

设 $f(x)$ 为无穷大量,$\forall\varepsilon>0$,由无穷大量定义,对 $\dfrac{1}{\varepsilon}>0,\exists\delta>0$,

当 $0<|x-x_0|<\delta$ 时,恒有 $|f(x)|>\dfrac{1}{\varepsilon}$ 成立,进而恒有

$$\left|\frac{1}{f(x)}\right|<\varepsilon$$

成立.

所以 $\dfrac{1}{f(x)}$ 为无穷小量.

反之,若 $\dfrac{1}{f(x)}$ 为无穷小量,则 $\forall M>0$,对于 $\dfrac{1}{M}>0,\exists\delta>0$,

当 $0<|x-x_0|<\delta$ 时,恒有 $\left|\dfrac{1}{f(x)}\right|<\dfrac{1}{M}$ 成立,进而恒有

$$|f(x)|>M$$

成立.

所以 $f(x)$ 是无穷大量.

例1 证明 $\lim\limits_{x\to1}\dfrac{1}{1-x^n}=\infty$($n$ 为正整数).

证 因为 $\lim\limits_{x\to1}x^n=1^n=1$,所以 $\lim\limits_{x\to1}(1-x^n)=0$,且 $x\neq1$ 时,$1-x^n\neq0$,所以 $\dfrac{1}{1-x^n}$

在 $x \rightarrow 1$ 时为无穷大量,即

$$\lim_{x \to 1} \frac{1}{1 - x^n} = \infty$$

2.2.2 无穷小量的性质

定理 2.14 设 α、β 是同一过程中的无穷小量(即 $\lim\alpha = 0$,$\lim\beta = 0$),则:

(1) $C\alpha$ 为无穷小量;(C 为常数)

(2) $\alpha \pm \beta$ 为无穷小量;

(3) $\alpha\beta$ 为无穷小量.

证 (只证 $x \rightarrow x_0$ 情形)

$\forall \varepsilon > 0$,因为 $\lim\limits_{x \to x_0}\alpha = 0$,$\lim\limits_{x \to x_0}\beta = 0$,所以 $\exists \delta_1 > 0$、$\delta_2 > 0$、$\delta_3 > 0$,

当 $0 < |x - x_0| < \delta_1$ 时,恒有 $|\alpha - 0| < \dfrac{\varepsilon}{2}$ 成立;

当 $0 < |x - x_0| < \delta_2$ 时,恒有 $|\beta - 0| < \dfrac{\varepsilon}{2}$ 成立;

当 $0 < |x - x_0| < \delta_3$ 时,恒有 $|\alpha - 0| < \dfrac{\varepsilon}{|C|}$ 成立 $(C \neq 0)$.

取 $\delta = \min\{\delta_1, \delta_2\}$,则当 $0 < |x - x_0| < \delta$ 时,就同时有

$$0 < |x - x_0| < \delta_1, 0 < |x - x_0| < \delta_2$$

进而有

$$|\alpha \pm \beta - 0| \leqslant |\alpha| + |\beta| < \frac{\varepsilon}{2} + \frac{\varepsilon}{2} = \varepsilon$$

恒成立.

所以 $\lim\limits_{x \to x_0}(\alpha \pm \beta) = 0$,$\alpha \pm \beta$ 为无穷小量.

当 $C = 0$ 时,显然恒有 $|C\alpha - 0| = 0 < \varepsilon$.

当 $C \neq 0$ 时,

取 $0 < |x - x_0| < \delta_3$,恒有

$$|C\alpha - 0| = |C| |\alpha| < |C| \frac{\varepsilon}{|C|} = \varepsilon$$

成立.

所以 $\lim\limits_{x \to x_0} C\alpha = 0$,$C\alpha$ 为无穷小量.

由 $0 < |x - x_0| < \delta$ 时,恒有

$$|\alpha\beta - 0| = |\alpha| |\beta| < \frac{\varepsilon^2}{4} < \varepsilon \quad (\varepsilon < 1 \text{时})$$

成立,得 $\lim\limits_{x \to x_0}\alpha\beta = 0$,$\alpha\beta$ 为无穷小量.

定理2.15 设 α 为无穷小量,β 为有界变量,则 $\alpha\beta$ 为无穷小量.

证(只证 $x \to x_0$ 情形)

因为 β 有界,所以 $\exists M > 0$,使 $|\beta| \leq M$;

又 $\lim\limits_{x \to x_0} \alpha = 0$,所以 $\forall \varepsilon > 0$,$\exists \delta > 0$,当 $0 < |x - x_0| < \delta$ 时,恒有

$$|\alpha| < \frac{\varepsilon}{M}$$

成立,进而恒有

$$|\alpha\beta - 0| = |\alpha||\beta| < \frac{\varepsilon}{M} \cdot M = \varepsilon$$

成立. 所以 $\lim\limits_{x \to x_0} \alpha\beta = 0$,$\alpha\beta$ 为无穷小量.

例2 计算极限 $\lim\limits_{x \to 0} x\sin\dfrac{1}{x}$.

解 $\lim\limits_{x \to 0} x = 0$,$\left|\sin\dfrac{1}{x}\right| \leq 1$,所以 $x \to 0$ 时,$x\sin\dfrac{1}{x}$ 为无穷小量,故

$$\lim\limits_{x \to 0} x\sin\frac{1}{x} = 0$$

例3 证明 $\lim\limits_{x \to 0} \dfrac{\sin 2x}{1 - \cos 2x}$ 是一个无穷大量.

证 因为 $\dfrac{1 - \cos 2x}{\sin 2x} = \dfrac{\sin x}{\cos x}$,而 $\lim\limits_{x \to 0} \sin x = \sin 0 = 0$,是无穷小量;$\lim\limits_{x \to 0} \cos x = 1$,

$\exists \delta > 0$,当 $0 < |x| < \delta$ 时,恒有 $|\cos x - 1| < \dfrac{1}{2}$ 成立.

则或 $\dfrac{1}{2} < \cos x < \dfrac{3}{2}$,或 $\dfrac{2}{3} < \dfrac{1}{\cos x} < 2$,即 $\dfrac{1}{\cos x}$ 是有界变量,所以 $\dfrac{1 - \cos 2x}{\sin 2x} = \dfrac{\sin x}{\cos x}$ 是

无穷小量,由无穷小量与无穷小量关系得

$$\lim\limits_{x \to 0} \frac{\sin 2x}{1 - \cos 2x} = \infty$$

例4 证明 $\lim\limits_{n \to \infty} (-1)^n \dfrac{1}{n} = 0$.

证 因为 $\lim\limits_{n \to \infty} \dfrac{1}{n} = 0$,$|(-1)^n| = 1 \leq 1$ 有界,$(-1)^n \dfrac{1}{n}$ 是无穷小量,所以

$$\lim\limits_{n \to \infty} (-1)^n \frac{1}{n} = 0$$

例5 设 $\lim\limits_{x \to x_0} \dfrac{f(x)}{g(x)}$ 存在,且 $\lim\limits_{x \to x_0} g(x) = 0$. 证明:$\lim\limits_{x \to x_0} f(x) = 0$.

证 设 $\lim\limits_{x \to x_0} \dfrac{f(x)}{g(x)} = A$,由定理2.11得

$$\frac{f(x)}{g(x)} = A + \alpha, \ \lim_{x \to x_0} \alpha = 0$$

进而得

$$f(x) = A \cdot g(x) + \alpha \cdot g(x)$$

即 $f(x)$ 为无穷小量.

所以 $\lim_{x \to x_0} f(x) = 0$.

例6 设 $\lim \dfrac{f(x)}{g(x)} = A \neq 0$,证明:$\lim f(x) = \infty \Leftrightarrow \lim g(x) = \infty$.

证 由 $\lim f(x) = \infty \Leftrightarrow \dfrac{1}{f(x)} \to 0$,而

$$\lim \frac{f(x)}{g(x)} = \lim \frac{\dfrac{1}{g(x)}}{\dfrac{1}{f(x)}} = A$$

由例5得

$$\frac{1}{g(x)} \to 0 \Leftrightarrow \lim g(x) = \infty$$

若 $\lim g(x) = \infty$,则 $\forall M > 0$,$\exists$ "时刻1",此时刻后恒有

$$|g(x)| > \frac{2M}{|A|}$$

成立.

由极限与无穷小量关系

$$\frac{f(x)}{g(x)} = A + \alpha, \alpha \to 0$$

$\exists$ "时刻2",此时刻后恒有 $|\alpha| < \dfrac{|A|}{2}$ 成立.

在"时刻1""时刻2"两者较后一个"时刻"之后,就恒有

$$|f(x)| = |A + \alpha| \cdot |g(x)| > \frac{|A|}{2} \cdot \frac{2M}{|A|} = M$$

成立.

所以 $\lim f(x) = \infty$.

例7 设 $\lim_{x \to 2} \dfrac{x^2 + ax + b}{x - 2} = 3$,求 a, b.

解 因为 $\lim_{x \to 2} (x - 2) = 0$,所以

$$\lim_{x \to 2} (x^2 + ax + b) = 4 + 2a + b = 0$$

即

$$\lim_{x \to 2} \frac{x^2 + ax + b}{x - 2} = \lim_{x \to 2} \frac{x^2 + ax - 4 - 2a}{x - 2} = \lim_{x \to 2}(x + 2 + a) = 4 + a = 3$$

解得 $a = -1, b = -2.$

2.2.3 无穷小量(无穷大量)的阶

定义2.13 设 $\lim \alpha = 0, \lim \beta = 0$(同一过程),

(1)若 $\lim \dfrac{\alpha}{\beta} = 0$,则称 α 是比 β 高阶的无穷小量. 且记为:$\alpha = o(\beta)$.

(2)若 $\lim \dfrac{\alpha}{\beta} = C \neq 0$,则称 α 与 β 是同阶无穷小量. 特别地,$C = 1$ 时,称 α 与 β 是等价无穷小量. 记为:$\alpha \sim \beta$.

(3)若 $\lim \dfrac{\alpha}{\beta} = \infty$,则称 α 是比 β 低阶(β 是比 α 高阶)的无穷小量.

命题2.1 设 $\lim \alpha = 0, \lim \beta = 0$(同一过程),则

$$\lim \frac{\alpha}{\beta} = C \neq 0 \Leftrightarrow \alpha \sim C\beta$$

习题2.2

1. 函数 $f(x) = \dfrac{x}{1 - x^2}$ 在什么过程中是无穷小量?在什么过程中是无穷大量?

2. 设 $f(x) = \dfrac{1}{\ln x}$,证明:$\lim\limits_{x \to 1} f(x) = \infty$.

3. 利用无穷小量的性质计算下列极限.

(1)$\lim\limits_{x \to 0} x \arctan \dfrac{1}{x}$ 　　　　(2)$\lim\limits_{n \to \infty} \dfrac{1}{n} \ln \dfrac{n + 2}{n + 1}$ 　　　　(3)$\lim\limits_{x \to 0} \csc x$

4. 设 $\lim\limits_{x \to 2} \dfrac{2x^2 + x + b}{x - 2} = A$ 存在,求 A, b.

§2.3 极限的运算与性质

极限是一个描述性概念,用极限定义证明极限必须先"知道"极限值,因此,只能对少数极限用定义证明. 对于更多的极限则需要借助性质、运算得到.

2.3.1 极限的四则运算

定理2.16 设 $\lim f(x) = A, \lim g(x) = B, C$ 为常数,则

(1)$\lim[f(x) \pm g(x)]$ 存在,且 $\lim[f(x) \pm g(x)] = A \pm B$;

(2)$\lim[C \cdot f(x)]$ 存在,且 $\lim[C \cdot f(x)] = AC$.

(3)$\lim[f(x) \cdot g(x)]$ 存在,且 $\lim[f(x) \cdot g(x)] = A \cdot B$;

(4) 当 $B \neq 0$ 时,$\lim \dfrac{f(x)}{g(x)}$ 存在,且 $\lim \dfrac{f(x)}{g(x)} = \dfrac{A}{B}$.

上述极限都是指同一过程的极限.

证 根据定理2.11,有 $f(x) = A + \alpha, g(x) = B + \beta, \alpha \, \beta$ 为同过程中的无穷小量. 从而

$$f(x) \pm g(x) = (A \pm B) + (\alpha \pm \beta)$$

$$Cf(x) = C(A + \alpha) = A \cdot C + \alpha \cdot C$$

$$f(x) \cdot g(x) = (A + \alpha)(B + \beta)$$

$$= A \cdot B + A\beta + B\alpha + \alpha\beta$$

$$\frac{f(x)}{g(x)} = \frac{A + \alpha}{B + \beta} = \frac{A}{B} + \frac{\alpha B - \beta A}{B(B + \beta)}$$

其中 $\alpha + \beta \, C\alpha \, A\beta + B\alpha + \alpha\beta \, \dfrac{\alpha B - \beta A}{B(B + \beta)}$ 为无穷小量,故定理成立.

推论1 若 $\lim f(x)$ 存在,$\lim g(x)$ 不存在,则 $\lim [f(x) \pm g(x)]$ 一定不存在.

这是因为 $g(x) = f(x) - [f(x) - g(x)] = [f(x) + g(x)] - f(x)$.

推论2 若 $\lim f(x) = A$,且 $A \neq 0$,$\lim g(x)$ 不存在,则 $\lim [f(x) \cdot g(x)]$ 也一定不存在.

由 $g(x) = \dfrac{f(x)g(x)}{f(x)}$ 可得.

利用极限的运算性质,就可借助一些简单(已知)函数的极限,通过计算的方法,得到比较复杂函数的极限.

例1 设 $f(x) = a_0 x^n + a_1 x^{n-1} + \cdots + a_{n-1} + a_n$,求 $\lim\limits_{x \to x_0} f(x)$.

解 因为 $\forall \varepsilon > 0, \exists \delta = \varepsilon$,且当 $0 < |x - x_0| < \delta$ 时,必有 $|x - x_0| < \varepsilon$,

所以

$$\lim\limits_{x \to x_0} x = x_0.$$

又

$$\lim\limits_{x \to x_0} x^k = \lim\limits_{x \to x_0} x \cdot x \cdots x = x_0 \cdot x_0 \cdots x_0 = x_0^k$$

所以

$$\lim\limits_{x \to x_0} f(x) = a_0 \lim\limits_{x \to x_0} x^n + a_1 \lim\limits_{x \to x_0} x^{n-1} + \cdots + a_{n-1} \lim\limits_{x \to x_0} x + a_n$$

$$= a_0 x_0^n + a_1 x_0^{n-1} + \cdots + a_{n-1} x_0 + a_n = f(x_0)$$

例2 $\lim\limits_{x \to 1} \dfrac{x^2 + 2x + 2}{x + 1}$.

解 因为 $\lim\limits_{x \to 1} (x^2 + 2x + 2) = 1 + 2 + 2 = 5, \lim\limits_{x \to 1} (x + 1) = 2 \neq 0$,

所以

$$\lim_{x \to 1} \frac{x^2 + 2x + 2}{x + 1} = \frac{\lim_{x \to 1}(x^2 + 2x + 2)}{\lim_{x \to 1}(x + 1)} = \frac{5}{2}$$

例3 $\lim\limits_{x \to -2} \dfrac{x^2 + 3x + 2}{x + 2}$.

解 原式 $= \lim\limits_{x \to -2} \dfrac{(x+2)(x+1)}{x+2} = \lim\limits_{x \to -2}(x+1) = -2 + 1 = -1$.

例4 $\lim\limits_{x \to 1} \dfrac{x^2 + 3x + 2}{x^2 + 2x - 3}$.

解 因为 $\lim\limits_{x \to 1}(x^2 + 3x + 2) = 6 \neq 0, \lim\limits_{x \to 1}(x^2 + 2x - 3) = 0$

所以

$$\lim_{x \to 1} \frac{x^2 + 2x - 3}{x^2 + 3x + 2} = 0$$

即在 $x \to 1$ 时

$$\frac{x^2 + 2x - 3}{x^2 + 3x + 2}$$

为无穷小量,故

$$\frac{x^2 + 3x + 2}{x^2 + 2x - 3}$$

在 $x \to 1$ 时为无穷大量,所以

$$\lim_{x \to 1} \frac{x^2 + 3x + 2}{x^2 + 2x - 3} = \infty$$

例5 $\lim\limits_{x \to \infty} \dfrac{x^2 + 3x + 2}{x^2 + 2x - 3}$.

解 $\lim\limits_{x \to \infty} \dfrac{x^2 + 3x + 2}{x^2 + 2x - 3} = \lim\limits_{x \to \infty} \dfrac{1 + 3/x + 2/x^2}{1 + 2/x - 3/x^2} = \dfrac{1 + 0 + 0}{1 + 0 - 0} = 1$

2.3.2 极限的复合运算法则

定理2.17 设 $\lim\limits_{t \to t_0} g(t) = x_0, \lim\limits_{x \to x_0} f(x) = A$, 且当 $t \neq t_0$ 时 $g(t) \neq x_0$, 则

$$\lim_{t \to t_0} f[g(t)] = A$$

或

$$\lim_{t \to t_0} f[g(t)] = \lim_{g(t) \to x_0} f[g(t)] \overset{\text{设}g(t)=x}{=} \lim_{x \to x_0} f(x).$$

证 因为 $\lim\limits_{x \to x_0} f(x) = A$ 所以 $\forall \varepsilon > 0, \exists \delta > 0$, 当 $0 < |x - x_0| < \delta$ 时, 就恒有

$$|f(x) - A| < \varepsilon$$

成立.

又 $\lim\limits_{t \to t_0} g(t) = x_0$，且当 $t \neq t_0$ 时 $g(t) \neq x_0$，所以对上述 $\delta > 0$，$\exists \gamma > 0$

当 $0 < |t - t_0| < \gamma$ 时，就恒有 $0 < |g(t) - x_0| < \delta$ 成立，进而恒有

$$|f[g(t) - A]| < \varepsilon$$

成立.

所以　$\lim\limits_{t \to t_0} f[g(t)] = A.$

定理2.17中条件"$t \neq t_0$ 时 $g(t) \neq x_0$"理论上讲，是保证定理成立不可少的.

例6　设 $f(x) = \begin{cases} 1, x \neq 0 \\ 0, x = 0 \end{cases}$，$g(t) = t\sin\dfrac{1}{t}.$

因为 $\lim\limits_{t \to 0} t = 0$，$\left|\sin\dfrac{1}{t}\right| \leqslant 1$ 有界，所以 $\lim\limits_{t \to 0} g(t) = 0$；且 $\lim\limits_{x \to 0} f(x) = 1$，但是

$$\lim\limits_{t \to 0} f[g(t)] \neq 1$$

这是因为 $t \to 0$ 时，有 $t_n{}' = \dfrac{1}{2n\pi}$，$t_n{}'' = \dfrac{1}{2n\pi + \pi/2}$，且 $n \to \infty$ 时，$t_n' \to 0$，$t_n'' \to 0$；

因　$\lim\limits_{n \to \infty} f[g(t_n')] = \lim\limits_{n \to \infty} 0 = 0$，$\lim\limits_{n \to \infty} f[g(t_n'')] = \lim\limits_{n \to \infty} 1 = 1 \neq 0$，

由定理2.12得

$$\lim\limits_{t \to 0} f[g(t)]\ \text{不存在.}$$

例7　$\lim\limits_{x \to 0^-} 5^{\frac{1}{\sin x}}.$

解　当 $-\dfrac{\pi}{2} < x < 0$ 时 $-1 < \sin x < 0$，且 $\lim\limits_{x \to 0^-} \dfrac{\sin x}{\log_2 5} = \dfrac{\sin 0}{\log_2 5} = 0$，

所以 $\lim\limits_{x \to 0^-} \dfrac{\log_2 5}{\sin x} = -\infty$，进而

$$\lim\limits_{x \to 0^-} 5^{\frac{1}{\sin x}} = \lim\limits_{x \to 0^-} 2^{\frac{\log_2 5}{\sin x}} \xlongequal{\text{设} \frac{\log_2 5}{\sin x} = u} \lim\limits_{u \to -\infty} 2^u = 0 \ (\text{见} \S2.1 \text{例}12).$$

更一般地，

$$\lim\limits_{f(x) \to +\infty} a^{f(x)} = \begin{cases} 0, a < 1 \\ \infty, a > 1 \end{cases}$$

$$\lim\limits_{f(x) \to -\infty} a^{f(x)} = \begin{cases} 0, a > 1 \\ \infty, a < 1 \end{cases}$$

根据极限的运算性质，当参加运算的函数极限存在，且分母极限不为0时，运算后函数的极限可直接用这些函数的极限值运算.

如果参加运算的函数极限不存在，或分母极限为0时，极限运算法则不能使用

了,需要转换函数形式.

2.3.3 常见几类需转换函数形式再计算的极限

1. 分子、分母极限都为0——分离出趋向0($\neq$0)的因子消去

(1)分子、分母是多项式,可以通过分解因式.

例8 $\lim\limits_{x \to 1} \dfrac{x-1}{x^3+x-2}$.

解 $\lim\limits_{x \to 1} \dfrac{x-1}{x^3+x-2} = \lim\limits_{x \to 1} \dfrac{\cancel{x-1}}{\cancel{(x-1)}(x^2+x+2)} = \dfrac{1}{4}$.

(2)分子、分母中含有开方,可以通过有理化.

例9 $\lim\limits_{x \to 0} \dfrac{\sqrt[3]{1+x}-1}{x}$.

解 $\lim\limits_{x \to 0} \dfrac{\sqrt[3]{1+x}-1}{x} = \lim\limits_{x \to 0} \dfrac{(\sqrt[3]{1+x}-1)\left[(\sqrt[3]{1+x})^2+\sqrt[3]{1+x}+1\right]}{x \cdot \left[(\sqrt[3]{1+x})^2+\sqrt[3]{1+x}+1\right]}$

$= \lim\limits_{x \to 0} \dfrac{\cancel{x}}{\cancel{x} \cdot \left[(\sqrt[3]{1+x})^2+\sqrt[3]{1+x}+1\right]} = \dfrac{1}{3}$

一般地,$\sqrt[n]{1+x}-1 \sim \dfrac{1}{n}x(x \to 0$ 时$)$.

定理2.18 设 α、β、γ 为无穷小量,且 $\alpha \sim \gamma$,$\lim\dfrac{\gamma}{\beta}$ 存在,则 $\lim\dfrac{\alpha}{\beta}$ 也存在,并且

$\lim\dfrac{\alpha}{\beta} = \lim\dfrac{\gamma}{\beta}$.

这是因为 $\dfrac{\alpha}{\beta} = \dfrac{\alpha}{\gamma} \cdot \dfrac{\gamma}{\beta}$.

定理2.18 是说在计算函数乘除的极限时,等价无穷小可以互相替换,这也是等价无穷小的含义.

例10 $\lim\limits_{x \to 0} \dfrac{\sqrt[5]{1-x^2}-1}{x_2}$.

解 因为 $x \to 0$ 时,$\sqrt[5]{1-x^2}-1 \sim -\dfrac{1}{5}x^2$,

所以

$$\lim\limits_{x \to 0} \dfrac{\sqrt[5]{1-x^2}-1}{x^2} = \lim\limits_{x \to 0} \dfrac{-\dfrac{1}{5}x^2}{x^2} = -\dfrac{1}{5}$$

但是要注意,在函数加减运算的极限中不能随便替换.

2. 分子、分母都趋向∞——同除以趋向∞因子,化为极限存在的函数

例 11 $\lim\limits_{x\to\infty}\dfrac{a_0x^n+a_1x^{n-1}+\cdots+a_{n-1}x+a_n}{b_0x^m+b_1x^{m-1}+\cdots+b_{m-1}x+b_m}(a_0\cdot b_0\neq 0)$.

解 当 $m>n$ 时,

$$\text{原式}=\lim_{x\to\infty}\frac{a_0\dfrac{1}{x^{m-n}}+a_1\dfrac{1}{x^{m+1-n}}+\cdots+a_{n-1}\dfrac{1}{x^{m-1}}+a_n\dfrac{1}{x^m}}{b_0+b_1\dfrac{1}{x}+\cdots+b_{m-1}\dfrac{1}{x^{m-1}}+b_m\dfrac{1}{x^m}}=0$$

当 $m=n$ 时,

$$\text{原式}=\lim_{x\to\infty}\frac{a_0+a_1\dfrac{1}{x}+\cdots+a_{n-1}\dfrac{1}{x^{n-1}}+a_n\dfrac{1}{x^n}}{b_0+b_1\dfrac{1}{x}+\cdots+b_{m-1}\dfrac{1}{x^{m-1}}+b_m\dfrac{1}{x_m}}=\frac{a_0}{b_0}$$

当 $m<n$ 时,因为

$$\lim_{x\to\infty}\frac{b_0\dfrac{1}{x^{n-m}}+b_1\dfrac{1}{x^{n-m+1}}+\cdots+b_{m-1}\dfrac{1}{x^{n-1}}+b_m\dfrac{1}{x^n}}{a_0+a_1\dfrac{1}{x}+\cdots+a_{n-1}\dfrac{1}{x^{n-1}}+a_n\dfrac{1}{x^n}}=0$$

即

$$\frac{b_0\dfrac{1}{x^{n-m}}+b_1\dfrac{1}{x^{n-m+1}}+\cdots+b_{m-1}\dfrac{1}{x^{n-1}}+b_m\dfrac{1}{x^n}}{a_0+a_1\dfrac{1}{x}+\cdots+a_{n-1}\dfrac{1}{x^{n-1}}+a_n\dfrac{1}{x^n}}$$

$$=\frac{b_0x^m+b_1x^{m-1}+\cdots+b_{m-1}x+b_m}{a_0x^n+a_1x^{n-1}+\cdots+a_{n-1}x+a_n}$$

为无穷小量,所以

$$\lim_{x\to\infty}\frac{a_0x^n+a_1x^{n-1}+\cdots+a_{n-1}x+a_n}{b_0x^m+b_1x^{m-1}+\cdots+b_{m-1}x+b_m}=\infty$$

例 12 $\lim\limits_{n\to\infty}\dfrac{x-x^{2n}}{1+x^{2n}}$.

解 当 $|x|<1$ 时, $\lim\limits_{n\to\infty}x^{2n}=0$, $\lim\limits_{n\to\infty}\dfrac{x-x^{2n}}{1+x^{2n}}=x$;

当 $|x|>1$ 时, $\lim\limits_{n\to\infty}x^{2n}=\infty$, $\lim\limits_{n\to\infty}\dfrac{x-x^{2n}}{1+x^{2n}}=\lim\limits_{n\to\infty}\dfrac{\dfrac{1}{x^{2n-1}}-1}{\dfrac{1}{x^{2n}}+1}=-1$;

当 $x=1$ 时, $\lim\limits_{n\to\infty}\dfrac{x-x^{2n}}{1+x^{2n}}=\lim\limits_{n\to\infty}\dfrac{1-1}{1+1}=0$;

当 $x = -1$ 时,$\lim\limits_{n \to \infty} \dfrac{x - x^{2n}}{1 + x^{2n}} = \lim\limits_{x \to \infty} \dfrac{-1 - 1}{1 + 1} = -1$.

所以

$$\lim_{n \to \infty} \frac{x - x^{2n}}{1 + x^{2n}} = \begin{cases} -1, & x \leqslant -1 \text{ 或 } x > 1 \\ 0, & x = 1 \\ x, & |x| < 1 \end{cases}$$

3. 极限不存在的函数相加减——化为函数乘除

(1)有分母——通分.

例13 $\lim\limits_{x \to 1}\left(\dfrac{1}{1-x} + \dfrac{2x+1}{x^3-1}\right)$

解 原式 $= \lim\limits_{x \to 1} \dfrac{x(x-1)}{(1-x)(x^2+x+1)} = -\dfrac{1}{3}$.

(2)有开方——有理化.

例14 $\lim\limits_{x \to +\infty}\left(\sqrt{x^2 + x} - x\right)$

解 原式 $= \lim\limits_{x \to +\infty} \dfrac{x}{\sqrt{x^2+x}+x} = \lim\limits_{x \to +\infty} \dfrac{1}{\sqrt{1+\dfrac{1}{x}}+1} = \dfrac{1}{2}$.

方法二:因为 $\sqrt{1+u} - 1 \sim \dfrac{u}{2}(u \to 0$ 时),所以

$$\text{原式} = \lim_{x \to +\infty} x\left(\sqrt{1+\frac{1}{x}}-1\right) = \lim_{x \to +\infty} x \cdot \left(\frac{1}{2} \cdot \frac{1}{x}\right) = \frac{1}{2}$$

(3)不属于前两种——提出一个趋向 ∞ 因子.

例15 $\lim\limits_{x \to \infty}(x^2 - x)$

解 原式 $= \lim\limits_{x \to \infty} x(x-1) = \infty$. $\left(\lim\limits_{x \to \infty} \dfrac{1}{x(x-1)} = \lim\limits_{x \to \infty}\left(\dfrac{1}{x-1} - \dfrac{1}{x}\right) = 0\right)$

4. 在极限过程中,运算项数无限增加的极限——化为初等形式

例16 $\lim\limits_{x \to \infty}\left[\sqrt{1+2+\cdots+n} - \sqrt{1+2+\cdots+(n-1)}\right]$.

解 原式 $= \lim\limits_{x \to \infty} \dfrac{1}{\sqrt{2}}\left[\sqrt{n(n-1)} - \sqrt{n(n-1)}\right]$

$= \lim\limits_{x \to \infty} \dfrac{1}{\sqrt{2}} \dfrac{2n}{\sqrt{n(n+1)} + \sqrt{n(n-1)}}$

$= \lim\limits_{x \to \infty} \dfrac{\sqrt{2}}{\sqrt{1+\dfrac{1}{n}} + \sqrt{1-\dfrac{1}{n}}} = \dfrac{\sqrt{2}}{2}$

通过函数形式的转换,可以计算许多不能直接用运算法则计算的极限. 但是,仍有一些不能直接用运算法则的常见函数极限计算问题. 如 §2.1 例 2 中极限,需要新的基本极限或计算方法.

习题 2.3

1. 计算下列极限.

$(1) \lim\limits_{x \to 2} \dfrac{x^2 + 3}{x - 5}$

$(2) \lim\limits_{x \to \sqrt{3}} \dfrac{x^2 - 3}{x^2 + 1}$

$(3) \lim\limits_{x \to \infty} \left(2 - \dfrac{5}{x} + \dfrac{30}{x^2} \right)$

$(4) \lim\limits_{x \to 2} \dfrac{2}{x^2 + 1} \left(3 + \dfrac{1}{x - 5} \right)$

2. 计算下列极限.

$(1) \lim\limits_{x \to 2} \dfrac{x^2 - 3x + 2}{x - 2}$

$(2) \lim\limits_{x \to \sqrt{3}} \dfrac{1 - \sqrt{3}}{\sqrt{x^2 - 3}}$

$(3) \lim\limits_{x \to \infty} \dfrac{x^2 - 1}{2x^2 + x + 1}$

$(4) \lim\limits_{x \to +\infty} \left(\sqrt{x^2 - x} - x \right)$

$(5) \lim\limits_{x \to 1} \left(\dfrac{1}{1 - x} - \dfrac{3}{1 - x^3} \right)$

$(6) \lim\limits_{x \to \infty} \left(1 + \dfrac{1}{2} + \dfrac{1}{4} + \cdots + \dfrac{1}{2^n} \right)$

$(7) \lim\limits_{x \to \infty} \left(\dfrac{1}{n^2} + \dfrac{2}{n^2} + \cdots + \dfrac{n}{n^2} \right)$

3. 计算 $\lim\limits_{x \to \infty} \dfrac{x^2 n}{1 + x^2 + x^4 + \cdots + x^{2n}}$.

4. 利用 $x \to 0$ 时, $\ln(1 + x) \sim x$ 计算: $\lim\limits_{n \to \infty} \dfrac{1}{n} \ln(e^n + x^n)$.

§2.4 两个重要极限

上一节介绍了极限的运算法则. 对不能使用运算法则的极限,也给出了常用的转换方法. 但是,对于像 $\lim\limits_{x \to 0} \dfrac{\sin x}{x}$、$\lim\limits_{x \to 0} \dfrac{a^x - 1}{x}$ 等含三角、反三角、指数、对数等函数的极限,用前面介绍的方法就很难达到目的,必须借助新的极限工具.

2.4.1 极限存在准则

定理 2.19(夹逼定理) 设函数 $f(x)$、$g(x)$、$h(x)$ 满足

$(1) g(x) \leqslant f(x) \leqslant h(x)$;

$(2) \lim g(x) = \lim h(x) = A$.

则必有 $\lim f(x)$ 存在,且 $\lim f(x) = A$. (上述极限均为同一过程)

证 (只证 $x \to x_0$ 过程)

由(2)得 $\forall \varepsilon > 0, \exists \delta_1 > 0, \delta_2 > 0$, 当 $0 < |x - x_0| < \delta_1$ 时,恒有

$$|g(x) - A| < \varepsilon$$

当 $0 < |x - x_0| < \delta_2$ 时,恒有

$$|h(x) - A| < \varepsilon$$

取 $\delta = \min\{\delta_1, \delta_2\}$,则当 $0 < |x - x_0| < \delta$ 时,就有

$$0 < |x - x_0| < \delta_1, 0 < |x - x_0| < \delta_2$$

成立,进而同时有

$$|g(x) - A| < \varepsilon, |h(x) - A| < \varepsilon$$

即 $0 < |x - x_0| < \delta$ 时,有

$$A - \varepsilon < g(x), h(x) < A + \varepsilon$$

再由(1) $g(x) \leqslant f(x) \leqslant h(x)$,得 $0 < |x - x_0| < \delta$ 时,恒有

$$A - \varepsilon < g(x) \leqslant f(x) \leqslant h(x) < A + \varepsilon$$

即 $|f(x) - A| < \varepsilon$ 成立. 所以

$$\lim_{x \to x_0} f(x) = A$$

定理2.20(单调有界准则) 设 $\{a_n\}$ 为数列.

(1) $\{a_n\}$ 单调增加,且有上界,则 $\lim_{n \to \infty} a_n$ 一定存在;

(2) $\{a_n\}$ 单调减少,且有下界,则 $\lim_{n \to \infty} a_n$ 一定存在.

证 只证(1)

因为 $\{a_n\}$ 有上界,所以必有上确界,记 $\{a_n\}$ 的上确界为 A. 即对任意的 n,有 $a_n \leqslant A$,且 $\forall \varepsilon > 0, \exists N > 0$ 使 $a_N > A - \varepsilon$.

再由 $\{a_n\}$ 单调增加得 $n > N$ 时,恒有

$$A - \varepsilon < a_N < a_n \leqslant A < A + \varepsilon$$

即 $|a_n - A| < \varepsilon$ 成立. 所以

$$\lim_{x \to \infty} a_n = A(存在)$$

类似可证(2).

单调有界准则也适用于函数. 只是单调性要改为:函数 $f(x)$ 在 x 的变化过程中单调.

使用夹逼定理时,关键是要找两个极限相等的函数把待求极限的函数"夹"起来;使用单调有界准则证明极限,则要证明函数在极限过程中单调、有界.

例1 求 $\lim\limits_{n \to \infty} \left(\dfrac{1}{1 + n^2} + \dfrac{1}{2 + n^2} + \cdots + \dfrac{1}{n + n^2} \right)$.

分析: 这个极限属于在极限过程中运算的项数无限增加的情形. 但是,没有转

化为初等形式的公式.

因为变量趋向∞时,极限主要由高次项决定.故可考虑保持高次项不变,通过放大、缩小,把求极限的数列"夹"起来,使用夹逼定理.

解 $\dfrac{1}{1+n^2}+\dfrac{1}{2+n^2}+\cdots+\dfrac{1}{n+n^2} > \dfrac{1}{n+n^2}+\dfrac{1}{n+n^2}+\cdots+\dfrac{1}{n+n^2}=\dfrac{1}{1+n}$,

$\dfrac{1}{1+n^2}+\dfrac{1}{2+n^2}+\cdots+\dfrac{1}{n+n^2} < \dfrac{1}{0+n^2}+\dfrac{1}{0+n^2}+\cdots+\dfrac{1}{0+n^2}=\dfrac{1}{n}$,

因为 $\lim\limits_{n\to\infty}\dfrac{1}{n}=\lim\limits_{n\to\infty}\dfrac{1}{1+n}=0$,

由夹逼定理得

$$\lim_{n\to\infty}\left(\frac{1}{1+n^2}+\frac{1}{2+n^2}+\cdots+\frac{1}{n+n^2}\right)=0$$

这个极限也可以用单调有界准则证明极限存在(单调增加有上界1),但是单调有界准则得不到极限值.

例2 设数列 $a_1 > 1, a_{n+1}=\dfrac{1+a_n}{2}$,求 $\lim\limits_{n\to\infty}a_n$.

解 先证明 $a_n > 1$.

由 $a_1 > 1$,得 $n=1$ 时成立.假设 $n=k$ 时成立,即 $a_k > 1$,对于 $n=k+1$,有

$$a_{k+1}=\frac{1+a_k}{2} > \frac{1+1}{2}=1$$

成立.由归纳法原理知,对任意正整数 n,恒有 $a_n > 1$.

再证明 $\{a_n\}$ 单调减少.

因为

$$a_{n+1}-a_n=\frac{1+a_n}{2}-a_n=\frac{1-a_n}{2} < 0$$

所以 $\{a_n\}$ 单调减少;

由单调有界准则知 $\lim\limits_{n\to\infty}a_n$ 存在.

设 $\lim\limits_{n\to\infty}a_n=a$,在等式 $a_{n+1}=\dfrac{1+a_n}{2}$ 两边求极限

$$\lim_{n\to\infty}a_{n+1}=\lim_{n\to\infty}\frac{1+a_n}{2}$$

得 $a=\dfrac{1+a}{2}$,

解得 $a=\lim\limits_{n\to\infty}a_n=1$.

例3 设 $a_0 = 3, a_1 = 3 + \sqrt{3}, a_2 = 3 + \sqrt{3 + \sqrt{3}}, a_3 = 3 + \sqrt{3 + \sqrt{3 + \sqrt{3}}} \cdots$,

求 $\lim\limits_{n\to\infty} a_n$.

解 先证明 $\lim\limits_{n\to\infty} a_n$ 存在.

因为 $a_{n+1} = 3 + \sqrt{a_n}, a_0 = 3 < 6$,假设 $a_n < 6$,有

$$a_{n+1} = 3 + \sqrt{a_n} < 3 + \sqrt{6} < 3 + 3 = 6$$

所以 $\{a_n\}$ 有上界;

又 $a_1 - a_0 = \sqrt{3} > 0$,假设 $a_n - a_{n-1} > 0$,有

$$a_{n+1} - a_n = \frac{a_n - a_{n-1}}{\sqrt{a_n} + \sqrt{a_{n-1}}} > 0$$

对任意正整数 n 成立,所以 $\{a_n\}$ 单调增加,

根据单调有界准则,$\lim\limits_{n\to\infty} a_n$ 存在.

设 $\lim\limits_{n\to\infty} a_n = a$,对 $a_{n+1} = 3 + \sqrt{a_n}$ 两边取极限,得

$$a = 3 + \sqrt{a}$$

解得 $\lim\limits_{n\to\infty} a_n = a = \dfrac{7 + \sqrt{13}}{2}$.

2.4.2 两个重要极限

1. $\lim\limits_{x\to 0} \dfrac{\sin x}{x}$

设 $0 < x < \dfrac{\pi}{2}$.

作单位圆,并以 x 为圆心角(如图 $2 - 2$),显然

$$\triangle AOB \text{ 面积} < \text{扇形 } AOB \text{ 面积} < \triangle COB \text{ 面积},$$

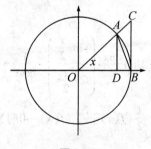

图 $2 - 2$

即 $\dfrac{\sin x}{2} < \dfrac{x}{2} < \dfrac{\tan x}{2}$ 或 $1 < \dfrac{x}{\sin x} < \dfrac{1}{\cos x}$

即　$\cos x < \dfrac{\sin x}{x} < 1$

因为　$\lim\limits_{x \to 0^+} \cos x = \cos 0 = 1 = \lim\limits_{x \to 0^+} 1$,

由夹逼定理得

$$\lim_{x \to 0^+} \frac{\sin x}{x} = 1$$

当 $-\dfrac{\pi}{2} < x < 0$ 时,有 $0 < -x < \dfrac{\pi}{2}$,所以

$$\lim_{x \to 0^-} \frac{\sin x}{x} = \lim_{-x \to 0^+} \frac{\sin(-x)}{-x} = 1$$

综上,得　$\lim\limits_{x \to 0} \dfrac{\sin x}{x} = 1.$

更一般情形,若 $f(x) \neq 0$ 且 $\lim\limits_{\substack{x \to x_0 \\ (\text{或} x \to \infty)}} f(x) = 0$,则

$$\lim_{\substack{x \to x_0 \\ (\text{或} x \to \infty)}} \frac{\sin f(x)}{f(x)} = \lim_{f(x) \to 0} \frac{\sin f(x)}{f(x)} = 1$$

即　$\sin f(x) \sim f(x)$　$(f(x) \to 0$时$).$

这个极限之所以称之为重要极限,是因为在分子、分母趋于0的极限中,出现三角函数、反三角函数,都可借助此极限计算.

例4　求 $\lim\limits_{x \to 0} \dfrac{\tan ax}{\sin x}$　$(a \neq 0).$

解　$\lim\limits_{x \to 0} \dfrac{\tan ax}{\sin x} = \lim\limits_{x \to 0} \dfrac{\sin ax}{ax} \cdot \dfrac{a \, x}{\dfrac{\sin x}{x} \cdot x} \cdot \dfrac{1}{\cos ax} = a.$

一般地有　$\tan f(x) \sim f(x)$　$(f(x) \to 0$时$).$

例5　求 $\lim\limits_{x \to 0} \dfrac{\sin x - \tan x}{x^3}$

解　$\lim\limits_{x \to 0} \dfrac{\sin x}{x} \cdot \dfrac{\cos x - 1}{x^2 \cos x} = -2 \lim\limits_{x \to 0} \dfrac{\sin x}{x} \cdot \left(\dfrac{\sin \dfrac{x}{2}}{2 \cdot \dfrac{x}{2}} \right)^2 \cdot \dfrac{1}{\cos x} = -\dfrac{1}{2}.$

一般地有　$1 - \cos f(x) \sim \dfrac{1}{2} [f(x)]^2$　$(f(x) \to 0$时$).$

例6　求 $\lim\limits_{x \to 0} \dfrac{\arctan 2x}{x}.$

解　设 $\arctan 2x = u$,则 $x = \dfrac{1}{2} \tan u$,且 $x \neq 0$时,$u \neq 0$,$\lim\limits_{x \to 0} u = 0$,

所以 $\lim\limits_{x\to 0}\dfrac{\arctan 2x}{x}=\lim\limits_{u\to 0}\dfrac{u}{\frac{1}{2}\tan u}=2\lim\limits_{u\to 0}\dfrac{\cos u}{\frac{\sin u}{u}}=2.$

一般地有 $\arctan f(x)\sim f(x)$ $(f(x)\to 0$时$)$.

例7 求$\lim\limits_{x\to\pi}\dfrac{\sin 3x}{x-\pi}$.

解 设$x-\pi=u$,则$\lim\limits_{x\to\pi}u=0$,得

$$\lim_{x\to\pi}\frac{\sin 3x}{x-\pi}=\lim_{u\to 0}\frac{\sin(3\pi+3u)}{u}=\lim_{u\to 0}\frac{-\sin 3u}{3u}\cdot 3=-3$$

例8 求$\lim\limits_{x\to 0}\dfrac{\arcsin x}{\tan x}$.

解 $\lim\limits_{x\to 0}\dfrac{\arcsin x}{\tan x}=\lim\limits_{x\to 0}\dfrac{x}{\tan x}\cdot\dfrac{\arcsin x}{x}$

因为

$$\lim_{x\to 0}\frac{x}{\tan x}=1,\lim_{x\to 0}\frac{\arcsin x}{x}\overset{\arcsin x=u}{=}\lim_{u\to 0}\frac{u}{\sin u}=1$$

所以

$$\lim_{x\to 0}\frac{\arcsin x}{\tan x}=\lim_{x\to 0}\frac{x}{\tan x}\cdot\frac{\arcsin x}{x}=1$$

一般地有 $\arcsin f(x)\sim f(x)$ $(f(x)\to 0$时$)$.

2. $\lim\limits_{n\to\infty}\left(1+\dfrac{1}{n}\right)^{n}$ 或$\lim\limits_{x\to\infty}\left(1+\dfrac{1}{x}\right)^{x}$ 或$\lim\limits_{x\to 0}(1+x)^{\frac{1}{x}}$

先证明$\lim\limits_{n\to\infty}\left(1+\dfrac{1}{n}\right)^{n}$ 存在.

引理 $x>-1$时,$(1+x)^{n}\geqslant 1+nx$.

证 $n=1$时显然为等式;$n=2$时,$(1+x)^{2}=1+2x+x^{2}\geqslant 1+2x$ 成立(等号仅在$x=0$成立);假设$n=k$ 成立,即$(1+x)^{k}\geqslant 1+kx$,因为$x>-1$,即$1+x>0$,所以

$$(1+x)^{k}(1+x)\geqslant(1+kx)(1+x)$$

即

$$(1+x)^{k+1}\geqslant 1+(k+1)x+kx^{2}\geqslant 1+(1+k)x$$

不等式对$n=k+1$也成立(等号仅在$x=0$成立).

由归纳法知,对任意正整数n不等式成立.

下面证明 $\lim\limits_{n\to\infty}\left(1+\dfrac{1}{n}\right)^{n}$ 单调有界.

设$a_{n}=\left(1+\dfrac{1}{n}\right)^{n},b_{n}=\left(1+\dfrac{1}{n}\right)^{n+1}$,因为

$$\frac{a_{n+1}}{a_n} = \frac{\left(1 + \dfrac{1}{n+1}\right)^{n+1}}{\left(1 + \dfrac{1}{n}\right)^n} = \left(1 + \frac{1}{n}\right)\left[\frac{n(n+2)}{(n+1)^2}\right]^{n+1} = \frac{n+1}{n}\left[1 - \frac{1}{(n+1)^2}\right]^{n+1}$$

由引理

$$\left[1 - \frac{1}{(n+1)^2}\right]^{n+1} > 1 - \frac{(n+1)}{(n+1)^2} = \frac{n}{n+1}$$

所以 $\dfrac{a_{n+1}}{a_n} > 1$，即 $\{a_n\}$ 单调增加.

类似方法可以证明 $\{b_n\}$ 单调减少.

显然 $a_n < b_n$，再由 $\{b_n\}$ 单调减少得 $a_n < b_n \leqslant b_1 = 2^2 = 4$，即 $\{a_n\}$ 有上界. 根据单调有界准则知

$$\lim_{x \to \infty} a_n = \lim_{x \to \infty}\left(1 + \frac{1}{n}\right)^n 存在.$$

记极限 $\lim\limits_{x \to \infty}\left(1 + \dfrac{1}{n}\right)^n$ 的值为 e.

即 $\lim\limits_{x \to \infty}\left(1 + \dfrac{1}{n}\right)^n = e.$

e 是一个无理数，其近似值为 $e \approx 2.71828$.

以 e 为底的对数函数记为 $\ln x$.

以下证 $\lim\limits_{x \to \infty}\left(1 + \dfrac{1}{x}\right)^x = e.$

对任意 $x > 1$，都存在正整数 n，使 $n \leqslant x \leqslant n+1$，进而有

$$\left(1 + \frac{1}{n+1}\right)^n \leqslant \left(1 + \frac{1}{x}\right)^n \leqslant \left(1 + \frac{1}{x}\right)^x \leqslant \left(1 + \frac{1}{x}\right)^{n+1} \leqslant \left(1 + \frac{1}{n}\right)^{n+1}$$

且 $x \to +\infty$ 时必有 $n \to \infty$，同样 $n \to \infty$ 时也必有 $x \to +\infty$，

令 $x \to +\infty$. 因为

$$\lim_{x \to +\infty}\left(1 + \frac{1}{n}\right)^{n+1} = \lim_{n \to \infty}\left(1 + \frac{1}{n}\right)^n \cdot \left(1 + \frac{1}{n}\right)$$

$$= e \lim_{x \to +\infty}\left(1 + \frac{1}{n+1}\right)^n$$

$$= \lim_{n+1 \to +\infty}\left(1 + \frac{1}{n+1}\right)^{n+1}\left(1 + \frac{1}{n+1}\right)^{-1} = e$$

由夹逼定理知

$$\lim_{x \to +\infty}\left(1 + \frac{1}{x}\right)^x = e$$

对 $x < -1$，设 $x + 1 = -y$，则 $y > 0$，且 $x \to -\infty$ 时 $y \to +\infty$，有

$$\left(1 + \frac{1}{x}\right)^x = \left(1 - \frac{1}{y+1}\right)^{-y-1} = \left(1 + \frac{1}{y}\right)^{y+1}$$

所以

$$\lim_{x \to -\infty} \left(1 + \frac{1}{x}\right)^x = \lim_{y \to +\infty} \left(1 + \frac{1}{y}\right)^y \left(1 + \frac{1}{y}\right) = e \cdot 1 = e$$

综上得到 $\quad \lim_{u \to \infty} \left(1 + \frac{1}{x}\right)^x = e.$

如果令 $\dfrac{1}{x} = u$ 则有

$$\lim_{u \to 0} (1 + u)^{\frac{1}{u}} = \lim_{x \to \infty} \left(1 + \frac{1}{x}\right)^x = e$$

更一般情形，若 $f(x) \neq 0$，且 $\lim\limits_{\substack{x \to x_0 \\ (\text{或} x \to \infty)}} f(x) = 0$，则

$$\lim_{\substack{x \to x_0 \\ (\text{或} x \to \infty)}} \left[1 + f(x)\right]^{\frac{1}{f(x)}} = e$$

此极限之重要在于：

(1) 底数趋于 1，指数趋于 ∞ 的极限，可以直接使用此极限计算；

(2) 当分子、分母极限为 0 时，出现指数函数、对数函数，可以借此极限计算.

例9　求 $\lim\limits_{x \to \infty} \left(1 - \dfrac{3}{2x}\right)^x.$

解　$\lim\limits_{x \to \infty} \left(1 - \dfrac{3}{2x}\right)^x = \lim\limits_{x \to \infty} \left[\left(1 + \dfrac{1}{-\dfrac{2x}{3}}\right)^{-\frac{2x}{3}}\right]^{-\frac{3}{2}} = e^{-\frac{3}{2}}.$

例10　设 $\lim\limits_{a \to \infty} \left(\dfrac{a-x}{a+x}\right)^a = 5$，求 x.

解　$x \neq 0$ 时，$\lim\limits_{a \to \infty} \left(\dfrac{a-x}{a+x}\right)^a = \lim\limits_{a \to \infty} \dfrac{\left[\left(1 - \dfrac{x}{a}\right)^{-\frac{a}{x}}\right]^{-x}}{\left[\left(1 + \dfrac{x}{a}\right)^{\frac{a}{x}}\right]^x} = e^{-2x}$；当 $x = 0$ 时此式也成立.

因此 $e^{2x} = 5$，解得 $\quad x = \dfrac{1}{2}\ln 5.$

例11（连续复利计算公式）　设一笔资产现值为 A_0，若年利率为 r（连续复利），求 t 年后该资产的价值 $A(t)$.

解　设一年分 n 次计息，则每次利率为 $\dfrac{r}{n}$，一年后本利总和为 $A_0 \left(1 + \dfrac{r}{n}\right)^n$，$t$ 年后本利总和为 $A_0 \left(1 + \dfrac{r}{n}\right)^m$，令 $n \to \infty$，得

$$A(t) = \lim_{n \to \infty} A_0 \left(1 + \frac{r}{n}\right)^m = \lim_{n \to \infty} A_0 \left[\left(1 + \frac{r}{n}\right)^{\frac{n}{r}}\right]^{rt} = A_0 e^{rt}$$

上式称为复利计算公式.

利用此公式,反过来又可以得到:一笔 t 年后价值为 $A(t)$ 的资产,按年利率 r 折算,相当于现在资产值 A_0 为

$$A_0 = A(t) e^{-rt}$$

这个公式称为折现(贴现、贴水)公式.

例12 求 $\lim\limits_{x \to 0} \dfrac{\ln(1+x)}{x}$.

解 $\lim\limits_{x \to 0} \dfrac{\ln(1+x)}{x} = \lim\limits_{x \to 0} \ln(1+x)^{\frac{1}{x}} = \lim\limits_{(1+x)^{\frac{1}{x}} \to e} \ln(1+x)^{\frac{1}{x}} = \ln e = 1.$

一般地,有 $\ln[1 + f(x)] \sim f(x)$ $(f(x) \to 0$时$)$.

例13 求 $\lim\limits_{x \to \infty} \dfrac{e^x - 1}{x}$.

解 设 $e^x - 1 = u$,则 $x \to 0$时 $u \to 0$且 $x = \ln(1+u)$,因此

$$\lim_{x \to 0} \frac{e^x - 1}{x} = \lim_{u \to 0} \frac{u}{\ln(1+u)} = \lim_{u \to 0} \frac{1}{\ln(1+u)^{\frac{1}{u}}} = \frac{1}{\ln e} = 1$$

一般地,有 $e^{f(x)} - 1 \sim f(x)$ $(f(x) \to 0$时$)$.

例14 求 $\lim\limits_{x \to 0} \dfrac{a_1^x + a_2^x + \cdots + a_n^x - n}{x}$

解 法一:原式 $= \lim\limits_{x \to 0} \left(\dfrac{e^{x\ln a_1} - 1}{x\ln a_1} \cdot \ln a_1 + \dfrac{e^{x\ln a_2} - 1}{x\ln a_2} \cdot \ln a_2 + \cdots + \dfrac{e^{x\ln a_n} - 1}{x\ln a_n} \cdot \ln a_n\right)$

$\qquad = \ln a_1 + \ln a_2 + \cdots + \ln a_n = \ln(a_1 a_2 \cdots a_n).$

法二:原式 $= \lim\limits_{x \to 0} \dfrac{e^{x\ln a_1} - 1 + e^{x\ln a_2} - 1 + \cdots + e^{x\ln a_n} - 1}{x}$ $(e^{x\ln a_i} - 1 \sim x\ln a_i)$

$\qquad = \lim\limits_{x \to 0} \dfrac{x\ln a_1 + x\ln a_2 + \cdots + x\ln a_n}{x} = \ln a_1 a_2 \cdots a_n.$

例15 求 $\lim\limits_{x \to 0} \dfrac{1 - \cos x}{x(e^x - 1)}$.

解 $\lim\limits_{x \to 0} \dfrac{1 - \cos x}{x(e^x - 1)} = \lim\limits_{x \to 0} \dfrac{\frac{1}{2}x^2}{x^2} = \dfrac{1}{2}.$

几个重要的等价无穷小量:$(f(x) \to 0$时$)$

$e^{f(x)} - 1 \sim f(x)$ $\qquad\qquad\qquad\qquad \sin f(x) \sim f(x)$

$\tan f(x) \sim f(x)$ $\qquad\qquad\qquad\qquad \ln[1 + f(x)] \sim f(x)$

$$\arcsin f(x) \sim f(x)$$

$$1 - \cos f(x) \sim \frac{1}{2}[f(x)]^2$$

$$\arctan f(x) \sim f(x)$$

$$\sqrt[n]{1 + f(x)} - 1 \sim \frac{1}{n}f(x)$$

例16 求 $\lim\limits_{x \to 0} \dfrac{\ln \cos x}{(2^x - 1)^2}$.

解 原式 $= \lim\limits_{x \to 0} \dfrac{\ln[1 + (\cos x - 1)]}{(e^{x\ln 2} - 1)^2} = \lim\limits_{x \to 0} \dfrac{\cos x - 1}{(x\ln 2)^2} = \lim\limits_{x \to 0} \dfrac{-\frac{1}{2}x^2}{x^2 \ln^2 2} = -\dfrac{1}{2\ln^2 2}$.

例17 求 $\lim\limits_{x \to 0} \dfrac{(3 + 2\sin x)^x - 3^x}{\tan^2 x}$.

解 原式 $= \lim\limits_{x \to 0} \dfrac{(3 + 2\sin x)^x - 3^x}{\tan^2 x} = \lim\limits_{x \to 0} 3^x \dfrac{e^{x\ln\left(1 + \frac{2}{3}\sin x\right)} - 1}{x^2}$

$$= \lim\limits_{x \to 0} 3^x \dfrac{x\ln\left(1 + \dfrac{2}{3}\sin x\right)}{x^2} = \dfrac{2}{3}$$

习题2.4

1. 利用极限存在准则,证明下列极限存在.

(1) $\lim\limits_{n \to \infty}\left[\dfrac{1}{n^2} + \dfrac{1}{(n+1)^2} + \cdots + \dfrac{1}{(n+n)^2}\right]$

(2) $\lim\limits_{n \to \infty} \dfrac{n!}{n^n}$

(3) $\lim\limits_{n \to \infty} y_n$,其中 $y_n = \underbrace{\sin\sin\cdots\sin x}_{n\text{重}}$, $\left(0 < x \leqslant \dfrac{\pi}{2}\right)$

(4) $\lim\limits_{n \to \infty} a_n$,其中 $a_n = \underbrace{\sqrt{a + \sqrt{a + \sqrt{a + \cdots \sqrt{a}}}}}_{n\text{重}}$,$(a > 0)$

2. 计算下列极限.

(1) $\lim\limits_{x \to \infty} x\sin\dfrac{1}{x}$

(2) $\lim\limits_{x \to 0} \dfrac{\sin ax}{bx}$,$a$、$b$ 为常数,$b \neq 0$

(3) $\lim\limits_{x \to \pi} \dfrac{\sin nx}{x - \pi}$

(4) $\lim\limits_{x \to 0} \dfrac{1 - \cos^2 x}{x\sin x}$

(5) $\lim\limits_{x \to 0} \dfrac{\arctan 2x}{\tan 3x}$

(6) $\lim\limits_{x \to 0} \dfrac{x^2\arcsin x}{\sin x - \tan x}$

3. 计算下列极限.

(1) $\lim\limits_{x \to \infty}\left(\dfrac{x+1}{x-1}\right)^x$

(2) $\lim\limits_{n \to \infty}\left(1 + \dfrac{a}{n}\right)^{\frac{n}{b}}$,$a$、$b$ 为常数,$b \neq 0$

$(3)\lim_{x\to 0}\sqrt[x]{1-x}$

$(4)\lim_{x\to 0}(1+2\tan x)^{\frac{1}{x}}$

4. 计算下列极限.

$(1)\lim_{x\to 0}\dfrac{1-2^x}{x}$

$(2)\lim_{x\to +\infty}x[\ln(1+x)-\ln x]$

$(3)\lim_{x\to 0}\dfrac{(1-x)^x-1}{x^2}$

$(4)\lim_{x\to 0}\left(\dfrac{a^x+b^x}{2}\right)^{\frac{1}{x}},a>1,b>1$

5. 下列变量在 $x\to 0$ 时,哪些是无穷小量? 哪个无穷小量阶数最高? 哪个无穷小量阶数最低? 为什么?

$(1)1-\sqrt{1-x}$ $(2)1-\cos x$ $(3)x\sin\dfrac{1}{x}$ $(4)\sqrt{|x|}$

§2.5 函数的连续性

连续是建立在极限基础上的函数的一个重要性质,也是用分析方法研究经济问题时,首先要研究的一个性质.

2.5.1 函数的连续性

函数的连续性是描述函数的渐变性态.

从几何上看,连续函数是指函数图像是可以一笔不断地画出的曲线,可以从两端向内部,对函数作出一定的推测;从数量上看,在自变量变化微小时,函数的变化也不会大. 用连续函数作出的决策,即使执行中会有微小偏差,结果也不会产生过大的影响.

例1 在市场中,任何产品不论供给还是需求,都随市场价格在变化. 对于正常商品,需求量 Q 随价格上涨而下降,供给量 S 随价格 p 上升而增加;反之,市场中某商品若供大于求,则价格会下降,若供不应求,则价格会上涨. 试问市场是否存在均衡点?

市场均衡就是指商品的供需平衡,即 $Q=S$. 由于 $Q=Q(p)$, $S=S(p)$,因此,寻找市场均衡点就是寻找 p_0,使得 $Q(p_0)=S(p_0)$.

这里 p_0 在 $Q(p)$、$S(p)$ 未知时,是无法从方程 $Q(p)=S(p)$ 中直接解出的. 但是,如果知道一个供大于求的价格,一个供不应求的价格,就可以通过 $Q(p)$、$S(p)$ 的渐变特性,确定是否可以达到市场均衡以及如何实现市场均衡.

什么是连续"不断"? 先看曲线间断情况.

例2 函数 $y=\dfrac{1}{x}$ 的间断情况.

曲线在 $x=0$ 处间断(如图 $2-3$).

(1)函数在 $x=0$ 无定义;

(2) $\lim\limits_{x\to 0^{\pm}} \dfrac{1}{x}$ 都不存在.

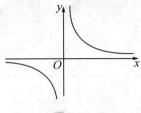

图2－3

例3 函数 $f(x)=\begin{cases} x+1, x<0 \\ 0, x=0 \\ x-1, x>0 \end{cases}$ 的间断情况.

曲线在 $x=0$ 处间断(如图2－4).函数在 $x=0$ 有定义, $\lim\limits_{x\to 0^{+}} f(x)$、$\lim\limits_{x\to 0^{-}} f(x)$ 也都存在,但是 $\lim\limits_{x\to 0^{+}} f(x) \neq \lim\limits_{x\to 0^{-}} f(x)$.

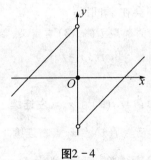

图2－4

例4 函数 $f(x)=\dfrac{1-x^{2}}{1-x}$ 的间断情况,

曲线在 $x=1$ 处间断(如图2－5).

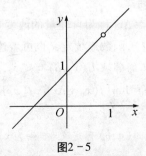

图2－5

这时 $\lim\limits_{x\to 1^{+}} f(x) = \lim\limits_{x\to 1^{-}} f(x) = 2$,但函数在 $x=1$ 处无定义(无图像).

例5 函数 $f(x) = \begin{cases} 1, x \neq 0 \\ 0, x = 0 \end{cases}$ 的间断情况,

曲线在 $x = 0$ 处间断(如图 2-6). 函数在 $x = 0$ 有定义,且 $\lim\limits_{x \to 0^+} f(x) = \lim\limits_{x \to 0^-} f(x)$,但是 $\lim\limits_{x \to 0} f(x) = 1 \neq 0 = f(0)$.

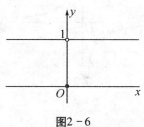

图 2-6

如果在某点 $x = x_0$ 处,函数 $f(x)$ 不仅有定义,并且 $\lim\limits_{x \to x_0^-} f(x) = f(x_0)$,则 x_0 点函数的图像 $(x_0, f(x_0))$ 在左侧就与曲线连在了一起;类似,若 $\lim\limits_{x \to x_0^+} f(x) = f(x_0)$,$x_0$ 点的图像 $(x_0, f(x_0))$ 在右侧就与曲线连在了一起;如果 x_0 点的图像 $(x_0, f(x_0))$ 两侧都与曲线连在一起,曲线就不会在 x_0 间断.

定义 2.14 设 $f(x)$ 在 x_0 的邻域 $U(x_0, \delta)$ 有定义,如果
$$\lim\limits_{x \to x_0} f(x) = f(x_0)$$
则称函数 $f(x)$ 在 x_0 点**连续**.

如果 $\lim\limits_{x \to x_0^-} f(x) = f(x_0)$,称函数 $f(x)$ 在 x_0 点**左连续**.

如果 $\lim\limits_{x \to x_0^+} f(x) = f(x_0)$,称函数 $f(x)$ 在 x_0 点**右连续**.

用极限的 $\varepsilon - \delta$ 语言叙述,函数的连续定义为:

定义 2.14' $\forall \varepsilon > 0, \exists \delta > 0$,当 $|x - x_0| < \delta$ 时,恒有
$$|f(x) - f(x_0)| < \varepsilon$$
成立,则称函数 $f(x)$ 在 x_0 点连续.

上述定义中,若记 $x - x_0 = \Delta x$(称为自变量的改变量或增量),$f(x) - f(x_0) = \Delta f$(称为函数的改变量或增量),函数连续定义也可叙述为:

定义 2.14″ 设 $f(x)$ 在 x_0 的邻域 $U(x_0, \delta)$ 有定义,如果
$$\lim\limits_{\Delta x \to 0} \Delta f = \lim\limits_{\Delta x \to 0} [f(x_0 + \Delta x) - f(x_0)] = 0$$
则称函数 $f(x)$ 在 x_0 点连续.

定义 2.15 设 $f(x)$ 在区间 (a, b) 有定义. 如果 $f(x)$ 在区间 (a, b) 内每一点都连续,则称函数 $f(x)$ 在区间 (a, b) 上连续. 若进一步,$f(x)$ 在 $x = a, x = b$ 也有定义,且
$$\lim\limits_{x \to a^+} f(x) = f(a), \lim\limits_{x \to b^-} f(x) = f(b),$$

则称函数 $f(x)$ 在闭区间 $[a,b]$ 连续.

基本初等函数的连续性可以用定义直接证明.

例6 证明 $f(x)=\ln x$ 在任意点 $x_0>0$ 连续.

证 因为 $\Delta f=\ln(x_0+\Delta x)-\ln x_0=\ln\left(1+\dfrac{\Delta x}{x_0}\right)\sim\dfrac{\Delta x}{x_0}$（$\Delta x\to0$ 时），所以

$$\lim_{\Delta x\to0}\Delta f=\lim_{\Delta x\to0}\left[\ln(x_0+\Delta x)-\ln x_0\right]=\lim_{\Delta x\to0}\frac{\Delta x}{x_0}=0$$

所以 $f(x)=\ln x$ 在 x_0 点连续.

由 §2.1 例14、例16、例17结果可知 $y=C$、$y=x^n$、$y=\sqrt[n]{x}$、$y=\sin x$、$y=\cos x$、$y=a^x$、$y=\log_a x$ 在定义域区间上的每一点都连续. 由极限的运算法则，可得连续函数和、差、积、商（分母不为0）仍为连续函数，复合函数（条件 $t\neq t_0$ 时 $g(t)\neq g(t_0)$ 可以略去）仍为连续函数. 因此，可以得到基本初等函数在定义域区间上都连续. 可以证明：若 $y=f(x)$ 在 x_0 连续，且在 x_0 邻域有反函数，则反函数 $x=f^{-1}(y)$ 在点 $y_0=f(x_0)$ 也连续.

从而初等函数在定义域区间上连续.

例7 求函数 $y=\dfrac{\sqrt{x^2-1}}{x^2-2x}$ 的连续区间.

解 函数为初等函数，由 $\begin{cases}x^2-1\geq0\\x^2-2x\neq0\end{cases}$ 得定义域

$$D=(-\infty,-1]\cup[1,2)\cup(2,+\infty)$$

所以连续区间为 $(-\infty,-1]$，$[1,2)$，$(2,+\infty)$ 三个区间.

分段函数因为在各段区间上都是初等表达式，因此，在各段区间上连续，只需讨论分段点的连续性即可.

例8 讨论 $f(x)=\begin{cases}e^x+1,x\geq0\\ \dfrac{\sin2x}{\sqrt{1+x}-\sqrt{1-x}},x<0\end{cases}$ 在 $x=0$ 点的连续性.

解 因为 $f(0)=e^0+1=2$

$$\lim_{x\to0^+}f(x)\lim_{x\to0^+}(e^x+1)=2$$

$$\lim_{x\to0^-}f(x)=\lim_{x\to0^-}\frac{\sin2x}{\sqrt{1+x}-\sqrt{1-x}}$$

$$=\lim_{x\to0^-}\frac{\sin2x}{2x}(\sqrt{1+x}+\sqrt{1-x})=2$$

即 $\lim_{x\to0^-}f(x)=\lim_{x\to0^+}f(x)=f(0)$，所以 $f(x)$ 在 $x=0$ 连续.

例9 设 $f(x) = \begin{cases} \cos\pi x, & x \geq 1 \\ \dfrac{x^2 + ax + b}{x-1}, & x < 1 \end{cases}$ 连续，求 a,b.

解 因为 $f(x)$ 连续，所以

$$\lim_{x \to 1^-} \frac{x^2 + ax + b}{x-1} = \lim_{x \to 1^+} \cos\pi x = -1 = f(1)$$

又

$$\lim_{x \to 1}(x-1) = 0, \text{所以} \lim_{x \to 1^-}(x^2 + ax + b) = 1 + a + b = 0$$

从而

$$\lim_{x \to 1^-} \frac{x^2 + ax + b}{x-1} = \lim_{x \to 1^-} \frac{x^2 - 1 + a(x-1)}{x-1} = 2 + a = -1$$

解得 $a = -3, b = 2$.

2.5.2 函数的间断点及其分类

根据连续定义，函数 $f(x)$ 在 x_0 连续要同时满足三个条件：

(1) $f(x)$ 在 x_0 有定义；

(2) $f(x)$ 在 x_0 左右极限存在且相等；

(3) $f(x)$ 在 x_0 点极限值等于函数值.

上述三个条件有一个不成立，函数 $f(x)$ 在 x_0 都不连续.

定义2.16 设函数 $f(x)$ 在 x_0 的邻域（x_0 可除外）有定义. 如果 $f(x)$ 在 x_0 不连续，则称 x_0 是函数 $f(x)$ 的一个**间断点**.

例如本节例2，函数 $\dfrac{1}{x}$ 在 $x = 0$ 邻域（$x \neq 0$）有定义，但在 $x = 0$ 无定义，所以 $x = 0$ 是函数 $\dfrac{1}{x}$ 的一个间断点；例3，函数 $f(x)$ 在 $x = 0$ 邻域有定义，但左右极限不相等，$x = 0$ 是 $f(x)$ 的一个间断点.

定义2.17 设 x_0 是函数 $f(x)$ 的一个间断点. 如果在 x_0 左、右极限都存在，则称之为第一类间断点；否则，称之为第二类间断点. 特别地，如果 $f(x)$ 在 x_0 点的极限存在，则称之为**可去间断点**；$\lim\limits_{x \to x_0^+} f(x) = \infty$，或 $\lim\limits_{x \to x_0^-} f(x) = \infty$ 称之为**无穷性间断点**.

例如 $\dfrac{\sin x}{x}$ 的间断点 $x = 0$ 就是一个可去间断点. 只要令

$$f(x) = \begin{cases} \dfrac{\sin x}{x}, & x \neq 0 \\ 1, & x = 0 \end{cases}$$

则 $f(x)$ 就是一个连续函数. 此函数与 $\dfrac{\sin x}{x}$ 仅差一个点的函数值.

再如例3、例4的间断点都是第一类间断点,其中例4的间断点是可去间断点;例3中的间断点也叫做**跳跃间断点**.

例10 讨论 $f(x) = \begin{cases} \dfrac{e^{\frac{1}{x}}}{1 + e^{\frac{1}{x}}}, & x \neq 0 \\ 1, & x = 0 \end{cases}$ 在 $x = 0$ 的连续性,若不连续讨论间断点类型.

解 $\lim\limits_{x \to 0^+} f(x) = \lim\limits_{x \to 0^+} \dfrac{e^{\frac{1}{x}}}{1 + e^{\frac{1}{x}}} = \lim\limits_{x \to 0^+} \dfrac{1}{e^{-\frac{1}{x}} + 1} = 1$

$\lim\limits_{x \to 0^-} f(x) = \lim\limits_{x \to 0^-} \dfrac{e^{\frac{1}{x}}}{1 + e^{\frac{1}{x}}} = 0 \neq \lim\limits_{x \to 0^+} f(x)$

所以 $f(x)$ 在 $x = 0$ 处不连续;

又 $f(0+0)$,$f(0-0)$ 都存在但不相等,所以 $x = 0$ 是 $f(x)$ 的第一类跳跃间断点.

例11 求函数 $f(x) = \begin{cases} \dfrac{\sqrt{x-1}}{\sqrt{x+1}}, & x > 1 \\ 1, & x = 1 \\ \dfrac{x-1}{x}, & 0 < x < 1 \\ \sin x, & x < 0 \end{cases}$ 的间断点及其类型.

解 在 $x = 1$ 点,因为

$$\lim\limits_{x \to 1^+} f(x) = \lim\limits_{x \to 1^+} \dfrac{\sqrt{x-1}}{\sqrt{x+1}} = 0$$

$$\lim\limits_{x \to 1^-} f(x) = \lim\limits_{x \to 1^-} \dfrac{x-1}{x} = 0$$

$$f(1) = 1 \neq 0$$

所以 $x = 1$ 是 $f(x)$ 的间断点;但 $f(1+0) = f(1-0) = 0$,因此,是可去间断点.令 $f(1) = 0$ 则可使函数在 $x = 1$ 连续.

在 $x = 0$ 点,因为 $\lim\limits_{x \to 1^+} \dfrac{1}{f(x)} = \lim\limits_{x \to 1^+} \dfrac{x}{x-1} = 0$ 即 $\lim\limits_{x \to 1^+} f(x) = \infty$ 所以 $x = 0$ 是 $f(x)$ 的无穷性间断点.

例12 求 $f(x) = \dfrac{\sqrt{x+1}}{x^2 + 3x - 4}$ 的间断点.

解 $f(x)$ 为初等函数,由 $\begin{cases} x + 1 \geq 0 \\ x^2 + 3x - 4 \neq 0 \end{cases}$ 得定义域为 $x \geq -1$ 且 $x \neq 1$,所以 $f(x)$

的间断点为 $x = 1$.

又因为

$$\lim_{x \to 1} \frac{\sqrt{x+1}}{x^2 + 3x - 4} = \infty$$

所以 $x = 1$ 是 $f(x)$ 的无穷性间断点.

习题 2.5

1. 求下列函数的连续区间.

$(1) f(x) = \dfrac{\sqrt{x^2 - 1}}{\ln(x + 2)}$
$\qquad\qquad$
$(2) f(x) = \arcsin^{-1} \dfrac{x}{2 - x}$

$(3) f(x) = \begin{cases} \dfrac{\sin x}{x}, & -\dfrac{\pi}{2} \leqslant x < 0 \\ e^{-x}, & 0 \leqslant x < 5 \end{cases}$
$\qquad$
$(4) f(x) = \begin{cases} x^2 - 2x, & x < 0 \\ 2^x \sin x, & x > 0 \end{cases}$

2. 讨论下列函数的间断点及其类型.

$(1) f(x) = \dfrac{1 - x^2}{x^2 - x}$
$\qquad\qquad$
$(2) f(x) = \dfrac{(x - 1)^2 - 1}{|x| \cdot (x^2 - 4)}$

$(3) f(x) = \begin{cases} 1 - \cos x, & x < 0 \\ \dfrac{\sqrt{x-1}}{\sqrt{1 - x^2}}, & 0 \leqslant x < 1 \\ e^{|x| - x} - 1, & x \geqslant 1 \end{cases}$

3. 设 $f(x) = \begin{cases} \dfrac{1 - \sqrt{1 - a^2 x^2}}{1 - \cos x}, & x \neq 0 \\ a, & x = 0 \end{cases}$ 连续, 求 a.

4. 求 a, 使得 $f(x) = \begin{cases} \dfrac{\sin x + e^{2ax} - 1}{x}, & x \neq 0 \\ a, & x = 0 \end{cases}$ 在 $x = 0$ 连续.

5. 设 $f(x) = \dfrac{(x - a)(\sqrt{1 + 2x} - a)}{x^2 - bx}$ 有无穷性间断点 $x = 0$, 有可去间断点 $x = 1$, 求 a、b.

6. 讨论函数 $f(x) = \lim\limits_{n \to \infty} \dfrac{x^2 + x^3 e^{nx}}{x + e^{nx}}$ 的连续性.

§2.6 连续函数的性质

连续函数, 特别是闭区间连续函数有许多重要的性质. 这些性质是抽象研究经济问题的基础.

定理2.21(有界性)　如果$f(x)$在闭区间$[a,b]$上连续,则$f(x)$在$[a,b]$上有界.

＊证(反证)

假设$f(x)$无界,则$\forall n,\exists x_n\in[a,b]$,使$|f(x_n)|>n$,即

$$\lim_{n\to\infty}f(x_n)=\infty$$

对于数列$\{x_n\}$,$\exists n_1$,使得$a_1\overset{记为}{=}a\leqslant x_{n_1}\leqslant b\overset{记为}{=}b_1$;

将$[a,b]$对分为$\left[a,\dfrac{a+b}{2}\right]$,$\left[\dfrac{a+b}{2},b\right]$,则至少其中一个包含有无穷多$n$对应的$x_n$,记该区间为$[a_2,b_2]$,$\exists n_2>n_1$,使得$a_2\leqslant x_{n_2}\leqslant b_2$;

将$[a_2,b_2]$对分为$\left[a_2,\dfrac{a_2+b_2}{2}\right]$,$\left[\dfrac{a_2+b_2}{2},b_2\right]$,至少其中一个包含有无穷多$n$对应的$x_n$,记该区间为$[a_3,b_3]$,$\exists n_3>n_2$,使得$a_3\leqslant x_{n_3}\leqslant b_3$;

……

可以得到$\{a_k\}$、$\{b_k\}$和$\{x_n\}$的一个子序列$\{x_{n_k}\}$,并且满足:

$$a_k\leqslant x_{n_k}\leqslant b_k$$
$$a_1\leqslant a_2\leqslant\cdots\leqslant a_k\leqslant\cdots<b$$
$$b_1\geqslant b_2\geqslant\cdots\geqslant b_k\geqslant\cdots>a$$

由单调有界准则知,$\lim\limits_{k\to\infty}a_k$和$\lim\limits_{k\to\infty}b_k$存在,且

$$0\leqslant\lim_{k\to\infty}b_K-\lim_{k\to\infty}a_k=\lim_{k\to\infty}(b_k-a_k)=\lim_{k\to\infty}\frac{b-a}{2^k}=0$$

所以　$\lim\limits_{k\to\infty}a_k=\lim\limits_{k\to\infty}b_k$.

由夹逼定理得$\lim\limits_{k\to\infty}x_{n_k}$存在.

设$\lim\limits_{k\to\infty}x_{n_k}=x_0$,由极限的保号性知$x_0\in[a,b]$.

再由$f(x)$连续,得

$$\lim_{k\to\infty}f(x_{n_k})=f(x_0)\neq\infty\text{ 矛盾}.$$

因此,$f(x)$在$[a,b]$上有界.

推论　如果$f(x)$在开区间(a,b)连续,且$\lim\limits_{x\to a^+}f(x)$、$\lim\limits_{x\to b^-}f(x)$存在,则$f(x)$在$(a,b)$上有界.

这是因为$\lim\limits_{x\to a^+}f(x)$、$\lim\limits_{x\to b^-}f(x)$存在,由极限的局部有界性,$f(x)$在$(a,a+\delta_1)$,$(b-\delta_2,b)$有界;又$f(x)$在$[a+\delta_1,b-\delta_2]\subset(a,b)$连续,也有界.所以$f(x)$在$(a,b)$上连续.

例1 证明 $f(x) = \dfrac{x^2 + x}{1 + x^2}$ 有界.

证 $f(x)$ 为初等函数,定义域为 $(-\infty, +\infty)$,所以 $f(x)$ 在 $(-\infty, +\infty)$ 连续;
又

$$\lim_{x \to \infty} f(x) = \lim_{x \to \infty} \frac{x^2 + x}{1 + x^2} = \lim_{x \to \infty} \frac{1 + 1/x}{1/x^2 + 1} = 1$$

所以 $f(x)$ 在 $(-\infty, +\infty)$ 上有界.

定理2.22(最大最小值定理) 如果 $f(x)$ 在闭区间 $[a, b]$ 上连续,则 $\exists x_1 、 x_2 \in [a, b]$,使得 $\forall x \in [a, b]$,有 $f(x_1) \leqslant f(x) \leqslant f(x_2)$.

*证(只证最大值)

由定理2.19知 $f(x)$ 有界,必有上确界,设 $M = \sup\limits_{x \in [a,b]} \{f(x)\}$,则 $\forall x \in [a, b]$,有
$f(x) \leqslant M$

若 M 不是最大值,即 $\forall x \in [a, b]$,有 $f(x) < M$,记

$$g(x) = \frac{1}{f(x) - M}$$

则 $g(x) < 0$,且在 $[a, b]$ 连续,有下界 $A < 0$,即 $g(x) \geqslant A$.

从而 $f(x) \leqslant M + \dfrac{1}{A} < M$,与 M 为上确界矛盾.

因此,必有 $x_2 \in [a, b]$,使 $f(x_2) = M$.

定理2.23(零点定理) 设 $f(x)$ 在 $[a, b]$ 上连续,且 $f(a) \cdot f(b) < 0$,则至少存在一点 $\xi \in (a, b)$,使 $f(\xi) = 0$.

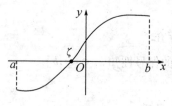

图2-7

证明可以采取区间对分法.若有区间中点的函数值为0即得证;若不为0,则必与某端点值异号,在此区间重复上述步骤,就可得到所要证明的点.(证略)

推论 设 $f(x)$ 在 (a, b) 上连续,且 $\lim\limits_{x \to a^+} f(a) \cdot \lim\limits_{x \to b^-} f(b) < 0$,则至少存在一点 $\xi \in (a, b)$,使 $f(\xi) = 0$.

注:零点定理的结论"存在 $\xi \in (a, b)$,使 $f(\xi) = 0$",事实上就是说"方程 $f(x) = 0$ 在 (a, b) 上存在实根".

例2 讨论方程 $x^3 = 1 + 9x$ 的实根.

解 设 $f(x) = x^3 - 9x - 1$,则 $f(x)$ 在 $(-\infty, +\infty)$ 连续.

试算:$f(-3) = -1, f(-2) = 9, f(0) = -1, f(3) = -1, f(4) = 27$,所以 $f(x)$ 在 $(-3, -2)$、$(-2, 0)$、$(3, 4)$ 内各至少有一个零点 ξ_1、ξ_2、ξ_3.

因 $f(\xi_k) = 0$ 即 $\xi_k^3 = 1 + 9\xi_k$,解得 $k = 1, 2, 3$,所以 ξ_1、ξ_2、ξ_3 均为方程实根.

又三次方程最多有三个实根,所以方程 $x^3 = 1 + 9x$ 所有根均为实根.

注:讨论函数零点(或方程实根)个数问题,最好结合函数的单调性.因为单调函数最多只有一个零点.

例3 证明奇次多项式至少存在一个实根.

证 设 $f(x) = a_0 x^{2n+1} + a_1 x^{2n} + \cdots + a_{2n} x + a_{2n+1}, a_0 \neq 0$.

不失一般性,设 $a_0 > 0$,则 $f(x)$ 在 $(-\infty, +\infty)$ 连续,且

$$\lim_{x \to +\infty} f(x) = +\infty, \lim_{x \to -\infty} f(x) = -\infty$$

即 $\exists r > 0$ 使 $f(r) > 0, f(-r) < 0$,根据零值定理,

$f(x)$ 在 $(-r, r)$ 内至少有一个实根.

例4 证明方程 $\dfrac{1}{x-1} + \dfrac{1}{x-2} + \dfrac{1}{x-3} = 0$ 至少有两个实根.

解 设 $f(x) = \dfrac{1}{x-1} + \dfrac{1}{x-2} + \dfrac{1}{x-3}$,

因为 $f(x)$ 在 $(1, 2)$、$(2, 3)$ 连续,且

$$\lim_{x \to 1^+} f(x) = +\infty, \lim_{x \to 2^-} f(x) = -\infty$$

所以 $\exists a, b \in (1, 2)$ 使 $f(a) < 0, f(b) > 0$.

由零值定理知 $f(x)$ 在 $(a, b) \subset (1, 2)$ 内至少有一个实根.

类似可证 $f(x)$ 在 $(2, 3)$ 内至少有一个实根.

例5 设 $f(x)$ 在 $[0, 1]$ 连续,且 $f(0) = f(1)$,证明 $\exists x_0 \in [0, 1]$,使

$$f(x_0) = f\left(x_0 + \frac{1}{3}\right)$$

证 设 $g(x) = f(x) - f\left(x + \dfrac{1}{3}\right)$ 则 $g(x)$ 在 $\left[0, \dfrac{2}{3}\right]$ 上连续.

假设不存在 $x_0 \in \left[0, \dfrac{2}{3}\right]$ 使 $g(x_0) = 0$,根据零值定理知,对 $\forall x \in \left[0, \dfrac{2}{3}\right]$,有

$g(x) > 0$(或 $g(x) < 0$).

由 $\quad g(0) = f(0) - f\left(\dfrac{1}{3}\right) > 0$

$$g\left(\frac{1}{3}\right) = f\left(\frac{1}{3}\right) - f\left(\frac{2}{3}\right) > 0$$

$$g\left(\frac{2}{3}\right) = f\left(\frac{2}{3}\right) - f(1) > 0$$

得

$$f(0) > f\left(\frac{1}{3}\right) > f\left(\frac{2}{3}\right) > f(1)$$

与条件 $f(0) = f(1)$ 矛盾.

所以,必 $\exists x_0 \in \left[0, \frac{2}{3}\right]$ 使 $f(x_0) = f\left(x_0 + \frac{1}{3}\right)$.

＊例6 桌子放稳问题.

生活中,常会遇到因地面不平,桌(椅)摆放不稳的现象.试就正方形桌(椅)证明:光滑地面只需原地转动就可以使之放稳.

用数学方法研究实际问题,首先必须找出问题的数量特征,再根据其内在规律经过适当简化,建立出描述问题的数学结构,进而才能运用数学方法加以解决. 这个过程就是数学建模.

解 以桌子的两条对角线为轴建立直角坐标系,并以两腿落地的对角线为 y 轴.假设桌子四条腿一样长,且至少有三条腿落地,则桌子是否放稳,取决于对角线上桌腿(至少一头落地)到地面的距离,设为 d_x、d_y.(如图 2-6)

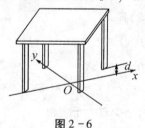

图 2-6

显然,桌子转动到不同位置时 d_x、d_y 可能不同,且在任何一个确定位置上,d_x、d_y 都是确定的值.因此,d_x、d_y 都是转动角度的函数,并且转动 90°就相当于恢复了初始状态.

取转动角度 θ 为自变量,则

$$d_x = d_x(\theta), d_y = d_y(\theta) \qquad 0 \leqslant \theta \leqslant \frac{\pi}{2}$$

桌子是否能放稳问题的数学模型为:是否存在 θ_0 使

$$d_x(\theta_0) = d_y(\theta_0) = 0$$

这是一个含抽象函数的方程的解的问题,不能简单的解方程.需要通过函数性

质的讨论.

模型求解：

函数　$d_x = d_x(\theta), d_y = d_y(\theta) \quad \left(0 \leqslant \theta \leqslant \dfrac{\pi}{2}\right)$ 的性质

（1）地面光滑时，$d_x = d_x(\theta), d_y = d_y(\theta)$ 都是 $\left[0, \dfrac{\pi}{2}\right]$ 上的连续函数；

（2）$d_x(0) > 0, d_y(0) = 0, d_x\left(\dfrac{\pi}{2}\right) = 0, d_y\left(\dfrac{\pi}{2}\right) > 0$；

（3）对 $\forall \theta \in \left(0, \dfrac{\pi}{2}\right), d_x(\theta) \cdot d_y(\theta) = 0.$

设 $f(\theta) = d_x(\theta) - d_y(\theta)$，则由（1）知 $f(\theta)$ 在 $\left[0, \dfrac{\pi}{2}\right]$ 上连续；由（2）得

$$f(0) = d_x(0) - d_y(0) > 0, \quad f\left(\dfrac{\pi}{2}\right) = d_x\left(\dfrac{\pi}{2}\right) - d_y\left(\dfrac{\pi}{2}\right) < 0$$

由零点定理知，必存在 $\theta_0 \in \left(0, \dfrac{\pi}{2}\right)$，使 $f(\theta_0) = 0$，即

$$d_x(\theta_0) = d_y(\theta_0)$$

由（3）得 $d_x(\theta_0) = d_y(\theta_0) = 0.$

结果说明：在光滑地面，如果桌子没放稳，只要原地旋转不超过 90°，就一定可以将桌子放稳.

★例 7　市场均衡分析.

市场问题离不开价格 p、需求 Q、供给 D. 假设仅有一种商品，且为正常商品，研究市场在内部力量作用下，是否存在着均衡状态？

解　数学模型

（1）需求 Q. 在社会购买力一定的条件下，正常商品的价格越高，需求量越小. 因此，需求是价格的单调减函数：

$$Q = Q(p), p \geqslant 0$$

并且 $Q(0) = Q_{max} > 0$（最大需求），$\lim\limits_{p \to \infty} Q(p) = 0.$

若进一步假设需求不会在任何价格下发生突变，则 $Q = Q(p)$ 在 $[0, +\infty)$ 上连续.

（2）供给 D. 在一定的生产技术条件下，由于生产成本的不同，价格越高，可获利的企业就越多，供给量就越大. 因此，供给是价格的增函数：

$$D = D(p), p \in [p_0, +\infty), (p_0 \geqslant 0)$$

且 $D(p) = 0 \quad p \leqslant p_0, \lim\limits_{p \to \infty} D(p) = D_{max} > 0.$

p_0 为获利临界价格.

同样,若供给不会在任何价格下发生突变,$D = D(p)$ 是 $[0, +\infty)$ 上的连续函数.

(3)市场均衡就是:$Q = D$.

根据(1)、(2)、(3),得市场均衡分析方程:$Q(p) = D(p)$.

模型求解:

设 $f(p) = Q(p) - D(p)$,并假设任何价格下需求、供给不会发生突变,则 $f(p)$ 是 $[0, +\infty)$ 上的连续函数,且

$$f(0) = Q(0) - D(0) = Q_{max} > 0, \lim_{p \to \infty} f(p) = 0 - D_{max} < 0$$

由零点定理推论知,$\exists p^* \in (0, +\infty)$ 使 $f(p^*) = 0$,即 $Q(p^*) = D(p^*)$.

结果说明:市场中,正常商品一定存在均衡价格,在此价格下市场达到均衡状态.

零点定理还可以推广到更一般的情形,见以下定理2.21.

定理2.24(介值定理) 设 $f(x)$ 在 $[a, b]$ 上连续,M、m 为 $f(x)$ 在 $[a, b]$ 上的最大最小值. 若 $m < \mu < M$,则 $\exists \xi \in (a, b)$ 使 $f(\xi) = \mu$.

证 设 $f(x_1) = m, f(x_2) = M, x_1, x_2 \in [a, b], g(x) = f(x) - \mu$,且不失一般性,设 $x_1 < x_2$.

因为 $f(x)$ 在 $[a, b]$ 上连续,所以 $g(x)$ 在 $[x_1, x_2] \subset [a, b]$ 上连续,且

$$g(x_1) = m - \mu < 0, g(x_2) = M - \mu > 0$$

由零点定理得:至少存在一点 $\xi \in (x_1, x_2) \subset (a, b)$,使

$$g(\xi) = f(\xi) - \mu = 0$$

证毕.

习题2.6

1. 讨论下列函数的有界性.

(1)$y = \dfrac{1}{x}$

(2)$y = 1 + e^{-x}, x > 0$

(3)$y = \dfrac{\sin x}{x}$

(4)$y = \left| \cos \dfrac{1}{x} \right|^{\frac{1}{x}}$

2. 证明下列方程在所给区间上实根的存在性.

(1)$x^5 = x + 1, (0, 2)$

(2)$2^x = x + 2, (0, 1)$

(3)$3x = 2\arctan x, (1, \sqrt{3})$

(4)$2 + \log_4 x = x, (2, 4)$

3. 设 $f(x)$ 在 $[a,b]$ 上连续,且 $f(a) > a$, $f(b) < b$. 证明:在 (a,b) 内,方程 $f(x) = x$ 至少存在一个实根. (称为函数 $f(x)$ 的不动点)

综合练习2

1. $\lim\limits_{n\to\infty} a_n = A$ 存在是数列 $\{a_n\}$ 有界的( )条件.

(1)充分   (2)必要   (3)充分必要   (4)无关条件

2. 结论"$f(x)$ 是无穷小量,则 $\dfrac{1}{f(x)}$ 是无穷大量"是否正确?为什么?

3. 设 a 为非零常数,下列命题哪些正确?

(1)设 $f(x)$ 为有界函数,且 $\lim f(x)g(x) = 0$,则 $\lim g(x) = \infty$;

(2)设 $\lim f(x) = 0$,且 $\lim \dfrac{f(x)}{g(x)} = a$,则 $\lim g(x) = \infty$;

(3)设 $f(x)$ 为无界函数,且 $\lim f(x)g(x) = 0$,则 $\lim g(x) = 0$;

(4)设 $\lim f(x) = \infty$,且 $\lim f(x)g(x) = a$,则 $\lim g(x) = 0$.

4. 设 $f(x) = 2^x + 3^x - 2$,则 $x \to 0$ 时下列结论正确的是( ).

(1)$f(x)$ 是 x 的等价无穷小   (2)$f(x)$ 是 x 的同阶不等价无穷小

(3)$f(x)$ 是 x 的高阶无穷小   (4)$f(x)$ 是 x 的低阶无穷小

5. 计算下列极限. (a、b、c 为常数)

(1)$\lim\limits_{x\to 0} \dfrac{e^{ax} - e^{bx}}{\sin cx}$, ($c \neq 0$)   (2)$\lim\limits_{x\to \frac{\pi}{4}} \dfrac{\sqrt{2} - 2\sin x}{\cos 2x}$

(3)$\lim\limits_{n\to\infty} n[\ln(n+1) - \ln(n-1)]$ (4)$\lim\limits_{x\to \frac{\pi}{2}} (\sin x)^{\frac{1}{\cos^2 x}}$

(5)$\lim\limits_{x\to 0} \dfrac{\sqrt{1+\sin x} - \sqrt{1-\tan x}}{\arcsin x}$

(6)$\lim\limits_{x\to +\infty} \arcsin(\sqrt{x^2 + x} - x)$

6. 设 $a_{n+1} = \sqrt{2a_n}$,其中 $a_1 = \sqrt{2}$. 证明:$\lim\limits_{n\to\infty} a_n = 2$.

7. 讨论函数 $f(x) = \lim\limits_{u\to +\infty} \dfrac{x + e^{xu}}{1 + e^{xu}}$ 的连续性.

8. 设 $f(x) = \begin{cases} \dfrac{e^{ax} - 1}{\sin 2x}, & x > 0 \\ b, & x = 0 \\ (1 - ax)^{\frac{a}{x}}, & x < 0 \end{cases}$,是否存在 a,b 使得 $f(x)$ 连续?

9. 设 $\lim\limits_{x\to 0} \dfrac{x^2 - ax}{1 - \cos x} = b$,求 a,b.

10. 证明:方程 $2^x x = 1$ 至少存在一个小于1的正根.

11. 设某正常商品最低生产成本为 p_0,且市场价格为 p_0 时,需求为 $a(>0)$,试证明:若需求量 D 与供给量 S 随价格连续变化,则该商品存在均衡价格.

12. 设曲线 $y = f(x)$ 在 $|x|$ 充分大时有定义. 如果存在直线 $L: y = ax + b$,使得 $x \to \infty$(或 $x \to +\infty$、或 $x \to -\infty$)时,曲线上点 $M(x, f(x))$ 到直线 L 距离 $d(M, L) \to 0$. 则称直线 $y = ax + b$ 为曲线 $y = f(x)$ 的一条**渐近线**.

证明:曲线 $y = f(x)$ 存在渐近线 $y = ax + b$ 的充分必要条件是

$$a = \lim_{\substack{x \to \infty \\ (x \to +\infty \\ x \to -\infty)}} \frac{f(x)}{x}, b = \lim_{\substack{x \to \infty \\ (x \to +\infty \\ x \to -\infty)}} [f(x) - ax]$$

第3章 导数

在第二章中,我们利用极限引进了函数的连续性和间断点,从而能够借助函数的渐变性和突变性,在整体上把握函数变化的一些性态特征. 如市场均衡的存在性. 但是,当外部条件发生变化时,这些性态会发生什么变化? 如市场环境发生变化,均衡点是否变化? 实现均衡需要什么条件? 这些就需要研究函数变化的方向(增、减)以及变化的速度. 本章主要引进一个衡量函数变化"速度"的量及其计算方法.

§3.1 导数概念

3.1.1 引例

基础经济学告诉我们:经济效益的好坏,常可以用"最后一块钱"的效益——边际效应来衡量.

例1 一种商品在现有产量下,如果再增加一个单位的产量投放市场,收入增加量(**边际收入**)大于成本增加量(**边际成本**),则增加生产可以增加利润;反之,收入增加量小于成本增加量,则减少产量时,减少的成本大于减少的收入,利润也会增加. 这就需要考虑在任何产量 Q_0 下,每增加一单位产量,收入 $R(Q)$、成本 $C(Q)$ 的增加量.

如果直接考察 Q_0+1,则一方面可能 Q_0+1 不属于定义域,另一方面可能 $R(Q)$、$C(Q)$ 在 $[Q_0, Q_0+1]$ 上有增有减、变化较大,反映不出问题的真实信息.

因此,令产量增加 ΔQ 单位(很小),则成本增加量为

$$\Delta C(Q_0) = C(Q_0 + \Delta Q) - C(Q_0)$$

收入的增加量为

$$\Delta R(Q_0) = R(Q_0 + \Delta Q) - R(Q_0)$$

则平均产量每增加一个单位,成本、收入增加为

75

$$\bar{C}(Q_0) = \frac{\Delta C}{\Delta Q} = \frac{C(Q_0 + \Delta Q) - C(Q_0)}{\Delta Q}$$

$$\bar{R}(Q_0) = \frac{\Delta R}{\Delta Q} = \frac{R(Q_0 + \Delta Q) - R(Q_0)}{\Delta Q}$$

显然 ΔQ 越小,越精确反映产量 Q_0 时的边际成本、边际收入,故 Q_0 时的边际成本、边际收入可定义为极限

$$\lim_{\Delta Q \to 0} \frac{\Delta C}{\Delta Q} = \lim_{\Delta Q \to 0} \frac{C(Q_0 + \Delta Q) - C(Q_0)}{\Delta Q}$$

$$\lim_{\Delta Q \to 0} \frac{\Delta R}{\Delta Q} = \lim_{\Delta Q \to 0} \frac{R(Q_0 + \Delta Q) - R(Q_0)}{\Delta Q}$$

例2(瞬时速度) 一个变速运动的物体其速度随时在变,如果在 $[0, t]$ 时间内物体走过的路程为 $s(t)$,考察 t 时刻该物体的运动速度 $v(t)$.

假设物体在 t 时刻后又运动 Δt 时间,则在 Δt 时间内,物体走过的路程为

$$\Delta s = s(t + \Delta t) - s(t)$$

Δt 时间内,运动物体的平均速度为

$$\bar{v}(t) = \frac{\Delta s}{\Delta t} = \frac{s(t + \Delta t) - s(t)}{\Delta t}$$

当运动速度连续变化时,Δt 越小,上述平均速度 $\bar{v}(t)$ 就越接近 t 时刻物体运动速度 $v(t)$,故

$$v(t) = \lim_{\Delta t \to 0} \frac{\Delta s}{\Delta t} = \lim_{\Delta t \to 0} \frac{s(t + \Delta t) - s(t)}{\Delta t}$$

例3(经济增长率) 设某项经营性资产的价值是时间的单增函数 $A(t)$. 为考核经营效果,需要考虑机会成本——存入银行的价值,并与银行利率进行比较. 根据利率概念,引入**资产增长率**——单位资产在单位时间所能增加的资产值. 这是一项重要的经济比较指标.

考察 t 时刻后又经过 Δt 时间,则资产的改变量为

$$\Delta A = A(t + \Delta t) - A(t)$$

Δt 时间内,资产的平均增长率 $\overline{k(t)}$ 为

$$\overline{k(t)} = \frac{\Delta A}{A(t) \cdot \Delta t} = \frac{A(t + \Delta t) - A(t)}{\Delta t} \cdot \frac{1}{A(t)}$$

如果增长率 $k(t)$ 连续变化,则 Δt 越小,上述平均增长率就越接近 t 时刻实际增长率 $k(t)$,故

$$k(t) = \lim_{\Delta t \to 0} \frac{\Delta A}{A(t) \cdot \Delta t} = \frac{1}{A(t)} \cdot \lim_{\Delta t \to 0} \frac{A(t + \Delta t) - A(t)}{\Delta t}$$

例4 平面曲线 $y = f(x)$ 在点 $M(x_0, f(x_0))$ 处的切线.

设 x 从 x_0 改变到 $x_0 + \Delta x$,对应曲线上点变为 $N(x_0 + \Delta x, f(x_0 + \Delta x))$,作割线 $\overline{MN}$,如果 $N \rightarrow M$ 时,割线 $\overline{MN}$ 存在极限位置,极限位置直线就称为曲线 $y = f(x)$ 在点 $M(x_0, f(x_0))$ 处的切线.（如图3 − 1所示）

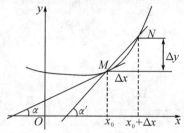

图3 − 1

割线 $\overline{MN}$ 的斜率 $\tan\alpha' = \dfrac{\Delta y}{\Delta x} = \dfrac{f(x_0 + \Delta x) - f(x_0)}{\Delta x}$,且 $N \rightarrow M$ 时,$\Delta x \rightarrow 0$,$\alpha' \rightarrow \alpha$,从而,求切线斜率 $\tan\alpha$ 变为讨论极限

$$\lim_{\alpha' \to \alpha} \tan\alpha' = \lim_{\Delta x \to 0} \frac{\Delta y}{\Delta x} = \lim_{\Delta x \to 0} \frac{f(x_0 + \Delta x) - f(x_0)}{\Delta x}$$

上述各例及§2.1例1,尽管问题的实际意义不同,但是,其结果都归结为函数的一类特定的极限运算,这类极限反映了函数变化的快慢程度,称之为导数.

3.1.2 导数定义

定义3.1 设函数 $f(x)$ 在 x_0 邻域有定义,令 x 在 x_0 邻域内有改变量 Δx,函数有相应改变量 $\Delta f = f(x_0 + \Delta x) - f(x_0)$,如果 $\Delta x \rightarrow 0$ 时极限

$$\lim_{\Delta x \to 0} \frac{\Delta f}{\Delta x} = \lim_{\Delta x \to 0} \frac{f(x_0 + \Delta x) - f(x_0)}{\Delta x}$$

存在,则称函数 $f(x)$ 在 x_0 点**可导**. 且称此极限为 $y = f(x)$ 在 x_0 点的**导数**. 记为:

$$y'\Big|_{x=x_0} \text{ 或 } f'(x_0) \text{ 或 } \frac{dy}{dx}\Big|_{x=x_0} \text{ 或 } \frac{df(x)}{dx}\Big|_{x=x_0} \text{ 或 } \frac{d}{dx}f(x)\Big|_{x=x_0}$$

即

$$f'(x_0) = \frac{df(x)}{dx}\Big|_{x=x_0} = \lim_{\Delta x \to 0} \frac{\Delta f}{\Delta x} = \lim_{\Delta x \to 0} \frac{f(x_0 + \Delta x) - f(x_0)}{\Delta x}$$

如果函数 $y = f(x)$ 在区间 (a, b) 内每一点 x 处都可导,则称函数 $f(x)$ 在区间 (a, b) 可导. 并且其导数也是 (a, b) 上的一个函数,称之为 $f(x)$ 的**导函数**. 记为

$$y' \text{ 或 } f'(x) \text{ 或 } \frac{dy}{dx} \text{ 或 } \frac{df(x)}{dx} \text{ 或 } \frac{d}{dx}f(x)$$

即

$$f'(x) = \frac{df(x)}{dx} = \lim_{\Delta x \to 0} \frac{\Delta f}{\Delta x} = \lim_{\Delta x \to 0} \frac{f(x + \Delta x) - f(x)}{\Delta x}$$

如果函数 $y = f(x)$ 在区间 (a, b) 内每一点 x 处都可导,且在端点 a, b,极限

$$\lim_{\Delta x \to 0^+} \frac{f(a + \Delta x) - f(a)}{\Delta x} \text{ 和 } \lim_{\Delta x \to 0^-} \frac{f(b + \Delta x) - f(b)}{\Delta x}$$

存在(称之为 $f(x)$ 在 a 点的右导数和 b 点的左导数,记为 $f'_+(a)$ 和 $f'_-(b)$),即

$$f'_+(a) = \lim_{\Delta x \to 0^+} \frac{f(a + \Delta x) - f(a)}{\Delta x}, f'_-(b) = \lim_{\Delta x \to 0^-} \frac{f(b + \Delta x) - f(b)}{\Delta x}$$

则称函数 $f(x)$ 在闭区间 $[a, b]$ 上可导.

根据导数定义和函数在一点极限存在的充分必要条件,得

定理3.1 函数 $y = f(x)$ 在 x 处可导的充分必要条件是 $f'_-(x) = f'_+(x)$.

根据导数定义可知,若函数可导,则产量为 Q_0 时的边际成本是成本函数 $C(Q)$ 在 Q_0 点的导数 $C'(Q_0)$;边际收入是收入函数 $R(Q)$ 在 Q_0 点的导数 $R'(Q_0)$;运动物体在 t 时刻的"瞬时速度"为位移函数 $s(t)$ 在 t 点的导数 $s'(t)$;经济函数在 t 时刻的"增长率"为经济总量函数 $A(t)$ 在 t 点的导数与函数值的比值 $\frac{A'(t)}{A(t)}$.

说明:

(1)根据导数定义,讨论函数在一点 x_0 的可导性,只要讨论极限

$$\lim_{\Delta x \to 0} \frac{f(x_0 + \Delta x) - f(x_0)}{\Delta x}$$

的存在性即可.

(2)如果已知函数在点 x_0 可导,则极限

$$\lim_{\Delta x \to 0} \frac{f(x_0 + \Delta x) - f(x_0)}{\Delta x}$$

一定存在,且极限值为 $f'(x_0)$.

(3)注意到变量符号选择的任意性及 Δx 变化时,$x_0 + \Delta x$ 也是变量,因此导数极限也可以表示成其他形式

$$f'(x_0) = \lim_{h \to 0} \frac{f(x_0 + h) - f(x_0)}{h} = \lim_{x \to x_0} \frac{f(x) - f(x_0)}{x - x_0}$$

例5 设 $f(x)$ 在 $x = 1$ 点可导,求极限 $\lim\limits_{x \to 0} \frac{f(1 + x) - f(1 - x)}{x}$.

解 原式 $= \lim\limits_{\substack{x \to 0 \\ -x \to 0}} \left[\frac{f(1 + x) - f(1)}{x} + \frac{f(1 - x) - f(1)}{-x} \right] = 2f'(1)$.

例6 证明 x^n 在任意点 x 可导,并求 $(x^n)'$.(n 为正整数)

证　设 $f(x) = x^n$，则

$$\Delta f = f(x + \Delta x) - f(x) = (x + \Delta x)^n - x$$

$$= C_n^1 x^{n-1} \Delta x + C_n^2 x^{n-2} (\Delta x)^2 + \cdots + C_n^{n-1} x (\Delta x)^{n-1} + (\Delta x)^n$$

$$\lim_{\Delta x \to 0} \frac{\Delta f}{\Delta x} = \lim_{\Delta x \to 0} \left[C_n^1 x^{n-1} + C_n^2 x^{n-2} \Delta x + \cdots + (\Delta x)^{n-1} \right] = n x^{n-1}$$

所以 $f(x)$ 在 x 点可导，且 $f'(x) = (x^n)' = n x^{n-1}$.

特别地　$x' = 1, (x^2)' = 2x, (x^3)' = 3x^2$.

例7　证明 $f(x) = \sqrt[n]{x} = x^{\frac{1}{n}}$ 在任意 $x > 0$ 点可导，并求 $(x^{\frac{1}{n}})'$．（n 为正整数）

证　$\displaystyle \lim_{\Delta x \to 0} \frac{\Delta f}{\Delta x} = \lim_{\Delta x \to 0} \frac{\sqrt[n]{x + \Delta x} - \sqrt[n]{x}}{\Delta x}$

$$= \lim_{\Delta x \to 0} \frac{\Delta x}{\Delta x \left[(x + \Delta x)^{\frac{n-1}{n}} + (x + \Delta x)^{\frac{n-2}{n}} x^{\frac{1}{n}} + \cdots + (x + \Delta x)^{\frac{1}{n}} x^{\frac{n-2}{n}} + x^{\frac{n-1}{n}} \right]}$$

$$= \frac{1}{n x^{\frac{n-1}{n}}} = \frac{1}{n} x^{\frac{1}{n} - 1}$$

所以 $x^{\frac{1}{n}}$ 在任意 $x > 0$ 点可导，且 $(x^{\frac{1}{n}})' = \frac{1}{n} x^{\frac{1}{n} - 1}$.

更一般地有：x^a 在 x^{a-1} 有定义的区间上都可导，且 $(x^a)' = a x^{a-1}$.

例8　证明：$(c)' = 0, c$ 为常数.

证　设 $f(x) = c$，因 $\Delta f = f(x + \Delta x) - f(x) = c - c = 0$

所以　$(c)' = \lim_{\Delta x \to 0} \frac{\Delta f}{\Delta x} = 0$.

例9　求 $f(x) = \sin x$ 的导函数 $(\sin x)'$ 及 $(\sin x)' \big|_{x = \frac{\pi}{3}}$.

解　$(\sin x)' = \lim_{\Delta x \to 0} \dfrac{\sin(x + \Delta x) - \sin x}{\Delta x}$

$$= \lim_{\Delta x \to 0} \frac{2 \sin \dfrac{\Delta x}{2} \cos\left(x + \dfrac{\Delta x}{2} \right)}{\Delta x} = \cos x$$

$(\sin x)' \big|_{x = \frac{\pi}{3}} = \cos x \big|_{x = \frac{\pi}{3}} = \cos \dfrac{\pi}{3} = \dfrac{1}{2}$

类似可得　$(\cos x)' = -\sin x$.

例10　求 $(e^x)'$、$(\log_a x)'$.

解　$(e^x)' = \lim_{\Delta x \to 0} \dfrac{e^{x + \Delta x} - e^x}{\Delta x} = e^x \lim_{\Delta x \to 0} \dfrac{e^{\Delta x} - 1}{\Delta x} \overset{\text{等价无穷小}}{=\!=\!=} e^x$

$(\log_a x)' = \lim_{\Delta x \to 0} \dfrac{\log_a(x + \Delta x) - \log_a x}{\Delta x}$

$$= \lim_{\Delta x \to 0} \log_a \left(1 + \frac{\Delta x}{x} \right)^{\frac{1}{\Delta x}} = \frac{\log_a e}{x} = \frac{1}{x \ln a}$$

例11 设 $f(x) = \begin{cases} \sin x, x \geqslant 0 \\ e^x - 1, x < 0 \end{cases}$，求 $f'(0)$.

解 $f'_+(0) = \lim_{x \to 0^+} \frac{f(x) - f(0)}{x} = \lim_{x \to 0^+} \frac{\sin x - \sin 0}{x} = 1$

$f'_-(0) = \lim_{x \to 0^-} \frac{f(x) - f(0)}{x} = \lim_{x \to 0^-} \frac{e^x - 1 - \sin 0}{x} = 1$

因为 $f'_+(0) = f'_-(0) = 1$，所以 $f'(0) = 1$.

例12 设 $f(x) = \begin{cases} e^x, x \geqslant 1 \\ ax + b, x < 1 \end{cases}$ 在 $x = 1$ 可导，求 a, b.

解 因为 $f(x)$ 在 $x = 1$ 可导，且 $f'_+(1) = \lim_{x \to 1^+} \frac{e^x - e^1}{x - 1} = e$，所以

$$\lim_{x \to 1^-} \frac{ax + b - e^1}{x - 1} = e$$

又 $\lim_{x \to 1^-} (x - 1) = 0$，故

$$a + b - e = 0$$

于是

$$\lim_{x \to 1^-} \frac{ax + b - e^1}{x - 1} = \lim_{x \to 1^-} \frac{ax - a}{x - 1} = a = e$$

解得 $a = e, b = 0$.

3.1.3 导数的几何意义

设 $f(x)$ 在 x_0 对应曲线的点为 $M(x_0, f(x_0))$（如图 3-2）. 令 x 在 x_0 有改变量 Δx，对应曲线上点为 $N(x_0 + x, f(x_0 + \Delta x))$，则比值 $\frac{\Delta y}{\Delta x}$ 为割线 $\overline{MN}$ 的斜率 $\tan \alpha'$. 当 $\Delta x \to 0$ 时，则 N 沿曲线 $f(x)$ 趋向 M 点；极限 $\lim_{\Delta x \to 0} \frac{\Delta y}{\Delta x}$ 存在，说明 N 趋向 M 点时，割线存在极限位置，称此极限位置为曲线 $y = f(x)$ 在 M 点的**切线**.（如图 3-2 所示）

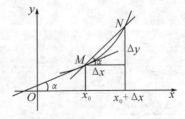

图 3-2

由于 $\Delta x \to 0$ 时,角 $\alpha' \to \alpha$,进而

$$f'(x_0) = \lim_{\Delta x \to 0} \frac{\Delta y}{\Delta x} = \lim_{\alpha' \to \alpha} \tan \alpha' = \tan a$$

所以,$f(x)$ 在 x_0 点的导数 $f'(x_0)$ 几何表示函数曲线 $y = f(x)$ 在点 $(x_0, f(x_0))$ 的**切线斜率**.

曲线 $y = f(x)$ 在点 $(x_0, f(x_0))$ 的切线方程为

$$y - f(x_0) = f'(x_0)(x - x_0)$$

例13 求曲线 $y = \ln x$ 在 $x = e$ 时的切线方程.

解 $y' = \dfrac{1}{x}$,$x = e$ 时,

$$y\big|_{x=e} = 1, k = y'\big|_{x=e} = \frac{1}{e}$$

所以切线方程为

$$y - 1 = \frac{x - e}{e}$$

3.1.4 函数可导与函数连续的关系

根据导数概念,若函数 $f(x)$ 在 x_0 点可导,则极限 $\lim\limits_{x \to x_0} \dfrac{f(x) - f(x_0)}{x - x_0}$ 存在. 由分母极限为0,得 $\lim\limits_{x \to x_0}[f(x) - f(x_0)] = 0$,即 $\lim\limits_{x \to x_0} f(x) = f(x_0)$,函数在 x_0 点连续.

所以,函数 $f(x)$ 在 x_0 点可导,一定在 x_0 点连续. 反之,函数 $f(x)$ 在 x_0 点不连续,则 $f(x)$ 一定在 x_0 点不可导.

例14 证明函数 $f(x) = \begin{cases} \dfrac{\sin x}{x}, & x \neq 0 \\ 0, & x = 0 \end{cases}$ 在 $x = 0$ 点不可导.

证 因为 $\lim\limits_{x \to 0} f(x) = \lim\limits_{x \to 0} \dfrac{\sin x}{x} = 1 \neq 0 = f(0)$,函数 $f(x)$ 在 $x = 0$ 点不连续,因此,$f(x)$ 在 $x = 0$ 点不可导.

例15 设 $f(x)$ 在 $x = a$ 可导,$|f(x)|$ 在 $x = a$ 不可导,求 $f(a)$、$f'(a)$.

解 因为 $f(x)$ 在 $x = a$ 可导,所以 $f(x)$ 在 $x = a$ 连续,有

$$\lim_{x \to a} f(x) = f(a)$$

若 $f(a) > 0$,由极限的保号性知,存在 a 的邻域,使 $f(x) > 0$,在此邻域有

$$|f(x)| = f(x)$$

即 $|f(x)|$ 必在 $x = a$ 处可导;

同样 $f(a) < 0$ 时,$|f(x)|$ 在 $x = a$ 也可导. 因此必有 $f(a) = 0$.

这时

$$|f(x)| = \begin{cases} f(x), & f(x) \geqslant f(a) \\ -f(x), & f(x) < f(a) \end{cases}$$

并且,在 $x = a$ 的任意邻域内都存在 x 使 $f(x) > 0$,也存在 x 使 $f(x) < 0$.

又

$$\lim_{\substack{x \to a \\ f(x) > 0}} \frac{|f(x)| - |f(a)|}{x - a} = \lim_{x \to a} \frac{f(x) - f(a)}{x - a} = f'(a)$$

$$\lim_{\substack{x \to a \\ f(x) < 0}} \frac{|f(x)| - |f(a)|}{x - a} = \lim_{x \to a} \frac{-f(x)}{x - a} = -\lim_{x \to a} \frac{f(x) - f(a)}{x - a} = -f'(a)$$

都存在,且 $|f(x)|$ 在 $x = a$ 不可导,所以必有 $f'(a) \neq -f'(a)$,即

$$f'(a) \neq 0$$

此例说明连续函数不一定可导. 同时也说明了连续性、可导性不仅是函数的特性,也是研究函数的重要工具.

习题3.1

1. 人们常用转速描述物体绕定轴旋转的快慢. 已知旋转物体在 $[0, t]$ 时间内旋转转数 $r = r(t)$,如果旋转是匀速的,则转速 $\omega = \dfrac{r(t)}{t}$. 如果旋转是非匀速的,该如何确定旋转物体在任一时刻 t_0 的转速 ω?

2. 为了考察每天不同时间企业的生产效率,某企业引入生产率指标——单位时间产值. 如果每天从早晨8:00到 t 时刻,生产的产值为 $R(t)$,试确定 t 时刻企业的生产率.

3. 设 $f(x)$ 可导,计算下列极限.

(1) $\lim\limits_{h \to 0} \dfrac{f(x_0 + h) - f(x_0 - h)}{h}$ 　　　　(2) $\lim\limits_{x \to 0} \dfrac{f(ax) - f(bx)}{x}$

(3) $\lim\limits_{n \to \infty} n[f(x_0 + a_n) - f(x_0 + b_n)]$,其中 $\lim\limits_{n \to \infty} a_n = \lim\limits_{n \to \infty} b_n = 0$.

4. $f(x)$ 在 x_0 可导的充分条件是极限(　　)存在.

(1) $\lim\limits_{x \to x_0} \dfrac{f(2x - x_0) - f(x_0)}{x - x_0}$

(2) $\lim\limits_{h \to 0} \dfrac{f(x_0 + h) - f(x_0 - h)}{h}$

(3) $\lim\limits_{\Delta x \to 0} \dfrac{f(x_0 + 2\Delta x) - f(x_0 + \Delta x)}{\Delta x}$

$(4) \lim_{n \to \infty} n\left[f\left(x_0 + \dfrac{1}{n} \right) - f\left(x_0 - \dfrac{1}{n} \right) \right]$

5. 设 $f(x)$ 为在 $x = 0$ 可导的偶函数, 求 $f'(0)$.

6. 设 $f(x) = \begin{cases} x^n \sin \dfrac{1}{x}, & x \neq 0 \\ 0, & x = 0 \end{cases}$, n 为正整数, 讨论 $f(x)$ 在 $x = 0$ 的可导性. 如可导, 求 $f'(0)$ 及 $f'(x)$.

7. 设 $f(x) = \begin{cases} e^x, & x > 0 \\ ax + b, & x \leqslant 0 \end{cases}$ 可导, 求 a、b.

8. 假设人口数随时间连续变化, 推导 §2.1 例1 的人口函数满足的方程.

9. 证明: $y = |x|$ 在 $x = 0$ 连续, 但不可导.

10. 证明导数公式: $(\arctan x)' = \dfrac{1}{1 + x^2}$.

§3.2 导数的运算法则与导数公式

根据导数的定义计算导数, 需要计算导数极限. 但是, 如果能求得导函数 $f'(x)$, 导数计算就容易了. 上节已经推出了部分基本初等函数的导函数公式, 再结合四则运算、复合运算就可以计算较复杂函数的导数了.

3.2.1 导数的四则运算法则

定理 3.2 设 $f(x)$、$g(x)$ 在 x 可导, C 为常数, 则 $Cf(x)$、$f(x) \pm g(x)$、$f(x) \cdot g(x)$、$\dfrac{f(x)}{g(x)}(g(x) \neq 0)$, 在 x 处可导, 且

$(1) [f(x) \pm g(x)]' = f'(x) \pm g'(x)$

$(2) [Cf(x)]' = Cf'(x)$

$(3) [f(x) \cdot g(x)]' = f'(x) \cdot g(x) + f(x) \cdot g'(x)$

$(4) \left[\dfrac{f(x)}{g(x)} \right]' = \dfrac{f'(x)g(x) - f(x)g'(x)}{g^2(x)}$

证 只证(3)

$$\lim_{\Delta x \to 0} \frac{f(x + \Delta x)g(x + \Delta x) - f(x)g(x)}{\Delta x}$$

$$= \lim_{\Delta x \to 0} \left[\frac{f(x + \Delta x) - f(x)}{\Delta x} g(x + \Delta x) + f(x) \frac{g(x + \Delta x) - g(x)}{\Delta x} \right]$$

因为 $f(x)$、$g(x)$ 在 x 可导, 必然连续, 因此极限

$$\lim_{\Delta x \to 0} \frac{f(x + \Delta x) - f(x)}{\Delta x} \text{、} \lim_{\Delta x \to 0} \frac{g(x + \Delta x) - g(x)}{\Delta x} \text{、} \lim_{\Delta x \to 0} g(x + \Delta x)$$

都存在,且由极限运算法则和导数定义,得

$$[f(x) \cdot g(x)]' = f'(x) \cdot g(x) + f(x) \cdot g'(x)$$

证毕.

利用导数四则运算法则可得:

$$(x^{-n})' = \left(\frac{1}{x^n}\right)' = \frac{0 \cdot x^n - 1 \cdot nx^{n-1}}{x^{2n}} = -nx^{-n-1}$$

$$(\tan x)' = \left(\frac{\sin x}{\cos x}\right)' = \frac{(\sin x)'\cos x - \sin x \cdot (\cos x)'}{\cos^2 x} = \frac{1}{\cos^2 x} = \sec^2 x$$

$$(\cot x)' = \left(\frac{\cos x}{\sin x}\right)' = \frac{-\sin^2 x - \cos^2 x}{\sin^2 x} = -\csc^2 x$$

$$(\sec x)' = \left(\frac{1}{\cos x}\right)' = \frac{0 - 1 \cdot (-\sin x)}{\cos^2 x} = \sec x \tan x$$

$$(\csc x)' = \left(\frac{1}{\sin x}\right)' = \frac{0 - 1 \cdot \cos x}{\sin^2 x} = -\csc x \cot x$$

例 1 设 $y = x^2 + e^x - x\cos x$,求 y'.

解 $y' = (x^2)' + (e^x)' - (x\cos x)' = 2x + e^x - [x'\cos x + x(\cos x)']$
$$= 2x + e^x - \cos x + x\sin x$$

例 2 设 $y = \dfrac{x\log_2 x}{1 + x^2}$,求 y'.

解 $y' = \dfrac{(x\log_2 x)'(1 + x^2) - (x\log_2 x)(1 + x^2)'}{(1 + x^2)^2}$

$$= \frac{(1 + x^2) + (1 - x^2)\ln x}{(1 + x^2)^2 \ln 2}$$

3.2.2 复合函数求导法则

定理 3.3 设 $u = \varphi(x)$ 在 x_0 可导,$y = f(u)$ 在 $u_0 = \varphi(x_0)$ 对应点可导. 则复合函数 $y = f[\varphi(x)]$ 在 x_0 可导,并且

$$\{f[\varphi(x)]\}'|_{x=x_0} = f'(u_0) \cdot \varphi'(x_0) = f'[\varphi(x_0)] \cdot \varphi'(x_0)$$

证 令 x 在 x_0 邻域内有改变量 Δx,则函数 $u = \varphi(x)$ 的改变量为

$$\Delta u = \varphi(x_0 + \Delta x) - \varphi(x_0)$$

(1)若 $\Delta u = 0$,则

$$\Delta y = f[\varphi(x_0 + \Delta x)] - f[\varphi(x_0)] = 0 = f'(u)\Delta u$$

(2)若 $\Delta u \neq 0$,则由 $\lim\limits_{\Delta u \to 0} \dfrac{f(u_0 + \Delta u) - f(u_0)}{\Delta u} = f'(u_0)$ 存在,有

$$\frac{f(u_0 + \Delta u) - f(u_0)}{\Delta u} = f'(u_0) + \alpha(\Delta u)$$

进而

$$\Delta y = f[\varphi(x_0 + \Delta x)] - f[\varphi(x_0)] = f'(u_0) \cdot \Delta u + \alpha(\Delta u) \cdot \Delta u$$

其中 $\lim\limits_{\Delta u \to 0} \alpha(\Delta u) = 0$.

由可导必连续知 $\Delta x \to 0$ 时 $\Delta u \to 0$，且 $\lim\limits_{\Delta x \to 0} \dfrac{\Delta u}{\Delta x} = \varphi'(x_0)$ 存在，故

$$\lim_{\Delta x \to 0} \frac{\Delta y}{\Delta x} = \lim_{\Delta x \to 0} \frac{f[\varphi(x_0 + \Delta x)] - f[\varphi(x_0)]}{\Delta x}$$

$$= \begin{cases} f'(u_0) \cdot \lim\limits_{\Delta x \to 0} \dfrac{\Delta u}{\Delta x}, \Delta u = 0 \\ f'(u_0) \cdot \lim\limits_{\Delta x \to 0} \dfrac{\Delta u}{\Delta x} + \lim\limits_{\Delta x \to 0} \alpha(\Delta u) \dfrac{\Delta u}{\Delta x}, \Delta u \neq 0 \end{cases}$$

$$= f'(u_0) \cdot \varphi'(x_0) = f'[\varphi(x_0)]\varphi'(x_0)$$

证毕.

说明：复合函数求导公式中 f' 是指以作 f 运算的变量为自变量的导数. 如 $f'(x^2)$ 是指 f 函数以 x^2 为自变量的导数. 它与习惯自变量（复合后函数的自变量）的导数一般不同.

利用复合函数求导公式可推得：

$$(a^x)' = (e^{x\ln a})' = (e^u)'_u \cdot (x\ln a)' = e^u \ln a = a^x \ln a$$

$$(x^\alpha)' = (e^{\alpha\ln x})' = (e^u)'_u \cdot (\alpha\ln x)' = e^u \cdot \frac{\alpha}{x} = \alpha \frac{x^\alpha}{x} = \alpha x^{\alpha-1}$$

例3 设 $y = \tan 3x + 2^{\frac{1}{x}}$，求 y'.

解 设 $u = 3x, v = \dfrac{1}{x}$，因 $(\tan u)'_u = \sec^2 u, u'_x = 3$

$$(2^v)'_v = 2^v \ln 2, v'_x = -\frac{1}{x}$$

所以

$$y' = (\tan 3x)' + (2^{\frac{1}{x}})' = (\tan u)'_u \cdot u'_x + (2^v)'_v \cdot v'_x = 3\sec^2 3x - \frac{2^{\frac{1}{x}}}{x^2}$$

例4 设 $y = f(\ln x) \cdot [f(\sqrt{x})]^2$，其中 $f(x)$ 可导，求 y'.

解 $y' = [f(\ln x)]'[f(\sqrt{x})]^2 + f(\ln x) \cdot \{[f(\sqrt{x})]^2\}'$

$$= f'(\ln x) \cdot (\ln x)'[f(\sqrt{x})]^2 + f(\ln x) \cdot 2f(\sqrt{x}) \cdot [f(\sqrt{x})]'$$

$$= \frac{f'(\ln x)}{x} \cdot [f(\sqrt{x})]^2 + f(\ln x) \cdot 2f(\sqrt{x})f'(\sqrt{x})(\sqrt{x})'$$

$$= \frac{f'(\ln x)}{x} \cdot [f(\sqrt{x})]^2 + f(\ln x)f(\sqrt{x})f'(\sqrt{x}) \cdot \frac{1}{\sqrt{x}}$$

例5 设 $y = \dfrac{\csc(1 - x^2)}{e^{f(x)}}$，其中 $f(x)$ 可导，求 y'.

解 $y' = \dfrac{[\csc(1 - x^2)]' \cdot e^{f(x)} - \csc(1 - x^2) \cdot [e^{f(x)}]'}{[e^{f(x)}]^2}$

$$= \frac{\csc(1 - x^2)\cot(1 - x^2) \cdot 2x \cdot e^{f(x)} - \csc(1 - x^2) \cdot e^{f(x)}f'(x)}{[e^{f(x)}]^2}$$

例6 设 $y = e^{\sqrt[3]{x}}\sin x$，求 $y'|_{x=0}, y'$.

解 $y'|_{x=0} = \lim\limits_{x \to 0} \dfrac{e^{\sqrt[3]{x}}\sin x - 0}{x} = \lim\limits_{x \to 0} e^{\sqrt[3]{x}} \cdot \dfrac{\sin x}{x} = e^0 = 1$

$$y' = e^{\sqrt[3]{x}}(\sqrt[3]{x})'\sin x + e^{\sqrt[3]{x}}(\sin x)' = \frac{e^{\sqrt[3]{x}}\sin x}{3x^{\frac{2}{3}}} + e^{\sqrt[3]{x}}\cos x$$

此例说明：函数 $\lim\limits_{\Delta x \to 0} \dfrac{f(x + \Delta x) - f(x)}{\Delta x}$ 在点 x_0 处无定义，并不能说 $f'(x_0)$ 不存在.

3.2.3 反函数求导法则

定理3.4 设 $y = f(x)$ 在 x_0 可导，且 $f'(x_0) \neq 0$. 则 $y = f(x)$ 在 x_0 邻域有反函数 $x = f^{-1}(y)$，且反函数 $x = f^{-1}(y)$ 在 $y_0 = f(x_0)$ 可导，其导数为：

$$[f^{-1}(y)]'_y\big|_{y=y_0} = x'_y\big|_{y=y_0} = \frac{1}{f'(x_0)}$$

证 因为 $f'(x_0) = \lim\limits_{x \to x_0} \dfrac{f(x) - f(x_0)}{x - x_0} \neq 0$，不妨设 $f'(x_0) > 0$，由极限保号性知，存在 x_0 邻域使 $\dfrac{f(x) - f(x_0)}{x - x_0} > 0$，并且在此邻域内 $\forall x_1 \neq x_2$ 时有 $f(x_1) \neq f(x_2)$（否则存在子序列 $x_n \neq x_0$ 使 $\lim\limits_{x_n \to x_0} \dfrac{f(x_n) - f(x_0)}{x_n - x_0}$ 为 0 或不存在）. 因此，在此邻域内存在反函数 $x = f^{-1}(y)$，且反函数在 y_0 邻域内连续. 又

$$\lim_{y \to y_0} \frac{f^{-1}(y) - f^{-1}(y_0)}{y - y_0} = \lim_{x \to x_0} \frac{x - x_0}{f(x) - f(x_0)}$$

$$= \lim_{x \to x_0} \frac{1}{\dfrac{f(x) - f(x_0)}{x - x_0}} = \frac{1}{f'(x_0)}$$

所以 $x = f^{-1}(y)$ 在 $y_0 = f(x_0)$ 可导，且

$$[f^{-1}(y)]'_y\big|_{y=y_0} = x'_y\big|_{y=y_0} = \frac{1}{f'_{(x_0)}}$$

例7 求 $y = \arcsin x$ 的导数 y'.

解 $y = \arcsin x$ 是 $x = \sin y$ $y \in \left[-\frac{\pi}{2}, \frac{\pi}{2}\right]$ 的反函数,且 $y \neq \pm\frac{\pi}{2}$ 时,$x'_y = \cos y \neq 0$,
由反函数求导公式得

$$y' = (\arcsin x)' = \frac{1}{\cos y} = \frac{1}{\sqrt{1 - \sin^2 y}} = \frac{1}{\sqrt{1 - x^2}}$$

类似可得

$$(\arccos x)' = -\frac{1}{\sqrt{1 - x^2}}$$

$$(\arctan x)' = \frac{1}{1 + x^2}$$

$$(\text{arccot} x)' = -\frac{1}{x + x^2}$$

例8 设 $f(x)$ 可导,且反函数 $f^{-1}(x)$ 存在. 若 $f(0) = 1$, $f(1) = 2$, $f(2) = 3$, $f'(0) = -2$, $f'(1) = 1$, $f'(2) = -1$, 求 $[f^{-1}(x)]'\big|_{x=1}$、$[f^{-1}(x)]'\big|_{x=2}$.

解 因为 $y = f^{-1}(x)$ 是 $x = f(y)$ 的反函数,而 $f(0) = 1$, $f(1) = 2$, 所以 $x = 1$ 时,$y = 0$; $x = 2$ 时,$y = 1$. 由反函数导数公式

$$[f^{-1}(x)]' = \frac{1}{f'(y)}$$

得

$$[f^{-1}(x)]'\big|_{x=1} = \frac{1}{f'(y)}\bigg|_{y=0} = \frac{1}{f'(0)} = -\frac{1}{2}$$

$$[f^{-1}(x)]'\big|_{x=2} = \frac{1}{f'(y)}\bigg|_{y=1} = \frac{1}{f'(1)} = 1$$

3.2.4 基本初等函数求导公式

(1) $c' = 0$ c 为常数   (2) $(x^\alpha)' = \alpha x^{\alpha-1}$ α 为常数

(3) $(a^x)' = a^x \ln a$ $0 < a \neq 1$ 常数   特别地 $(e^x)' = e^x$

(4) $(\log_a x)' = \frac{1}{x \ln a}$ $0 < a \neq 1$ 常数   特别地 $(\ln x)' = \frac{1}{x}$

(5) $(\sin x)' = \cos x$ (6) $(\cos x)' = -\sin x$

(7) $(\tan x)' = \sec^2 x$ (8) $(\cot x)' = -\csc^2 x$

(9) $(\sec x)' = \sec x \cdot \tan x$ (10) $(\csc x)' = -\csc x \cdot \cot x$

(11) $(\arcsin x)' = \frac{1}{\sqrt{1 - x^2}}$ (12) $(\arccos x)' = -\frac{1}{\sqrt{1 - x^2}}$

(13) $(\arctan x)' = \dfrac{1}{1+x^2}$ 　　　　　 (14) $(\operatorname{arccot} x)' = -\dfrac{1}{1+x^2}$

习题 3.2

1. 计算下列函数导数.

(1) $y = x^3 - \dfrac{2}{x^2} - 2$ 　　　　　 (2) $y = x^2 + 2^x + 3x$

(3) $y = \tan x + 3\sin x$ 　　　　　 (4) $y = \sec x + \ln a$

(5) $y = e^x \cos x$ 　　　　　 (6) $y = 3^x \log_3 x$

(7) $y = \dfrac{\ln x}{x}$ 　　　　　 (8) $y = \dfrac{1-x^2}{1+x^2}$

2. 计算下列导数.

(1) $f(x) = \sin x - \cos x$, 求 $f'(0)$, $f'\left(\dfrac{\pi}{4}\right)$, $f'\left(\dfrac{\pi}{2}\right)$;

(2) $r = 2\theta(\cos\theta - 1)$, 求 $r'_\theta \big|_{\theta = \frac{\pi}{3}}$, $r'_\theta \big|_{\theta = \frac{\pi}{2}}$, $r'_\theta \big|_{\theta = \pi}$;

(3) $s = 2t + \dfrac{1}{2}gt^2$, 求 $s'_t \big|_{t=2}$, $s'_t \big|_{t=5}$, $s'_t \big|_{t=0}$.

3. 计算下列函数导数.

(1) $y = (1 + 2x^2)^{100}$ 　　　　　 (2) $y = \sin^2 2x$

(3) $y = e^{-x^2}$ 　　　　　 (4) $y = \ln(1 + x^2)$

(5) $y = \ln(x + \sqrt{1 + x^2})$ 　　　　　 (6) $y = \tan(x + e^{-x})$

(7) $y = \cos[\operatorname{cse}(xe^x)]$ 　　　　　 (8) $y = \ln|\sin x|$

4. 计算下列函数导数.

(1) $y = \arcsin(1 + x)^2$ 　　　　　 (2) $y = [\arctan \ln(2^x - x)]^2$

(3) $y = e^{-\arccos x^2}$ 　　　　　 (4) $y = x\arcsin(x + \sin x)$

5. 求曲线 $y = e^{-\frac{(x-a)^2}{2}}$ 上使其切线平行 x 轴的点及 $x = 0$ 点的切线方程.

6. 设某商品的市场需求 $Q = 50e^{-3p}$ (p 为销售价格), 试求该商品在价格为 p 时的边际收入, 并证明存在边际收入为 0 的点.

§3.3　隐函数与参数方程表示的函数求导法

可以运用公式求导数的函数, 除了初等函数、分段函数外, 还有几类函数. 本节介绍其中两类的求导方法.

3.3.1　隐函数

函数作为表达变量之间的对应关系,有些可以用自变量的表达式表示,如 $y = ax + b, y = \sin x$ 等.这类函数也称为**显函数**;有些则需要用其他形式表示,如到原点距离为 1 的点 (x, y) 的对应关系可用方程 $x^2 + y^2 = 1$ 表示.在方程解集 $D = \{(x, y) \mid x^2 + y^2 = 1\}$ 上,如仅考察 $y > 0$ 的情况,则对区间 $(-1, 1)$ 上任一 x,通过方程,都有唯一的变量 $y = \sqrt{1 - x^2}$ 与之对应.因此,方程 $x^2 + y^2 = 1$ 中隐含了 y 与 x 的函数关系 ($y = \sqrt{1 - x^2}$ 或 $y = -\sqrt{1 - x^2}$).这种隐含在方程中的函数关系就称为**隐函数**.

把隐函数化为显函数,叫做**隐函数的显化**.但是在实际中,隐函数显化常常是困难的,有时甚至是不可能的.

如前面讨论过的市场均衡问题,均衡价格 p_0 为方程 $Q(p) = D(p)$ 的解.如果进一步要考察市场环境条件发生变化时,均衡价格 p_0 的变化,就要考察均衡价格 p_0 随市场环境变化的函数——由方程 $Q(p_0) = D(p_0)$ 所确定的隐函数.在 $Q(p_0)$、$D(p_0)$ 未知时,该隐函数则无法显化.

3.3.2　隐函数求导法

隐函数如果可以显化,就可显化为显函数,利用前面的求导法则求导.因此,隐函数求导是指不显化隐函数求所需导数.

设 $y = y(x), x \in (a, b)$ 是由方程 $F(x, y) = G(x, y)$ 所确定的隐函数.即对 $\forall x \in (a, b)$,有 $F(x, y(x)) = G(x, y(x))$,其中 $F(x, y(x))$ 与 $G(x, y(x))$ 是 (a, b) 上的复合函数.所以在 (a, b) 上,$F(x, y(x))$ 与 $G(x, y(x))$ 是同一函数.自然,两函数若可导,导数也必然相等,即

$$[F(x, y)]'_x = [G(x, y)]'_x, y = y(x)$$

因此,由方程 $F(x, y) = G(x, y)$ 所确定的隐函数 $y = y(x)$ 的导数,可以通过方程两边同时对自变量 x 求导(变量 y 为 x 的函数,即 $(y)'_x = y'$),再解出 y'.

例1　设 $\sin(xy) = x + y$,求 y'.

解　方程两边对 x 求导

$$\cos(xy) \cdot (xy)' = 1 + y' \quad \text{即} \quad (y + xy')\cos(xy) = 1 + y'$$

解得　$y' = \dfrac{1 - y\cos(xy)}{1 - x\cos(xy)}$.

例2　设 $ye^x - xe^y = 1 + xy$,求 $y'|_{x=0}$.

解　方程两边对 x 求导

$$y'e^x + ye^x - (e^y + xe^y y') = y + xy'$$

解得　$y' = \dfrac{ye^x - e^y - y}{xe^y - e^x + x}$.

又 $x = 0$ 时 $ye^0 - 0 \cdot e^y = 1 + 0 \cdot y$ 即 $y = 1$，所以

$$y'|_{x=0} = y'\left|\begin{smallmatrix}x=0\\y=1\end{smallmatrix}\right. = \frac{1 - e - 1}{0 - 1 + 0} = e$$

例3 设某商品存在市场均衡价格 p_0，且需求量 Q 是价格 p 的线性函数 $Q = a - bp(b > 0$ 称为需求对价格的反应系数)，供给量 D 是价格 p 的可导函数且 $D'_p > 0$，试讨论当 b 增加时均衡价格 p_0 的变化.

分析：均衡价格 p_0 满足方程 $a - bp_0 = D(p_0)$，而导数为自变量每增加 1 单位，函数的增加量（能力）. 因此，可利用导数 $(p_0)'_b$ 讨论.

解 方程 $a - bp_0 = D(p_0)$ 两边对 b 求导（p_0 为 b 的函数）

$$-p_0 - b \cdot (p_0)'_b = D'(p_0) \cdot (p_0)'_b$$

因为 $b + D'(p_0) > 0$，所以 $(p_0)'_b = -\dfrac{p_0}{b + D'(p_0)} < 0$.

即当市场其他条件不变时，需求对价格的反应系数增加 1 单位，市场均衡价格将会增加 $-\dfrac{p_0}{b + D'(p_0)}$（减少 $\dfrac{p_0}{b + D'(p_0)}$），因此，均衡价格会下降.

类似地，由均衡需求（供给）$Q_0 = a - bp_0$，有

$$(Q_0)'_b = -p_0 - b \cdot (p_0)'_b = \frac{-p_0 D'(P_0)}{b + D'(p_0)}$$

知市场均衡需求（供给）会减少.

3.3.3 对数求导法

前面谈到：隐函数如果可以显化，就可显化为显函数求导. 同样，如果显函数求导困难，也可反过来，化显函数为隐函数，利用隐函数求导法求导. 对数求导法就是其中实用的一种.

求导法则在用于多个函数乘、除及幂、指数等复合运算构成的函数时，求导过程往往非常繁琐. 若在函数两边 $y = f(x)$ 取对数，就可以将乘、除及幂、指数等运算化简为加、减、乘常数及对数运算，使得求导运算简化，这就是**对数求导法**.

例4 设 $y = \sqrt[3]{\dfrac{2^{3x-1}(x+1)}{x^2 \sin x}}$，求 y'.

解 两边取对数

$$\ln|y| = \frac{1}{3}(\ln 2^{3x-1} + \ln|x+1| - \ln|x^2 \sin x|)$$

$$= \frac{1}{3}\left[(3x-1)\ln 2 + \ln|x+1| - 2\ln|x| - \ln|\sin x|\right]$$

两边对 x 求导

$$\frac{y'}{y} = \frac{1}{3}\left(3\ln2 + \frac{1}{x+1} - \frac{2}{x} - \frac{\cos x}{\sin x}\right)$$

解得

$$y' = \sqrt[3]{\frac{2^{3x-1}(x+1)}{x^2\sin x}}\left(\ln2 + \frac{1}{3x+3} - \frac{2}{3x} - 3\cot x\right)$$

注：$f(x) > 0$ 时 $\ln|f(x)| = \ln f(x)$，有

$$[\ln|f(x)|]' = [\ln f(x)]' = \frac{f'(x)}{f(x)}$$

$f(x) < 0$ 时 $\ln|f(x)| = \ln[-f(x)]$，有

$$[\ln|f(x)|]' = \{\ln[-f(x)]\}' = \frac{f'(x)}{f(x)}$$

因此 $(\ln|f(x)|)' = \dfrac{f'(x)}{f(x)}$.

例5 设 $y = \sqrt{\dfrac{(x+1)(x+2)}{(x+3)(x+4)}} + \dfrac{e^{2x-x^2}\cot x}{\sqrt{1-x^2}}$，求 y'.

解 设 $y_1 = \sqrt{\dfrac{(x+1)(x+2)}{(x+3)(x+4)}}$，$y_2 = \dfrac{e^{2x-x^2}\cot x}{\sqrt{1-x^2}}$，则

$$\ln|y_1| = \frac{1}{2}(\ln|x+1| + \ln|x+2| - \ln|x+3| - \ln|x+4|)$$

$$\ln|y_2| = 2x - x^2 + \ln|\cot x| - \frac{1}{2}\ln|1-x^2|$$

两边对 x 求导

$$\frac{y_1'}{y_1} = \frac{1}{2}\left(\frac{1}{x+1} + \frac{1}{x+2} - \frac{1}{1+3} - \frac{1}{x+4}\right)$$

$$\frac{y_2'}{y_2} = 2 - 2x - \frac{\csc^2 x}{\cot x} - \frac{1}{2}\cdot\frac{-2x}{1-x^2}$$

解得

$$y_1' = \frac{1}{2}\sqrt{\frac{(x+1)(x+2)}{(x+3)(x+4)}}\left(\frac{1}{x+1} + \frac{1}{x+2} - \frac{1}{1+3} - \frac{1}{x+4}\right)$$

$$y_2' = \frac{e^{2x-x^2}\cot x}{\sqrt{1-x^2}}\left(2 - 2x - \frac{2}{\sin2x} + \frac{x}{1-x^2}\right)$$

所以

$$y' = y_1' + y_2'$$

$$= \frac{1}{2}\sqrt{\frac{(x+1)(x+2)}{(x+3)(x+4)}}\left(\frac{1}{x+1} + \frac{1}{x+2} - \frac{1}{1+3} - \frac{1}{x+4}\right)$$

$$+\frac{e^{2x-x^2}\cot x}{\sqrt{1-x^2}}\left(2-2x-\frac{2}{\sin2x}+\frac{x}{1-x^2}\right)$$

例 6（幂指函数求导） 设 $y=[f(x)]^{g(x)}$，求 y' 及 $(x^x)'$，其中 $f(x)$、$g(x)$ 可导，$f(x)>0$.

解 两边取对数

$$\ln y=g(x)\ln f(x)$$

两边对 x 求导

$$\frac{y'}{y}=g'(x)\ln f(x)+g(x)\frac{f'(x)}{f(x)}$$

所以

$$y'=\left\{[f(x)]^{g(x)}\right\}'=[f(x)]^{g(x)}\left[g'(x)\ln f(x)+f'(x)\cdot\frac{g(x)}{f(x)}\right]$$

此式为**幂指函数**导数公式

$$(x^x)'=x^x\left(1\cdot\ln x+1\cdot\frac{x}{x}\right)=x^x(\ln x+1)$$

3.3.4 参数方程表示的函数求导数

设 $\begin{cases}x=\varphi(t)\\y=\psi(t)\end{cases},t\in(\alpha,\beta)$，若对 $\forall x\in I$，通过参数 t 的联系，有唯一的 y 与之对应，则参数方程 $\begin{cases}x=\varphi(t)\\y=\psi(t)\end{cases},t\in(\alpha,\beta)$ 也确定了 y 是 x 的函数. 由反函数求导法知，如果 $x'_t=\varphi'(t)\neq0$，则在 $x=\varphi(t)$ 的邻域内，当 $\Delta x\neq0$ 时，有 $\Delta t\neq0$，进而若 $\varphi(t)$、$\psi(t)$ 可导，则有

$$y'_x=\lim_{\Delta x\to0}\frac{\Delta y}{\Delta x}=\lim_{\Delta t\to0}\frac{\Delta y/\Delta t}{\Delta x/\Delta t}=\frac{y'_t}{x'_t}=\frac{\psi'(t)}{\varphi'(t)}$$

这就是参数方程表示函数的导数公式.

例 7 求半经为 a 的圆沿直线滚动一周，圆上一点 M 在平面上所描曲线的切线方程.（如图 3-3 所示）

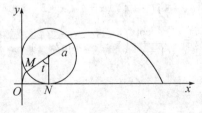

图 3-3

解 假设开始滚动时 M 点在直线上，并以此点为原点建立坐标系. 取圆滚动

过的角度 t 为参数. 显然 $\overline{ON} = \overparen{MN}$（弧长），所以曲线上任一点的坐标为：

$\begin{cases} x = at - a\sin t \\ y = a - a\cos t \end{cases}$，对应 $t_0 \in (0, 2\pi)$，曲线上点标为 $x_0 = at_0 - a\sin t_0, y_0 = a - a\cos t_0$，由

导数的几何意义，得斜率

$$k = y' \Big|_{x = x_0} = \frac{y'_t}{x'_t} \Big|_{t = t_0} = \frac{a\sin t}{-a\cos t} \Big|_{t = t_0} = \frac{\sin t_0}{1 - \cos t_0}$$

所以切线方程为

$$y - y_0 = \frac{\sin t_0}{1 - \cos t_0}(x - x_0)$$

例8 设自动喷灌系统的喷水管以速度 v_0、仰角 α 喷水，求水流轨迹上任何一点速度的大小与方向.（如图 3 − 4）

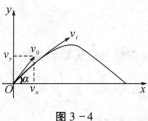

图 3 − 4

解 轨迹方程 $\begin{cases} x = v_0 t\cos\alpha \\ y = v_0 t\sin\alpha - \dfrac{1}{2}gt^2 \end{cases}$

由

$$x'_t = v_0\cos\alpha, \quad y'_t = v_0\sin\alpha - gt$$

得

$$y' = \tan\alpha_t = \frac{y'_t}{x'_t} = \frac{v_0\sin\alpha - gt}{v_0\cos\alpha}$$

$$|v_t| = \sqrt{(x'_t)^2 + (y'_t)^2} = \sqrt{v_0^2 - 2v_0 gt + g^2 t^2}$$

习题 3.3

1. 求下列方程确定的隐函数的导数 $\dfrac{dy}{dx}$.

（1）$y^2 - 2xy + 3x^2 = 5$ 　　　　　　（2）$x - y = e^{xy} - 1, x \geqslant 0$

（3）$y = \ln(1 - y) - \ln x$ 　　　　　　（4）$xy - 2 = \sin(x + y)$

2. 求曲线 $\sqrt{x} + \sqrt{y} = 3$ 在 $\left(\dfrac{9}{4}, \dfrac{9}{4}\right)$ 点的切线、法线方程.

3. 证明 $x^2 + y^2 = 1$ 满足方程 $\dfrac{dy}{dx} = -\dfrac{x}{y}$ 及条件 $y|_{x=0} = 1$.

4. 证明:任意 $a > 0$,隐函数 $\ln[a(x^2 + y^2)] = 2\arctan\dfrac{x}{y}$ 都满足方程

$$\frac{dy}{dx} = \frac{y - x}{y + x}$$

5. 求下列参数方程所确定函数的导数.

$(1)\begin{cases} x = te^{at} \\ y = bt^3 \end{cases}$ $\qquad\qquad$ $(2)\begin{cases} x = a\cos\theta \\ y = a\sin\theta \end{cases}$

$(3)\begin{cases} x = e^t\cos t \\ y = e^t\sin t \end{cases}$ $\qquad\qquad$ $(4)\begin{cases} x = t\arctan t \\ y = \ln(1 + t^2) \end{cases}$

§3.4 高阶导数

在变速运动问题中,不仅需要考察运动物体的路程、速度,常常还要考察加速度. 加速度是速度(路程函数的导数)对时间 t 的变化率,这就需要考虑导数的导数.

3.4.1 高阶导数

设函数 $f(x)$ 在区间 (a,b) 内每一点都可导,则其导数 $f'(x)$ 也是区间 (a,b) 上的函数——导函数.

如果导函数 $f'(x)$ 仍可导,称 $f'(x)$ 的导数为函数 $y = f(x)$ 的**二阶导数**. 记为:

$$y'' \text{ 或 } f''(x) \text{ 或 } \frac{d^2y}{dx^2} \text{ 或 } \frac{d^2f(x)}{dx^2} \text{ 或 } \frac{d^2}{dx^2}f(x)$$

即 $\quad y'' = f''(x) = [f'(x)]'.$

导数 $f'(x)$ 也称为函数 $y = f(x)$ 的**一阶导数**,$f(x)$ 也称为 0 阶导数.

类似地,如果二阶导函数 $f''(x)$ 可导,称 $f''(x)$ 的导数为函数 $y = f(x)$ 的**三阶导数**. 记为

$$y''' \text{ 或 } f'''(x) \text{ 或 } \frac{d^3y}{dx^3} \text{ 或 } \frac{d^3f(x)}{dx^3} \text{ 或 } \frac{d^3}{dx^3}f(x)$$

即 $\quad y''' = f'''(x) = [f''(x)]'.$

一般地,称 $n-1$ 阶导函数的导数为函数 $y = f(x)$ 的 **n 阶导数**. 记为:

$$y^{(n)} \text{ 或 } f^{(n)}(x) \text{ 或 } \frac{d^ny}{dx^n} \text{ 或 } \frac{d^nf(x)}{dx^n} \text{ 或 } \frac{d^n}{dx^n}f(x)$$

即 $\quad y^{(n)} = f^{(n)}(x) = [f^{(n-1)}(x)]'.$

根据高阶导数概念,要求 n 阶导数,就必须先求一阶导函数、二阶导函数、…、

$n-1$ 阶导函数,再求导得到 n 阶导数.

例 1 设 $y = \dfrac{1+x}{1-x}$,求 y'' 及 $y''|_{x=0}$.

解 $y' = \dfrac{1 \cdot (1-x) - (1+x) \cdot (-1)}{(1-x)^2} = \dfrac{2}{(1-x)^2}$

$y'' = (y')' = \left[\dfrac{2}{(1-x)^2} \right]' = 2 \cdot (-2) \cdot (1-x)^{-3}(1-x)' = \dfrac{4}{(1-x)^3}$

$y''|_{x=0} = \dfrac{4}{(1-x)^3} \bigg|_{x=0} = 4$

例 2 设 $y = \ln(1-x^2)$,求 $y'''|_{x=0}$.

解 $y' = \dfrac{-2x}{1-x^2}$,$y'' = \left(\dfrac{-2x}{1-x^2} \right)' = \dfrac{-2(1-x^2) - (-2x)^2}{(1-x^2)^2} = -\dfrac{2(1+x^2)}{(1-x^2)^2}$

$y''' = -2 \dfrac{2x(1-x^2)^2 - (1+x^2) \cdot 2(1-x^2)(-2x)}{(1-x^2)^{4^3}} = -\dfrac{4x(3+x^2)}{(1-x^2)^3}$

$y'''|_{x=0} = 0$

例 3 设 $y = \arctan x$ 求 $y''|_{x=1}$.

解 $y' = \dfrac{1}{1+x^2}$,$y'' = -\dfrac{2x}{(1+x^2)^2}$,$y''|_{x=1} = -\dfrac{2 \cdot 1}{(1+1)^2} = -\dfrac{1}{2}$.

例 4 设 $x^2 + y^2 = 1$,求 y''.

解 两边对 x 求导 $\quad 2x + 2yy' = 0$,

解得 $\quad y' = -\dfrac{x}{y}$

$y'' = -\dfrac{1 \cdot y - x \cdot y'}{y^2} = -\dfrac{y - x \cdot \left(-\dfrac{x}{y} \right)}{y^2} = -\dfrac{y^2 + x^2}{y^3} = -\dfrac{1}{y^3}$

例 5 设 $e^y - xy = 2$,求 $y''|_{x=0}$.

解 两边对 x 求导

$$e^y y' - y - xy' = 0 \qquad\qquad (1)$$

两边对 x 再求导

$$e^y (y')^2 + e^y y'' - 2y' - xy'' = 0 \qquad\qquad (2)$$

将 $x = 0$ 代入方程得 $\quad e^y|_{x=0} - 0 = 2$,解得

$$y|_{x=0} = \ln 2$$

将 $x = 0$ 代入(1)式得 $\quad e^{\ln 2} y'|_{x=0} - \ln 2 - 0 = 0$,解得

$$y'|_{x=0} = \ln \sqrt{2}$$

将 $x = 0$ 代入(2)式得 $e^{\ln 2}(\ln\sqrt{2})^2 + e^{\ln 2}y''\big|_{x=0} - 2\ln\sqrt{2} - 0 = 0$, 解得

$$y''\big|_{x=0} = \ln\sqrt{2} - (\ln\sqrt{2})^2$$

例 6 设 $\begin{cases} x = 2\sin t \\ y = t + \cos t \end{cases}$, 求 y''.

解 $y' = \dfrac{y'_t}{x'_t} = \dfrac{1 - \sin t}{2\cos t} = \dfrac{1}{2}(\sec t - \tan t)$

$$y'' = (y')' = \frac{(y')'_t}{x'_t} = \frac{\dfrac{1}{2}(\sec t\tan t - \sec^2 t)}{2\cos t} = \frac{\sin t - 1}{4\cos^3 t}$$

更一般地, 设 $\begin{cases} x = x(t) \\ y = y(t) \end{cases}$, 有

$$y'' = \left(\frac{y'_t}{x'_t}\right)'_x = \left(\frac{y'_t}{x'_t}\right)'_t \Big/ x'_t = \frac{y''_{tt}x'_t - y'_t x''_{tt}}{(x'_t)^3}$$

如上例 $x'_t = 2\cos t$, $x''_{tt} = -2\sin t$, $y'_t = 1 - \sin t$, $y''_{tt} = -\cos t$,

$$y'' = \frac{(-\cos t)\cdot 2\cos t - (1 - \sin t)(-2\sin t)}{(2\cos t)^3} = \frac{\sin t - 1}{4\cos^3 t}$$

如果推导高阶导数公式 $y^{(n)}$, 则要从较低的几阶导数中整理出规律.

例 7 求 $(e^x)^{(n)}$.

解 $(e^x)' = e^x$, $(e^x)'' = (e^x)' = e^x$, $\cdots$, $(e^x)^{(n)} = e^x$

例 8 求 $(x^m)^{(n)}$ (m, n 为正整数).

解 $(x^m)' = mx^{m-1}$, $(x^m)'' = m(m-1)x^{m-2}$,

$(x^m)''' = m(m-1)(m-2)x^{m-3}$, $\cdots$,

$(x^m)^{(n)} = m(m-1)(m-2)\cdots(m-n+1)x^{m-n}$,

当 $n = m$ 时, $(x^m)^{(m)} = m(m-1)(m-2)\cdots 2\cdot 1\cdot x^{m-m} = m!$

$$(x^m)^{(m+1)} = (m!)' = 0$$

当 $n > m$ 时, $(x^m)^{(n)} = [(x^m)^{(m)}]^{(n-m)} = 0$.

例 9 设 $f'(x) = 2[f(x)]^2$, 求 $f^{(n)}(x)$.

解 $f''(x) = \{2[f(x)]^2\}' = 2\cdot 2f(x)f'(x) = 2\cdot 2\cdot 2[f(x)]^3$

$f'''(x) = \{2^2\cdot 2[f(x)]^3\}' = 2^2\cdot 2\cdot 3[f(x)]^2 f'(x) = 2^3\cdot 3![f(x)]^4$

$f^{(4)}(x) = \{2^3\cdot 3![f(x)]^4\}' = 2^3\cdot 4![f(x)]^3 f'(x) = 2^4\cdot 4![f(x)]^5$

$\cdots$

推测 $f^{(n)}(x) = 2^n\cdot n![f(x)]^{n+1}$

$f^{(n+1)}(x) = 2^n\cdot(n+1)![f(x)]^n f'(x) = 2^{n+1}\cdot(n+1)![f(x)]^{n+2}$

所以 $f^{(n)}(x) = 2^n \cdot n! [f(x)]^{n+1}$ 对任意正整数成立.

例 10 求 $(u \cdot v)^{(n)}$,其中 $u = u(x)$、$v = v(x)$ 有任意阶导数.

解 $(uv)' = u'v + uv'$

$(uv)'' = (u'v + uv')' = u''v + 2u'v' + uv''$

$(uv)''' = (u''v + 2u'v' + uv'')' = u'''v + 3u''v' + 3u'v'' + uv'''$

…

推测 $(uv)^{(n)} = \sum_{k=0}^{n} C_n^k u^{(n-k)} v^{(k)}$

$$(uv)^{(n+1)} = \left[\sum_{k=0}^{n} C_n^k u^{(n-k)} v^{(k)} \right]'$$

$$= \sum_{k=0}^{n} C_n^k \left[u^{(n-k+1)} v^k + u^{(n-k)} v^{(k+1)} \right]$$

$$= u^{(n+1)} v + \sum_{k=1}^{n} C_n^k u^{(n-k+1)} v^{(k)} + \sum_{k=0}^{n} C_n^k u^{(n-k)} v^{(k+1)}$$

$$= u^{(n+1)} v + \sum_{k=0}^{n-1} C_n^{k+1} u^{(n-k)} v^{(k+1)} + \sum_{k=0}^{n-1} C_n^k u^{(n-k)} v^{(k+1)} + uv^{(n+1)}$$

$$= u^{(n+1)} v + \sum_{k=0}^{n-1} (C_n^{k+1} + C_n^k) u^{(n-k)} v^{(k+1)} + uv^{(n+1)}$$

$$= u^{(n+1)} v + \sum_{k=0}^{n-1} C_{n+1}^{k+1} u^{(n-k)} v^{(k+1)} + uv^{(n+1)}$$

$$= u^{(n+1)} v + \sum_{k=0}^{n} C_{n+1}^k u^{(n+1-k)} v^{(k)} + uv^{(n+1)} = \sum_{k=0}^{n+1} C_{n+1}^k u^{(n+1-k)} v^{(k)}$$

所以 $(uv)^{(n)} = \sum_{k=0}^{n} C_n^k u^{(n-k)} v^{(k)}$ 对任意 n 成立.

如 $(e^x x^3)^{(7)} = \sum_{k=0}^{7} C_7^k (e^x)^{(7-k)} (x^3)^{(k)}$

$$= e^x x^3 + 7 \cdot 3 e^x x^2 + 21 \cdot 6 e^x x + 35 \cdot 3! e^x$$

3.4.2 基本高阶导数公式

(1) $(e^x)^{(n)} = e^x$

(2) $(\sin x)^{(n)} = \sin\left(x + n \cdot \dfrac{\pi}{2}\right)$

(3) $(\cos x)^{(n)} = \cos\left(x + n \cdot \dfrac{\pi}{2}\right)$

(4) $(x^\alpha)^{(n)} = \alpha(\alpha-1)(\alpha-2)\cdots(\alpha-n+1) \cdot x^{-n}$($\alpha$ 为常数,特别地,$\alpha = n$ 时,$(x^n)^{(n)} = n!$;α 为小于 n 的正整数时,$(x^\alpha)^{(n)} = 0.$)

(5) $\left(\dfrac{1}{x}\right)^{(n)} = (-1)^n \dfrac{n!}{x^{n+1}}$

(6) $(\ln x)^{(n)} = \left(\dfrac{1}{x}\right)^{(n-1)} = (-1)^{n-1} \dfrac{(n-1)!}{x^n}$ $\quad n \geq 1$

(7) $[C \cdot f(x)]^{(n)} = C[f(x)]^{(n)}$ C 为常数

(8) $[f(x) + g(x)]^{(n)} = [f(x)]^{(n)} + [g(x)]^{(n)}$

(9) $[f(x) \cdot g(x)]^{(n)} = \sum\limits_{k=0}^{n} C_n^k [f(x)]^{(n-k)} [g(x)]^{(k)}$

(10) $[f(ax+b)]^{(n)} = a^n \cdot f^{(n)}(ax+b)$ a, b 为常数

利用上述高阶导数公式,可以计算某些初等函数的高阶导数.

例 11 求 $\left(\dfrac{1}{x^2+3x+2}\right)^{(n)}$.

解 $\left(\dfrac{1}{x^2+3x+2}\right)^{(n)} = \left[\dfrac{1}{(x+1)(x+2)}\right]^{(n)}$

$$= \left(\dfrac{1}{x+1} - \dfrac{1}{x+2}\right)^{(n)} = \left(\dfrac{1}{1+x}\right)^{(n)} - \left(\dfrac{1}{2+x}\right)^{(n)}$$

$$= (-1)^n \dfrac{n!}{(1+x)^{(n+1)}} - (-1)^n \dfrac{n!}{(2+x)^{n+1}}$$

$$= (-1)^n n! \left[\dfrac{1}{(1+x)^{n+1}} - \dfrac{1}{(2+x)^{n+1}}\right]$$

例 12 求 $(a^x)^{(n)}$ a 为常数.

解 $(a^x)^{(n)} = (e^{x\ln a})^{(n)} = (e^u)^{(n)}(\ln a)^n = e^u(\ln a)^n = a^x(\ln a^n)$

例 13 求 $(\arctan x)^{(2n)}$.

解 $(\arctan x)' = \dfrac{1}{1+x^2} = \dfrac{1}{2}\left(\dfrac{1}{1-ix} + \dfrac{1}{1+ix}\right), i = \sqrt{-1}$

所以 $(\arctan x)^{(2n)} = \dfrac{1}{2}\left[\left(\dfrac{1}{1-ix}\right)^{(2n-1)} + \left(\dfrac{1}{1+ix}\right)^{(2n-1)}\right]$

$$= \dfrac{1}{2}\left[(-1)^{2n-1}\dfrac{(2n-1)!}{(1-ix)^{2n}}(-i)^{2n-1} + (-1)^{2n-1}\dfrac{(2n-1)!}{(1+ix)^{2n}}i^{2n-1}\right]$$

$$= \dfrac{(2n-1)! \, i^{2n-1}}{2}\left[\dfrac{1}{(1-ix)^{2n}} - \dfrac{1}{(1+ix)^{(2n)}}\right]$$

$$= \dfrac{(2n-1)!(-1)^n}{2i}\left[\dfrac{(1+ix)^{2n} - (1-ix)^{2n}}{(1+x^2)^{2n}}\right]$$

$$= \dfrac{(2n-1)!(-1)^n}{(1+x^2)^{2n}}\sum\limits_{k=0}^{n}(-1)^{k-1}C_{2n}^{2k-1}x^{2k-1}$$

习题 3.4

1. 求下列函数的二阶导数.

(1) $y = \ln(1+2x^2)$ 　　　　　　　　　　　(2) $y = \cos^2 2x$

$(3)\ y = \dfrac{e^{-x^2}}{x}$ $\qquad\qquad$ $(4)\ y = \arctan x$

$(5)\ y = \ln(\sqrt{1+x^2} - x)$ $\qquad\quad$ $(6)\ y = \tan(e^{-x})$

$(7)\ y = \arccos(xe^x)$ $\qquad\qquad$ $(8)\ y = \ln|\sin x|$

2. 设 $y = \ln(1 - 2x)$，求 $y'''\big|_{x=0}$.

3. 设 $y = \ln f(x)$，其中 $f'' > 0$，求 y''.

4. 求下列方程确定的函数的二阶导数 y''.

$(1)\ x^2 - y^2 = 1$ $\qquad\qquad$ $(2)\ x^{\frac{2}{3}} + y^{\frac{2}{3}} = a^{\frac{2}{3}}$

$(3)\ xy = \cos(x + y)$ $\qquad\qquad$ $(4)\ e^x - e^y = x + y$

5. 求下列参数方程确定的函数的二阶导数 $\dfrac{d^2 y}{dx^2}$.

$(1)\ \begin{cases} x = a(\theta - \sin\theta) \\ y = a(1 - \cos\theta) \end{cases}$ $\qquad\qquad$ $(2)\ \begin{cases} x = at^3 \\ y = bt^2 \end{cases}$

6. 求下列函数的 n 阶导数.

$(1)\ y = \sin^2 x$ $\qquad\qquad$ $(2)\ y = 3^x x$

$(3)\ f'(x) = 2f^2(x)$ $\qquad\qquad$ $(4)\ y = e^x \sin x$

7. 已知 $\dfrac{dx}{dy} = \dfrac{1}{y'}$，求 $\dfrac{d^2 x}{dy^2}$、$\dfrac{d^3 x}{dy^3}$.

§3.5 函数的微分

数学方法在解决实际问题时除理论分析外，还常常要做数值计算. 在函数计算中，常常又会遇到无限小数，如圆周率 π 和重要极限值 e 等无理数. 无理数不可能"写出"其精确数值. 对于有限小数，尽管可以计算出精确值，但是这些"精确值"有时计算非常繁琐. 而在实际问题中，往往不需要这样"精确". 如研究市场需求中，在上百万甚至上亿的需求量下，考察价格 p_0 时市场的需求量 Q_0，即使相差几十、几百也不会有多大影响.

这就提出：能否找到误差影响"不大"的简便计算方法？微分是一个有效的工具.

3.5.1 微分的概念

先看一个例子.

例1 边长为 x_0 的正方形，当边长增加 Δx 时，计算面积 S 的改变量 ΔS. （见图 3-5）

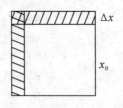

图 3 - 5

解　根据面积公式,当正方形边长为 x 时,面积 $S(x) = x^2$. 因此

$$\Delta S = (x_0 + \Delta x)^2 - x_0^2 = 2x_0\Delta x + \Delta x^2$$

上式中,ΔS 的计算可分为两部分:Δx 乘常数 $2x_0$(线性运算)和 Δx 的高次项 Δx^2. 当 Δx 很小时,其中高次项相对线性部分 $2x_0\Delta x$ 几乎可以忽略不计. 略去这一部分,计算可以大大简化.

一般地,就提出:

定义 3.2　设 $f(x)$ 在 x_0 邻域有定义,如果在该邻域内函数改变量

$$\Delta f = f(x_0 + \Delta x) - f(x_0) = A \cdot \Delta x + o(\Delta x)$$

其中 A 为不随 Δx 变化的常数,$o(\Delta x)$ 为 $\Delta x \to 0$ 时 Δx 的高阶无穷小,则称 $f(x)$ 在 x_0 处可微分,且称 $A \cdot \Delta x$ 为 $f(x)$ 在 x_0 的微分. 记为

$$df(x)\big|_{x=x_0} \text{ 或 } df\big|_{x=x_0}$$

即　$df(x)\big|_{x=x_0} = A\Delta x$.

在微分概念中,存在着两个问题:

(1)函数在一点 x_0 是否可微分? 可微分需要什么条件?

(2)函数在 x_0 可微分时,如何计算微分?

定理 3.5　$f(x)$ 在 x_0 可微分的充分必要条件是 $f(x)$ 在 x_0 可导. 且 $A = f'(x_0)$.

证　(必要性)

根据微分概念,$f(x)$ 在 x_0 可微分,则

$$\Delta f = f(x_0 + \Delta x) - f(x_0) = A \cdot \Delta x + o(\Delta x)$$

即

$$\frac{f(x_0 + \Delta x) - f(x_0)}{\Delta x} = A + \frac{o(\Delta x)}{\Delta x}$$

令 $\Delta x \to 0$,由于 A 为常数,$o(\Delta x)$ 为比 Δx 高阶无穷小,即 $\lim\limits_{\Delta x \to 0}\dfrac{o(\Delta x)}{\Delta x} = 0$ 存在,所以 $\lim\limits_{\Delta x \to 0}\dfrac{f(x_0 + \Delta x) - f(x_0)}{\Delta x}$ 存在,且

$$\lim\limits_{\Delta x \to 0}\frac{f(x_0 + \Delta x) - f(x_0)}{\Delta x} = A + \lim\limits_{\Delta x \to 0}\frac{o(\Delta x)}{\Delta x} = A = f'(x_0)$$

即 $f(x)$ 在 x_0 可导.

（充分性）

因 $f(x)$ 在 x_0 可导,即 $f'(x_0) = \lim\limits_{\Delta x \to 0} \dfrac{f(x_0 + \Delta x) - f(x_0)}{\Delta x}$ 存在;

由极限与无穷小关系,有

$$\frac{f(x_0 + \Delta x) - f(x_0)}{\Delta x} = A + \alpha, \lim\limits_{\Delta x \to 0} \alpha = 0$$

或

$$\Delta f = f(x_0 + \Delta x) - f(x_0) = f'(x_0)\Delta x + \alpha\Delta x$$

因为 $f'(x_0)$ 为常数,

$$\lim\limits_{\Delta x \to 0} \frac{\alpha\Delta x}{\Delta x} = 0, 即\ \alpha\Delta x = o(\Delta x)$$

所以 $f(x)$ 在 x_0 可微分.

根据定理 3.5 知,可导与可微分互为充分必要条件,即可导与可微分是等价的概念,因此,两者可以看作是同一个概念.

根据微分定义,当 $f(x)$ 在 x_0 可微分时,$f(x)$ 在 x_0 的微分为

$$df(x)\big|_{x=x_0} = A\Delta x$$

再由定理 3.4,可得 $f(x)$ 在 x_0 点的微分公式

$$df(x)\big|_{x=x_0} = f'(x_0) \cdot \Delta x$$

进一步,如果 $f(x)$ 在区间 (a,b) 内每一点都可微分（或可导）,则称 $f(x)$ 在区间 (a,b) 上可微分. 微分 $f'(x)\Delta x$ 也是一个定义在 (a,b) 上的函数,称为 $f(x)$ 的微分函数. 记为:$df(x)$. 且

$$df(x) = f'(x)\Delta x$$

特别地,当 $f(x) = x$ 时,有 $f'(x) = 1, df(x) = dx = 1 \cdot \Delta x$,即自变量的微分恒等于自变量的改变量,因此有微分公式

$$df(x) = f'(x)dx$$

在导数概念中,引进了一阶导数的符号 $\dfrac{df(x)}{dx}$,那里是把它作为一个完整的运算符号. 由微分基本公式又有导数 $f'(x)$ 恰为函数微分与自变量微分的比值. 因此,一阶导数也称为微商.

根据微分公式,要计算函数 $f(x)$ 的微分 $df(x)$,只要计算出函数 $f(x)$ 的导数 $f'(x)$,再乘以自变量的微分 dx 即可.

例2 设 $y = e^{\sin x}\tan x$,求 dy.

解 $y' = e^{\sin x}\cos x \cdot \tan x + e^{\sin x}\sec^2 x = e^{\sin x}(\sin x + \sec^2 x)$

所以

$$dy = y'dx = e^{\sin x}(\sin x + \sec^2 x)dx$$

例3 设 $f(x)$ 可导,求 $df(\arctan x)$.

解 $df(\arctan x) = [f(\arctan x)]'dx = \dfrac{f'(\arctan x)}{1+x^2}dx$

例4 设 $y = \dfrac{\arccos x}{\sqrt{1-x^2}}$,求 $dy\big|_{x=0}$.

解 $dy\big|_{x=0} = y'\big|_{x=0}dx = \left[\dfrac{x\arccos x}{(1-x^2)^{\frac{3}{2}}} - \dfrac{1}{1-x^2}\right]\Bigg|_{x=0}dx = -dx$

3.5.2 微分的几何意义

根据微分概念,当 $f(x)$ 在 x_0 可微分时,在 x_0 邻域内有

$$f(x_0+\Delta x) - f(x_0) \approx f'(x_0)\Delta x \ \text{或} \ f(x_0+\Delta x) \approx f(x_0) + f'(x_0)\Delta x$$

记 $x_0 + \Delta x = x$,得

$$f(x) \approx f(x_0) + f'(x_0)(x-x_0)$$

上式左侧为 x_0 邻域上函数曲线,右侧为过 $(x_0, f(x_0))$ 点的直线 ($f(x)$ 在 x_0 的切线). 因此,微分是在 x_0 邻域上用切线 $y = f(x_0) + f'(x_0)(x-x_0)$ 代替曲线 $y = f(x)$ 作近似计算(以直代曲),微分值 $dy = f'(x_0)\Delta x$ 则是切线在 x_0 的增量. (见图 3-6)

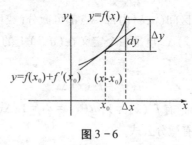

图 3-6

3.5.3 微分的性质

定理3.6 若 $f(x)$ 在 x_0 可微分,则当 $f'(x_0) \neq 0$ 时,$f(x)$ 在 x_0 点的微分与函数改变量仅相差函数微分的高阶无穷小.

这因为

$$\Delta f = f(x_0+\Delta x) - f(x_0) = df + o(\Delta x)$$

$f'(x_0) \neq 0$ 时,有

$$\frac{|\Delta f - df|}{|df|} = \frac{|o(\Delta x)|}{|f'(x_0)\Delta x|} \xrightarrow{\Delta x \to 0 时} 0$$

因此

$$|\Delta f - df| = o(df) = o(\Delta x)$$

定理 3.7 设 $y = f(x)$ 可微分,则不论 x 是自变量还是可导函数 $x = \varphi(t)$,都有

$$df(x) = f'(x)dx$$

这一性质叫做函数的**一阶微分的形式不变性**.

这是因为 $f(x)$ 可微分,$x = \varphi(t)$ 可导,因此,复合函数 $f[\varphi(t)]$ 可微分(可导). 再由 $df(x) = df[\varphi(t)] = f'(x) \cdot \varphi'(t)dt, dx = \varphi'(t)dt$ 代入即得.

因为微分具有形式不变性,导数又是微商,因此,也可以反过来用微分计算比较复杂自变量的导数.

例 5 求 $\dfrac{d}{d\sqrt{x}}(\sin 3^x \cdot \ln x)$.

这是求以 $\sin 3^x \ln x$ 为函数,以 $\sqrt{x}$ 为自变量的导数.

解 $d(\sin 3^x \ln x) = \left(3^x \ln 3 \cos 3^x \ln x + \dfrac{\sin 3^x}{x}\right)dx$

$$d\sqrt{x} = \frac{1}{2\sqrt{x}}dx$$

所以

$$\frac{d}{d\sqrt{x}}(\sin 3^x \cdot \ln x) = \frac{\left(3^x \ln 3 \cos 3^x \ln x + \dfrac{\sin 3^x}{x}\right)dx}{\dfrac{1}{2\sqrt{x}}dx}$$

$$= 2\sqrt{x}\left(3^x \ln 3 \cos 3^x \ln x + \frac{\sin 3^x}{x}\right)$$

例 6 求 $\dfrac{d}{dx^2}(2x^3 + x - 1)\Big|_{x=2}$.

解 $dx^2 = 2xdx$

$$d(2x^3 + x - 1) = (6x^2 + 1)dx$$

所以

$$\frac{d}{dx^2}(2x^3 + x - 1)\Bigg|_{x=2}$$

$$= \frac{(6x^2 + 1)dx}{2xdx}\Bigg|_{x=2} = \frac{25}{4}$$

根据微分及导数公式,可直接得到微分运算公式.

(1) $dc = 0, c$ 为常数

(2) $dx^\alpha = \alpha x^{\alpha-1}dx, \alpha$ 为常数

(3) $de^x = e^x dx$

(4) $d\ln x = \dfrac{1}{x}dx$

103

（5）$d\sin x = \cos x dx$ （6）$d\cos x = -\sin x dx$

（7）$d\tan x = \sec^2 x dx$ （8）$d\cot x = -\csc^2 x dx$

（9）$d\sec x = \sec x \tan x dx$ （10）$d\csc x = -\csc x \cot x dx$

（11）$d\arcsin x = \dfrac{dx}{\sqrt{1-x^2}}$ （12）$d\arccos x = -\dfrac{dx}{\sqrt{1-x^2}}$

（13）$d\arctan x = \dfrac{dx}{1+x^2}$ （14）$d\text{arccot}x = -\dfrac{dx}{1+x^2}$

（15）$d[cf(x)] = cdf(x)$

（16）$d[f(x) \pm g(x)] = df(x) \pm dg(x)$

（17）$d[f(x)g(x)] = g(x)df(x) + f(x)dg(x)$

（18）$d\left[\dfrac{f(x)}{g(x)}\right] = \dfrac{g(x)df(x) - f(x)dg(x)}{g^2(x)}$

例7 设 $y = y(x)$ 是由方程 $1 + \sin(xy) = x + y$ 确定的隐函数，试用微分求 y'.

解 两边取微分 $d1 + d\sin(xy) = dx + dy$ （和、差的微分）

即 $0 + \cos(xy)d(xy) = dy + dy$ （微分形式不变性）

即 $\cos(xy)(ydx + xdy) = dy + dy$ （乘积的微分）

整理得 $[y\cos(xy) - 1]dx = [1 - x\cos(xy)]dy$

所以

$$y' = \frac{dy}{dx} = \frac{y\cos(xy) - 1}{1 - x\cos(xy)}$$

3.5.4 微分在近似计算中应用

前面已经提到,如果 $f(x)$ 在 x_0 可微分,则有

$$f(x_0 + \Delta x) - f(x_0) = f'(x_0)\Delta x + o(\Delta x)$$

根据定理3.6   当 $f'(x_0) \neq 0$, Δx 很小时, $o(\Delta x)$ 相对 df、Δf 小的多,可以略去不计,从而有近似公式:

$$\Delta f = f(x_0 + \Delta x) - f(x_0) \approx f'(x_0)\Delta x$$

$$f(x_0 + \Delta x) \approx f(x_0) + f'(x_0)\Delta x$$

或

$$\Delta f = f(x) - f(x_0) \approx f'(x_0)(x - x_0)$$

$$f(x) \approx f(x_0) + f'(x_0)(x - x_0)$$

上述两个公式在使用中,根据情况不同选用. 如果计算的是某个量在一点附近的函数值,选用后一式;如果计算某一量的改变量(或两值之差)选前一式.

例8 某造纸厂欲安装一个新型球形纸浆锅炉,已知锅炉是用厚2厘米的钢板

（密度7.8吨/m^3）制成,半径2米.该厂现有一台载重量为7吨的吊车,问能否用来吊装该锅炉?

分析：能否吊装主要是看锅炉的重量. 假设锅炉是均匀的,则重量与体积成比例. 而锅炉体积为球体积减去内部空心体积,因此是计算体积之差（改变量）,应以体积为函数选前一近似计算公式.

解 设半径为r,体积为V,则$V = \dfrac{4}{3}\pi r^3$,$dV = 4\pi r^2 dr$;

代入$r = 2$,$dr = \Delta r = 0.02$,得

$$\Delta V \approx 4 \cdot 3.14 \cdot 2^2 \cdot 0.02 = 1.0048(m^3)$$

锅炉重量 $G \approx 7.83744(吨) > 7(吨)$

答：因为锅炉重量超出吊车载重量10%以上,为了保证生产安全,不能用这台吊车安装锅炉.

例9 近似计算$\sin 31°$.

分析：$\sin 30° = 0.5$已知,$\sin 31°$是$30°$邻域的函数值,选用后一近似计算公式.

解 设$f(x) = \sin x$,取$x_0 = 30° = \dfrac{\pi}{6}$,

则$f'(x) = \cos x$,$dx = \dfrac{\pi}{180}$,代入公式得

$$\sin x \approx \sin x_0 + (x - x_0)\cos x_0 = 0.5 + 0.866 \cdot 3.14/180 \approx 0.5151$$

例10 近似计算$\sqrt[3]{63}$.

解 设$f(x) = \sqrt[3]{x}$,$x_0 = 64$,则$f'(x) = \dfrac{1}{3x^{\frac{2}{3}}}$,$x - x_0 = 63 - 64 = -1$,代入微分近似公式得

$$\sqrt[3]{63} \approx \sqrt[3]{64} + \frac{1}{3(\sqrt[3]{64})^2} \cdot (-1) = 4 - \frac{1}{48} \approx 4.0208$$

习题3.5

1. 求下列函数的微分dy.

（1）$y = x\ln x - x^2$

（2）$y = e^{ax}\cos bx$

（3）$y = x^2\arcsin\sqrt{x}$

（4）$y = \tan(x - \ln x)$

（5）$e^x - e^y = xy$

（6）$y\arctan x = x + y^2$

2. 求下列函数的导数.

（1）$y = x^2 - e^{2x}\sin x$,求$\dfrac{dy}{d\sqrt{x}}$;

（2）$y = x\arccos\sqrt{x}$，求 $\dfrac{dy}{de^x}$；

（3）$y = \dfrac{\ln x}{x}$，求 $\dfrac{dy}{d\ln x}$.

3. 求利用微分下列近似值.

（1）$e^{-0.15}$ （2）$\cos 62^\circ$ （3）$\sin 27^\circ$

（4）$\sqrt[3]{65}$ （5）$\arctan 1.01$

4. 设某产品需求函数为 $Q = 1000 \cdot p^{-3}$，求价格 $p = 2$ 时，再有 5 单位产量投放市场，收入增加的近似值.

综合练习 3

1. 选择填空.

（1）设 $f(x)$ 可导，则下列极限正确的有（   ）.

（A）$\lim\limits_{\Delta x \to 0} \dfrac{f(x_0 + 2\Delta x) - f(x_0)}{\Delta x} = \dfrac{1}{2}f'(x)$ （B）$\lim\limits_{x \to 0} \dfrac{f(x) - f(0)}{x} = f'(0)$

（C）$\lim\limits_{\Delta x \to 0} \dfrac{f(x_0 - \Delta x) - f(x_0)}{\Delta x} = f'(x_0)$ （D）$\lim\limits_{h \to 0} \dfrac{f(x_0 + h) - f(x_0 - h)}{2h} = f'(x_0)$

（2）下列函数在 $x = -1$ 可导的有（   ）.

（A）$y = \dfrac{1 - x}{1 + x}$ （B）$y = \dfrac{1 + x}{1 - x}$

（C）$y = |1 + x|$ （D）$y = \sqrt{1 + x}$

（3）函数 $f(x) = \begin{cases} 1 - x, & x \leqslant 0 \\ e^{-x}, & x > 0 \end{cases}$ 在 $x = 0$ 处（   ）.

（A）不连续   （B）连续不可导

（C）可导且 $f'(0) = 1$ （D）可导且 $f'(0) = -1$

（4）设 $f(x)$ 在点 a 可导，则 $\lim\limits_{x \to a} \dfrac{xf(a) - af(x)}{x - a} = （\quad）$.

（A）$af'(a)$ （B）$-af'(a)$

（C）$f(a) - af'(a)$ （D）无法确定

（5）设 $y = \cos x$，则 $\dfrac{dy}{d(x^2)} = （\quad）$.

（A）$-2\sqrt{x}\sin x$ （B）$-\dfrac{\sin x}{2\sqrt{x}}$

$(C) -\dfrac{\sin x}{2x}$ $\qquad\qquad\qquad\qquad (D) -2x\sin x$

2. 已知 $f'(0) = -1$, 求 $\lim\limits_{x\to 0}\dfrac{e^x - 1}{f(x) - f(-2x)}$.

3. 已知曲线 $y = x^3 + ax$ 与 $y = bx^2 + c$ 在点 $(-1,0)$ 相切, 求公切线.

4. 设 $y = a^a + x^a + a^x + x^x$, 求 y''.

5. 已知 $y = \dfrac{1}{1 - x^2}$, 求 $y^{(n)}$.

6. 设 $f'(x) = af^2(x)$, 求 $f^{(n)}(x)$.

7. 设函数 $y = f(x)$ 由方程 $\arcsin(x^2 + y) = e^y$ 确定, 求 y''.

8. 设 $y = f(x)$ 由方程 $e^x - e^y = x + y$ 所确定, 求 $d^2 y$. $(d^2 y = d(dy))$.

9. 设 $f(x) = \begin{cases} x^n \arctan \dfrac{1}{x}, & x \neq 0 \\ 0, & x = 0 \end{cases}$, 讨论 n 为何值时, $x = 0$ 为函数的间断点以及间

断点的类型？n 为何值时, 函数在 $x = 0$ 连续？n 为何值时, 函数在 $x = 0$ 可导？n 为何值时, 函数在 $x = 0$ 导函数连续？

第4章　中值定理与导数的应用

导数是反映因变量相对于自变量变化快慢的重要特征量,同时也决定着函数曲线的许多重要特性.因此,导数是研究函数变化特性的一个重要工具.导数研究函数的方法建立在函数与导数之间的关系之上.因此,首先介绍导数应用的理论基础——中值定理.

§4.1　中值定理

中值定理是由一组定理构成.它们共同特点是函数在一个区间上的函数值与区间内一点导数值的等式,统称为中值定理.

4.1.1 费马(Fermat)定理

定义 4.1　设 $f(x)$ 在 x_0 连续,如果存在 x_0 的邻域,对该邻域内任意 $x \neq x_0$,恒有 $f(x) > f(x_0)$ $(f(x) < f(x_0))$,则称 $f(x_0)$ 是函数 $f(x)$ 的一个**极小(极大)值**,x_0 叫做 $f(x)$ 的一个**极小(极大)值点**.

极大、极小值统称为**极值**.

注意函数的极值与函数的最大、最小值的区别:最大、最小值是在讨论集合上函数的全局特性,而极值则仅是讨论集合上某一点邻域(局部)的特性.(如图4-1所示)

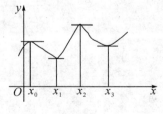

图 4-1

定理 4.1(fermat 定理,极值的必要条件)　如果 $f(x)$ 在 x_0 取得极值,且在 x_0

可导,则必有

$$f'(x_0) = 0$$

证 假设 $f(x_0)$ 为极大值,则在 x_0 邻域内恒有 $f(x) - f(x_0) \leq 0$;

因此,当 $x < x_0$ 时

$$\frac{f(x) - f(x_0)}{x - x_0} \geq 0$$

当 $x > x_0$ 时

$$\frac{f(x) - f(x_0)}{x - x_0} \leq 0$$

再由 $f(x)$ 在 x_0 可导性和极限保号性,知

$$f'(x_0) = \lim_{x \to x_0^+} \frac{f(x) - f(x_0)}{x - x_0} \leq 0$$

及

$$f'(x_0) = \lim_{x \to x_0^-} \frac{f(x) - f(x_0)}{x - x_0} \geq 0$$

所以必有

$$f'(x_0) = 0$$

推论 若 $f(x)$ 在开区间 (a,b) 有定义,在 $x_0 \in (a,b)$ 取得极大(小)值内有实,且 $f'(x_0)$ 存在,则必有 $f'(x_0) = 0$.

注:费马定理不仅给出了可导函数的极值必要条件,同时也是方程 $f'(x) = 0$ 存在实根的一个充分条件:$f(x)$ 可导,且在一个开区间 (a,b) 有极值.

例1 设 $f(x)$ 在 $[a,b]$ 可导,且 $f'_+(a) \cdot f'_-(b) < 0$,证明:至少存在一点 $\xi \in (a,b)$ 使得 $f'(\xi) = 0$(也即方程 $f'(x) = 0$ 在 (a,b) 内有实根).

分析:这里 $f'_+(a) \cdot f'_-(b) < 0$ 类似零值定理条件,但是,因为没有 $f'(x)$ 连续条件,因此不能用零值定理!

证 不失一般性,设 $f'_+(a) < 0$,则 $f'_-(b) > 0$

由可导性知 $f(x)$ 在 $[a,b]$ 连续,因此,$f(x)$ 存在最大、最小值;

再由

$$\lim_{x \to a^+} \frac{f(x) - f(b)}{x - a} < 0 \quad \text{和} \lim_{x \to b^-} \frac{f(x) - f(b)}{x - b} > 0$$

得 $\exists x_1 、 x_2 \in (a,b)$,使得

$$f(x_1) < f(a), f(x_2) < f(b)$$

即 $f(a)$、$f(b)$ 不是最小值,因此最小值(也是极小值)点 $\xi \in (a,b)$,由费马定理

得 $f'(\xi)=0$.

4.1.2 罗尔(Rolle)中值定理

定理 4.2(Rolle 定理) 如果函数 $f(x)$ 满足:

(1)在 $[a,b]$ 连续;

(2)在 (a,b) 可导;

(3)$f(a)=f(b)$,

则至少存在一点 $\xi\in(a,b)$,使得 $f'(\xi)=0$.

证 当 $f(x)\equiv f(a)$("$\equiv$"表示"恒等"),则对 $\forall x\in(a,b)$ 有 $f'(x)=0$ 定理成立,故设 $f(x)$ 不为常数.

由(1)知 $\exists x_1,x_2\in[a,b]$,使对 $\forall x\in[a,b]$ 有 $f(x_1)\leqslant f(x)\leqslant f(x_2)$ 且 $f(x_1)\neq f(x_2)$,再由 $f(a)=f(b)$ 可知,x_1,x_2 至少有一个不是端点.

不失一般性,设 $a<x_1<b$,且记 $x_1=\xi$,则 ξ 是 $f(x)$ 在 (a,b) 的极小值点. 由条件(2),得 $f'(\xi)$ 存在,故由费马定理得

$$f'(\xi)=0$$

证毕.

注:罗尔中值定理的三个条件,缺少任何一个,都不能保证定理的结论成立. 例如:

(1)$f(x)=|x|$ (2)$f(x)=x$ (3)$f(x)=\begin{cases}x,x<1\\1,x\geqslant-1\end{cases}$

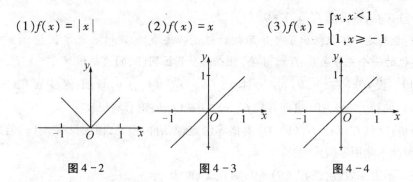

图 4-2   图 4-3   图 4-4

(1)$f(x)$ 在 $[-1,1]$ 连续,且 $f(-1)=f(1)$,但在 $x=0$ 不可导,在 $(-1,1)$ 内不存在 $f'(x)=0$,如图 4-2 所示;

(2)$f(x)$ 在 $[-1,1]$ 连续,且 $(-1,1)$ 可导,但是 $f(-1)\neq f(1)$,在 $(-1,1)$ 内不存在 $f'(x)=0$,如图 4-3 所示;

(3)$f(x)$ 在 $(-1,1)$ 可导,且 $f(-1)=f(1)$,但是在 $[-1,1]$ 连续,在 $(-1,1)$ 内不存在 $f(x)=0$,如图 4-4 所示.

因此,要使用罗尔定理,必须满足定理 4.2 的三个条件.

罗尔中值定理也是方程 $f'(x)=0$ 有实根的一个充分条件,所用的条件是 $f(x)$ 的连续性、可导性及端点的函数值.

例2 设 $f(x)$ 在 $[0,1]$ 连续,在 $(0,1)$ 可导,且 $f(1)=0$,证明: $\exists \xi \in (0,1)$ 使 $f(\xi)+\xi f'(\xi)=0$.

分析:这是证明方程 $f(x)+xf'(x)=0$ 在 $(0,1)$ 内有实根,显然不能对函数 $f(x)+xf'(x)$ 使用零值定理. 考虑费马定理或罗尔定理,就要先考察 $f(x)+xf'(x)$ 是哪个函数的导数. 这种方法称为**辅助函数法**.

在函数的两项和中,若其中一个因子在一项中求导,另一项不求导,可根据乘积求导公式,反用之构造辅助函数.

对于上式,有

$$f(x)+xf'(x)=x'f(x)+xf'(x)=[xf'(x)]'$$

考虑辅助函数 $xf(x)$.

证 设 $F(x)=xf(x)$,因 x、$f(x)$ 的连续性、可导性,知 $F(x)$ 在 $[0,1]$ 连续,在 $(0,1)$ 可导;又 $f(1)=0$,所以 $F(0)=0=1\cdot f(1)=F(1)$. 由罗尔定理知,$\exists \xi \in (0,1)$ 使 $f'(\xi)=0$,即

$$f(\xi)+\xi f'(\xi)=0$$

常用的还有

$$[e^{ax}f(x)]'=e^{ax}[f'(x)+af(x)]、[x^a f(x)]'=x^{a-1}[xf'(x)+\alpha f(x)]$$

如果遇到函数的两项和中,函数与其导数相差常数倍,考虑 $e^{ax}f(x)$;遇到函数与其导数相差 x(一次)倍,考虑 $x^a f(x)$ 作辅助函数.

例如 $f(x)$ 在 $[a,b]$ 连续,在 (a,b) 可导且 $f(a)=f(b)=0$ 时,对任意实数 λ,方程 $f'(x)=\lambda f(x)$ 在 (a,b) 内有实根.

方程 $f'(x)=\lambda(x)$ 等价于 $f'(x)-\lambda f(x)=0$ 或 $[e^{-\lambda x}f(x)]'=0$,故构造辅助函数 $f(x)=e^{-\lambda x}f(x)$.

罗尔定理反过来也可以作为必要条件证明函数零点的个数.

例3 证明 n 次多项式 $f(x)=a_0 x^n+a_1 x^{n-1}+\cdots+a_{n-1}x+a_n,(a_0 \neq 0)$ 最多只有 n 个互不相同的实根.

证 假设 $f(x)$ 有 $n+1$ 个互不相同的实根 $x_0 < x_1 < \cdots < x_n$,则因 $f(x)$ 在 $[x_{k-1}, x_k](k=1,2,\cdots,n)$ 上满足罗尔定理,因此 $f'(x)$ 至少有 n 个实根. 类似可得 $f''(x)$ 至少有 $n-1$ 个实根,$f'''(x)$ 至少有 $n-2$ 个实根,$\cdots f^{(n)}(x)$ 至少有 1 个实根,而 $f^{(n)}(x)=a_0 n! \neq 0$ 矛盾.

因此,$f(x)$ 最多只能有 n 个互不相同的突根.

4.1.3 拉格朗日(Lagrange)中值定理与柯西(Cauchy)中值定理

定理 4.3(Lagrange 定理) 如果函数 $f(x)$ 满足:

(1)在 $[a,b]$ 连续;(2)在 (a,b) 可导,

则至少存在一点 $\xi \in (a,b)$,使得

$$\frac{f(b) - f(a)}{b - a} = f'(\xi)$$

定理 4.4(Cauchy 定理) 如果函数 $f(x)$、$g(x)$ 满足:

(1)在 $[a,b]$ 连续;(2)在 (a,b) 可导,且 $g'(x) \neq 0$,

则至少存在一点 $\xi \in (a,b)$,使得

$$\frac{f(b) - f(a)}{g(b) - g(a)} = \frac{f'(\xi)}{g'(\xi)}$$

分析: 这两个定理分别是方程

$$f'(x) - \frac{f(b) - f(a)}{b - a} = 0 \text{ 和 } f'(x) \frac{(b) - f(a)}{b - a} g'(x) = 0$$

的实根存在问题. 且前一式是后一式当 $g(x) = x$ 的情形. 故只证柯西中值定理.

证 首先由 $g'(x) \neq 0$ 知 $g(b) - g(a) \neq 0$,否则 $g(x)$ 满足罗尔中值定理;

设 $F(x) = f(x) - \dfrac{f(b) - f(a)}{g(b) - g(a)} g(x)$,因为 $f(x)$、$g(x)$ 在 $[a,b]$ 连续,在 (a,b) 可

导,所以 $F(x)$ 在 $[a,b]$ 连续,在 (a,b) 可导,且

$$F(b) - F(a) = f(b) - f(a) - \frac{f(b) - f(a)}{g(b) - g(a)} [g(b) - g(a)] = 0$$

由罗尔定理得 $\exists \xi \in (a,b)$,使得

$$f'(\xi) = f'(\xi) - \frac{f(b) - f(a)}{g(b) - g(a)} g'(\xi) = 0$$

故

$$\frac{f(b) - f(a)}{g(b) - g(a)} = \frac{f'(\xi)}{g'(\xi)}$$

拉格朗日中值定理建立了函数值与导数、自变量之间的关系,借此,可以利用导数、自变量研究函数的特性.

由拉格朗日中值定理可得:

推论 1 若 $f(x)$ 在 (a,b) 上满足 $f'(x) = 0$,则在 (a,b) 上 $f(x) = c$(常数).

证 因为 $f(x)$ 在 (a,b) 可导,因此对 $\forall [x_1, x_2] \subset (a,b)$,$f(x)$ 满足拉格朗日中值定理. 因此,存在 $\xi \in (x_1, x_2) \subset (a,b)$ 使

$$f(x_2) - f(x_1) = f'(\xi)(x_2 - x_1) = 0, x_1 < \xi < x_2$$

即 $f(x_1) = f(x_2)$.

由 x_1、x_2 的任意性得,对 $\forall x \in (a,b) = c$ 有 $f(x) = f(x_1) = c$(常数).

推论2 若 $f(x)$ 在 (a,b) 上满足 $f'(x) = g'(x)$,则在 (a,b) 上恒有

$$f(x) = g(x) + c$$

例4 证明 $x \geq 1$ 时,$\arccos \dfrac{2x}{1+x^2} + 2\operatorname{arccot}x = \dfrac{\pi}{2}$.

证 设 $f(x) = \arccos \dfrac{2x}{1+x^2} + 2\operatorname{arccot}x$,则 $f(x)$ 在 $x \geq 1$ 时连续;当 $x > 1$ 时,

$$f'(x) = -\frac{1}{\sqrt{1 - \left(\dfrac{2x}{1+x^2}\right)^2}} \cdot \frac{2(1+x^2) - 4x^2}{(1+x^2)^2} - \frac{2}{1+x^2}$$

$$= \frac{2(x^2 - 1)}{(1+x^2)\sqrt{(x^2-1)^2}} - \frac{2}{1+x^2} = 0$$

所以 $x > 1$ 时,$f(x) = c$(常数).

且

$$c = \lim_{x \to 1^+} f(x) = 0 + 2 \cdot \frac{\pi}{4} = \frac{\pi}{2},$$

当 $x = 1$ 时,

$$f(1) = \arccos \frac{2}{1 + 1^2} + 2\operatorname{arc cot}1 = 0 + 2 \cdot \frac{\pi}{4} = \frac{\pi}{2}$$

综上得:$x \geq 1$ 时,

$$\arccos \frac{2x}{1+x^2} + 2\operatorname{arc cot}x = \frac{\pi}{2}$$

例5 证明 $\left|\arctan x - \arctan y\right| \leq \left|x - y\right|$.

证 $x = y$ 时显然等式成立.

下设 $x > y$,并设 $f(t) = \arctan t$,则 $f(t)$ 在 $[y, x]$ 满足拉格朗日中值定理,有

$$\left|\arctan x - \arctan y\right| = \left|\frac{1}{1+\xi^2}(x - y)\right| = \frac{1}{1+\xi^2}\left|x - y\right|$$

$y < \xi < x$,因为 $\dfrac{1}{1+\xi^2} \leq 1$,所以

$$\left|\arctan x - \arctan y\right| \leq \left|x - y\right|$$

例6 证明 $x > 0$ 时,$\dfrac{x}{1+x} < \ln(1+x) < x$.

证 $\ln(1+x)$ 在 $[0, x]$ 满足拉格朗日中值定理,有

$$\ln(1+x) = \ln(1+x) - \ln 1 = \frac{1}{1+\xi^2} \cdot x, \quad 0 < \xi < x$$

因为 $\dfrac{1}{1+x}<\dfrac{1}{1+\xi}<1,x>0$,所以 $\dfrac{x}{1+x}<\dfrac{x}{1+\xi}<x$,即

$$\frac{x}{1+x}<\ln(1+x)=\frac{1}{1+\xi}\cdot x<x$$

柯西中值定理建立了两个函数与其导数比值的关系,可以用之借助导数讨论两个函数之间的特性.

习题 4.1

1.下列函数在给定的区间上罗尔定理是否成立? 如果成立,求出满足定理的点 ξ.

$(1)f(x)=\dfrac{1}{1+x^2},[-1,1]$　　$(2)f(x)=x\sqrt{1-x},[0,1]$

$(3)f(x)=\sqrt{1-\sqrt{x^2}},[-1,1]$

2.下列函数在给定的区间上拉格朗日中值定理是否成立? 如果成立,求出满足定理的点 ξ.

$(1)y=e^x,[0,1]$　　　　　　　　$(2)y=\arctan x,[0,\sqrt{3}]$

$(3)y=\dfrac{1}{\ln x^2},[-1,1]$　　　　　$(4)y=\cos x,[0,\pi]$

3.证明:抛物线 ax^2+bx+c 在任何闭区间都满足拉格朗日中值定理,并且满足定理的点 ξ 都在区间中点.

4.求下列函数满足柯西中值定理的点 ξ.

$(1)f(x)=x^2,g(x)=\sqrt{x},[1,4]$

$(2)f(x)=\arctan x,g(x)=2x-1,[0,1]$

5.证明:方程 $x^2+5x=2^x+1$ 最多有三个实根.

6.证明:方程 $4a_0x^3+3a_1x^2+2a_2x=a_0+a_1+a_2$ 至少有一个实根 $\xi\in(0,1)$.

7.设 $f(x)$ 在 $[0,1]$ 连续,在 $(0,1)$ 可导,且 $f(1)=0$. 证明:当 $0<\lambda<1$ 时,方程 $xf'(x)+\lambda f(x)=0$ 在 $(0,1)$ 内存在实根.

8.用拉格朗日中值定理证明: $\sin^2x+\cos^2x\equiv1$.

9.设 $a>0$,证明: $x>0$ 时,$\ln(a+x)-\ln x>\dfrac{a}{x}$.

10.设 $a>b>0,n>1$,证明: $nb^{n-1}<\dfrac{a^n-b^n}{a-b}<na^{n-1}$.

§4.2 罗必达法则

第2章中,对于不能直接使用运算法则的极限介绍了初等化简计算方法,但是如$\lim\limits_{x\to 0}\dfrac{x-\sin x}{x^3}$,$\lim\limits_{x\to 0}\dfrac{x+1-e^x}{x^2}$等极限用初等方法计算则困难极大.本节利用微分中值定理给出计算这类极限的一个实用方法——罗必达法则.

4.2.1 $\dfrac{0}{0}$型与$\dfrac{\infty}{\infty}$型未定式极限

定理4.5 设$\lim\limits_{x\to x_0}f(x)=0$,$\lim\limits_{x\to x_0}g(x)=0$,若在$x_0$的空心邻域内$g'(x)\neq 0$,且$\lim\limits_{x\to x_0}\dfrac{f'(x)}{g'(x)}$存在(或为$\infty$),则$\lim\limits_{x\to x_0}\dfrac{f(x)}{g(x)}=\lim\limits_{x\to x_0}\dfrac{f'(x)}{g'(x)}$.

证 定义$F(x)=\begin{cases}f(x),x\neq x_0\\ 0\ ,x=x_0\end{cases}$,$G(x)=\begin{cases}g(x),x\neq x_0\\ 0\ ,x=x_0\end{cases}$

则$F(x)$、$G(x)$在$x=x_0$邻域满足柯西中值定理,有

$$\frac{F(x)}{G(x)}=\frac{F(x)-F(x_0)}{G(x)-G(x_0)}=\frac{f'(\xi)}{G'(\xi)}\quad \xi\text{在}x\text{与}x_0\text{之间},$$

因为 $x\neq x_0$时,$F(x)=f(x)$,$G(x)=g(x)$,$f'(x)=f'(x)$,$G'(x)=g'(x)$,从而

$$\lim_{x\to x_0}\frac{f(x)}{g(x)}=\lim_{x\to x_0}\frac{f'(\xi)}{g'(\xi)}$$

又 $x\to x_0$时,必有$\xi\to x_0$,且$\lim\limits_{x\to x_0}\dfrac{f'(x)}{g'(x)}$存在(或$\infty$),因此

$$\lim_{x\to x_0}\frac{f(x)}{g(x)}=\lim_{\xi\to x_0}\frac{f'(\xi)}{g'(\xi)}=\lim_{x\to x_0}\frac{f'(x)}{g'(x)}\text{存在}(\text{或}\ \infty)$$

证毕.

定理4.6 设$\lim\limits_{x\to\infty}f(x)=0$,$\lim\limits_{x\to\infty}g(x)=0$,若在$|x|$充分大时$g'(x)\neq 0$,且$\lim\limits_{x\to\infty}\dfrac{f'(x)}{g'(x)}$存在(或为$\infty$),则

$$\lim_{x\to\infty}\frac{f(x)}{g(x)}=\lim_{x\to\infty}\frac{f'(x)}{g'(x)}$$

证 设$x=\dfrac{1}{y}$,则$x\to\infty$时,有$y\to 0$

即

$$\lim_{x\to\infty}\frac{f(x)}{g(x)}=\lim_{y\to 0}\frac{f\left(\dfrac{1}{y}\right)}{g\left(\dfrac{1}{y}\right)}$$

因 $$\lim_{y\to 0}f\left(\frac{1}{y}\right)=\lim_{y\to 0}g\left(\frac{1}{y}\right)=0$$

且 $$\lim_{y\to 0}\frac{\left[f\left(\frac{1}{y}\right)\right]'_y}{\left[g\left(\frac{1}{y}\right)\right]'_y}=\lim_{y\to 0}\frac{f'\left(\frac{1}{y}\right)\left(-\frac{1}{y^2}\right)}{g'\left(\frac{1}{y}\right)\left(-\frac{1}{y^2}\right)}=\lim_{x\to\infty}\frac{f'(x)}{g'(x)}\ \text{存在(或}\ \infty)$$

由定理 4.5 得 $$\lim_{x\to\infty}\frac{f(x)}{g(x)}=\lim_{x\to\infty}\frac{f'(x)}{g'(x)}$$

类似还有:

定理 4.7 设 $\lim\limits_{\substack{x\to x_0\\ \text{或}x\to\infty}}f(x)=\infty$,$\lim\limits_{\substack{x\to x_0\\ \text{或}x\to\infty}}g(x)=\infty$,若在 x_0 的某空心邻域内(或 $|x|$ 充分大时)$g'(x)\neq 0$,且 $\lim\limits_{\substack{x\to x_0\\ \text{或}x\to\infty}}\frac{f'(x)}{g'(x)}$ 存在(或为 ∞),则

$$\lim_{\substack{x\to x_0\\ \text{或}x\to\infty}}\frac{f(x)}{g(x)}=\lim_{\substack{x\to x_0\\ \text{或}x\to\infty}}\frac{f'(x)}{g'(x)}$$

定理 4.5 ~ 4.7 告诉我们,$\dfrac{0}{0}$ 和 $\dfrac{\infty}{\infty}$ 型未定式极限,可以通过分子、分母求导后的极限得到.

例 1 计算 $\lim\limits_{x\to\pi}\dfrac{\sin 2x}{\sin 3x}$. $\left(\dfrac{0}{0}\text{型}\right)$

解 $$\lim_{x\to\pi}\frac{\sin 2x}{\sin 3x}=\lim_{x\to\pi}\frac{2\cos 2x}{3\cos 3x}=\frac{2}{-3}=-\frac{2}{3}$$

例 2 计算下列极限.

$(1)\ \lim\limits_{x\to 0}\dfrac{x-\sin x}{x^3}$ $\qquad\qquad (2)\ \lim\limits_{x\to 0}\dfrac{1+x-e^x}{x^2}$

解 $(1)\ \lim\limits_{x\to 0}\dfrac{x-\sin x}{x^3}\overset{\frac{0}{0}\text{型}}{=}\lim\limits_{x\to 0}\dfrac{(x-\sin x)'}{(x^3)'}$

$$=\lim_{x\to 0}\frac{1-\cos x}{3x^2}=\lim_{x\to 0}\frac{\frac{1}{2}x^2}{3x^2}=\frac{1}{6}$$

$(2)\ \lim\limits_{x\to 0}\dfrac{1+x-e^x}{x^2}\overset{\frac{0}{0}\text{型}}{=}\lim\limits_{x\to 0}\dfrac{(1+x-e^x)'}{(x^2)'}=\lim\limits_{x\to 0}\dfrac{1-e^x}{2x}=-\dfrac{1}{2}$

例 3 计算下列极限.

$(1)\ \lim\limits_{x\to+\infty}\dfrac{x^n}{e^x}$($n$ 为正整数) $\qquad (2)\ \lim\limits_{x\to+\infty}\dfrac{\ln x^n}{x^{\frac{1}{n}}}$($n$ 为正整数)

解 $(1)\ \lim\limits_{x\to+\infty}\dfrac{x^n}{e^x}\overset{\frac{\infty}{\infty}}{=}\lim\limits_{x\to+\infty}\dfrac{(x^n)'}{(e^x)'}=\lim\limits_{x\to+\infty}\dfrac{nx^{n-1}}{e^x}=\lim\limits_{x\to+\infty}\dfrac{n(n-1)x^{n-2}}{e^x}$

$$= \cdots = \lim_{x \to +\infty} \frac{n!}{e^x} = 0$$

$$(2)\ \lim_{x \to +\infty} \frac{\ln x^n}{x^{\frac{1}{n}}} \overset{\frac{\infty}{\infty}}{=} \lim_{x \to +\infty} \frac{(\ln x^n)'}{(x^{\frac{1}{n}})'} = \lim_{x \to +\infty} \frac{\dfrac{n}{x}}{\dfrac{1}{n} x^{\frac{1}{n}-1}} = \lim_{x \to +\infty} \frac{n^2}{x^{\frac{1}{n}}} = 0$$

4.2.2 其他几种形式未定式极限

对于其他几种未定式极限$(\infty - \infty\,$、$0 \times \infty\,$、$1^\infty\,$、$\infty^0\,$、$0^0)$,可以通过恒等变形转化为$\dfrac{0}{0}$和$\dfrac{\infty}{\infty}$型运用罗必达法则.

1.$0 \times \infty$型

基本形式 $\lim f(x)g(x)$

其中$\lim f(x) = 0, \lim g(x) = \infty$.

$0 \times \infty$型可以通过

$$f(x)g(x) = \frac{f(x)}{\dfrac{1}{g(x)}}$$

转化为$\dfrac{0}{0}$型.

若在x_0空心邻域(或$|x|$充分大时$)f(x) \neq 0$,也可以通过

$$f(x)g(x) = \frac{g(x)}{\dfrac{1}{f(x)}}$$

转化为$\dfrac{\infty}{\infty}$型.

2.1^∞、∞^0、0^0型

基本形式 $\lim [f(x)]^{g(x)}$

其中$\lim f(x) = 1, \lim g(x) = \infty$为$1^\infty$型;$\lim g(x) = \infty$,$\lim g(x) = 0$为$\infty^0$型;$\lim f(x) = 0, \lim f(x) = 0$为$0^0$型.

方法一:设$y = [f(x)]^{g(x)}$,取对数$\ln y = g(x) \ln f(x)$,转化为$0 \times \infty$型;

方法二:利用换底公式$[f(x)]^{g(x)} = e^{\ln [f(x)]^{g(x)}} = e^{g(x) \ln f(x)}$,化为指数是$0 \times \infty$型的极限.

3.$\infty - \infty$型

基本形式 $\lim [f(x) - g(x)]$

其中$\lim f(x) = \infty, \lim g(x) = \infty$.

若 $\lim\dfrac{f(x)}{g(x)}=1$ ，通过 $f(x)-g(x)=g(x)\left[\dfrac{f(x)}{g(x)}-1\right]$ 化为 $0\times\infty$ 型。

例 4 求 $\lim\limits_{x\to0}x^{x}$. (0^{0})

解 $\lim\limits_{x\to0^{+}}x^{x}=\lim\limits_{x\to0^{+}}e^{x\ln x}$

因为

$$\lim\limits_{x\to0^{+}}x\ln x\overset{0\cdot\infty}{=}\lim\limits_{x\to0^{+}}\frac{\ln x}{\dfrac{1}{x}}\overset{\frac{\infty}{\infty}}{=}\lim\limits_{x\to0^{+}}\frac{\dfrac{1}{x}}{-\dfrac{1}{x^{2}}}=-\lim\limits_{x\to0^{+}}x=0$$

所以

$$\lim\limits_{x\to0}x^{x}=\lim\limits_{x\to0^{+}}e^{x\ln x}=e^{0}=1$$

例 5 求 $\lim\limits_{x\to\infty}(xe^{\frac{1}{x}}-x)$. （$\infty-\infty$ 型）

解 $\lim\limits_{x\to\infty}(xe^{\frac{1}{x}}-x)=\lim\limits_{x\to\infty}\dfrac{(e^{\frac{1}{x}}-1)'}{\left(\dfrac{1}{x}\right)'}=\lim\limits_{x\to\infty}\dfrac{e^{\frac{1}{x}}\left(-\dfrac{1}{x^{2}}\right)}{-\dfrac{1}{x^{2}}}=1$

例 6 求 $\lim\limits_{x\to+\infty}x^{\frac{1}{\ln(1+x)}}$. （$\infty^{0}$ 型）

解 $\lim\limits_{x\to+\infty}x^{\frac{1}{\ln(1+x)}}=\lim\limits_{x\to+\infty}e^{\frac{\ln x}{\ln(1+x)}}$

因为

$$\lim\limits_{x\to+\infty}\frac{\ln x}{\ln(1+x)}\overset{\frac{\infty}{\infty}}{=}\lim\limits_{x\to+\infty}\frac{(\ln x)'}{[\ln(1+x)]'}=\lim\limits_{x\to+\infty}\frac{1+x}{x}=1$$

所以

$$\lim\limits_{x\to+\infty}x^{\frac{1}{\ln(1+x)}}=\lim\limits_{x\to+\infty}e^{\frac{\ln x}{\ln(1+x)}}=e$$

例 7 求 $\lim\limits_{x\to0}\left(\dfrac{a_{1}^{x}+a_{2}^{x}+a_{3}^{x}}{3}\right)^{\frac{1}{x}}$ （1^{∞} 型）

解 $\lim\limits_{x\to0}\left(\dfrac{a_{1}^{x}+a_{2}^{x}+a_{3}^{x}}{3}\right)^{\frac{1}{x}}=\lim\limits_{x\to0}e^{\frac{\ln\left(\frac{a_{1}^{x}+a_{2}^{x}+a_{3}^{x}}{3}\right)-\ln3}{x}}$

因为

$$\lim\limits_{x\to0}\frac{\ln(a_{1}^{x}+a_{2}^{x}+a_{3}^{x})-\ln3}{x}=\lim\limits_{x\to0}\frac{a_{1}^{x}\ln a_{1}+a_{2}^{x}\ln a_{2}+a_{3}^{x}\ln a_{3}}{a_{1}^{x}+a_{2}^{x}+a_{3}^{x}}=\frac{\ln a_{1}a_{2}a_{3}}{3}$$

所以

$$原式 = e^{\frac{\ln a_{1}a_{2}a_{3}}{3}}=\sqrt[3]{a_{1}a_{2}a_{3}}$$

例8　求 $\lim\limits_{x\to 1}\left(\dfrac{m}{1-x^m}-\dfrac{n}{1-x^n}\right),(m,n$ 为正整数$).$　（$\infty-\infty$ 型）

解　原式 $=\lim\limits_{x\to 1}\dfrac{m-n-mx^n+nx^m}{(1-x^m)(1-x^n)}$　$\left(\dfrac{0}{0}\right)$

$=\lim\limits_{x\to 1}\dfrac{(m-n-mx^n+nx^m)'}{[(1-x^m)(1-x^n)]'}$

$=\lim\limits_{x\to 1}\dfrac{-mnx^{n-1}+mnx^{m-1}}{-mx^{m-1}(1-x^n)-nx^{n-1}(1-x^m)}$

$=\lim\limits_{x\to 1}\dfrac{-mnx^{n-1}+mnx^{m-1}}{-mx^{m-1}+(m+n)x^{m+n-1}-nx^{n-1}}$　$\left(\dfrac{0}{0}\right)$

$=\lim\limits_{x\to 1}\dfrac{-mn(n-1)x^{n-2}+mn(m-1)x^{m-2}}{-m(m-1)x^{m-2}+(m+n)(m+n-1)x^{m+n-2}-n(n-1)x^{n-2}}$

$=\dfrac{mn(m-1)-mn(n-1)}{(m+n)(m+n-1)-m(m-1)-n(n-1)}=\dfrac{m-n}{2}$

值得说明的是定理 4.5～4.7 中条件 $\lim\dfrac{f'(x)}{g'(x)}$ 存在(或为 ∞)只是未定式极限 $\lim\dfrac{f(x)}{g(x)}=\lim\dfrac{f'(x)}{g'(x)}$ 的充分条件,当 $\lim\dfrac{f'(x)}{g'(x)}$ 不存在也不为 ∞ 时,$\lim\dfrac{f(x)}{g(x)}$ 仍可以存在(或为 ∞). 这时,罗必达法则失效.

例9　求 $\lim\limits_{x\to\infty}\dfrac{x+\sin x}{2x-\sin x}$　$\left(\dfrac{\infty}{\infty}$型$\right)$

解　$\lim\limits_{x\to\infty}\dfrac{(x+\sin x)'}{(2x-\sin x)'}=\lim\limits_{x\to\infty}\dfrac{1+\cos x}{2-\cos x}$ 不存在,也不为 ∞,但是

$\lim\limits_{x\to\infty}\dfrac{x+\sin x}{2x-\sin x}=\lim\limits_{x\to\infty}\dfrac{1+\dfrac{\sin x}{x}}{2-\dfrac{\sin x}{x}}=\dfrac{1}{2}$ 存在.

另外,如果未定式极限 $\lim\dfrac{f(x)}{g(x)}$ 使用罗必达法则后出现循环,罗必达法则也失效.

例10　求 $\lim\limits_{x\to\infty}\dfrac{\sqrt{1+x^2}}{x}.$　$\left(\dfrac{\infty}{\infty}$型$\right)$

解　因为 $\lim\limits_{x\to\infty}\dfrac{(\sqrt{1+x^2})'}{x'}=\lim\limits_{x\to\infty}\dfrac{x}{\sqrt{1+x^2}},\lim\limits_{x\to\infty}\dfrac{x'}{(\sqrt{1+x^2})'}=\lim\limits_{x\to\infty}\dfrac{\sqrt{1+x^2}}{x}$

因此,无法用罗必达法则求出未定式极限. 而由

$$\lim\limits_{x\to+\infty}\dfrac{\sqrt{1+x^2}}{x}=\lim\limits_{x\to+\infty}\sqrt{1+\dfrac{1}{x^2}}=1$$

$$\lim_{x \to -\infty} \frac{\sqrt{1 + x^2}}{x} = -\lim_{x \to \infty} \sqrt{1 + \frac{1}{x^2}} = -1$$

可知 $\lim\limits_{x \to \infty} \dfrac{\sqrt{1 + x^2}}{x}$ 不存在.

习题 4.2

1. 利用罗必塔法则求下列极限.

(1) $\lim\limits_{x \to 0} \dfrac{x \sin x}{1 - \cos x}$

(2) $\lim\limits_{x \to 0} \dfrac{2^x - 3^x}{\sin x}$

(3) $\lim\limits_{x \to 0} \dfrac{\ln \cos x}{e^x - x - 1}$

(4) $\lim\limits_{x \to 1} \dfrac{\sin(x - 1) - \arctan(x - 1)}{x^m - 1}$

(5) $\lim\limits_{x \to 0} \dfrac{\ln(x + e^x)}{\arctan x}$

(6) $\lim\limits_{x \to \frac{\pi}{4}} \dfrac{\tan x - 1}{\sin 2x + \cos 4x}$

(7) $\lim\limits_{x \to \infty} \dfrac{2x^3 + 3x + 5}{3x^3 + 2x - 5}$

(8) $\lim\limits_{x \to 0^+} \dfrac{\ln \sin x}{e^{\frac{1}{x}}}$

(9) $\lim\limits_{x \to \frac{\pi}{2}} \dfrac{\sec x}{\ln(\pi - 2x)}$

(10) $\lim\limits_{x \to +\infty} \dfrac{x^2}{2^x}$

2. 计算下列极限.

(1) $\lim\limits_{x \to 0} \left(\dfrac{1}{x} - \dfrac{1}{\sin x} \right)$

(2) $\lim\limits_{x \to 0} x^2 \ln(1 - \cos x)$

(3) $\lim\limits_{x \to 1} \left(\dfrac{x}{x - 1} - \dfrac{1}{\ln x} \right)$

(4) $\lim\limits_{x \to 0} (\cos x)^{\frac{1}{x}}$

(5) $\lim\limits_{x \to +\infty} \left(\dfrac{2}{\pi} \text{atctan} x \right)^{\ln x}$

(6) $\lim\limits_{x \to +\infty} \left(\dfrac{\pi}{2} - \arctan x \right)^{\frac{1}{\ln x}}$

(7) $\lim\limits_{x \to 0} (1 - \cos x)^x$

(8) $\lim\limits_{x \to 0} \left[\dfrac{(1 + x)^{\frac{1}{x}}}{e} \right]^{\frac{1}{x}}$

§4.3 函数的单调性与极值

第 1 章中已经给出了函数单调性定义. 但是, 用定义讨论单调性通常是比较困难的. 本节利用拉格朗日中值定理给出一个讨论单调性的常用方法以及单调性的一些应用.

4.3.1 函数的单调性

定理 4.8 设 $f(x)$ 在 (a, b) 可导. 则 $f'(x) > 0$ 时, $f(x)$ 在 (a, b) 上单调增加; $f'(x) < 0$ 时, $f(x)$ 在 (a, b) 上单调减少.

证 $\forall x_1 、 x_2 \in (a,b)(x_1 < x_2)$,因为 $f(x)$ 在 (a,b) 可导,所以 $f(x)$ 在 $[x_1,x_2]$ 上满足拉格朗日中值定理,有

$$f(x_2) - f(x_1) = f'(\xi)(x_2 - x_2), \quad x_1 < \xi < x_2$$

由 $x_2 - x_1 > 0$ 得,$f'(x) > 0$ 时,有 $f'(\xi) > 0$,即 $f(x_2) - f(x_1) > 0$,$f(x)$ 在 (a,b) 上单调增加;$f'(x) < 0$ 时,有 $f'(\xi) < 0$,即 $f(x_2) - f(x_1) < 0$,$f(x)$ 在 (a,b) 上单调减少.

推论 1 设 $f(x)$ 在 $[a,b]$ 上连续,且在 (a,b) 上 $f'(x) > 0(f'(x) < 0)$,若 $f(x)$ 在 $[a,b]$ 上单调增加(减少).

推论 2 设 $f(x)$ 在 (a,b) 上可导,则 $f'(x) \geq 0(f'(x) \leq 0)$,且等号成立的点为孤立点,则 $f(x)$ 在 (a,b) 上单调增加(减少).

定理 4.8 及其推论说明:讨论函数的单调性,只需讨论其一阶导数的符号;证明函数 $f(x)$ 的单调性,只需证明 $f'(x) \geq 0$(或 $f'(x) \leq 0$),且等号成立的点为孤立点.

例 1 求函数 $f(x) = xe^{-x}$ 的单调增加区间.

解 $f'(x) = e^{-x} - xe^{-x} = (1-x)e^{-x}$

因为 $x < 1$ 时,$f'(x) > 0$,$x > 1$ 时,$f'(x) < 0$,所以 $f(x)$ 的单调增加区间是 $(-\infty, 1)$(或 $(-\infty, 1]$).

例 2 设 $f'(x) < f(x)$,证明 $F(x) = \dfrac{f(x)}{e^x}$ 单调减少.

证 $F'(x) = \dfrac{f'(x)e^x - e^x f(x)}{e^{2x}} = [f'(x) - f(x)]e^{-x}$

因为 $f'(x) < f(x)$ 即 $f'(x) - f(x) < 0$,$e^{-x} > 0$,所以 $F'(x) < 0$,$F(x)$ 单调减少.

例 3 求 $f(x) = \dfrac{x}{1+x^2}$ 的单调区间.

解 $f'(x) = \dfrac{1-x^2}{(1+x^2)^2}$

由 $f'(x) > 0$ 解得 $-1 < x < 1$;由 $f'(x) < 0$ 解得 $x > -1$ 或 $x > 1$. 所以 $f(x)$ 的单调增加区间为 $(-1,1)$,单调减少区间为 $(-\infty, -1)$ 和 $(1,\infty)$.

根据介值定理,连续函数的符号改变,必然要经过函数的零点. 因此,讨论函数单调区间时,可以先求出导数的零点及导数不存在点,用这样的点将定义域分成小区间,通过列表讨论导数符号.

例 4 讨论函数 $f(x) = x^3 - 3x + 7$ 的单调性.

解 $f'(x) = 3x^2 - 3$,令 $f'(x) = 0$ 得 $x = \pm 1$.

函数单调性如表 4-1 所示.

表 4-1

x	$(-\infty, -1)$	$(-1, 1)$	$(1, +\infty)$
y'	$+$	$-$	$+$
y	↗	↘	↗

例 5　讨论函数 $f(x) = x\sqrt[3]{1-x}$ 的单调性.

解　$f'(x) = \sqrt[3]{1-x} - \dfrac{x}{3\sqrt[3]{(1-x)^2}} = \dfrac{3-4x}{3\sqrt[3]{(1-x)^2}}$，令 $f'(x) = 0$ 得 $x = \dfrac{3}{4}$. 另函

数在 $x = 1$ 点不可导. 单调性如表 4-2 所示.

表 4-2

x	$(-\infty, 3/4)$	$(3/4, 1)$	$(1, +\infty)$
y'	$+$	$-$	$-$
y	↗	↘	↘

例 6　讨论函数 $f(x) = x^2 - 8\ln x$ 的单调性.

解　$f'(x) = 2x - \dfrac{8}{x} = \dfrac{2(x^2 - 4)}{x}$，令 $f'(x) = 0$ 得 $x = \pm 2$. 因函数定义域为

$x > 0$，因此函数单调性如表 4-3 所示.

表 4-3

x	$(0, 2)$	$(2, +\infty)$
y'	$-$	$+$
y	↘	↗

例 7　证明 $x > 1$ 时，$f(x) = \left(1 + \dfrac{1}{x}\right)^x$ 单调增加.

证　$f'(x) = \left(1 + \dfrac{1}{x}\right)^x \left[\ln\left(1 + \dfrac{1}{x}\right) - \dfrac{1}{1+x}\right]$

因为 $\left(1 + \dfrac{1}{x}\right)^x > 0$，因此，只要讨论 $\ln\left(1 + \dfrac{1}{x}\right) - \dfrac{1}{1+x}$ 的符号即可.

设　$g(x) = \ln\left(1 + \dfrac{1}{x}\right) - \dfrac{1}{1+x}$

由

$$g'(x) = \frac{1}{1+x} - \frac{1}{x} + \frac{1}{(1+x)^2} = -\frac{1}{x(1+x)^2} < 0$$

得 $x > 1$ 时，$g(x)$ 单调减少，因此，$x > 1$ 时

$$g(x) > \lim_{x \to +\infty} g(x) = 0$$

所以 $f'(x) > 0$，$f(x)$ 单调增加.

函数的单调性不仅是函数的基本变化形态，也是证明不等式的一个重要工具.

例 8 证明 $x > 1$ 时，$2\sqrt{x} > 3 - \frac{1}{x}$.

证 设 $f(x) = 2\sqrt{x} + \frac{1}{x} - 3$，因为

$$f'(x) = \frac{1}{\sqrt{x}} - \frac{1}{x^2} = \frac{\sqrt{x^3} - 1}{x^2}$$

当 $x > 1$ 时，$f'(x) > 0$，且 $f(x)$ 在 $x = 1$ 连续，所以 $f(x)$ 在 $[1, +\infty]$ 单调增加；

当 $x > 1$ 时，有 $f(x) > f(1) = 0$ 即 $2\sqrt{x} + \frac{1}{x} - 3 > 0$，

也即

$$2\sqrt{x} > 3 - \frac{1}{x}$$

例 9 证明 $x > 1$ 时，$\ln x > \frac{2(x-1)}{x+1}$.

证 设 $f(x) = \frac{2(x-1)}{x+1} - \ln x$，因为

$$f'(x) = \frac{4}{(x+1)^2} - \frac{1}{x} = \frac{-(x-1)^2}{x(x+1)^2}$$

当 $x > 0$ 时，$f'(x) \leqslant 0$，且等号仅在 $x = 1$ 成立，所以 $x > 0$ 时，$f(x)$ 单调减少.

因此，当 $x > 1$ 时，$f(x) < f(1) = 0$，

即

$$\frac{2(x-1)}{x+1} - \ln x < 0$$

也即

$$\ln x > \frac{2(x-1)}{x+1}$$

例 10 证明 $x > 0$ 时，$1 + x\ln\left(x + \sqrt{1+x^2}\right) > \sqrt{1+x^2}$.

证 设 $f(x) = 1 + x\ln\left(x + \sqrt{1 + x^2}\right) - \sqrt{1 + x^2}$，则

$$f'(x) = \ln\left(x + \sqrt{1 + x^2}\right)$$

因为 $x > 0$ 时 $x + \sqrt{1 + x^2} > 1$

所以 $x > 0$ 时 $f'(x) = \ln\left(x + \sqrt{1 + x^2}\right) > 0$，$f(x)$ 单调增加.

又 $f(x)$ 在 $x = 0$ 连续，所以 $x > 0$ 时有

$$f(x) > f(0) = 0$$

即

$$1 + x\ln\left(x + \sqrt{1 + x^2}\right) > \sqrt{1 + x^2}$$

4.3.2 函数的极值

极值在函数的性态中有着重要地位. 在经济研究中有着广泛的应用.

根据定义 4.1 可知，函数 $f(x)$ 单调增加区间上的点 x_0，一定不是函数的极值点. 因为，在 x_0 的任意邻域内，$x < x_0$ 时，$f(x) < f(x_0)$；$x > x_0$ 时，$f(x) > f(x_0)$. 同样函数 $f(x)$ 单调减少区间上的点 x_0，也一定不是函数的极值点. 也即 $f'(x) > 0$ 和 $f'(x) < 0$ 的点一定不是函数 $f(x)$ 的极值点. 结合定理 4.8 可得极值的必要条件：

定理 4.9 设 x_0 是 $f(x)$ 的极值点，则必有 $f'(x_0) = 0$ 或 $f'(x_0)$ 不存在（连续点）.

根据定理 4.9，函数的极值只需在 $f'(x) = 0$ 和 $f'(x)$ 不存在的点中寻找. 其中条件 $f'(x) = 0$ 也称为**一阶条件**，满足 $f'(x) = 0$ 的点也称为函数 $f(x)$ 的**驻点**.

注意定理 4.9 只是极值的必要条件，满足条件的点并不一定是极值点. 如定理 4.8 推论 2 中的点.

定理 4.10（极值的第一充分条件） 设 $f(x)$ 在 x_0 连续. 如果存在 $\delta_1 > 0, \delta_2 > 0$，使 $f(x)$ 在 $(x_0 - \delta_1, x_0)$ 单调增加（减少），$(x_0, x_0 + \delta_2)$ 单调减少（增加），则 x_0 是 $f(x)$ 的一个极大（小）值点.

利用定理 4.8 和定理 4.10，又有：

推论 设 $f(x)$ 在 x_0 连续. 如果存在 $\delta_1 > 0, \delta_2 > 0$，在 $(x_0 - \delta_1, x_0)$ 内 $f'(x_0) > 0$ $(f'(x) < 0)$，在 $(x_0, x_0 + \delta_2)$ 内 $f'(x) < 0$ $(f'(x) > 0)$，则 x_0 是 $f(x)$ 的一个极大（小）值点.

例 11 求 $f(x) = x + \dfrac{1}{x}$ 的极值.

解 $f'(x) = 1 - \dfrac{1}{x^2} = \dfrac{x^2 - 1}{x^2}$

由 $f'(x) = 0$ 得驻点 $x = \pm 1$，在 $x = 0$ 点 $f(x)$ 无定义，不连续.

对 $x = -1$，因 $(-\infty, -1)$ 内 $f'(x) > 0$，$(-1, 0)$ 内 $f'(x) < 0$，所以 $x = -1$ 点为 $f(x)$ 的一个极大值，$f_{极大}(x) = f(-1) = -2$；

对 $x = 1$，因 $(0, 1)$ 内 $f'(x) < 0$，$(1, +\infty)$ 内 $f'(x) > 0$，所以 $x = 1$ 点为 $f(x)$ 的一个极小值，$f_{极小}(x) = f(1) = 2$.

注：此例中 $f(x)$ 的极小值反而比极大值大，这是因为极值仅在 x_0 邻域考虑，与函数的最大、最小值是有区别的.

讨论函数的极值，也可以仿造单调性通过列表讨论.

例 12 求 $f(x) = x\sqrt[3]{(x - x_0)^2}$ 的极值 $(x_0 > 0)$.

解 $x \neq x_0$ 时，$f'(x) = \sqrt[3]{(x - x_0)^2} + \dfrac{2x}{3\sqrt[3]{x - x_0}} = \dfrac{5x - 3x_0}{3\sqrt[3]{x - x_0}}$

由 $f'(x) = 0$ 得驻点 $x = \dfrac{3}{5}x_0$

在 $x = x_0$ 点，$\lim\limits_{x \to x_0} \dfrac{f(x) - 0}{x - x_0} = \lim\limits_{x \to x_0} \dfrac{x}{\sqrt[3]{x - x_0}} = \infty$ （不存在）

所以 $x = x_0$ 是 $f'(x)$ 不存在的连续点.（如表 4-4 所示）

表 4-4

x	$\left(-\infty, \dfrac{3}{5}x_0\right)$	$\dfrac{3}{5}x_0$	$\left(\dfrac{3}{5}x_0, x_0\right)$	x_0	$(x_0, +\infty)$
y'	+	0	−	不存在	+
y	↗	极大	↘	极小	↗

$$f_{极大}(x) = f\left(\dfrac{3}{5}x_0\right) = \dfrac{3}{5}x_0\sqrt[3]{\dfrac{4}{25}x_0}$$

$$f_{极小}(x) = f(x_0) = 0$$

定理 4.11（极值第二充分条件） 设 $f'(x_0) = 0$，且 $f''(x_0)$ 存在. 则 $f''(x_0) > 0$ 时，x_0 为 $f(x)$ 的极小值点；$f''(x_0) < 0$ 时，x_0 为 $f(x)$ 的极大值点.

证 由 $f''(x_0) = \lim\limits_{x \to x_0} \dfrac{f'(x) - f'(x_0)}{x - x_0}$ 及极限的保号性得

$f''(x_0) > 0$ 时，存在 x_0 的邻域，使 $\dfrac{f'(x) - f'(x_0)}{x - x_0} > 0$. 即在该邻域内，$x < x_0$ 时 $f'(x) < f'(x_0) = 0$；$x > x_0$ 时 $f'(x) > f'(x_0) = 0$. 由定理 4.10 推论知，x_0 为 $f(x)$ 的极小值点.

类似可证 $f''(x_0) < 0$ 情形.

例 13 求 $f(x)=(x^2-2)e^{-2x}$ 的极值.

解 由 $f'(x)=2(x-x^2+2)e^{-2x}=0$ 得驻点 $x=-1,x=2$

$$f''(x)=2[(1-2x)-2(x-x^2+2)]e^{-2x}=2(2x^2-4x-3)e^{-2x}$$

因为 $f''(-1)=6e>0,f''(2)=-6e^{-4}<0$,所以

$x=-1$ 为极小值点,极小值

$$f_{极小}(x)=f(-1)=-e$$

$x=2$ 为极大值点,极大值

$$f_{极大}(x)=f(2)=2e^{-4}$$

例 14(成本函数分析)

通常一种产品在开发初期,因为技术、工艺的不成熟,生产成本 C 随着产量 Q 的增加,会增加很快;在生产工艺不断成熟的过程中,成本增加也会逐渐减缓;但是,当产量达到一定程度时,由于原料的紧缺,生产成本的增长又会逐渐加快. 试用最简单的多项式函数描述成本函数,并分析成本函数的特征.

解 成本函数的变化特征如图 4-5,与图形变化类似的多项式最低应选 3 次.

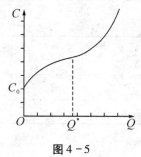

图 4-5

设 $C(Q)=aQ^3+bQ^2+cQ+d$.

因为 $Q=0$ 时,生产成本为固定成本 C_0,所以

$$d=C(0)=C_0 \geqslant 0$$

由于成本 C 是产量 Q 的单调增加函数,所以 $Q>0$ 时,

$$C'(Q)=3aQ^2+2bQ+c \geqslant 0$$

等号仅在个别点成立,且 $C'(Q)$ 存在最小值(也是极小值)点 $Q*$,

由二次函数特性,得

$$a>0,b^2-3ac \leqslant 0$$

由极值的必要条件 $[C'(Q)]'=6aQ+2b=0$,得唯一驻点

$$Q^*=-\frac{b}{3a}>0$$

所以 $b < 0$

综上得:成本函数可以用三次成本

$$C(Q) = aQ^3 + bQ^2 + cQ + d$$

描述,其中参数特征为:$a > 0, b < 0, b^2 - 3ac \leqslant 0, d = C_0 \geqslant 0$.

4.3.3 函数的最大、最小值

最大、最小值通常也叫做最优值,最优值点也叫做最优解. 寻找最优解、最优值是生产实践中最常遇到的数学问题——最优化问题。

§2.6中曾证明过,闭区间连续函数一定存在最大、最小值. 但是,寻找最优值、最优解的问题还有待解决.

设 $f(x)$ 在 $[a,b]$ 上连续,对于 (a,b) 内的点 x_0,若 $f'(x) > 0$(或 $f'(x) < 0$),由单调性知,x_0 一定不是 $f(x)$ 的最优值点. 因此,连续函数的最优值点一定在极值点和端点之中.

(1)如果 $f(x)$ 单调增加(减少),则必有 $f(a)$ 最小(大),$f(b)$ 最大(小).

(2)如果 $f(x)$ 有极大(小)值,无极小(大)值,则极大(小)值必为最大(小)值.

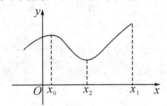

图 4 - 6

这是因为如果极大值点 $x_0 \in (a,b)$ 不是最大值点,则必有 $x_1 \in [a,b]$ 使 $f(x_1) > f(x_0)$,不失一般性设 $x_1 > x_0$. 因为 $f(x)$ 在 $[x_0,x_1] \subset [a,b]$ 连续,由最大、最小值定理得:$f(x)$ 在 $[x_0,x_1]$ 有最小值点 x_2;又 x_0 是极大值点,所以 x_0、x_1 不是 $f(x)$ 在 $[x_0,x_1]$ 上的最小值点,所以 $x_2 \in (x_0,x_1)$,即 x_2 是 $f(x)$ 在 $[a,b]$ 上的极小值点,与没有极小值矛盾.

(3)如果 $f(x)$ 在 $[a,b]$ 上既有极大值,又有极小值,则最大、最小值在极值点和端点上取得.

例15 求函数 $y = 2x^3 - 3x^2 - 12x + 5$ 在 $[-3,3]$ 上的最大、最小值.

解 由 $y' = 6(x - 2)(x + 1) = 0$ 得驻点 $x = 2, x = -1$

$$y|_{x=2} = 2 \cdot 2^3 - 3 \cdot 2^2 - 12.2 + 5 = -15$$

$$y|_{x=-1} = 2(-1)^3 - 3(-1)^2 - 12 \cdot (-1) + 5 = 12$$

端点函数值

$$y|_{x=-3} = 2(-3)^3 - 3(-3)^2 - 12 \cdot (-3) + 5 = -40$$
$$y|_{x=3} = 2 \cdot 3^3 - 3 \cdot 3^2 - 12 \cdot 3 + 5 = -4$$

所以,函数的最大值点为 $x = -1$,最大值为 $y_{最大} = 12$;

函数的最小值点为 $x = -3$,最小值为 $y_{最小} = -40$.

例16 求函数 $y = xe^{-x}$ 在 $[-2,1]$ 上的最大、最小值.

解 $y' = e^{-x} - xe^{-x} = (1-x)e^{-x}$,当 $x \in [-2,1]$ 时,$y' \geq 0$ 且等号仅在 $x = 1$ 取得.

所以,函数 $y = xe^{-x}$ 在 $[-2,1]$ 上单调增加得

$$y_{最大} = y|_{x=1} = e^{-1}, \quad y_{最小} = y|_{x=-2} = -2e^2$$

例17 求 $y = \dfrac{2}{3}x + \ln(2-x)$ 在 $[-1,1]$ 上的最大、最小值.

解 $y' = \dfrac{2}{3} - \dfrac{1}{2-x}$,由 $y' = 0$ 得唯一驻点 $x = \dfrac{1}{2}$

$y'' = -\dfrac{1}{(2-x)^2}$,$y''|_{x=1} = -\dfrac{4}{9} < 0$,所以 $x = \dfrac{1}{2}$ 是极大值点,也是最大值点.

$$y_{最大} = y|_{x=\frac{1}{2}} = \dfrac{1}{3} + \ln\dfrac{3}{2}$$

最小值点必在端点.

由于

$$y|_{x=-1} = \ln 3 - \dfrac{2}{3}, \quad y|_{x=1} = \dfrac{2}{3}$$

所以 $y_{最小} = \ln 3 - \dfrac{2}{3}$,最小值点 $x = -1$.

4.3.4 极值的应用

最优化问题最重要的一类数学应用问题,最优化方法建立在极值理论基础之上. 运用极值解决最优化问题,通常分为如下几个步骤:

(1)建立函数;

(2)求函数的极值;

(3)求最大(或最小值),找出最优值及最优解;

(4)回答.

建立函数,首先要明确目标——讨论哪个量的最优值? 然后选择适当的变量(函数变量、自变量),根据常识和已知公式(如距离、面积、物理定律、经济规律)等建立基本关系式,最后用选择变量表示出来.

在最优化问题中,通常讨论哪个量的最优值,就选择哪个量为函数变量;在讨

论最优值过程中,需要确定的量都可以作为自变量,如果需要确定几个,可以任选其中一个记为自变量.

例 18(产品项目评估) 设某产品如要生产,需投入固定成本 200 万元,且每生产 1 吨,总成本将增加 15 万元. 预测市场需求函数为 $P = 50 - 0.2Q$,(P 为售价,单位:万元/吨,Q 需求量,单位:吨),试问该产品是否值得生产? 如果生产,生产多少为好?

分析:作为理性经纪人,考虑是否生产要看是否可以获利. 可以获利则应该使获利越大越好. 目标——利润(函数),待确定的是产量(需求量)——自变量.

基本关系式:利润 = 销售收入 - 生产成本.

解 设利润为 L,生产产量为 Q,则

$$L = PQ - (15Q + 200) = 35Q - 0.2Q^2 - 200, (Q \geq 0)$$

由 $L'_Q = 35 - 0.4Q = 0$ 得唯一驻点 $Q = 87.5$(吨)

因为 $L''_{QQ} = -0.4 < 0$

所以驻点为极大值点,没有极小值,驻点为最大值点.

得 $L_{最大} = L|_{Q=87.5} = 1331.25 > 0$(可以获利)

答:该产品值得生产,生产 87.5 吨可以获利最大,最大获利可达 1331.25 万元.

例 19(产品所得税分析)某商品的市场需求量 Q 是销售价格 P 的线性函数 $Q = a - bp$,a、$b > 0$,产品生产的平均成本为 $\bar{C} = m + \dfrac{C_0}{Q}$,$C_0 \geq 0$,$m > 0$. 若政府按销售额的一定比例 r 征收所得税,求税率 r 应定为多少?

分析:政府制定税率,应考虑如何使得税收更多. 作为理性经纪人的企业,会针对税率,调整经营策略,使得自身利润最大化. 因此,制定税率要考虑企业对策,在企业效益最大化下,使得政府税收最大. 这是两个最优化问题.

解 设所得税税率为 r,则所得税为 $M = rpQ$,企业的生产成本则为 $C = Q\bar{C} + M$,企业的销售利润为

$$L = pQ - C = (1 - r)\frac{(a - Q)Q}{b} - mQ - C_0$$

$$= \left[\frac{a(1 - r)}{b} - m\right]Q - \frac{(1 - r)}{b}Q^2 - C_0, \quad 0 \leq Q \leq a$$

由 $L'_Q = 0$,得 $\dfrac{a}{b}(1 - r) - m - \dfrac{2}{b}(1 - r)Q = 0$,解得唯一驻点

$$Q = \frac{a}{2} - \frac{bm}{2(1 - r)}$$

由 $L''_{QQ} = -\dfrac{2(1 - r)}{b}$,得 $r < 1$ 时,$L''_{QQ} < 0$,驻点为最大值点.

最大利润 $L = \dfrac{b}{4(1-r)}\left[\dfrac{a(1-r)}{b} - m\right]^2 - C_0$，这时的税收函数为

$$M = \dfrac{r}{b}\left[\dfrac{a}{2} + \dfrac{bm}{2(1-r)}\right]\left[\dfrac{a}{2} - \dfrac{bm}{2(1-r)}\right] = \dfrac{a^2}{4b}r - \dfrac{bm^2 r}{4(1-r)^2}$$

$$M_r' = \dfrac{a^2}{4b} - \dfrac{bm^2}{4(1-r)^2} - \dfrac{bm^2 r}{2(1-r)^3}$$

$$M_{rr}'' = -\dfrac{bm^2}{(1-r)^3} - \dfrac{3bm^2 r}{2(1-r)^4}$$

当 $0 \leqslant r < 1$ 时，$M_{rr}'' < 0$，从而 M_r' 单调减少，且 $M_r'\big|_{r=0} = \dfrac{a^2 - b^2 m^2}{4b}$. 由 $Q > 0$ 得

$M_r'\big|_{r=0} > 0$，$\lim\limits_{x\to 1^-} M_r' = -\infty < 0$，所以在 $(0,1)$ 存在唯一极大值点 $r*$，也是最大值点.

答：税率 r 应定为方程 $\dfrac{a^2}{4b} - \dfrac{bm^2}{4(1-r)^2} - \dfrac{bm^2 r}{2(1-r)^3} = 0$ 在 $(0,1)$ 上的唯一实根，可以使得政府在该商品的税收最大.

例 20（易拉罐设计） 某饮料厂欲推出 400ml 圆柱形罐装饮料. 包装罐要求顶盖部分是侧壁及底部厚度的 3 倍，以保证开罐方便. 厂家希望包装罐生产尽可能节约原材料，请你帮助设计易拉罐的尺寸.

分析：易拉罐的材料位于表面，因此，尽可能少用包装材料，就应表面积越小越好——表面积最小问题，取表面积为目标函数.

根据圆柱体表面积是侧面积与底面积之和，得基本关系式为

表面积 = 侧面积 + 底面积

由于顶部要求是侧壁及底部厚度的 3 倍，因此底面积应包括一个底面和三个顶面.

这里，讨论表面积最小问题要确定的是易拉罐的尺寸，圆柱体由底半径和高唯一确定，因此要确定的量是易拉罐的底半径和高，任取其中一个（如底半径）为自变量.

解 记 S 为表面积，r 为底半径，h 为高，则

$$S = 2\pi rh + 4\pi r^2$$

且 $h = \dfrac{400}{\pi r^2}$，代入数理得

$$S = \dfrac{800}{r} + 4\pi r^2, \quad r > 0$$

由 $S_r' = -\dfrac{800}{r^2} + 8\pi r = 0$ 得唯一驻点 $r = \sqrt[3]{\dfrac{100}{\pi}} \approx 3.17\,(\text{cm})$

又 $S_{rr}'' = \dfrac{1600}{r^3} + 8\pi > 0$，所以驻点为极小值点，无极大值点，驻点必为最小值点.

这时 $h \approx 12.67 (\mathrm{cm})$.

答:易拉罐应设计成底半径 3.17 厘米,高 12.67 厘米的圆柱形.

例 21(饲养场设计) 某位于一条小河边的农场欲靠河围一矩形养鸡场(如图 4-7).已知现有材料仅能修建 200 米长围栏,试求长、宽各为多少时,养鸡场的面积最大? 如何围?

分析:求面积最大值,面积为函数. 要确定的是矩形长、宽,取其一为自变量. 修养鸡场显然可以利用小河,这样就可以使围栏所围面积更大.

河水

图 4-7

解 设养鸡场面积为 S,与小河平行的边长为 x,与小河垂直的边长为 y,则

$$S = xy, \qquad 且\ x + 2y = 200$$

代入前式得

$$S = x\left(100 - \frac{x}{2}\right), (x > 0)$$

由 $S' = 100 - x = 0$ 得唯一驻点 $x = 100$(米).

由 $S'' = -1 < 0$ 知驻点为极大值点,也是最大值点. 这时 $y = 50$ 米.

即 $S\big|_{x=100} = 500 (\mathrm{m}^2)$.

答:养鸡场修成长 100 米,宽 50 米,并靠河修建,其余三面用围栏. 修建的养鸡场面积可达 500 平方米.

例 22(经营策略) 设某资产自己经营其价值函数为 $A = 10e^{\frac{\sqrt{t}}{4}}$,也可以经营一段时间再卖出存银行,等待使用. 如果银行存款年利率为 $r = 5\%$,并且按连续复利计算,应采取何种经营策略?

分析:经营目标应该使得未来任一使用这笔资产时刻的资产总价值越大越好. 需要确定的量是何时出售资产再存入银行——自变量.

解 假设使用这笔资产的时刻为 T,自己经营到 t 时刻出售再存入银行,由连续复利公式有 T 时刻资产总值为

$$M(t) = 10e^{\frac{\sqrt{t}}{4}} \cdot e^{r(T-t)} = 10e^{\frac{\sqrt{t}}{4} - rt + rT}$$

由

$$M'_t = 10e^{\frac{\sqrt{t}}{4} - rt + rT}\left(\frac{1}{8\sqrt{t}} - r\right) = 0$$

得唯一驻点

$$t* = \frac{1}{64r^2} = \frac{25}{4} = 6.25(年)$$

再由 $t < t*$ 时，$M'_t > 0$，$M(t)$ 单调增加；$t > t*$ 时，$M'_t < 0$，$M(t)$ 单调减少，知，$t*$ 为 $M(t)$ 的最大值点.

答：如果使用这笔资产的时刻 $T \leqslant 6.25$ 年，则这笔资产应自己经营到使用这笔资产时再出售；如果使用这笔资产的时刻 $T > 6.25$ 年，则应自己经营到 6.25 年时出售，再存入银行，直到使用时取出.

习题 4.3

1. 讨论下列函数的单调区间.

(1) $y = x - x^2$

(2) $y = x - \sin x$

(3) $y = \dfrac{x}{1 + x^2}$

(4) $y = xe^{\frac{1}{x}}$

2. 证明下列不等式.

(1) $x > 0$ 时，$x - \ln(1 + x) > \dfrac{x^2}{2}$

(2) $0 < x < \dfrac{\pi}{2}$ 时，$\sin x > \dfrac{x}{\pi}$

(3) $x > 0$ 时，$xe^{\frac{1}{x}} > 1 + x$

(4) 设 $f(0) = 1$，且 $x \geqslant 0$ 时，$f'(x) < f(x)$，证明 $f(x) < e^x$

3. 求下列函数的极值.

(1) $y = \dfrac{x^3}{3} - x + 5$

(2) $y = \dfrac{x}{a^2 + x^2}$，$a > 0$

(3) $y = \ln(1 + x^2)$

(4) $y = xe^{\frac{1}{x}}$

(5) $y = x - \dfrac{1}{x^2}$

(6) $y = x^2 - \ln x$

(7) $y = \dfrac{\ln x^2}{x}$

(8) $y = x - 2\arctan x$

4. 求下列函数在给定区间上的最大、最小值.

(1) $y = x^5 - 5x^4 + ex^3 + 1$，$[-1, 2]$

(2) $y = x - 2\arctan x$，$[-\sqrt{3}, 4]$

(3) $y = \sin 2x - x$，$\left[-\dfrac{\pi}{3}, \dfrac{\pi}{3}\right]$

5. 设某商品的需求函数 $P = 20 - 0.003Q$（Q 为需求量，p 为销售价格），若生产的固定成本为 5000，单位可变成本为 8，试求最大利润可以达到多少？

6. 设某正常商品的需求函数为 $Q = 25\mathrm{e}^{-3p}$（Q 为需求量,p 为销售价格）. 若商品的平均成本为 $\bar{C} = 5 + \dfrac{200}{Q}$,求该商品应生产多少投放市场?

7. 设 $y = kab^2$,其中 a、b 分别为半径 R 的圆内接矩形的长和宽,求内接矩形的长 a 为多少时 y 最大?

§4.4 曲线的凹向、拐点、渐近线与函数作图

上一节讨论了函数的单调性与极值,从而了解了函数曲线的起伏变化和峰、谷特征,如果进一步再能得到曲线的弯曲及向无穷远延伸特征,就可以比较准确地描绘出函数(曲线)的图形了.

4.4.1 曲线的凹向

定义 4.2 设 $f(x)$ 在区间 $[a,b]$ 上连续. 如果 $\forall x_1, x_2 \in [a,b]$ 及 $0 \leqslant \lambda \leqslant 1$,都有
$$f[\lambda x_1 + (1-\lambda)x_2] \leqslant \lambda f(x_1) + (1-\lambda)f(x_2)$$
成立,则称曲线 $y = f(x)$ 在区间 $[a,b]$ 上是凹的(也称上凹),或称在区间 $[a,b]$ 上 $f(x)$ 是凸函数. 如图 4-8(a).

如果恒有
$$f[\lambda x_1 + (1-\lambda)x_2] \geqslant \lambda f(x_1) + (1-\lambda)f(x_2)$$
成立,则称曲线 $y = f(x)$ 在区间 $[a,b]$ 上是凸的(也称下凹),或称在区间 $[a,b]$ 上 $f(x)$ 是凹函数. 如图 4-8(b).

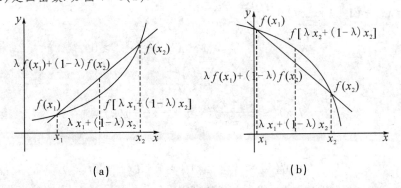

(a)　　　　　　　(b)

图 4-8

定理 4.12 设 $f(x)$ 在 $[a,b]$ 上连续,则曲线 $y = f(x)$ $[a,b]$ 内上凹的充分必要条件是 $\forall x_1$、$x_2 \in [a,b]$（$x_1 < x_2$）,及 $x_1 < x < x_2$ 有
$$\frac{f(x) - f(x_1)}{x - x_1} \leqslant \frac{f(x_2) - f(x)}{x_2 - x}$$

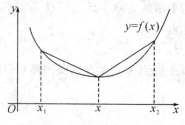

图 4 - 9

证 （充分性）因为 $\forall x_1$、$x_2 \in [a,b] (x_1 < x_2)$，及 $x_1 < x < x_2$ 有

$$\frac{f(x) - f(x_1)}{x - x_1} \leqslant \frac{f(x_2) - f(x)}{x_2 - x}$$

取 $x = \lambda x_1 + (1 - \lambda)x_2$，则 $0 < \lambda < 1$，且有

$$\frac{f[\lambda x_1 + (1 - \lambda)x_2] - f(x_1)}{\lambda x_1 + (1 - \lambda)x_2 - x_1} \leqslant \frac{f(x_2) - f[\lambda x_1 + (1 - \lambda)x_2]}{x_2 - [\lambda x_1 + (1 - \lambda)x_2]}$$

即

$$f[\lambda x_1 + (1 - \lambda)x_2] \leqslant \lambda f(x_1) + (1 - \lambda)f(x_2)$$

曲线 $y = f(x)$ 在 $[a,b]$ 内上凹.

（必要性）因为曲线 $y = f(x)$ 在 $[a,b]$ 内上凹,根据定义有

$\forall x_1$、$x_2 \in [a,b]$ $(x_1 < x_2)$，$\forall \lambda \in [0,1]$,

$$f[\lambda x_1 + (1 - \lambda)x_2] \leqslant \lambda f(x_2) + (1 - \lambda)f(x_2)$$

令 $x = \lambda x_1 + (1 - \lambda)x_2$,则

$$\lambda = \frac{x_2 - x}{x_2 - x_1} > 0, 1 - \lambda = \frac{x - x_1}{x_2 - x_1} > 0$$

且

$$f(x) \leqslant \frac{x_2 - x}{x_2 - x_1}f(x_1) + \frac{x - x_1}{x_2 - x_1}f(x_2)$$

即

$$(x_2 - x_1)f(x) \leqslant (x_2 - x)f(x_1) + (x - x_1)f(x_2)$$

再由 $x_2 - x_1 = x_2 - x + x - x_2$,代入上式整理得

$$\frac{f(x) - f(x_1)}{x - x_1} \leqslant \frac{f(x_2) - f(x)}{x_2 - x}$$

定理 4.13　设 $f(x)$ 在 $[a,b]$ 上连续,在 (a,b) 可导. 则在 $[a,b]$ 内曲线 $y = f(x)$ 上凹的充分必要条件是:在 (a,b) 上 $f'(x)$ 单调不减.

证　由定理 4.12,$\forall x_1$、$x_2 \in (a,b)$ $(x_1 < x_2)$,及 $x_1 < x < x_2$ 有

$$\frac{f(x) - f(x_1)}{x - x_1} \leqslant \frac{f(x_2) - f(x)}{x_2 - x}$$

因为$f(x)$在(a,b)上可导,因此,令$x \to x_1$,有

$$f'(x_1) = \lim_{x \to x_1} \frac{f(x) - f(x_1)}{x - x_1} \leqslant \frac{f(x_2) - f(x_1)}{x_2 - x_1}$$

令$x \to x_2$,有

$$\frac{f(x_2) - f(x_1)}{x_2 - x_1} \leqslant \lim_{x \to x_2} \frac{f(x_2) - f(x_x)}{x_2 - x_x} = f'(x_2)$$

所以

$$f'(x_1) \leqslant \frac{f(x_2) - f(x_1)}{x_2 - x_1} \leqslant f'(x_2)$$

定理 4.14 设$f(x)$在$[a,b]$上连续,在(a,b)上有二阶导数,则在$[a,b]$内曲线$y = f(x)$上凹的充分必要条件是:在(a,b)上,$f''(x) \geqslant 0$.

根据定理4.14,讨论函数在一个区间的凹性,可以先求二阶导数,再利用二阶导数符号求出上凹区间和下凹区间.

例1 求函数曲线$y = \ln(1 + x^2)$的凹、凸区间.

解 $y' = \frac{2x}{1 + x^2}, y'' = \frac{2(1 - x^2)}{(1 + x^2)^2}$

由$y'' = \frac{2(1 - x^2)}{(1 + x^2)^2} > 0$得$|x| < 1$;

由$y'' = \frac{2(1 - x^2)}{(1 + x^2)^2} < 0$得$|x| > 1$.

所以$y = \ln(1 + x^2)$的上凹区间为$(-1,1)$,下凹区间为$(-\infty, -1)$和$(1, +\infty)$.

例2 证明曲线$y = xe^{\frac{1}{x}}$当$x > \frac{1}{2}$时下凹(凸).

证 $y' = e^{\frac{1}{x}}\left(1 - \frac{1}{x}\right), y'' = \frac{1 - 2x}{x^3}e^{\frac{1}{x}}$

因为$x > \frac{1}{2}$时,$y'' < 0$,所以$y = xe^{\frac{1}{x}}$在$x > \frac{1}{2}$时是凸曲线.

4.4.2 曲线的拐点

定义 4.3 设x_0是$f(x)$的连续点.如果曲线$y = f(x)$在x_0的两侧(邻域)凹凸性相反,则称曲线上的点$(x_0, f(x_0))$为函数(曲线)$f(x)$的拐点.

由定理4.14知,$f''(x) > 0$和$f''(x) < 0$的点一定不是拐点,由此得:

定理 4.15 若$(x_0, f(x_0))$是$y = f(x)$的拐点,则必有$f''(x_0) = 0$或者x_0是$f''(x)$

不存在的连续点.

定理 4.15 只是拐点的必要条件. 这样的点是否为拐点,还要用定义判别. 也可以仿照极值的情形推导其他充分条件进行判断.

由于拐点恰为函数凹凸性发生改变的点,因此,拐点通常与凹凸性放在一起讨论.

例 3 求函数 $y = x^3 - 6x^2 + x + 3$ 的凹凸区间及其拐点.

解 $y' = 3x^2 - 12x + 1, y'' = 6x - 12 = 6(x - 2)$

函数曲线没有 y'' 不存在的点,由 $y'' = 0$,得 $x = 2$. 用 $x = 2$ 将定义域分两个区间 $(-\infty, -2), (2, +\infty)$,函数的凹凸性如表 4 - 5 所示.

表 4 - 5

x	$(-\infty, 2)$	2	$(2, +\infty)$
y''	$-$	0	$+$
y	$\cap$	-11	$\cup$

在点 $(2, -11)$ 左右,函数曲线的凹凸性相反,因此是函数的拐点.

例 4 证明若 $f'(x_0) = f''(x_0) = 0, f'''(x_0) > 0$,则 $y = f(x)$ 在 x_0 点单调增加,且 $(x_0, f(x_0))$ 是函数曲线 $y = f(x)$ 的一个拐点.

证 因为 $f'''(x_0) = \lim\limits_{x \to x_0} \dfrac{f''(x) - f''(x_0)}{x - x_0} > 0$,由极限保号性知,存在 x_0 的邻域 $(x_0 - \delta, x_0 + \delta)(\delta > 0)$ 使

$$\frac{f''(x) - f''(x_0)}{x - x_0} > 0$$

即对该邻域内任意 x,当 $x < x_0$ 时 $f''(x) < f''(x_0) = 0$,曲线 $y = f(x)$ 凸;$x > x_0$ 时 $f''(x) > f''(x_0) = 0$,曲线 $y = f(x)$ 凹,所以 $(x_0, f(x_0))$ 是曲线 $y = f(x)$ 的一个拐点.

又 $x < x_0$ 时 $f''(x) < 0, f'(x)$ 单调减少,$f'(x)$ 在 x_0 连续,所以 $x < x_0$ 时,$f'(x) > f'(x_0) = 0, f(x)$ 单调增加;$x > x_0$ 时 $f''(x) > 0, f'(x)$ 单调增加,由连续得 $x > x_0$ 时,$f'(x) > f'(x_0) = 0, f(x)$ 单调增加.

所以 $f(x)$ 在 x_0 邻域单调增加.

4.4.3 曲线的渐近线

下面讨论函数曲线在向无穷远延伸时的变化特征.

定义 4.4 如果曲线 $y = f(x)$ 向无穷远延伸时,其上的点 $(x, f(x))$ 到直线 $y = ax + b$(或 $x = c$)的距离趋向于零,则称该直线是函数(曲线)$y = f(x)$ 的一条**渐近**

线.

下面从直线的三种情形,考察曲线渐近线条件.

1. 水平渐近线

水平渐近线是指曲线 $y = f(x)$ 以水平直线 $y = A$ 为渐近线. 根据定义,应有曲线上的点 $(x, f(x))$ 到直线 $y = A$ 的距离 $|f(x) - A| \to 0$. 这时,当且仅当 $x \to \infty$ (或 $x \to +\infty$, 或 $x \to -\infty$),曲线向无穷远延伸,即

$$\lim_{x \to \infty} |f(x) - A| = 0 \quad \text{或} \quad \lim_{x \to \pm\infty} f(x) = A$$

直线 $y = A$ 是 $y = f(x)$ 的水平渐近线.

函数曲线 $y = f(x)$ 的水平渐近线最多有两条.

2. 铅垂渐近线

铅垂直线 $x = x_0$ 作为函数(曲线)$y = f(x)$ 的一条渐近线,应有曲线上的点 $(x, f(x))$ 到直线 $x = x_0$ 的距离 $|x - x_0| \to 0$,这时,当且仅当 $y \to \infty$ (或 $y \to +\infty$, 或 $y \to -\infty$),曲线向无穷远延伸. 故

$$\lim_{x \to x_0} f(x) = \infty \quad \text{或} \quad \lim_{x \to x_0^{\pm}} f(x) = \pm\infty$$

$x = x_0$ 为曲线 $y = f(x)$ 的一条铅垂渐近线.

由铅垂渐近线条件可知,x_0 一定是函数 $f(x)$ 的不连续点或定义域边界点.

3. 斜渐近线

斜直线 $y = ax + b (a \neq 0)$ 作为函数(曲线)$y = f(x)$ 的一条渐近线,应有点 $(x, f(x))$ 到直线 $y = ax + b$ 距离 $\dfrac{|f(x) - ax - b|}{\sqrt{a^2 + b^2}} \to 0$.

由 $a \neq 0$ 知曲线向无穷远延伸当且仅当 $x \to \infty$ 且 $y \to \infty$ (曲线一定没有水平渐近线). 因此,$y = f(x)$ 有斜渐近线条件为

$$\lim_{x \to \infty} [f(x) - ax - b] = 0 \quad \text{或} \quad \lim_{x \to \pm\infty} [f(x) - ax - b] = 0$$

下面考察斜渐近线的 a、b.

由 $\lim\limits_{x \to \pm\infty} [f(x) - ax - b] = 0$ 可得

$$\lim_{x \to \pm\infty} \frac{f(x) - ax - b}{x} = 0$$

即

$$\lim_{x \to \pm\infty} \frac{f(x)}{x} = a$$

且

$$b = \lim_{x \to \pm\infty} [f(x) - ax]$$

由渐近线条件知,求函数曲线 $y = f(x)$ 的渐近线都是求极限,通常是先求水平、铅垂渐近线,在没有水平渐近线时,再考察斜渐近线.

例5 求 $y = \dfrac{1}{x}$ 的渐近线.

解 由 $\lim\limits_{x \to \infty} y = \lim\limits_{x \to \infty} \dfrac{1}{x} = 0$ 得 $y = \dfrac{1}{x}$ 的水平渐近线 $y = 0$,且曲线在 x 轴的正、负两

个方向向无穷远延伸时都趋向于渐近线 $y = 0$. 曲线没有斜渐近线.

又函数的定义域为 $(-\infty, 0) \cup (0, +\infty)$,有唯一的不连续点 $x = 0$,且

$$\lim_{x \to 0^+} \frac{1}{x} = +\infty, \lim_{x \to 0^-} \frac{1}{x} = -\infty$$

所以 $x = 0$ 是 $y = \dfrac{1}{x}$ 唯一的一条铅垂渐近线.

例6 求曲线 $y = x e^{\frac{1}{x}}$ 的渐近线.

解 由 $\lim\limits_{x \to \infty} x e^{\frac{1}{x}} = \infty$ 知曲线没有水平渐近线.

函数的定义域为 $(-\infty, 0) \cup (0, +\infty)$ 有唯一的不连续点 $x = 0$,且

$$\lim_{x \to 0^-} x e^{\frac{1}{x}} = 0, \lim_{x \to 0^+} x e^{\frac{1}{x}} = +\infty$$

所以 $x = 0$ 是曲线唯一一条铅垂渐近线,且曲线是从渐近线右侧向上趋向渐近线.

由

$$\lim_{x \to \infty} \frac{y}{x} = \lim_{x \to \infty} e^{\frac{1}{x}} = 1$$

及

$$\lim_{x \to \infty} (y - x) = \lim_{x \to \infty} \frac{e^{\frac{1}{x}} - 1}{\frac{1}{x}} = 1$$

得曲线有斜渐近线 $y = x + 1$.

4.4.4 函数的曲线作图

在了解了函数曲线的起伏变化、弯曲方向以及向无穷远延伸的变化特征后,再借助曲线的一些特殊点(坐标轴交点、极值、拐点),就可以比较准确地绘出函数(曲线)的图形了.

曲线作图的步骤:

(1)求函数的定义域及与坐标轴的交点;

(2)由 y' 求函数的单调区间及极值点;

(3)用 y'' 求曲线的凹凸区间及拐点;

(4)求曲线的渐近线;

（5）在坐标系中标出坐标轴交点、极值、拐点，并作出渐近线，再根据单调性、凹凸性，用光滑曲线连接相应的点并绘出向无穷远延伸情形.

例7 作曲线 $y = x - \dfrac{1}{x}$ 的图形.

解 函数的定义域为 $(-\infty, 0) \cup (0, +\infty)$.

由 $y = 0$ 解得曲线与 x 轴交点 $x = \pm 1$.

又 $y' = 1 + \dfrac{1}{x^2} > 0,\ y'' = -\dfrac{2}{x^3} \neq 0$

曲线没有极值拐点. 单调性、凹凸性如表 4-6 所示.

表 4-6

x	$(-\infty, 0)$	$(0, \infty)$
y'	$+$	$+$
y''	$+$	$-$
y	↗∪	↗∩

由 $\lim\limits_{x \to \pm\infty} y = \pm\infty$ 知曲线没有水平渐近线.

由 $\lim\limits_{x \to 0^+} y = \lim\limits_{x \to 0^+}\left(x - \dfrac{1}{x}\right) = -\infty,\ \lim\limits_{x \to 0^-} y = \lim\limits_{x \to 0^-}\left(x - \dfrac{1}{x}\right) = +\infty$ 知 $x = 0$ 是曲线的铅垂渐近线，且曲线在左侧向上趋向渐近线，在右侧向下趋向渐近线.

由 $\lim\limits_{x \to \infty} \dfrac{y}{x} = \lim\limits_{x \to \infty}\left(1 - \dfrac{1}{x^2}\right) = 1,\ \lim\limits_{x \to \infty}(y - x) = \lim\limits_{x \to \infty}\left(-\dfrac{1}{x}\right) = 0$ 知曲线有一条斜渐近线 $y = x$.

综上得曲线如图 4-10.

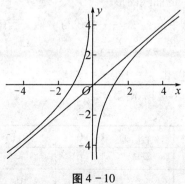

图 4-10

例8 作函数 $y = xe^x$ 的曲线图形.

解 定义域 $(-\infty, +\infty)$,由 $y=0$ 得坐标轴交点 $(0,0)$.

又 $y'=(x+1)e^x$,$y''=(x+2)e^x$

由 $y'=0$ 得驻点 $x=-1$,由 $y''=0$ 得 $x=-2$.

单调性、凹凸性如表 $4-7$ 所示.

表 $4-7$

x	$(-\infty, -2)$	-2	$(-2, -1)$	-1	$(-1, +\infty)$
y'	$-$	$-$	$-$	0	$+$
y''	$-$	0	$+$	$+$	$+$
y	$\searrow\cap$	拐点 $(-2, -2e^{-2})$	$\searrow\cup$	极小值 $-e^{-1}$	$\nearrow\cup$

由 $\lim\limits_{x \to -\infty} xe^x = \lim\limits_{x \to -\infty} \dfrac{x'}{(e^{-x})'} = \lim\limits_{x \to -\infty}(-e^x) = 0$,知有水平渐近线 $y=0$,没有钱垂渐

近线、斜渐近线.

函数曲线如图 $4-11$.

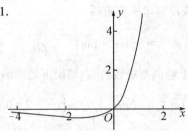

图 $4-11$

例9 作函数 $y = e^{-\frac{x^2}{2}}$ 的曲线图形.

解 定义域 $(-\infty, +\infty)$,$y|_{x=0} = 1$ 曲线与 y 轴交于 $(0,1)$ 点.

又 $y' = -xe^{-\frac{x^2}{2}}$,$y'' = -e^{-\frac{x^2}{2}} + x^2 e^{-\frac{x^2}{2}} = (x^2-1) \cdot e^{-\frac{x^2}{2}}$

由 $y'=0$ 得驻点 $x=0$,由 $y''=0$ 得 $x=\pm 1$.

单调性、凹凸性如表 $4-8$ 所示.

表 $4-8$

x	$(-\infty, -1)$	-1	$(-1, 0)$	0	$(0, 1)$	1	$(1, +\infty)$
y'	$+$	$+$	$+$	0	$-$	$-$	$-$
y''	$+$	0	$-$	$-$	$-$	0	$+$
y	$\uparrow\cup$	拐点	$\uparrow\cap$	极大	$\downarrow\cap$	拐点	$\uparrow\cup$

$y\big|_{x=\pm 1}=e^{-\frac{1}{2}}$，曲线有两个拐点$(-1,e^{-\frac{1}{2}})$、$(1,e^{-\frac{1}{2}})$.

函数曲线如图 4 – 12 所示.

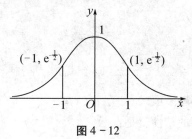

图 4 – 12

习题 4.4

1. 讨论下列曲线的凹凸性、拐点.

(1) $y=3x^2-x^3$

(2) $y=\dfrac{x}{2+x^2}$

(3) $y=x^2\ln x$

(4) $y=xe^x$

(5) $y=\begin{cases}x(x-\ln x^2),&x\neq 0\\0,&x=0\end{cases}$

2. 求下列函数曲线的渐近线.

(1) $y=x+\dfrac{1}{x^2}$

(2) $y=\dfrac{x^3+1}{x^2-x}$

(3) $y=x+\ln x$

(4) $y=x-\arctan x$

3. 作下列函数的图形.

(1) $y=\dfrac{x^3+1}{(x+1)^2}$

(2) $y=x\arctan x$

(3) $y=\begin{cases}x(x-\ln x^2),&x\neq 0,\\0,&x=0\end{cases}$

§4.5　泰勒公式及其应用

第 3 章介绍过微分近似计算公式 $f(x)\approx f(x_0)+f'(x_0)(x-x_0)$，这里实际上是在 x_0 处用切线近似代替曲线计算附近点的函数值，误差是 $x-x_0$ 的高阶无穷小. 如果再进一步，在 x_0 附近用与 $f(x)$ 弯曲方向一致、拐点一致的高次曲线

$$p(x)=a_0+a_1(x-x_0)+a_2(x-x_0)^2+\cdots+a_n(x-x_0)^n$$

近似代替函数 $f(x)$ 计算,就有可能获得更好的结果. 这就是泰勒公式要解决的问题.

4.5.1　泰勒公式

定义 4.5　设 $f(x)$ 在 x_0 点 n 阶导数存在,称多项式

$$f(x_0) + \frac{f'(x_0)}{1!}(x - x_0) + \frac{f''(x_0)}{2!}(x - x_0)^2 + \cdots + \frac{f^{(n)}(x_0)}{n!}(x - x_0)^n$$

为 $f(x)$ 在 x_0 点的 n 次**泰勒多项式**. 记为 $T_n(x)$.

$T_n(x)$ 有一个最重要的特性就是:

$$T_n(x_0) = f(x_0)$$

$$T_n'(x_0) = f'(x_0)$$

$$\cdots$$

$$T_n^{(n)}(x_0) = f^{(n)}(x_0)$$

也就是说,在 x_0 点 $T_n(x)$ 很好地描述了 $f(x)$.

对 x_0 邻域内其他点 x,一般 $T_n(x) = f(x)$ 不成立,记 $R_n(x) = f(x) - T_n(x)$ 为误差(泰勒公式余项).

定理 4.16(泰勒定理)　$R_n(x) = o((x - x_0)^n)$.

证　因为函数可导必然连续,所以

$$\lim_{x \to x_0} R_n(x) = \lim_{x \to x_0} R_n'(x) = \cdots = \lim_{x \to x_0} R_n^{n-1}(x) = 0$$

应用罗必达法则得

$$\lim_{x \to x_0} \frac{R_n(x)}{(x - x_0)^n} = \lim_{x \to x_0} \frac{R_n'(x)}{n(x - x_0)^{n-1}}$$

$$= \lim_{x \to x_0} \frac{R_n''(x)}{n(n-1)(x - x_0)^{n-2}}$$

$$= \cdots\cdots$$

$$= \lim_{x \to x_0} \frac{R_n^{n-1}(x) - R_n^{n-1}(x_0)}{n!(x - x_0)} = \frac{R_n^{(n)}(x_0)}{n!} = 0$$

所以

$$R_n(x) = o((x - x_0)^n)$$

定理 4.17　设 $f(x)$ 在 x_0 点存在 $n + 1$ 阶导数,则

$$R_n(x) = \frac{f^{n+1}(\xi)}{(n+1)!}(x - x_0)^{n+1}$$

其中 ξ 在 x 与 x_0 之间. $\dfrac{f^{n+1}(\xi)}{(n+1)!}(x - x_0)^{n+1}$ 称为泰勒公式的**拉格朗日型余项**公式.

证　$R_n(x)$、$R_n'(x)$、$\cdots$、$R_n^{(n)}(x)$ 与 $(x-x_0)^{n+1}$ 在 x_0 的邻域内满足柯西中值定理的条件,且由 $R_n(x_0) = R_n'(x_0) = \cdots = R_n^{(n)}(x_0)$,得

$$R_n^{(k)}(x) = R_n^{(k)}(x) - R_n^{(k)}(x_0), 0 \leqslant k \leqslant n$$

由柯西中值定理得

$$\frac{(n+1)! R_n(x)}{(x-x_0)^{n+1}} = \frac{(n+1)! [R_n(x) - R_n(x_0)]}{(x-x_0)^{n+1} - (x_0-x_0)^{n+1}}$$

$$= \frac{n! R_n'(\xi)}{(\xi_1 - x_0)^n}$$

$$= \frac{n! [R_n'(\xi_1) - R_n'(x_0)]}{(\xi_1 - x_0)^n - (x_0 - x_0)^{n+1}}$$

$$= \frac{(n-1)! R_n''(\xi_2)}{(\xi_2 - x_0)^{n-1}}$$

$$= \cdots = \frac{R_n^{(n)}(\xi_n)}{(\xi_n - x_0)}$$

$$= \frac{R_n^{(n)}(\xi_n) - R_n^{(n)}(x_0)}{(\xi_n - x_0) - (x_0 - x_0)} = R_n^{(n+1)}(\xi)$$

其中 ξ_1 在 x 与 x_0 之间,$\xi_k(k=2,3,\cdots,n)$ 在 ξ_{k-1} 与 x_0 之间,ξ 在 ξ_n 与 x_0 之间.

再由 $[T_n(x)]^{(n+1)} = 0, R_n^{(n+1)}(\xi) = f^{(n+1)}(\xi)$ 带入上式即得.

公式　$f(x) = T_n(x) + R_n(x)$ 叫作函数 $f(x)$ 在 x_0 点的 **n 阶泰勒公式**. 当 $x_0 = 0$ 时,n 阶泰勒公式为

$$f(x) = f(0) + \frac{f'(0)}{1!}x + \frac{f''(0)}{2!}x^2 + \cdots + \frac{f^{(n)}(0)}{n!}x^n + R_n(x)$$

也称为**麦克劳林公式**. 其拉格朗日型余项为

$$R_n(x) = \frac{f^{(n+1)}(\xi)}{(n+1)!}x^{n+1}$$

泰勒公式不仅给出用多项式近似计算一点邻域内函数值的近似公式,同时拉格朗日型余项公式还给出了**误差公式**. 借助这两个公式,就可以根据误差(精确度)要求,计算函数的近似值.

例 1　近似计算 e 的数值,且要求误差不超过 0.0001.

解　设 $f(x) = e^x$,由 $f^{(k)}(x) = e^x$ 得 $f(0) = 1, f^{(k)}(0) = 1$,且 $x > 0$ 时,

$$f^{(n+1)}(\xi) = e^\xi, 0 < \xi < x$$

于是

$$R_n(1) = \frac{e^\xi}{(n+1)!}$$

因为 $e^{\xi} < e < 3$,所以,只要

$$\frac{3}{(n+1)!} \leqslant 0.0001$$

就有

$$|R_n(1)| < 0.0001$$

由此解得只要 $n = 7$ 即可. 于是有

$$e \approx 1 + 1 + \frac{1}{2} + \frac{1}{6} + \frac{1}{24} + \frac{1}{120} + \frac{1}{720} + \frac{1}{5040} = 2.718253969$$

4.5.2　几个基本初等函数的泰勒公式

1. $f(x) = e^x$

$$e^x = 1 + x + \frac{x^2}{2} + \cdots + \frac{x^n}{n!} + R_n(x)$$

$R_n(x) = o(x^n)$ 或 $\dfrac{e^{\xi}}{(n+1)!} x^{n+1}$,$\xi$ 在 0 与 x 之间.

2. $f(x) = \sin x$

$$f^{(n)}(x) = \sin^{(n)} x = \sin\left(x + \frac{n\pi}{2}\right)$$

$$f(0) = 0, f^{(n)}(0) = \sin\frac{n\pi}{2} = \begin{cases} 0, & n = 2k \\ (-1)^{k-1}, & n = 2k - 1 \end{cases}, k = 1, 2, \cdots$$

取 $n = 2k$ 得

$$\sin x = x - \frac{x^3}{3!} + \frac{x^5}{5!} - \cdots + (-1)^{k-1}\frac{x^{2k-1}}{(2k-1)!} + R_{2k+1}(x)$$

$R_{2k+1}(x) = o(x^{2k})$ 或 $\dfrac{\sin\left(\xi + \dfrac{2k+1}{2}\pi\right)}{(2k+1)!} x^{2k+1}$,$\xi$ 在 0 与 x 之间.

3. $f(x) = \cos x$

$$f^{(n)}(x) = \cos^{(n)} x = \cos\left(x + \frac{n\pi}{2}\right)$$

$$f(0) = 1, f^{(n)}(0) = \begin{cases} (-1)^k, & n = 2k \\ 0, & n = 2k - 1 \end{cases}, k = 1, 2\cdots$$

取 $n = 2k + 1$ 得

$$\cos x = 1 - \frac{x^2}{2!} + \frac{x^4}{4!} - \cdots + (-1)^k\frac{x^{2k}}{(2k)!} + R_{2k+2}(x)$$

$R_{2k+2}(x) = o(x^{2k+1})$ 或 $(-1)^{k+1}\dfrac{\cos\xi}{(2k+2)!} x^{2k+2}$,$\xi$ 在 0 与 x 之间.

4. $f(x) = \ln(1+x), x > -1$

$$f^{(n)}(x) = (-1)^{n-1} \frac{(n-1)!}{(1+x)^n}, n = 1, 2, \cdots$$

$$f(0) = 0, f^{(n)}(0) = (-1)^{n-1}(n-1)!$$

$$\ln(1+x) = x - \frac{x^2}{2} + \frac{x^3}{3} - \cdots + (-1)^{n-1} \frac{x^n}{n} + R_n(x)$$

$R_n(x) = o(x^n)$ 或 $(-1)^n \dfrac{x^{n+1}}{(n+1)(1+\xi)^{n+1}}$，$\xi$ 在 0 与 x 之间.

5. $f(x) = (1+x)^\alpha, x > -1$

$$f^{(n)}(x) = \alpha(\alpha-1)\cdots(\alpha-n+1)(1+x)^{\alpha-n}$$

$$f(0) = 1, f^{(n)}(0) = \alpha(\alpha-1)\cdots(\alpha-n+1)$$

$$(1+x)^\alpha = 1 + \alpha x + \frac{\alpha(\alpha-1)}{2!}x^2 + \cdots + \frac{\alpha(\alpha-1)\cdots(\alpha-n+1)}{n!}x^n + R_n(x)$$

$R_n(x) = o(x^n)$ 或 $\dfrac{\alpha(\alpha-1)\cdots(\alpha-n)(1+\xi)^{\alpha-n+1}}{(n+1)!}x^{n+1}$，$\xi$ 在 0 与 x 之间.

特别地 $\alpha = -1$ 时,有

$$\frac{1}{1+x} = 1 - x + x^2 - \cdots + (-1)^n x^n + \frac{(-1)^{n+1}}{(1+\xi)^{n+2}}x^{n+1}$$

借助上述五个函数的泰勒公式,可以把更多初等函数展开为泰勒公式.

例2 将 $f(x) = 2^x$ 在 $x = 0$ 点展开为泰勒公式.

解 $2^x = e^{x\ln 2}$,记 $x\ln 2 = u$,则 $2^x = e^u$.

由

$$e^u = 1 + u + \frac{u^2}{2!} + \cdots + \frac{u^n}{n!} + R_n(u)$$

得

$$2^x = 1 + x\ln 2 + \frac{\ln^2 2}{2!}x^2 + + \frac{\ln^n 2}{n!}x^n + R_n(x\ln 2)$$

再由 $R_n(u) = \dfrac{e^\xi}{(n+1)!}u^{n+1}$,$\xi$ 在 0 与 u 之间,得

$$R_n(x\ln 2) = \frac{e^\xi \ln^{n+1} 2}{(n+1)!}x^{n+1}$$，ξ 在 0 与 $x\ln 2$ 之间.

例3 将 $f(x) = \ln(2+x)$ 在 $x = 0$ 点展开为泰勒公式.

解 $f(x) = \ln(2+x) = \ln 2 + \ln\left(1 + \frac{x}{2}\right)$,

由

$$\ln(1+x) = x - \frac{x^2}{2} + \frac{x^3}{3} - \cdots + (-1)^{n-1}\frac{x^n}{n} + R_n(x)$$

得

$$\ln(2+x) = \ln 2 + \ln\left(1 + \frac{x}{2}\right)$$

$$= \ln 2 + \frac{x}{2} - \frac{x^2}{2 \cdot 2^2} + \frac{x^3}{3 \cdot 2^3} - \cdots + (-1)^{n-1}\frac{x^n}{2^n n} + R_n\left(\frac{x}{2}\right)$$

$$R_n(x) = (-1)^n \frac{x^{n+1}}{2^{n+1}(n+1)(1+\xi)^{n+1}}, \xi \text{ 在 } 0 \text{ 与 } \frac{x}{2} \text{ 之间.}$$

例 4 求函数 $f(x) = xe^x$ 带有拉格朗日型余项的麦克劳林公式.

解 因为 e^x 的 $n-1$ 阶麦克劳林公式为

$$e^x = 1 + x + \frac{x^2}{2} + \cdots + \frac{x^{n-1}}{(n-1)!} + \frac{e^\xi}{n!}x^n, \xi \text{ 在 } x \text{ 与 } 0 \text{ 之间.}$$

所以

$$f(x) = xe^x = x + x^2 + \frac{x^3}{2!} + \cdots + \frac{x^n}{(n-1)!} + \frac{e^\xi}{n!}x^{n+1}, \xi \text{ 在 } x \text{ 与 } 0 \text{ 之间.}$$

4.5.3 泰勒公式的应用

1. 泰勒公式在近似计算中的应用

泰勒公式作近似计算,要先用余项公式估计误差,确定多项式次数,再用多项式计算函数值的近似值.

例 5 近似计算 $\sin 20^0$. 要求误差不超过 0.001.

解 $\sin x$ 的拉格朗日型余项

$$R_{2k+1}(x) = \frac{\sin\left(\xi + \frac{2k+1}{2}\pi\right)}{(2k+1)!}x^{2k+1} = (-1)^k \frac{\cos\xi}{(2k+1)!}x^{2k+1}$$

$x = 20^0 = \frac{\pi}{9} < \frac{1}{2}$, 所以

$$\left|R_{2k+1}\left(\frac{\pi}{9}\right)\right| < \frac{1}{2^{2k+1}(2k+1)!}$$

只要

$$\frac{1}{2^{2k+1}(2k+1)!} \leqslant 0.001$$

即可. 解得 $k = 2, \sin 20^0 \approx \frac{\pi}{9} - \frac{1}{3!}\frac{\pi^2}{9^2} \approx 0.3420.$

例 6 计算 $\ln 2$, 要求误差不超过 0.001.

分析: 如果直接用 $\ln(1+x)$ 近似计算, 因为 $x = 1$, 所以要保证精度, 需要计算

1000 项. 如果减小 $|x|$，就可以很快使 $R_n(x)$ 降低.

解 设 $f(x) = \ln \dfrac{1+x}{1-x}$，则

$$f'(x) = \frac{1}{1+x} + \frac{1}{1-x}, f'(0) = 2$$

$$f^{(n)}(x) = \frac{(-1)^{n-1}(n-1)!}{(1+x)^n} + \frac{(n-1)!}{(1-x)^n}$$

$$f^{(2k)}(0) = 0, f^{(2k+1)}(0) = 2(2k)!$$

所以

$$f(x) = 2x + \frac{2x^3}{3} + \cdots + \frac{2x^{2k-1}}{2k-1} + \frac{x^{2k+1}}{2k+1}\left[\frac{1}{(1+\xi)^{2k+1}} + \frac{1}{(1+\xi)^{2k+1}}\right]$$

ξ 在 0 与 x 之间.

令 $\dfrac{1+x}{1-x} = 2$，得 $x = \dfrac{1}{3}$，于是

$$|R_{2k+1}(x)| = \frac{1}{3^{2k+1}(2k+1)}\left[\frac{1}{(1+\xi)^{2k+1}} + \frac{1}{(1-\xi)^{2k+1}}\right]$$

$$< \frac{1}{3^{2k+1}(2k+1)}\left[1 + \left(\frac{3}{2}\right)^{2k+1}\right]$$

$$< \frac{1}{(2k+1)}\left(\frac{1}{3^{2k+1}} + \frac{1}{2^{2k+1}}\right)$$

由 $\dfrac{1}{(2k+1)}\left(\dfrac{1}{3^{2k+1}} + \dfrac{1}{2^{2k+1}}\right) \leqslant 0.001$，解得 $k = 4$

于是

$$\ln 2 \approx 2\left(\frac{1}{3} + \frac{1}{3 \cdot 3^3} + \frac{1}{5 \cdot 3^5} + \frac{1}{7 \cdot 3^7} \approx 0.6931\right)$$

2. 泰勒公式在极限计算中的应用

前面对未定式极限的计算做过许多讨论，未定式极限结果之所以千差万别，是因为无穷小量不同的阶. 利用泰勒公式，我们就可以清楚地看到这种差别.

例如 $x \to 0$ 时，$e^x - 1 = [1 + x + o(x)] - 1 = x + o(x)$ 是 x 的同阶无穷小量；而

$$e^x - x - 1 = \left[1 + x + \frac{x^2}{2!} + o(x^2)\right] - x - 1 = \frac{x^2}{2} + o(x^2)$$ 则是 x^2 的同阶无穷小；$x - \sin x$

$$= x - \left[x - \frac{x^3}{3!} + o(x^3)\right] = \frac{x^3}{3!} + o(x^3)$$ 则是 x^3 的同阶无穷小…

因此，利用泰勒公式，可以更清楚地了解未定式的极限.

例7 计算极限 $\displaystyle\lim_{x \to 0} \dfrac{1 + \dfrac{x^2}{2} - \sqrt{1+x^2}}{(\cos x - e^{x^2})\sin(x^2)}$.

解 $\sqrt{1+x^2} = 1 + \dfrac{1}{2}x^2 - \dfrac{1}{2\times4}x^4 + o(x^4)$

$\cos x = 1 - \dfrac{1}{2}x^2 + \dfrac{1}{24}x^4 + o(x^4)$

$e^{x^2} = 1 + x^2 + \dfrac{1}{2}x^4 + o(x^4)$

所以

$$\lim_{x\to0} \frac{1 + \dfrac{x^2}{2} - \sqrt{1+x^2}}{(\cos x - e^{x^2})\sin(x^2)}$$

$$= \lim_{x\to0} \frac{1 + \dfrac{x^2}{2} - \left[1 + \dfrac{x^2}{2} - \dfrac{x^4}{8} + o(x^5)\right]}{\left\{\left[1 - \dfrac{x^2}{2} + \dfrac{x^4}{24} + o(x^5)\right] - \left[1 + x^2 + \dfrac{x^4}{2} + o(x^5)\right]\right\}\cdot x^2}$$

$$= \lim_{x\to0} \frac{\dfrac{1}{8}x^4 + o(x^5)}{\left[-\dfrac{3}{2}x^2 - \dfrac{11}{24}x^4 + o(x^5)\right]\cdot x^2} = \frac{\dfrac{1}{8}}{-\dfrac{2}{3}} = -\frac{1}{12}$$

例 8 计算极限 $\displaystyle\lim_{x\to0} \frac{\sqrt[3]{1+x^2} - 1 - x(e^x - 1)}{(3^x - 1)\ln(1+x)}$.

解 $(3^x - 1)\ln(1+x) \sim x\ln3 \cdot x = x^2\ln3$

$\sqrt[3]{1+x^2} - 1 - x(e^x - 1)$

$= \left[1 + \dfrac{x^2}{3} + o(x^2)\right] - 1 - x\left[x + \dfrac{x^2}{2} + o(x^2)\right] = -\dfrac{2}{3}x^2 + o(x^2)$

所以

$$\lim_{x\to0} \frac{\sqrt[3]{1+x^2} - 1 - x(e^x - 1)}{(3^x - 1)\ln(1+x)}$$

$$= \lim_{x\to0} \frac{-\dfrac{2}{3}x^2 + o(x^2)}{x^2\ln3} = -\frac{2}{3\ln3}$$

习题 4.5

1. 求 $f(x) = x^3 + 4x^2 - 5x + 7$ 在 $x = 3$ 时的泰勒公式,并证明 $n = 3$ 时,泰勒公式的余项为 0.

2. 求 $y = \arctan x$ 在 $x = 0$ 的三阶泰勒公式.

3. 将 $f(x) = \sqrt{x}$ 在 $x = 1$ 点展开为带有拉格朗日型余项的泰勒公式.

4. 近似计算 $\sqrt{e}$,要求误差小于 0.0001.

5. 应用三阶泰勒公式近似计算 $\sin\dfrac{\pi}{8}$,并估计误差.

6. 利用泰勒公式计算下列极限.

(1) $\lim\limits_{x \to +\infty} \left(\sqrt[3]{x^3 + 3x^2} - \sqrt[4]{x^4 - 2x^3} \right)$ (2) $\lim\limits_{x \to 0} \dfrac{2(1 + \sin x - e^x) + x^2}{2[x - \ln(1 + x)] - x^2}$

(3) $\lim\limits_{x \to 0} \dfrac{\cos x - e^{-\frac{x^2}{2}}}{x^2 + 2 - \sqrt{4 + (2x)^2}}$

§4.6　导数在经济分析中的应用

导数作为重要的函数分析工具,在现实社会活动中,有着广泛的应用,本节将介绍导数在经济分析中的一些重要应用.

4.6.1　边际分析

人们在从事经济活动过程中,通常并不完全了解相应的经济变化函数.

例如产品的生产、销售过程中,其成本、收入函数一般只部分了解,要实现利润最大化,就不可能直接从函数出发,利用极值达到目的.而是在现有条件下,考察再增加产量,相应的成本、收入的增加,如果收入增加大于成本增加,就可能增加获利,应增加生产;如果成本增加大于收入增加,就可能减少获利,也即减少产量会增加获利,应减少生产.

考察函数在现有条件下,自变量再增加(或减少)一个单位,函数的增加(或减少)的"能力",就是经济学中所说的边际分析.

设 $f(x)$ 在 x_0 邻域有定义.令 x 在 x_0 的基础上改变(增加或减少) Δx ,则 x 在 x_0 点平均改变一个单位,函数的改变为 $\dfrac{f(x_0 + \Delta x) - f(x_0)}{\Delta x}$,显然, Δx 越小越接近函数 $f(x)$ 在 x_0 的情形.

定义 4.6　若极限

$$\lim\limits_{\Delta x \to 0} \dfrac{f(x_0 + \Delta x) - f(x_0)}{\Delta x}$$

存在,称此极限值为 $f(x)$ 在 x_0 点的边际效用(值).

由导数概念可知,函数在一点的边际效用,就是函数在该点的导数.对应的,函数 $f(x)$ 的导函数 $f'(x)$ 也叫做 $f(x)$ 的边际函数记为 Mf .

经济学中,成本函数的导数叫做**边际成本**.收入函数的导数叫做**边际收入**,需求函数的导数叫做**边际需求**,产出函数的导数叫做**边际产出**,等等.

例 1　设某商品的边际成本 MC 为 $x^2 - 4x + 4$ (万元/吨), x 为产量,边际收入

MR 为 $8-x$(万元/吨),现有产量 $x=3$ 吨,问是否应该增加产量? 如果增加,应增加多少?

解 产量 $x=3$ 吨,边际成本 $MC=3^2-4\cdot3+4=1$(万元/吨),边际收入 $MR=8-3=5$(万元/吨),即在现有产量下,每增加一吨产品,成本将增加 1 万元,收入却增加 5 万元,增加产量可使利润增加,因此,应增加产量.

根据边际的意义,只要 $MR>MC$,增加产量都可使利润增加,应增加产量;反之,$MR<MC$ 增加产量会可使利润减少,应减少产量. 因此,增加产量至利润最大时应使 $MR=MC$,即

$$8-x=x^2-4x+4$$

解得 $x=4(x=-1$舍去$)$.

答:产量为 3 吨时,应该继续增加产量,并且应增加到 4 吨.

例 2 设产品的成本 C 是产量 Q 的二阶可导函数,且 $C'>0$,$C''_{QQ}<0$(边际成本为正,且边际成本递减),证明当平均成本等于边际成本时,产品的平均成本最小.

解 设平均成本为 $\bar{C}$,则

$$\bar{C}=\frac{C}{Q}$$

由 $\bar{C}'_Q=\frac{QC'_Q-C}{Q^2}=0$,得 $QC'_Q-C=0$,解得驻点

$$C'_Q=\frac{C}{Q}$$

即平均成本等于边际成本.

又 $\bar{C}''_{QQ}=\frac{Q^2C''_{QQ}-2(QC'_Q-C)}{Q^3}$

代入驻点和 $\bar{C}''_{QQ}=\frac{C''_{QQ}}{Q}<0$,所以驻点为极大值点.

再由 $(QC'_Q-C)'_Q=QC''_{QQ}<0$,QC'_Q-C 单调减少,得方程 $QC'_Q-C=0$ 最多存在一个 0 点.

因此,极大值点也是最大值点.

4.6.2 弹性分析

1. 弹性概念

弹性是用来描述不同经济量之间相对变化强弱的量.

在不同经济量之间,由于度量单位的不同,绝对数值的大小,并不能完全反映出变化的"快、慢",为了便于进行比较,需要引入无单位量描述变量的变化.

定义 4.7　设 $y = f(x)$ 在 x_0 邻域有定义，Δx、Δy 分别为自变量与函数在 x_0 的增量（改变量）. 如果 $x_0 \neq 0, y_0 = f(x_0) \neq 0$，称比值 $\dfrac{\Delta x}{x_0}$，$\dfrac{\Delta y}{y_0}$ 为自变量与函数在 x_0 的**相对增量**（相对改变量）.

相对改变量不仅消除了度量单位的影响，同时，与改变量相比更能反映经济量变化的剧烈程度.

定义 4.8　设 $y = f(x)$ 在 x_0 邻域有定义，$\dfrac{\Delta x}{x_0}$，$\dfrac{\Delta y}{y_0}$ 为自变量与函数在 x_0 的相对增量，若极限 $\lim\limits_{\Delta x \to 0} \dfrac{\Delta y / y_0}{\Delta x / x_0}$ 存在，则称此极限为变量 y 对 x 的**弹性**，记为：$\eta_{y|x}\big|_{x=x_0}$.

注意极限

$$\lim_{\Delta x \to 0} \frac{\Delta y / y_0}{\Delta x / x_0} = \frac{x_0}{y_0} \lim_{\Delta x \to 0} \frac{\Delta y}{\Delta x} = \frac{x_0}{f(x_0)} f'(x_0)$$

因此，有弹性公式

$$\eta_{y|x}\big|_{x=x_0} = \frac{x_0}{y_0} y'\,\big|_{x=x_0}$$

如果 $y = f(x)$ 在区间 (a, b) 上可导，且 $y_0 = f(x_0) \neq 0$，则在 (a, b) 内任一点 x 的弹性 $\eta_{y|x} = \dfrac{x}{y} y'$ 也是 (a, b) 上的函数，并称之为弹性函数.

2. 弹性经济意义

相对增量 $\dfrac{\Delta x}{x_0}$ 为自变量改变的百分比，$\dfrac{\Delta y}{y_0}$ 为函数改变的百分比，其比值 $\dfrac{\Delta y / y_0}{\Delta x / x_0}$ 则为自变量平均每改变 1%，函数改变的百分比. 显然，Δx 越小越接近函数在 x_0 点的情形，因此，极限 $\lim\limits_{\Delta x \to 0} \dfrac{\Delta y / y_0}{\Delta x / x_0}$ 为函数在 x_0 点自变量改变 1%，函数所能改变的百分比.

例 3　设某商品的需求函数为 $Q = 20e^{-0.3p}$，p 为价格. 求：

(1) $p = 2$ 时需求对价格的弹性，并解释其经济意义；

(2) 需求对价格的弹性函数.

解　(1) $Q_p' = -6e^{-0.3p} = -0.3Q$，

$Q\big|_{p=2} = 20e^{-0.6}$，$Q_p'\big|_{p=2} = -6e^{-0.6}$，

所以　$\eta_{Q|p}\big|_{p=2} = \dfrac{2}{20e^{-0.6}}(-6e^{-0.6}) = -0.6$

经济意义：当商品价格为 2 时，价格每上涨 1%，需求量将会下降 0.6%.

(2) $\eta_{Q|p} = \dfrac{p}{Q} Q_p = -0.03p$

说明:对于正常商品,因为 $Q'_p < 0$,所以 $\eta_{Q|p} < 0$. 但是经济中通常只讲绝对值,因此,通常所说需求对价格的弹性(**需求弹性**)是指其绝对值.

例4 设某正常商品现有价格下的需求弹性为 1.2,若成本是产量的线性(一次)函数,问是否可以降价? 如果降价降多少?

解 设该商品销售价格为 p 时,销售量(产量)为 Q,销售收入为 R,产品成本为 C,利润为 L,则

$$Q = Q(p), Q'_p < 0, C = ap + C_0$$

且

$$L = R - C = pQ - aQ - C_0$$

其中 a 为单位可变成本,C_0 为固定成本.

$$L'_Q = p + p'_Q Q - a$$

$$= p\left(1 + \frac{1}{\frac{p}{Q}Q'_p}\right) = -a = p\left(1 + \frac{1}{\eta_{Q|p}}\right) - a$$

代入 $\eta_{Q|p} = -1.2$ 得

$$L'_Q = p\left(1 - \frac{1}{1.2}\right) - a = \frac{1}{6}p - a$$

当 $\frac{1}{6}p - a > 0$ 也即 $p > 6a$ 时,$L'_Q > 0$,L 单调增加,增加产量会增加利润;再由 $Q'_p < 0$,Q 单调减少,增加产量应该降低价格.

所以 $p > 6a$ 时,应该降低价格,降价到 $P = 6a$;反之,$p < 6a$ 时应该涨价.

一般地,当正常商品需求弹性 $\eta_{Q|p} > 0$ 时,有边际收入

$$R'_Q = (pQ)'_Q + p'_Q Q = p\left(1 - \frac{1}{\eta_{Q|p}}\right)$$

(1)$\eta_{Q|p} > 1$ 时,边际收入 $R'_Q > 0$,降低价格、增加销售,会增加收入. 这时称市场**富有弹性**;

(2)$\eta_{Q|p} = 1$ 时,边际收入 $R'_Q = 0$,不论增加还是减少销售,都不会增加收入. 这时称市场具有**不变弹性**;

(3)$\eta_{Q|p} < 1$ 时,边际收入 $R'_Q < 0$,涨价、减少需求,才会增加收入. 这时称市场**缺乏弹性**;

例5 设某商品在 n 个市场出售,第 i 市场的需求弹性为 $\eta_{Q_i|p_i}$,Q_i、P_i 为第 i 个市场的需求量、价格. 若该商品的成本是各市场需求总量 Q 的函数. 假设各市场需求相互无关,试根据这个市场对利润的影响,确定价格策略.

解 设该商品的销售收入、成本、利润分别为 R、C、L,则

$$R = p_1 Q_1 + p_2 Q_2 + \cdots + p_n Q_i$$

$$C = C(Q), C'_Q > 0$$

$$Q = Q_1 + Q_2 + \cdots + Q_n$$

$$L = R - C = p_1 Q_1 + p_2 Q_2 + \cdots + p_n Q_n - C(Q)$$

当保持 Q_1、$Q_2 \cdots Q_{i-1}$、$Q_{i+1} \cdots Q_n$ 不变时,仅 L 为 Q_i 的函数

因为

$$L'_{Q_i} = p_i + \frac{dp_i}{dQ_i} Q_i - C'(Q) Q'_i = p_i \left(1 - \frac{1}{\eta_{Q_i | p_i}} \right) - C'(Q)$$

根据一阶条件,如果 $L'_{Q_i} \neq 0$ 则在该市场利润一定没有达到最大,要使利润达到最大,必须 $L'_{Q_i} = 0$,解得

$$p_i \left(1 - \frac{1}{\eta_{Q_i | p_i}} \right) = C'_Q$$

即从任意市场考虑利润最大,都应有边际收入(局部)等于边际成本. 因此,当边际成本一定时,需求弹性越小,应该索取越高价格. 这就是经济学中的价格歧视理论.

习题 4.6

1. 求下列函数的边际函数与弹性函数.

(1) Ae^{bx} 　　　　　　　　　　　　(2) $a + bx$

(3) $x^\alpha e^{-(ax+b)}$

2. 设某商品的收入函数为 $R = 100Q - 0.5Q^2$(Q 为销售量),求:

(1)边际收入函数 R_M;

(2)销售量 $Q = 50$ 单位时的平均收入和边际收入;

(3)销售量 $Q = 100$ 单位时的平均收入和边际收入.

3. 设某产品的成本函数为 $C = 0.2Q^3 - 15Q^2 + 700Q + 200$($Q$ 为产量),求:

(1)平均成本函数与边际成本函数;

(2)产量为 20 单位时的平均成本和边际成本;

(3)是否存在边际成本等于平均成本的产量;

(4)边际成本最小的产量.

4. 设某商品的需求函数为 $Q = 200e^{-3p}$.

(1)证明:该商品的需求弹性与销售价格成比例;

(2)求收入最大的价格,并判断这时市场是否富有弹性.

5. 设某商品的需求函数为 $Q = 225 - 3p^2$. 求:

(1) $p = 4$ 时的边际需求和需求弹性,并说明经济意义.

(2)$p=4$ 时的边际收入,并据此说明价格上涨,收入是上涨还是下降? 价格上涨 1 个单位,收入上涨(下降)多少?

综合练习4

1. 设 $f(x)$ 在 $[a,b]$ 上连续,$x_0 \in (a,b)$,且 $\lim\limits_{x \to x_0} \dfrac{f(x)}{x-x_0} = A, A \neq 0$. 讨论 $f(x)$ 在 x_0 邻域的单调性.

2. 设 $f'(x)$ 在 $[a,b]$ 上连续,$x_0 \in (a,b)$,且 $\lim\limits_{x \to x_0} \dfrac{f(x)}{(x-x_0)^2} = A$. 讨论 $f(x)$ 在 x_0 邻域的单调性、极值、凹凸性.

3. 设 $f'(x_0) = f''(x_0) = \cdots = f^{(n)}(x_0) = 0, f^{(n+1)}(x_0) = A \neq 0$. 讨论 $f(x)$ 在 x_0 邻域的单调性、极值、凹凸性.

4. 讨论方程 $x^3 + 5x^2 + 3x = 9$ 实根的个数.

5. 证明:$x > 1$ 时,$1 + x\ln\left(x + \sqrt{1+x^2}\right) > \sqrt{1+x^2}$.

6. 讨论函数 $f(x) = x^\alpha + (1-x)^\alpha$ 在 $[0,1]$ 上的最大、最小值. $(\alpha > 0)$

7. 验证弹性公式 $\eta_{y|x} = \dfrac{d\ln y}{d\ln x}$. 并由此证明弹性与自变量无关的函数为幂函数,弹性与自变量成比例的函数为指数函数.

8. 设 $f(x) = \begin{cases} \dfrac{g(x)}{(x-a)^2}, & x \neq a \\ A, & x = a \end{cases}$ 连续,其中 $g(x)$ 有连续的一阶导数,证明 $g''(a)$ 存在,并求 $g(a)$、$g'(a)$、$g''(a)$.

9. 光线总是选择用时最短路线传播,使用极值原理证明光的折射定律.

第5章 不定积分

导数作为一种运算,可以解决许多现实中的问题.

一种运算,如果找到了逆运算,它的功能就会产生一个飞跃.如加法、乘法在有了减法、除法——逆运算后,产生了"算术"向"代数"的飞跃.

导数是否也存在着逆运算? 本章将主要讨论这个问题.

§5.1 不定积分的概念与性质

5.1.1 原函数与不定积分

先看两个例子:

例 1 人口问题 (§2.1 例 1)

$$R(t + \Delta t) - R(t) \approx kR(t)\Delta t$$

两边除以 Δt,并令 $\Delta t \to 0$,当 $R(t)$ 可导时,得

$$\frac{dR}{dt} = kR(t)$$

k 为人口增长率,如果现有人口 R_0,要在 t 年达到 R_1,应采取什么样的人口政策?

要制定人口策略,就需要了解人口的演化规律,通过导数返回去找出人口函数 $R(t)$.

例 2 已知一曲线上任一点 (x, y) 的切线斜率 k 等于该点的横坐标,且曲线过原点,求曲线方程.

根据导数的几何意义知 $y' = k = x$ 且 $y_{x=0} = 0$. 得到了曲线函数的导数.

上述两个问题,都归结为知道导数 $f'(x)$,求函数 $f(x)$.

定义 5.1 设 $f(x)$ 在区间 I 有定义,如果存在函数 $F(x)$,使得 $\forall x \in I$ 有

$$F'(x) = f(x) \quad \text{或} \quad dF(x) = f(x)dx$$

155

则称 $F(x)$ 是区间 I 上 $f(x)$ 的一个**原函数**.

例如在 $(-\infty, +\infty)$ 上 $(x^2)' = 2x$,因此 x^2 就是 $2x$ 在 $(-\infty, +\infty)$ 上的一个原函数. 同样 $(x^2-1)' = 2x$,$(x^2+1)' = 2x$,即 x^2-1, x^2+1 都是 $2x$ 在 $(-\infty, +\infty)$ 上的原函数

再如 $(e^{2x} + e^{-2x})' = 2(e^{2x} - e^{-2x})$,因此 $e^{2x} + e^{-2x}$ 是 $2(e^{2x} - e^{-2x})$ 在 $(-\infty, +\infty)$ 上的一个原函数. 同样

$$[(e^x + e^{-x})^2]' = 2(e^x + e^{-x})(e^x - e^{-x}) = 2(e^{2x} - e^{-2x})$$

因此 $(e^x + e^{-x})^2$ 也是 $2(e^{2x} - e^{-2x})$ 在 $(-\infty, +\infty)$ 上的一个原函数.

通常,若函数 $f(x)$ 有原函数,其原函数是不唯一的.

事实上,根据原函数定义及导数公式,很容易推出:如果一个函数 $f(x)$ 在区间 I 上有原函数 $F(x)$,则原函数一定有无穷多个. 因为对任意实数 c,$F(x) + c$ 都是 $f(x)$ 在区间 I 上的原函数.

这就提出了两个问题:

(1)在指定的区间上,函数 $f(x)$ 是否存在原函数?

(2)在无穷多个原函数中,能否找到我们所需要的原函数?

前一个问题的答案是否定的.

例如在区间 $(-1,1)$ 上 $f(x) = \begin{cases} 0, x \neq 0 \\ 1, x = 0 \end{cases}$.

由定理 4.3 的推论 1 知,当 $x \neq 0$ 时,$f(x)$ 原函数必为常数函数 $F(x) = c$;而 $F(x)$ 要作为 $f(x)$ 的原函数,首先要连续,即

$$F(0) = \lim_{x \to 0} F(x) = c$$

进而 $F'(0) = 0 \neq f(0)$,$F(x)$ 不是 $f(x)$ 在 $(-1,1)$ 上的原函数. $f(x)$ 在 $(-1,1)$ 上没有原函数.

因此,原函数的存在是有条件的.

定理 5.1   如果 $f(x)$ 在区间 I 上连续,则必有原函数.

这个定理的证明,将在第 6 章定积分中完成.

第二个问题,需要研究原函数的集合结构特征.

根据定理 4.3 的推论 2:在区间 I 上,函数 $f(x)$ 如果存在原函数,则任意两个原函数仅相差一个常数.

因此,在区间 I 上,若 $F(x)$ 是函数 $f(x)$ 的一个原函数,$G(x)$ 为 $f(x)$ 在 I 上的任一个原函数,则有

$$G(x) = F(x) + c$$

即只要找到 $f(x)$ 在区间 I 上的一个原函数 $F(x)$,加上一个任意常数,就可以

得到 $f(x)$ 在区间 I 上的全部原函数.

定义 5.2 函数 $f(x)$ 在区间 I 上的原函数全体(集合)称为 $f(x)$ 的**不定积分**. 记为:

$$\int f(x)dx$$

即若

$$F'(x) = f(x) \quad \text{或 } dF(x) = f(x)dx$$

则

$$\int f(x)dx = F(x) + c \quad (c \text{ 为任意常数})$$

其中 $f(x)$ 叫做**被积函数**,x 叫做**积分变量**,$f(x)dx$ 称为**积分表达式**,$\int$ 为积分运算符号.

不定积分找到了全部原函数,实际问题中要找的原函数无非其中一个,且与任一原函数仅相差一个常数. 因此,只要再利用条件确定常数即可.

如例 2 所求曲线,$y' = x$ 且 $y\big|_{x=0} = 0$.

$y = f(x)$ 应为 y' 的原函数. 因为 $\left(\dfrac{x^2}{2}\right)' = x$,所以 $\int xdx = \dfrac{x^2}{2} + c$.

即 $y = \dfrac{x^2}{2} + c$,带入条件 $y\big|_{x=0} = 0$ 得 $c = 0$.

所以所求曲线为

$$y = \frac{x^2}{2}$$

5.1.2　不定积分的几何意义

设 $F(x)$ 是 $f(x)$ 在 I 上的一个原函数,$y = F(x)$ 图形称为 $f(x)$ 的一条**积分曲线**. $f(x)$ 的不定积分 $F(x) + c$ 的图形为曲线 $y = F(x)$ 沿 y 轴上(下)平行移动距离 $|c|$ 组成的曲线族. 这族曲线称为 $f(x)$ 的积分曲线族,如图 5-1 所示. 若在每一条曲线上相同横坐标点作切线,则切线的斜率相等,即积分曲线相互平行.

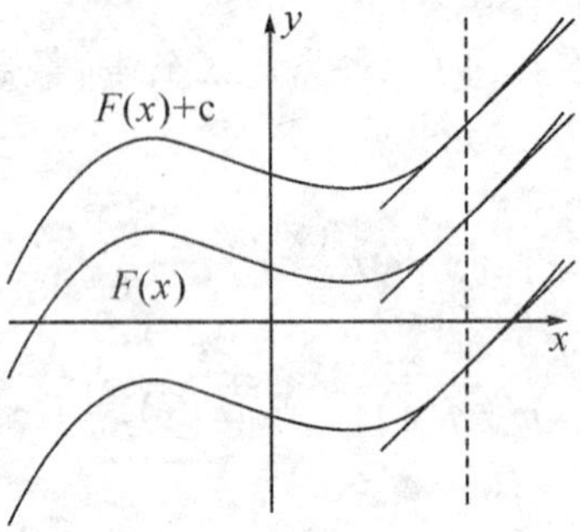

图 5 - 1

5.1.3　不定积分基本公式

根据不定积分概念和导数公式可得如下基本积分公式.

(1) $\int k dx = kx + c$　（k 为常数）

(2) $\int x^{\alpha} dx = \dfrac{x^{\alpha+1}}{\alpha+1} + c$　（$\alpha \neq -1$）

(3) $\int \dfrac{1}{x} dx = \ln|x| + c$

(4) $\int a^x dx = \dfrac{a^x}{\ln a} + c$　特别 $a = e$ 时, $\int e^x dx = e^x + c$

(5) $\int \sin x dx = -\cos x + c$

(6) $\int \cos x dx = \sin x + c$

(7) $\int \tan x dx = -\ln|\cos x| + c$

(8) $\int \cot x dx = \ln|\sin x| + c$

(9) $\int \sec^2 x dx = \int \dfrac{1}{\cos^2 x} dx = -\tan x + c$

(10) $\int \csc^2 x dx = \int \dfrac{1}{\sin^2 x} dx = -\cot x + c$

(11) $\int \sec x \tan x dx = \sec x + c$

(12) $\int \csc x \cot x dx = -\csc x + c$

(13) $\int \dfrac{1}{\sqrt{1-x^2}} dx = \arcsin x + c = -\arccos x + c_1$

(14) $\int \dfrac{1}{1+x^2}dx = \arctan x + c = -\text{arccot}x + c_1$

习题5.1

1. 验证在$(-\infty,+\infty)$内,$\sin^2 x$、$-\cos^2 x$、$-\dfrac{1}{2}\cos 2x$都是$\sin 2x$的原函数.

2. 验证$(-\infty,+\infty)$内,$\ln\left(x+\sqrt{1+x^2}\right)$是$\dfrac{1}{\sqrt{1+x^2}}$的一个原函数.

3. $f(x)$是$(-a,a)$上的奇函数,且存在原函数$F(x)$,证明$F(x)$为$(-a,a)$上的偶函数.

4. 设$f(x)$是$(-a,a)$上的偶奇数,且存在原函数$F(x)$,证明$f(x)$在$(-a,a)$上的原函数存在奇函数. $\left(\text{提示:用}f(x)=\dfrac{f(x)+F(-x)}{2}+\dfrac{f(x)-F(-x)}{2}\right)$

5. 求$f(x)=x^2+1$的积分曲线族,并求其中过$(1,2)$点的积分曲线.

6. 设$\int f(x)dx=2x^2 e^x+c$,求$f(x)$.

7. 设$f'(x)=f(x)$,证明:$\int f(ax)dx=\dfrac{1}{a}F(ax)+c.$ $(a\neq 0)$

8. 设$g'(x)$连续,且$\int f(x)dg(x)=F(x)+c$,证明:$f(x)=\dfrac{f'(x)}{g'(x)}$.

§5.2 不定积分的性质与基本积分法

直接由原函数概念,只能求得少数很简单函数的不定积分,大量的原函数,需要借助函数的各种运算特性求得.

5.2.1 不定积分的性质

根据不定积分定义,有

(1) $\left(\int f(x)dx\right)' = f(x)$ 　或 $d\int f(x)dx = f(x)dx$

(2) $\int f'(x)dx = f(x)+c$ 　或 $\int df(x)=f(x)+c$

(1)式只要注意$\int f(x)dx$是$f(x)$的原函数. (2)中前一式注意$f(x)$是$f'(x)$的原函数;后一式中被积函数为1,可以省略不写,该性质也可叙述为:1的不定积分等于积分变量加任意常数.

由性质(1)可知,积分表达式中的dx,实际上是$f(x)$原函数自变量的微分,而积分表达式则是原函数的微分.

性质(1)(2)为导数和积分的逆运算性质,在使用中要注意导数、积分的运算顺序.

利用导数运算性质可得:

(3) $\int kf(x)dx = k\int f(x)dx$

(4) $\int [f(x) \pm g(x)]dx = \int f(x)dx \pm \int g(x)dx$

注:这里等号的意义是指适当配置任意常数后相等.

这是因为

$$\left(\int kf(x)dx\right)' = kf(x), \left(k\int f(x)dx\right)' = k\left(\int f(x)dx\right)' = kf(x)$$

因此,(3)式成立. 而

$$\left[\int f(x)dx \pm \int g(x)dx\right]' = \left[\int f(x)dx\right]' \pm \left(\int g(x)dx\right)' = f(x) \pm g(x)$$

所以(4)式成立.

5.2.2 基本积分法

根据积分性质,只要把被积函数转化为基本积分公式中函数的和、差及乘常数运算,就可以求出原函数. 这种积分方法就称之为**基本积分法**.

例1 $\int (x^2+1)^2 dx$.

解 $\int (x^2+1)^2 dx = \int (x^4 + 2x^2 + 1)dx$

$= \int x^4 dx + 2\int x^2 dx + \int dx$

$= \dfrac{x^{4+1}}{4+1} + c_1 + 2\left(\dfrac{x^{2+1}}{2+1} + c_2\right) + x + c_3$

$= \dfrac{x^5}{5} + \dfrac{2x^3}{3} + x + c(c = c_1 + 2c_2 + c_3)$

在基本积分法中,如果被积函数是幂函数的多项式乘积,可将被积函数全部乘开.

上例说明,在计算几个积分和、差时,不必每一个积分都加一个任意常数(如上例 c_1、c_2、c_3),只需在所有积分计算完后,统一添加一个任意常数即可.

例2 $\int \dfrac{x^2 + \sqrt{x}\sin x - 1}{\sqrt{x}}dx$.

解 原式 $= \int (x^{\frac{3}{2}} + \sin x - x^{-\frac{1}{2}})dx$

$= \int (x^{\frac{3}{2}} + \sin x - x^{-\frac{1}{2}})dx$

$$= \frac{2}{5}x^{\frac{5}{2}} - \cos x - 2x^{\frac{1}{2}} + c$$

例 3 $\int \frac{1 - 2\sqrt{1 - x^2}}{\sqrt{1 - x^2}}dx.$

解 $\int \frac{1 - 2\sqrt{1 - x^2}}{\sqrt{1 - x^2}}dx = \int \left(\frac{1}{\sqrt{1 - x^2}} - 2 \right)dx = \arcsin x - 2x + c$

例 4 $\int \frac{e^{2x} - 2^x}{3^{x-1}}dx.$

解 原式 $= 3\int \left[\left(\frac{e^2}{3} \right)^x - \left(\frac{2}{3} \right)^x \right]dx$

$$= 3\left[\left(\frac{e^2}{3} \right)^x \Big/ \ln \frac{e^2}{3} - \left(\frac{2}{3} \right)^x \Big/ \ln \frac{2}{3} \right] + c$$

$$= \frac{e^{2x}}{3^{x-1}(2 - \ln 3)} - \frac{2^x}{3^{x-1}(\ln 2 - \ln 3)} + c$$

如果被积函数含指数函数乘、除,可先化各指数函数为同指数函数,再把作乘、除运算的各指数函数转化为一个指数函数.

例 5 求 $\int \frac{1}{x^2(1 + x^2)}dx.$

解 原式 $= \int \frac{1 + x^2 - x^2}{x^2(1 + x^2)}dx$

$$= \int \left(x^{-2} - \frac{1}{1 + x^2} \right)dx = -\frac{1}{x} - \arctan x + c$$

有理分式积分,可以考虑通过拆分,将分式转化为简单分式.

例 6 求 $\int \sin^2 \frac{x}{2}dx.$

解 $\int \sin^2 \frac{x}{2}dx = \frac{1}{2}\int (1 - \cos x)dx = \frac{1}{2}(x - \sin x) + c$

三角函数积分可以利用各种三角恒等公式转化公式中的三角函数运算.

例 7 求 $\int \frac{\cos 2x}{\sin x - \cos x}dx.$

解 $\int \frac{\cos 2x}{\sin x - \cos x}dx$

$$= \int \frac{\cos^2 x - \sin^2 x}{\sin x - \cos x}dx$$

$$= \int (\sin x + \cos x)dx = \sin x - \cos x + c$$

习题 5.2

1. 计算下列积分.

(1) $\int \dfrac{1}{x^2 \sqrt{x}} dx$

(2) $\int \left(\sqrt{x} - 1\right)\left(x + \dfrac{1}{x}\right) dx$

(3) $\int \left(x - \sqrt{x}\right) \sqrt[4]{x\sqrt{x}}\, dx$

(4) $\int \dfrac{1 - h}{\sqrt{2gh}} dh$

(5) $\int \left(1 + x^2\right)^2 dx$

(6) $\int \dfrac{1}{x^2(1 + x)} dx$

(7) $\int \dfrac{1 + 2x^2 + 3x^4}{1 + x^2} dx$

(8) $\int \dfrac{1}{x(1 + x^2)} dx$

(9) $\int 3^x \cdot e^x dx$

(10) $\int \dfrac{2 \cdot 3^x + 3 \cdot 2^{2x}}{5^{2x+3}} dx$

(11) $\int \cos^2 \dfrac{x}{2} dx$

(12) $\int \dfrac{\cos 2x}{\sin^2 2x} dx$

(13) $\int \dfrac{1 - \sin x}{\cos^2 x} dx$

(14) $\int \dfrac{\sin x}{\cos^2 x} dx$

2. 设 $f(x) = \begin{cases} x^2 - x + 1, & x > 0 \\ e^x, & x \leqslant 0 \end{cases}$, 求 $\int f(x)\, dx$.

3. 设某质量为 m 的物体从高度 H 自由下落, 求物体到地面距离 h 随时间变化的函数 $h(t)$.

4. 设生产某商品的固定成本为 500, 当产量 $x \leqslant 30$ 时, 每生产一个单位产品成本增加 $\dfrac{31}{6}$, 而当产量 $x > 30$ 时, 因原料问题, 边际成本为

$$C_M = 0.05x^2 - 3x + 200$$

求成本函数.

§5.3 换元积分法

基本积分法中, 仅解决了线性运算函数的积分. 如果像导数、极限那样, 能够再解决函数乘、除运算及复合运算的积分, 则可以积分的函数就会大大地增加. 以下讨论复合函数积分方法.

5.3.1 换元积分公式

例1 求 $\int \dfrac{1}{a + x} dx$.

解 $\dfrac{1}{a + x}$ 不是积分公式中的函数. 如果把 $a + x$ 作为一个变量 u, 由积分

$$\int \frac{1}{u} du = \ln|u| + c$$

可得函数

$$\ln|a + x| + c$$

而

$$(\ln|a + x|)' = \frac{1}{a + x}$$

所以

$$\int \frac{1}{a + x} dx = \ln|a + x| + c_1$$

这个例子表明,可以通过变量变换($u = a + x, dx = d(a + x) = du$),改变积分形式求得积分. 这就是换元积分的思想.

定理5.2 设 $F'(u) = f(u)$,且 $u = \varphi(x)$ 可导,则

$$\int f[\varphi(x)]\varphi'(x) dx = F[\varphi(x)] + c$$

证 因为 $F'(u) = f(u)$ 且 $u = \varphi(x)$ 可导,所以 $F[\varphi(x)]$ 可导,且

$$\{F[\varphi(x)]\}' = F'[\varphi(x)]\varphi'(x) = f[\varphi(x)]\varphi'(x)$$

因此,$F[\varphi(x)]$ 是 $f[\varphi(x)]\varphi'(x)$ 的一个原函数,所以

$$\int f[\varphi(x)]\varphi'(x) dx = F[\varphi(x)] + c$$

由于 $F[\varphi(x)] = F(u)$,且 $\int f(u) du = F(u) + c_1, du = d\varphi(x) = \varphi'(x) dx$,因此,定理5.2 又可以表为

$$\int f[\varphi(x)]\varphi'(x) dx = \int f(u) du$$

称上式为**第一换元积分公式**.

第一换元积分公式是以复合函数的内函数 $\varphi(x)$ 为新变量(积分变量)换元,再对外函数 f 积分.

定理5.3 设 $x = \varphi(t)$ 是 I 上严格单调的可导函数,且 $\varphi'(t) \neq 0$,若

$$G'(t) = f[\varphi(t)]\varphi'(t)$$

则

$$\int f(x) dx = G[\varphi^{-1}(x)] + c$$

证 由 $x = \varphi(t)$ 的单调性、可导性及 $\varphi'(t) \neq 0$ 知,反函数 $t = \varphi^{-1}(x)$ 可导,且 $t'_x = [\varphi^{-1}(x)]'_x = \frac{1}{\varphi'(t)}$;再由 $G'(t) = f[\varphi(t)]\varphi'(t)$ 得 $G[\varphi^{-1}(x)]$ 可导,且有

$$\int G[\varphi^{-1}(x)]\}'_x = G'(t) \cdot t'_x = f[\varphi(t)]\varphi'(t) \cdot \frac{1}{\varphi'(t)} = f(x)$$

所以

$$\int f(x)dx = G[\varphi^{-1}(x)] + c$$

同样,由 $\int f[\varphi(t)]\varphi'(t)dt = G(t) + c_1 = G[\varphi^{-1}(x)] + c_1$,定理 5.3 也可表示为

$$\int f(x)dx = \int f[\varphi(t)]\varphi'(t)dt$$

上式是选取积分变量 x 为新积分变量 t 的单调可导函数 $x = \varphi(t)$,借助 $dx = \varphi'(t)dt$ 换元,再通过新积分变量积分,称之为**第二换元积分**公式.

换元积分公式告诉我们:如果无法直接求出原函数的积分,可以通过换元,转化为新积分计算,这种积分方法称为换元积分法.

5.3.2 第一换元积分法

第一换元积分法就是运用第一换元积分公式求积分.

例2 求 $\int x\sqrt{x^2-1}\,dx$.

解 设 $x^2 - 1 = u$,则 $du = 2xdx$ 或 $\frac{1}{2}du = xdx$,所以

$$原式 = \frac{1}{2}\int u^{\frac{1}{2}}du = \frac{1}{2}\frac{u^{\frac{3}{2}}}{\frac{3}{2}} + c = \frac{(x^2-1)^{\frac{3}{2}}}{3} + c$$

例3 计算下列积分

(1) $\int \sin 2x dx$ (2) $\int \frac{1}{ax+b}dx \,(a \neq 0)$

(3) $\int \frac{e^{\tan x}}{\cos^2 x}dx$ (4) $\int \frac{\arcsin^2 x}{\sqrt{1-x^2}}dx$

解 (1)法一:设 $u = 2x$,则 $du = 2dx$,所以

$$\int \sin 2x dx = \frac{1}{2}\int \sin u du = \frac{-\cos u}{2} + c = c - \frac{\cos 2x}{2}$$

法二: $\int \sin 2x dx = 2\int \sin x \cos x dx$

设 $\sin x = u$,则 $du = \cos x dx$,所以

$$原式 = 2\int u du = u^2 + c = \sin^2 x + c$$

法三:设 $\cos x = u$,则 $du = -\sin x dx$,所以

$$原式 = -2\int u\,du = -u^2 + c = c - \cos^2 x$$

（2） 设 $ax + b = u$，则 $du = a\,dx$ 或 $dx = \dfrac{1}{a}du$，所以

$$\int \frac{1}{ax+b}dx = \frac{1}{a}\int\frac{1}{u}du = \frac{1}{a}\ln|u| + c = \frac{1}{a}\ln|ax+b| + c$$

（3） 设 $u = \tan x$，则 $du = \sec^2 x\,dx = \dfrac{1}{\cos^2 x}dx$，所以

$$\int \frac{e^{\tan x}}{\cos^2 x}dx = \int e^u\,du = e^u + c = e^{\tan x} + c$$

（4） 设 $u = \arcsin x$，则 $du = \dfrac{1}{\sqrt{1-x^2}}dx$，所以

$$\int \frac{\arcsin^2 x}{\sqrt{1-x^2}}dx = \int u^2\,du = \frac{u^3}{3} + c = \frac{\arcsin^3 x}{3} + c$$

例 4　求 $\displaystyle\int \frac{1}{\sqrt{e^x+1}}dx$.

解　设 $u = \sqrt{e^x+1}$，则 $du = \dfrac{e^x}{2\sqrt{e^x+1}}dx = \dfrac{u^2-1}{2u}dx$，得

$$原式 = \int \frac{1}{u}\frac{2u}{u^2-1}du$$

$$= \int \frac{2}{(u+1)(u-1)}du$$

$$= \int \frac{(u+1)-(u-1)}{(u+1)(u-1)}du$$

$$= \int\left(\frac{1}{u-1} - \frac{1}{u+1}\right)du$$

$$= \ln|u-1| - \ln|u+1| + c = \ln\frac{\sqrt{e^x+1}-1}{\sqrt{e^x+1}+1} + c$$

在换元积分公式中，由于第一换元积分法实际上是化积分为

$$\int f[\varphi(x)]\varphi'(x)dx = \int f[\varphi(x)]d\varphi(x)$$

然后，以 $\varphi(x)$ 为积分变量，对被积函数的外函数运算 f 求原函数. 因此，可以运用微分公式将 dx 凑成内函数微分，直接对外函数求积分. 这种积分方法也叫做凑微分法.

常用凑微分公式：

$(1) dx = d(x + a)$ $\qquad$ $(2) dx = \dfrac{1}{a} d(ax)$

$(3) x^{\alpha} dx = \dfrac{1}{\alpha + 1} d(x^{\alpha + 1})$ $(\alpha \neq -1)$

特别地：$xdx = \dfrac{1}{2} dx^2, x^2 dx = \dfrac{1}{3} dx^3, \dfrac{1}{\sqrt{x}} dx = 2d\sqrt{x}, \dfrac{dx}{x^2} = -d\dfrac{1}{x}$

$(4) \dfrac{1}{x} dx = d(\ln x)$ $\qquad$ $(5) e^{ax} dx = \dfrac{1}{a} d(e^{ax})$

$(6) a^x dx = \dfrac{1}{\ln a} d(a^x)$ $\qquad$ $(7) \sin x dx = -d(\cos x)$

$(8) \cos x dx = d(\sin x)$ $\qquad$ $(9) \dfrac{1}{\cos^2 x} dx = d(\tan x)$

$(10) \dfrac{1}{\sin^2 x} dx = -d(\cot x)$ $\qquad$ $(11) \dfrac{1}{\sqrt{1 - x^2}} dx = d(\arcsin x)$

$(12) \dfrac{1}{1 + x^2} dx = d(\arctan x)$

例 5 计算下列积分

$(1) \displaystyle\int \cos 2x dx$ $\qquad$ $(2) \displaystyle\int xe^{-\frac{x^2}{2}} dx$

$(3) \displaystyle\int \tan x dx$ $\qquad$ $(4) \displaystyle\int \dfrac{1}{\sin x} dx$

解 (1) $\displaystyle\int \cos 2x dx = \dfrac{1}{2} \int \cos 2x d(2x) = \dfrac{1}{2} \sin 2x + c$

(2) $\displaystyle\int xe^{-\frac{x^2}{2}} dx = \int e^{-\frac{x^2}{2}} d\left(\dfrac{x^2}{2}\right) = -\int e^{-\frac{x^2}{2}} d\left(-\dfrac{x^2}{2}\right) = -e^{-\frac{x^2}{2}} + c$

(3) $\displaystyle\int \tan x dx = -\int \dfrac{1}{\cos x} d(\cos x) = -\ln|\cos x| + c$

(4) 原式 $= \displaystyle\int \dfrac{\sin x}{\sin^2 x} dx = \int \dfrac{1}{1 - \cos^2 x} d(\cos x)$

$\qquad = -\dfrac{1}{2} \displaystyle\int \left(\dfrac{1}{1 + \cos x} + \dfrac{1}{1 - \cos x}\right) d(\cos x)$

$\qquad = -\dfrac{1}{2} (\ln|1 + \cos x| - \ln|1 - \cos x| + c)$

$\qquad = \dfrac{1}{2} \ln\left|\dfrac{1 - \cos x}{1 + \cos x}\right| + c$

$\qquad = \dfrac{1}{2} \ln\left(\dfrac{1 - \cos x}{\sin x}\right)^2 + c = \ln|\csc x - \cot x| + c$

类似可得

$$\int \cot x\, dx = \int \frac{1}{\sin x} d(\sin x) = \ln|\sin x| + c$$

$$\int \sec x\, dx = \int \frac{dx}{\cos x} = \ln|\sec x + \tan x| + c$$

基本积分公式:

(13) $\int \dfrac{1}{ax + b} dx = \dfrac{1}{a} \ln|ax + b| + c, a \neq 0$

(14) $\int e^{ax} dx = \dfrac{1}{a} e^{ax} + c, a \neq 0$

(15) $\int \tan x\, dx = -\ln|\cos x| + c$

(16) $\int \cot x\, dx = \ln|\sin x| + c$

(17) $\int \sec x\, dx = \ln|\sec x + \tan x| + c$

(18) $\int \csc x\, dx = \ln|\csc x - \cot x| + c$

例6 求:(1) $\displaystyle\int \frac{x}{1 + x^2} dx$; (2) $\displaystyle\int x^3 \sqrt{1 - x^2}\, dx$.

解 (1) $\displaystyle\int \frac{x}{1 + x^2} dx = \frac{1}{2} \int \frac{1}{1 + x^2} d(x^2)$

$$= \frac{1}{2} \int \frac{1}{1 + x^2} d(1 + x^2) = \frac{1}{2} \ln(1 + x^2) + c$$

(2) $\displaystyle\int x^3 \sqrt{1 - x^2}\, dx = \frac{1}{2} \int x^2 \sqrt{1 - x^2}\, dx^2$

$$= -\frac{1}{2} \int \left[1 - (1 - x^2) \right] \sqrt{1 - x^2}\, d(-x^2)$$

$$= \frac{1}{2} \int \left[(1 - x^2)^{\frac{3}{2}} - (1 - x^2)^{\frac{1}{2}} \right] d(1 - x^2)$$

$$= \frac{1}{2} \left[\frac{2}{5} (1 - x^2)^{\frac{5}{2}} - \frac{2}{3} (1 - x^2)^{\frac{3}{2}} \right] + c$$

5.3.3 第二换元积分法

第二换元积分法是以原积分变量作为新积分变量的函数($\varphi(t)$)进行换元. 由于函数选择范围的广泛性,因此,运用中技巧性要求较高. 这里介绍几种重要运用.

1. 被积函数中含一次函数 $ax + b$ 的开方

(1) 被积函数中含有一个 $(ax + b)^{\frac{q}{p}}$, p, q 为整数, $p > 1$.

167

设 $ax + b = t^p$，即 $x = \dfrac{t^p - b}{a}$，则 $dx = \dfrac{p}{a} t^{p-1} dt$，带入被积函数中，可以去掉开方.

例 7　求 $\displaystyle\int \dfrac{1}{1 + \sqrt{x - 1}} dx.$

解　设 $x - 1 = t^2 \, (t \geq 0)$，则 $dx = 2t \, dt$，有

$$\int \dfrac{1}{1 + \sqrt{x - 1}} dx = 2\int \dfrac{t}{1 + t} dt = 2\int \left(1 - \dfrac{1}{1 + t}\right) dt$$

$$= 2\int \left(1 - \dfrac{1}{1 + t}\right) dt$$

$$= 2(t - \ln|1 + t|) + c$$

$$= 2[\sqrt{x - 1} - \ln(1 + \sqrt{x - 1})] + c$$

例 8　求 $\displaystyle\int \dfrac{1}{\sqrt[3]{x} - 1} dx.$

解　设 $x = t^3$，则 $dx = 3t^2 dt$，有

$$\int \dfrac{1}{\sqrt[3]{x} - 1} dx = 3\int \dfrac{t^2}{t - 1} dt$$

$$= 3\int \left(t + 1 + \dfrac{1}{t - 1}\right) dt$$

$$= 3\left(\dfrac{t^2}{2} + t + \ln|t - 1|\right) + c$$

$$= \dfrac{3}{2} x^{\frac{2}{3}} + 3\sqrt[3]{x} + 3\ln\left|\sqrt[3]{x} - 1\right| + c$$

（2）被积函数中含多个一次函数 $ax + b$ 的开方.

如：$(ax + b)^{\frac{q_1}{p_1}}, (ax + b)^{\frac{q_2}{p_2}}, \cdots, (ax + b)^{\frac{q_n}{p_n}}, p_i \backslash q_i$ 为整数 $p_i > 1, i = 1, 2, \cdots, n$

设 $ax + b = t^p$ 或 $x = \dfrac{t^p - b}{a}$，p 为 $p_1 \backslash p_2 \backslash \cdots p_n$ 的最小公倍数，则

$$dx = \dfrac{p}{a} t^{p-1} dt$$

代入被积函数可以去掉所有的开方.

例 9　求 $\displaystyle\int \dfrac{\sqrt{x}}{1 + \sqrt[3]{x}} dx.$

解　设 $x = t^6$，则 $dx = 6t^5 dt$，有

$$\int \dfrac{\sqrt{x}}{1 + \sqrt[3]{x}} dx = 6\int \dfrac{t^8}{1 + t^2} dt$$

$$= 6\int \left(t^6 - t^4 + t^2 - 1 + \frac{1}{1 + t^2} \right) dt$$

$$= 6\left(\frac{t^7}{7} - \frac{t^5}{5} + \frac{t^3}{3} - t + \arctan t \right) + c$$

$$= \frac{6}{7} x^{\frac{7}{6}} - \frac{6}{5} x^{\frac{5}{6}} + 2\sqrt{x} - 6\sqrt[6]{x} + \arctan \sqrt[6]{x} + c$$

2. 被积函数中含二次函数的开方.

如：$\sqrt{a^2 - x^2}$, $\sqrt{a^2 + x^2}$, $\sqrt{x^2 - a^2}$, 其中 $a > 0$.

在 $\sqrt{a^2 - x^2}$ 中, 设 $x = a\sin t$, $-\frac{\pi}{2} < t < \frac{\pi}{2}$, 则

$$\sqrt{a^2 - x^2} = \sqrt{a^2 - a^2\sin^2 t} = a\cos t$$

$dx = a\cos t dt$, 代入被积函数可以去掉开方, 化为三角函数积分.

在 $\sqrt{a^2 + x^2}$ 中设 $x = a\tan t$, $-\frac{\pi}{2} < t < \frac{\pi}{2}$, 则

$$\sqrt{a^2 + x^2} = a\sqrt{1 + \tan^2 t}$$

故

$$\sqrt{a^2 - x^2} = a\sqrt{1 - \sin^2 t} = a\sec t$$

$dx = a\sec^2 t dt$, 代入被积函数可以去掉开方, 化为三角函数积分.

在 $\sqrt{x^2 - a^2}$ 中设 $x = a\sec t$, $0 < t < \frac{\pi}{2}$, 则

$$\sqrt{x^2 - a^2} = a\sqrt{\sec^2 t - 1} = a\tan t$$

$dx = a\sec t\tan t dt$, 代入被积函数可以去掉开方, 化为三角函数积分.

由于上述三种换元都是化积分为三角函数积分, 因此, 也称为三角换元.

例10 求 $\int \dfrac{x^2}{\sqrt{1 - x^2}} dx.$

解 设 $x = \sin t$, 则 $dx = \cos t dt$, 如图 5 - 2, 故

$$\int \frac{x^2}{\sqrt{1 - x^2}} dx = \int \frac{\sin^2 t}{\cos t} \cdot \cos t dt$$

$$= \frac{1}{2} \int (1 - \cos 2t) dt$$

$$= \frac{1}{4} \int (1 - \cos 2t) d(2t)$$

$$= \frac{1}{4} (2t - \sin 2t) + c$$

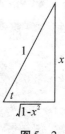

图 5 - 2

$$= \frac{1}{2}(t - \sin t \cos t) + c$$

$$= \frac{1}{2}(\arcsin x - x\sqrt{1 - x^2}) + c$$

例 11 求 $\int \sqrt{1 + x^2}\,dx$.

解 设 $x = \tan t$, 则 $dx = \sec^2 t\,dt$, 如图 $5 - 3$,

故

$$\int \frac{1}{\sqrt{1 + x^2}}dx = \int \frac{1}{\sec t} \cdot \sec^2 t\,dt$$

$$= \int \sec t\,dt$$

$$= \ln|\sec t + \tan t| + c$$

$$= \ln\left|\sqrt{1 + x^2} + x\right| + c$$

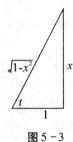

图 5 - 3

更一般地, 二次函数 $Ax^2 + Bc + C$ 可以经配方化为 $a^2 - u^2$ 或 $a^2 + u^2$ 或 $u^2 - a^2$, 再作三角换元.

例 12 求 $\int \frac{1}{\sqrt{2x^2 - x - 1}}dx$.

解 $\int \frac{1}{\sqrt{2x^2 - x - 1}}dx = 2\sqrt{2}\int \frac{1}{\sqrt{(4x - 1)^2 - 9}}dx$

设 $4x - 1 = 3\sec t$, 则 $\sqrt{(4x - 1)^2 - 9} = 3\tan t$, $dx = \frac{3}{4}\sec t\tan t\,dt$, 如图 $5 - 4$,

故

$$\int \frac{1}{\sqrt{2x^2 - x - 1}}dx$$

$$= 2\sqrt{2}\int \frac{1}{3\tan t} \cdot \frac{3}{4}\sec t\tan t\,dt$$

$$= \frac{\sqrt{2}}{2}\ln|\sec t + \tan t| + c$$

$$= \frac{\sqrt{2}}{2}\ln\left|\frac{4x - 1}{3} + \frac{\sqrt{16x^2 - 8x - 8}}{3}\right| + c$$

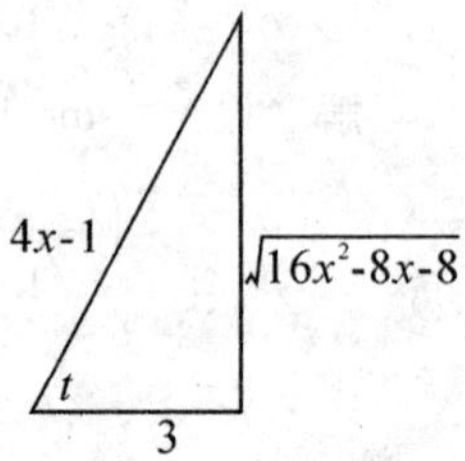

图 5 - 4

*3. 化三角函数积分为有理分式积分——万能代换

$\int f(\sin x, \cos x)\,dx$, f 为有理分式

高等数学 (上)

设 $x = 2\arctan u$ 即 $u = \tan\dfrac{x}{2}$，则

$$\sin x = \frac{2\tan\dfrac{x}{2}}{1 + \tan^2\dfrac{x}{2}} = \frac{2u}{1 + u^2}, \cos x = \frac{1 - \tan^2\dfrac{x}{2}}{1 + \tan^2\dfrac{x}{2}} = \frac{1 - u^2}{1 + u^2}, du = \frac{2}{1 + u^2}du$$

于是

$$\int f(\sin x, \cos x)\,dx = \int f\left(\frac{2u}{1 + u^2}, \frac{1 - u^2}{1 + u^2}\right) \cdot \frac{2}{1 + u^2}du$$

化为有理分式积分.

例 13 求 $\displaystyle\int \frac{1}{2 + \sin x}dx$.

解 设 $x = 2\arctan u$，则 $\sin x = \dfrac{2u}{1 + u^2}, dx = \dfrac{2}{1 + u^2}du$，故

$$\int \frac{1}{2 + \sin x}dx = \int \frac{1}{1 + u^2 + u}du$$

$$= \int \frac{du}{\left(u + \dfrac{1}{2}\right)^2 + \dfrac{3}{4}}$$

$$= \frac{2}{\sqrt{3}}\int \frac{1}{1 + \left(\dfrac{2u + 1}{\sqrt{3}}\right)^2}d\left(\frac{2u + 1}{\sqrt{3}}\right)$$

$$= \frac{2}{\sqrt{3}}\arctan\frac{2u + 1}{\sqrt{3}} + c$$

$$= \frac{2}{3}\arctan\frac{2\tan\dfrac{x}{2} + 1}{\sqrt{3}} + c$$

例 14 求 $\displaystyle\int \frac{1}{3 - \cos x}dx$.

解 设 $\tan\dfrac{x}{2} = u$，则 $du = \dfrac{1}{2}\sec^2\dfrac{x}{2}dx = \dfrac{1}{2}\left(1 + \tan^2\dfrac{x}{2}\right)dx$ 或 $dx = \dfrac{2}{1 + u^2}du$，

$\cos x = \dfrac{1 - u^2}{1 + u^2}$，所以

$$\int \frac{1}{3 - \cos x}dx = \int \frac{1}{3 - \dfrac{1 - u^2}{1 + u^2}}\frac{2u}{1 + u^2}du$$

$$= \int \frac{u}{1 + 2u^2}du$$

$$= \frac{1}{4}\ln(1 + 2u^2) + c = \frac{1}{4}\ln\left(1 + 2\tan^2\frac{x}{2}\right) + c$$

4. 倒代换

设 $x = \frac{1}{t}$ 变换积分称为倒代换. 由 $dx = -\frac{1}{t^2}dt$, 得

$$\int f(x)\,dx = -\int \frac{1}{t^2}f\left(\frac{1}{t}\right)dt$$

例 15 计算:(1) $\int \frac{\sqrt{a^2 + x^2}}{x^4}dx$ $\qquad$ (2) $\int \frac{1}{x + x^6}dx$

解 (1) 设 $t = \frac{1}{x}$, 则 $dx = -\frac{1}{t^2}dt$, 得

$$\int \frac{\sqrt{a^2 + x^2}}{x^4}dx = -\int t\sqrt{a^2t^2 + 1}\,dt$$

$$= \frac{1}{2a^2}\int \sqrt{a^2t^2 + 1}\,d(a^2t^2 + 1)$$

$$= \frac{1}{3a^2}(a^2t^2 + 1)^{\frac{3}{2}} + c = \frac{(a^2 + x^2)^{\frac{3}{2}}}{3a^2|x|^3} + c$$

(2)设 $t = \frac{1}{x}$, 则 $dx = -\frac{1}{t^2}dt$, 得

$$\int \frac{1}{x + x^6}dx = -\int \frac{1}{\frac{1}{t} + \frac{1}{t^6}}\frac{1}{t^2}dt$$

$$= -\int \frac{t^4}{1 + t^5}dt$$

$$= -\frac{1}{5}\ln|1 + t^5| + c = -\frac{1}{5}\ln\left|1 + \frac{1}{x^5}\right| + c$$

习题 5.3

1.计算下列积分.

(1) $\int e^{-2x}dx$ $\qquad$ (2) $\int (2 - 3x)^5 dx$

(3) $\int x^2(1 - 3x^3)^2 dx$ $\qquad$ (4) $\int \frac{1}{2x + 1}dx$

(5) $\int \frac{x}{(1 + x^2)^2}dx$ $\qquad$ (6) $\int \frac{1}{(1 + x^2)\arctan x}dx$

(7) $\int \dfrac{\sin\sqrt{x}}{\sqrt{x}}dx$

(8) $\int \dfrac{1}{x\ln x\ln\ln x}dx$

(9) $\int \dfrac{x}{\sqrt{a+bx^2}}dx$

(10) $\int \dfrac{\sin x - \cos x}{\sin x + \cos x}dx$

(11) $\int \dfrac{1-x}{\sqrt{a^2-x^2}}dx, a\neq 0$

(12) $\int \dfrac{x^3+1}{x(1-x^2)}dx$

(13) $\int \dfrac{1}{e^x(1+e^2)}dx$

(14) $\int \cos^3 x dx$

(15) $\int \dfrac{\arcsin\sqrt{x}}{\sqrt{x-x^2}}dx$

(16) $\int \dfrac{1-e^x}{\sqrt{1+e^x}}dx$

2. 计算下列积分.

(1) $\int (1+x)\sqrt{1-x}\,dx$

(2) $\int (a+x^2)(a-\sqrt{2+x})dx$

(3) $\int \dfrac{1}{x\sqrt{x^2-1}}dx$

(4) $\int \dfrac{x}{\sqrt{1-x}}dx$

(5) $\int \dfrac{1+\sqrt{x}}{1+\sqrt[3]{x}}dx$

(6) $\int \dfrac{x^2}{\sqrt{a^2-x^3}}dx$

(7) $\int \dfrac{1}{1+\sqrt{1+x^2}}dx$

(8) $\int \dfrac{1}{\sqrt{x^2+2x-3}}dx$

(9) $\int \dfrac{x}{\sqrt{2+x-x^2}}dx$

(10) $\int \dfrac{1+x}{x^2+x+1}dx$

3. 计算下列积分：

(1) $\int \dfrac{1}{2+\cos x}dx$

(2) $\int \dfrac{\sin x}{1+\sin x}dx$

(3) $\int \dfrac{1}{\sqrt{\tan x}}dx$

(4) $\int \dfrac{1+\sin x}{1-\sin x}dx$

§5.4 分部积分法

分部积分是从乘积求导法引出的一种积分方法.

5.4.1 分部积分公式

在导数公式中,有

$$[f(x)g(x)]' = f'(x)g(x) + f(x)g'(x)$$

即 $f(x)g(x)$ 是 $f'(x)g(x)+f(x)g'(x)$ 的一个原函数,故有

$$\int [f'(x)g(x)+f(x)g'(x)]dx = f(x)g(x) + c$$

上式再运用不定积分的性质,可得

定理 5.4 设 $f(x)$、$g(x)$ 导数连续,则

$$\int f'(x)g(x)dx = f(x)g(x) - \int f(x)g'(x)dx$$

注:上式移项后,因右侧还有积分,故而略去了任意常数.

定理 5.4 叫做**分部积分公式**. 其特点是在无法直接求出被积函数的原函数时,可以将被积函数看作是两个函数的乘积,并且,其中一个作为已知函数的导数,就可以先积分出一部分原函数;若再能积分出剩余部分,就可以得到最终积分结果. 故称之为分部积分法.

在分部积分公式中,注意到 $f'(x)dx = df(x)$,$g'(x)dx = dg(x)$,分部积分公式也可以改写为

$$\int g(x)df(x) = f(x)g(x) - \int f(x)dg(x)$$

上式称为微分形式的分部积分公式.

例 1 求 $\int x\arctan x\,dx$.

解 设 $g(x) = \arctan x$,$f'(x) = x$,则

$$f(x) = \frac{x^2}{2},\quad g'(x) = \frac{1}{1+x^2}$$

所以

$$\int x\arctan x\,dx = \frac{x^2}{2}\cdot\arctan x - \frac{1}{2}\int\frac{x^2}{1+x^2}dx$$

$$= \frac{x^2}{2}\arctan x - \frac{1}{2}\int\left[1 - \frac{1}{1+x^2}\right]dx$$

$$= \frac{1}{2}x^2\arctan x - \frac{x}{2} + \frac{1}{2}\arctan x + c$$

法二:$\int x\arctan x\,dx = \int \arctan x\,d\left(\frac{x^2}{2}\right)$

$$= \frac{x^2}{2}\arctan x - \frac{1}{2}\int\frac{x^2}{1+x^2}dx$$

$$= \frac{1}{2}x^2\arctan x - \frac{x}{2} + \frac{1}{2}\arctan x + c$$

例 2 求 $\int\frac{x}{\cos^2 x}dx$

解 设 $g(x) = x$,$f'(x) = \frac{1}{\cos^2 x} = \sec^2 x$,则

$$g'(x) = 1, f(x) = \tan x$$

所以

$$\int \frac{x}{\cos^2 x} dx = x\tan x - \int \tan x dx = x\tan x + \ln|\cos x| + c$$

5.4.2 常见的几种分部积分形式

1. $p_n(x)e^x$ 或 $p_n(x)a^x$,其中 $p_n(x)$ 为 n 次多项式.

取 $g(x) = p_n(x), f'(x) = e^x$(或 a^x).

例3 求 $\int e^{\sqrt{x}} dx$.

解 设 $\sqrt{x} = u$,则 $x = u^2, dx = 2udu$,有

$$\int e^{\sqrt{x}} dx = 2\int ue^u du$$

再设 $g(u) = u, f'(u) = e^u$,则 $f(u) = e^u, g(u) = 1$,所以

$$\int e^{\sqrt{x}} dx = 2\int ue^u du$$

$$= 2\left(ue^u - \int e^u du \right)$$

$$= 2ue^u - 2e^u + c = 2e^{\sqrt{x}}(\sqrt{x} - 1) + c$$

例4 求 $\int 2^x x^2 dx$.

解
$$\int 2^x x^2 dx = \int x^2 d\frac{2^x}{\ln 2}$$

$$= \frac{2^x x^2}{\ln 2} - \frac{2}{\ln 2}\int 2^x x dx$$

$$= \frac{2^x x^2}{\ln 2} - \frac{2}{\ln 2}\int x d\left(\frac{2^x}{\ln 2} \right)$$

$$= \frac{2^x x^2}{\ln 2} - \frac{2}{\ln 2}\left(\frac{2^x x}{\ln 2} - \frac{1}{\ln 2}\int 2^x dx \right)$$

$$= \frac{2^x x^2}{\ln 2} - \frac{2^{x+1} x}{\ln^2 2} + \frac{2^{x+1}}{\ln^3 2} + c$$

例5 求 $\int (2x^2 - x + 1)e^{-3x} dx$.

解
$$\int (2x^2 - x + 1)e^{-3x} dx$$

$$= \int (2x^2 - x + 1) d\left(-\frac{e^{-3x}}{3} \right)$$

$$= -\frac{e^{-3x}}{3}(2x^2 - x + 1) + \frac{1}{3}\int e^{-3x}(4x - 1) dx$$

$$= -\frac{e^{-3x}}{3}(2x^2 - x + 1) + \frac{1}{3}\int(4x - 1)d\left(-\frac{e^{-3x}}{3}\right)$$

$$= -\frac{e^{-3x}}{3}((2x^2 - x + 1)) + \frac{1}{3}\left[-\frac{e^{-3x}}{3}(4x - 1) - \int\left(-\frac{e^{-3x}}{3}\right)4dx\right]$$

$$= -\frac{3^{-3x}}{27}(18x^2 + 3x + 10) + c$$

2. $p_n(x)\sin x$, 或 $p_n(x)\cos x$

取 $g(x) = p_n(x)$, $f'(x) = \sin x$(或 $\cos x$).

例6 求 $\int x\cos x dx$.

解 $\int x\cos x dx = \int x d\sin x = x\sin x - \int\sin x dx = x\sin x + \cos x + c$

例7 求 $\int x\sin^2 x dx$.

解 $$\int x\sin^2 x dx = \int\frac{x(1 - \cos 2x)}{2}dx$$

$$= \frac{x^2}{4} - \frac{1}{4}\int x d\sin 2x$$

$$= \frac{x^2}{4} - \frac{x}{4}\sin 2x + \frac{1}{4}\int\sin 2x dx$$

$$= \frac{x^2}{4} - \frac{x}{4}\sin 2x - \frac{1}{8}\cos 2x + c$$

3. 含对数函数、反三角函数的积分

求取 $g(x) = $ 对数函数或反三角函数, 与之作乘积的函数为 $f'(x)$.

例8 求 $\int\ln x dx$.

解 $\int\ln x dx = x\ln x - \int x\cdot\frac{1}{x}dx = x\ln x - x + c$

例9 求 $\int\arcsin x dx$.

解 $\int\arcsin x dx = x\arcsin x - \int\frac{x}{\sqrt{1 - x^2}}dx = x\arcsin x + \sqrt{1 - x^2} + c$

例10 求 $2\int x\arctan\sqrt{x}dx$.

解 $2\int x\arctan\sqrt{x}dx = \int\arctan\sqrt{x}d(x^2)$

$$= x^2\arctan\sqrt{x} - \int\frac{x^2}{2\sqrt{x}(1 + x)}dx$$

在 $\displaystyle\int \frac{x^2}{2\sqrt{x}(1+x)}dx$ 中,设 $u=\sqrt{x}$,则 $x=u^2$,$dx=2udu$,所以

$$\int \frac{x^2}{2\sqrt{x}(1+x)}dx = \int \frac{u^4}{2u(1+u^2)}\cdot 2udu$$

$$= \int\left(u^2-1+\frac{1}{1+u^2}\right)du$$

$$= \frac{u^3}{3}-u+\arctan u+c$$

$$= \frac{x^{\frac{3}{2}}}{3}-\sqrt{x}+\arctan\sqrt{x}+c$$

所以

$$原式 = x^2\arctan\sqrt{x}-\left(\frac{x^{\frac{3}{2}}}{3}-\sqrt{x}+\arctan\sqrt{x}\right)+c$$

例 11 求 $\displaystyle\int x\ln(1-x)dx$.

解 $\displaystyle\int x\ln(1-x)dx = \int \ln(1-x)d\left(\frac{x^2}{2}\right)$

$$= \frac{x^2}{2}\ln(1-x)-\int \frac{x^2}{2}\cdot\frac{1}{x-1}dx$$

$$= \frac{x^2}{2}\ln(1-x)-\frac{1}{2}\int\left(x+1+\frac{1}{x-1}\right)dx$$

$$= \frac{x^2}{2}\ln(1-x)-\frac{1}{2}\left[\frac{x^2}{2}+x+\ln(x-1)+c\right]$$

例 12 求 $\displaystyle\int \sin(\ln x)dx$.

解 $\displaystyle\int \sin(\ln x)dx = x\sin(\ln x)-\int x\cdot\cos(\ln x)\frac{1}{x}dx$

$$= x\sin(\ln x)-\int \cos(\ln x)dx$$

$$= x\sin(\ln x)-x\cos(\ln x)-\int \sin(\ln x)dx$$

移项,解得

$$\int \sin(\ln x)dx = \frac{x}{2}\left[\sin(\ln x)-\cos(\ln x)\right]+c$$

4. $a^x\sin x, a^x\cos x$

在指数函数与三角函数乘积的积分中,可以选取 $f'(x)=a^x$,也可以选取 $f'(x)$ $= \sin x$(或 $\cos x$). 但是,无论如何选取,经过两次分部积分后,都会回到原积分形式

上,这时,可在含积分的等式中解出待求积分,且两次分部积分过程中,作为 $f'(x)$ 的函数类不能更换.

例 13 求 $\int e^x \sin 2x dx$.

解 $\int e^x \sin 2x dx = \int \sin 2x de^x$

$$= e^x \sin 2x - 2 \int e^x \cos 2x dx$$

$$= e^x \sin 2x - 2 \int \cos 2x de^x$$

$$= e^x \sin 2x - 2e^x \cos 2x - 4 \int e^x \sin 2x dx$$

移项,解得

$$\int e^x \sin 2x dx = \frac{e^x}{5}(\sin 2x - 2\cos 2x) + c$$

例 14 求 $\int 3^x \cos x dx$.

解 $\int 3^x \cos x dx = \int 3^x d(\sin x)$

$$= 3^x \sin x - \ln 3 \int 3^x \sin x dx$$

$$= 3^x \sin x + 3^x \ln 3 \cos x - \ln^2 3 \int 3^x \cos x dx$$

移项,解得

$$\int 3^x \cos x dx = \frac{3^x}{1 + \ln^2 3}(\sin x + \ln 3 \cos x) + c$$

5. 递推公式

例 15 求 $I_n = \int \sin^n x dx, n \geq 2$ 为正整数.

解 $I_n = \int \sin^n x dx$

$$= \int \sin^{n-1} x d(-\cos x)$$

$$= -\sin^{n-1} x \cos x + (n-1) \int \sin^{n-2} x \cos^2 x dx$$

$$= -\sin^{n-1} x \cos x + (n-1) \int \sin^{n-2} x dx - (n-1) \int \sin^n x dx$$

$$= -\sin^{n-1} x \cos x + (n-1) I_{n-2} - (n-1) I_n$$

移项,解得

$$I_n = -\frac{1}{n}\sin^{n-1}x\cos x + \frac{(n-1)}{n}I_{n-2}$$

利用上述递推公式,再注意 $I_1 = \int \sin x dx = -\cos x + c$,$I_0 = \int dx = x + c$,就可以

轻松得到任意 n 下积分 $\int \sin^n x dx$. 如

$$\int \sin^3 x dx = -\frac{1}{3}\sin^2 x\cos x + \frac{2}{3}\int \sin x dx$$

$$= -\frac{1}{3}\sin^2 x\cos x - \frac{2}{3}\cos x + c$$

$$\int \sin^2 x dx = -\frac{1}{2}\sin x\cos x + \frac{1}{2}x + c$$

类似可得

$$I_n = \int \cos^n x dx = \frac{1}{n}\sin x\cos^{n-1}x + \frac{(n-1)}{n}\int \cos^{n-2}x dx$$

$$= \frac{1}{n}\sin x\cos^{n-1}x + \frac{(n-1)}{n}I_{n-2}$$

例 16 求 $I_n = \int \dfrac{1}{(a^2+b^2x^2)^n}dx$,$n$ 为正整数,$a \neq 0$,$b \neq 0$.

解 $I_n = \int \dfrac{1}{(a^2+b^2x^2)^n}dx$

$$= \frac{x}{(a^2+b^2x^2)^n} + 2b^2n\int \frac{x^2}{(a^2+b^2x^2)^{n+1}}dx$$

$$= \frac{x}{(a^2+b^2x^2)^n} + 2n\int \frac{b^2x^2+a^2-a^2}{(a^2+b^2x^2)^{n+1}}dx$$

$$= \frac{x}{(a^2+b^2x^2)^n} + 2nI_n - 2a^2nI_{n+1}$$

移项,解得

$$I_{n+1} = \frac{x}{2na^2(a^2+b^2x^2)^n} + \frac{2n-1}{2na^2}I_n$$

如

$$\int \frac{dx}{(1+x^2)^2} = \frac{x}{2(1+x^2)} + \frac{1}{2}\int \frac{dx}{1+x^2} = \frac{x}{2(1+x^2)} + \frac{1}{2}\arctan x + c$$

例 17 求 $I_n = \int \sec^n x dx$,$n > 2$ 为正整数.

解 $I_n = \int \sec^n x dx$

$$= \int \sec^{n-2}x d(\tan x)$$

$$= \sec^{n-2}x\tan x - (n-2)\int \tan x \cdot \sec^{n-3}x \cdot \sec x\tan x dx$$

$$= \sec^{n-2}x\tan x - (n-2)I_n + (n-2)I_{n-2}$$

移项,解得

$$I_n = \frac{1}{n-1}\sec^{n-2}x\tan x + \frac{n-2}{n-1}I_{n-2}$$

如

$$\int \sec^3 x dx = \frac{1}{2}\tan x\sec x + \frac{1}{2}\int \sec x dx$$

$$= \frac{1}{2}\tan x\sec x + \frac{1}{2}\ln|\sec x + \tan x| + c$$

习题 5.4

1. 求下列各积分.

(1) $\int (x-1)e^x dx$ 　　　　(2) $\int x(1+\ln x) dx$

(3) $\int \tan^3 x dx$ 　　　　(4) $\int \frac{x}{1+\cos x} dx$

(5) $\int x^2\cos 2x dx$ 　　　　(6) $\int x\arcsin x dx$

(7) $\int \frac{\arctan x}{x^3} dx$ 　　　　(8) $\int x\ln(x+\sqrt{1+x^2}) dx$

(9) $\int (\arcsin x)^2 dx$ 　　　　(10) $\int e^{2x}\sin x dx$

(11) $\int e^{ax}\cos bx dx$.

2. 计算下列积分.

(1) $\int \ln^n x dx$ 　　　　(2) $\int \frac{1}{(1+x^2)^2} dx$

(3) $\int \frac{\ln x}{x^n} dx$ 　（n 正整数）　　　(4) $\int \tan^n x dx$

(5) $\int x^n e^x dx$

§5.5　几类特殊类型的函数积分

前面 3 节已经介绍了不定积分的基本方法,但是,由于不定积分是一种逆运

算,因此除过基本方法外,有些还需要较高的运算技巧.本节针对几类特殊的函数
类型,介绍部分积分技巧.

5.5.1 含抽象函数的积分

抽象函数是用抽象函数符号 $f(x)$、$f'(x)$ 等表示的函数.由于没有给出函数的
具体表达式,因此,其积分只能借助导数、原函数等概念进行运算.

常用公式有:

(1)若 $F(x)$ 为 $f(x)$ 的原函数,则 $f(x)dx = dF(x)$;

(2) $f'(x)dx = df(x)$,$f''(x)dx = df'(x)$;

(3) $f'[g(x)]dg(x) = df[g(x)]$.

例 1 求 $\int xf''(x)dx$.

解 $\int xf''(x)dx = \int xdf'(x) = xf'(x) - \int f'(x)dx = xf'(x) - f(x) + c$

例 2 设 $\dfrac{\sin x}{x}$ 为 $f(x)$ 的一个原函数,求 $\int xf'(x)dx$.

解 $\int xf'(x)dx = xf(x) - \int f(x)dx$

$$= xf(x) - \frac{\sin x}{x} + c$$

$$= \cos x - \frac{2\sin x}{x} + c$$

例 3 设 $\int f(x^2)dx = e^x + c$,求 $\int f(x)dx$.

解 由 $\int f(x^2)dx = e^x + c$ 得

$$f(x^2) = (e^x + c)' = e^x$$

设 $x = t^2$,$(t > 0)$,则 $dx = 2tdt$,所以

$$\int f(x)dx = 2\int tf(t^2)dt$$

$$= 2\int tde^t = 2te^t - 2e^t + c = 2e^{\sqrt{x}}(\sqrt{x} - 1) + c$$

5.5.2 三角有理函数的积分

1. $\int \sin^n x \cos^m x dx$,$m$、$n$ 为整数

(1)当 m、n 中至少有一个是奇数时.

设 n 为奇数,则积分可写为

$$\int \sin^{n-1}x\cos^m x \cdot \sin x dx = -\int (1-\cos^2 x)^{\frac{n-1}{2}}\cos^m x d\cos x$$

这是以 $\cos x$ 为积分变量的有理分式积分.

例4 求 $\int \sin^3 x dx$.

解 $\int \sin^3 x dx = \int (\cos^2 x - 1)d\cos x = \dfrac{\cos^3 x}{3} - \cos x + c$

例5 求 $\int \dfrac{\sin^4 x}{\cos x}dx$

解 $\int \dfrac{\sin^4 x}{\cos x}dx = \int \dfrac{\sin^4 x}{\cos^2 x}d\sin x$

$$\overset{设\sin x = u}{=} \int \dfrac{u^4}{1-u^2}du$$

$$= \int \left(\dfrac{1}{2}\dfrac{1}{1-u} + \dfrac{1}{2}\dfrac{1}{1+u} - 1 - u^2 \right)du$$

$$= \dfrac{1}{2}\ln|1+u| - \dfrac{1}{2}\ln|1-u| - u - \dfrac{u^3}{3} + c$$

$$= \dfrac{1}{2}\ln\left|\dfrac{1+\sin x}{1-\sin x}\right| - \sin x - \dfrac{\sin^3 x}{3} + c$$

（2）m、n 都为偶数时,利用半角公式

$$\sin^2 \dfrac{x}{2} = \dfrac{1-\cos x}{2}, \cos^2 \dfrac{x}{2} = \dfrac{1+\cos x}{2}$$

可以将三角函数的次数降低一半. 如果出现奇数次方,就可以（1）中方法积分;如果仍为偶数次方,则可以继续降低次数.

例6 求 $\int \cos^4 x dx$.

解 $\int \cos^4 x dx = \int \left(\dfrac{1+\cos 2x}{2} \right)^2 dx$

$$= \dfrac{1}{4}\int \left(1 + 2\cos 2x + \dfrac{1+\cos 4x}{2} \right)dx$$

$$= \dfrac{3}{8}x + \dfrac{\sin 2x}{4} + \dfrac{\sin 4x}{32} + c$$

2. $\int \sin ax\sin bx dx, \int \sin ax\cos bx dx, \int \cos ax\cos bx dx$

上述积分可以运用分部积分法计算,也可以使用三角函数的积化和差公式

$$2\sin ax\sin bx = \cos(a-b)x - \cos(a+b)x$$

$$2\sin ax\cos bx = \sin(a+b)x + \sin(a-b)x$$

$$2\cos ax\cos bx = \cos(a-b)x + \cos(a+b)x$$

化为正弦、余弦的积分.

例7 求 $\int \sin x\cos(\sqrt{2}x)dx$

解 $\int \sin x\cos(\sqrt{2}x)dx = \dfrac{1}{2}\int \left[\sin(1+\sqrt{2})x + \sin(1-\sqrt{2})x\right]dx$

$$= \dfrac{1}{2}\left[-\dfrac{\cos(1+\sqrt{2})x}{1+\sqrt{2}} + \dfrac{\cos(\sqrt{2}-1)x}{\sqrt{2}-1}\right] + c$$

法二： $\int \sin x\cos(\sqrt{2}x)dx = -\cos x\cos\sqrt{2}x - \sqrt{2}\int \sin\sqrt{2}x\cos xdx$

$$= -\cos x\cos\sqrt{2}x - \sqrt{2}\sin x\sin\sqrt{2}x + 2\int \sin x\cos\sqrt{2}xdx$$

移项，解得

$$\int \sin x\cos\sqrt{2}xdx = \cos x\cos\sqrt{2}x + \sqrt{2}\sin x\sin\sqrt{2}x + c$$

3. $\int \dfrac{1}{1+a\sin bx}dx, \int \dfrac{1}{1+a\cos bx}dx \quad (a,b\neq 0)$

利用万能代换公式 $\tan\dfrac{bx}{2} = u$ 化三角函数积分为有理分式积分.

$$\int \dfrac{1}{1+a\sin bx}dx = \dfrac{2}{b}\int \dfrac{1}{1+u^2+2au}du = \dfrac{2}{b}\int \dfrac{d(u+a)}{1-a^2+(u+a)^2}$$

$$\int \dfrac{1}{1+a\cos bx}dx = \dfrac{2}{b}\int \dfrac{1}{1+a+(1-a)u^2}du$$

例8 求 $\int \dfrac{dx}{2+\cos 3x}$.

解 设 $\tan\dfrac{3x}{2} = u$，则 $\cos 3x = \dfrac{1-u}{1+u}, dx = \dfrac{2}{3}\dfrac{1}{1+u^2}du$，所以

原式 $= \dfrac{2}{3}\int \dfrac{1}{3+u^2}du$

$$= \dfrac{2}{2\sqrt{3}}\int \dfrac{1}{1+(u/\sqrt{3})^2}d(u/\sqrt{3})$$

$$= \dfrac{2}{3\sqrt{3}}\arctan\dfrac{u}{\sqrt{3}} + c = \dfrac{2}{3\sqrt{3}}\arctan\left(\dfrac{1}{\sqrt{3}}\tan\dfrac{3x}{2}\right) + c$$

5.5.3 有理函数的积分

有理函数是指被积函数的分子、分母都是多项式的函数，如

$$f(x) = \dfrac{a_n x^n + a_{n-1}x^{n-1} + \cdots + a_1 x + a_0}{b_m x^m + b_{m-1}x^{m-1} + \cdots + b_1 x + b_0}, a_n, b_m \neq 0$$

其中 $n < m$ 时,称之为真分式;$n \geq m$ 时,$f(x)$ 是一个 $n-m$ 次多项式和一个分母相同的真分式之和. 多项式部分可以用分式除法求得. 例如

$$f(x) = \frac{x^5 + x^3}{x^3 - x^2 + x - 1}$$

由分式除法,得

$$
\begin{array}{r}
x^2 + x + 2 \\
x^3 - x^2 + x - 1 \overline{\smash{\big)}\ x^5 + 2x^3} \\
\underline{-x^5 - x^4 + x^3 - x^2} \\
x^4 + x^3 + x^2 \\
\underline{-x^4 - x^3 + x^2 - x} \\
2x^3 + x \\
\underline{-2x^3 - 2x^2 + 2x - 2} \\
2x^2 - x + 2
\end{array}
$$

解得

$$f(x) = \frac{x^5 + x^3}{x^3 - x^2 + x - 1} = x^2 + x + 2 + \frac{2x^2 - x + 2}{x^3 - x^2 + x - 1}$$

下面仅考察 $f(x)$ 为真分式的情形.

定理 5.5 设

$$b_m x^m + b_{m-1} x^{m-1} + \cdots + b_1 x + b_0$$
$$= b_m (x - x_1)^{\alpha_1} (x - x_2)^{\alpha_2} \cdots (x - x_k)^{\alpha_k} (x^2 + p_1 x + q_1)^{\beta_1} \cdots (x^2 + p_l x + q_l)^{\beta_l}$$

其中 x_i、p_j、q_j 均为实数,α_i、β_j 为正整数,且 $p_j^2 - 4q_j < 0, i = 1, 2, \cdots, k; j = 1, 2, \cdots, l; \alpha_1 + \alpha_2 + \cdots + \alpha_k + 2\beta_1 + \cdots + 2\beta_l = m$,则

$$\frac{a_n x^n + a_{n-1} x^{n-1} + \cdots + a_1 x + a_0}{b_m x^m + b_{m-1} x^{m-1} + \cdots + b_1 x + b_0}$$

$$= \frac{A_{11}}{x - x_1} + \frac{A_{12}}{(x - x_1)^2} + \cdots + \frac{A_{1\alpha_1}}{(x - x_1)^{\alpha_1}} + \frac{A_{21}}{x - x_2} + \cdots$$

$$+ \frac{A_{k1}}{x - x_k} + \frac{A_{k2}}{(x - x_k)^2} + \cdots + \frac{A_{k\alpha_k}}{(x - x_k)^{\alpha_k}} + \frac{B_{11} x + C_{11}}{x^2 + p_1 x + q_1} + \cdots$$

$$+ \frac{B_{12} x + C_{12}}{(x^2 + p_1 x + q_1)^2} + \cdots + \frac{B_{1\beta_1} x + C_{1\beta_1}}{(x^2 + p_1 x + q_1)^{\beta_1}} + \frac{B_{21} x + C_{21}}{x^2 + p_2 x + q_2} + \cdots$$

$$+ \frac{B_{l1} x + C_{l1}}{x^2 + p_l x + q_l} + \frac{B_{l2} x + C_{l2}}{(x^2 + p_l x + q_l)^2} + \cdots + \frac{B_{l\beta_l} x + C_{l\beta_l}}{(x^2 + p_l x + q_l)^{\beta_l}}.$$

其中 $A_{11}, \cdots, A_{k\alpha_k}, B_{11}, \cdots, B_{l\beta_l}, C_{11}, \cdots, C_{l\beta_l}$ 为实数.

式中的 A、B、C 可以用待定系数法确定.

如前例中 $\dfrac{2x^2 - x + 2}{x^3 - x^2 + x - 1} = \dfrac{2x^2 - x + 2}{(x-1)(x^2+1)} = \dfrac{A}{x-1} + \dfrac{Bx+C}{1+x^2}$,

通分比较系数,得

$$A + B = 2, C - B = -1, A - C = 2$$

解得 $A = \dfrac{3}{2}, B = \dfrac{1}{2}, C = \dfrac{1}{2}$,即

$$\dfrac{2x^2 - x + 2}{x^3 - x^2 + x - 1} = \dfrac{3}{2(x-1)} + \dfrac{x}{2(1+x^2)} - \dfrac{1}{2(1+x^2)}$$

例 9 将 $\dfrac{2x^2 + x - 1}{(x+1)^2(1+x^2)}$ 拆分成简单分式的代数和.

解 设 $\dfrac{2x^2 + x - 1}{(x+1)^2(1+x^2)} = \dfrac{A_1}{x+1} + \dfrac{A_2}{(x+1)^2} + \dfrac{Bx+C}{1+x^2}$,通分比较系数得

$$A_1 + B = 0, A_1 + A_2 + 2B + C = 2, A_1 - B + 2C = 1, A_1 + A_2 + C = -1$$

解得 $A_1 = -\dfrac{3}{2}, A_2 = -\dfrac{3}{2}, B = \dfrac{3}{2}, C = 2$

所以

$$\dfrac{2x^2 + x - 1}{(x+1)^2(1+x^2)} = \dfrac{3x+4}{2(1+x^2)} - \dfrac{3}{2(x+1)} - \dfrac{3}{2(x+1)^2}$$

定理 5.3 说明有理真分式积分一定可以分解为如下几种简单分式的积分:

(1) $\displaystyle\int \dfrac{1}{x - x_0} dx$ \qquad\qquad (2) $\displaystyle\int \dfrac{1}{(x - x_0)^n} dx$

(3) $\displaystyle\int \dfrac{2x + p_0}{(x^2 + p_0 x + q_0)^m} dx$ \qquad (4) $\displaystyle\int \dfrac{1}{(x^2 + p_0 x + q_0)^m} dx$

对于上述几种形式积分,有:

(1) $\displaystyle\int \dfrac{1}{x - x_0} dx = \ln |x - x_0| + c$

(2) $\displaystyle\int \dfrac{1}{(x - x_0)^n} dx = -\dfrac{1}{n-1} \cdot \dfrac{1}{(x - x_0)^{n-1}} + c$

(3) $\displaystyle\int \dfrac{2x + p_0}{(x^2 + p_0 x + q_0)^m} dx = \int \dfrac{d(x^2 + p_0 x + q_0)}{(x^2 + p_0 x + q_0)^m}$

$$= \begin{cases} \ln |x^2 + p_0 x + q_0| + c & , m = 1 \\ \dfrac{1}{m-1} \dfrac{1}{(x^2 + p_0 x + q_0)^{m-1}} + c & , m > 1 \end{cases}$$

(4) $m = 1$ 时,有

185

$$\int \frac{1}{(x^2 + p_0 x + q_0)^m} dx = \int \frac{1}{\left(x + \dfrac{p_0}{2}\right)^2 + \dfrac{4q_0 - p_0^2}{4}} d\left(x + \frac{p_0}{2}\right)$$

$$= \frac{2}{\sqrt{4q_0 - p_0^2}} \int \frac{1}{\left(\dfrac{2x + p_0}{\sqrt{4q_0 - p_0^2}}\right)^2 + 1} d\left(\frac{2x + p_0}{\sqrt{4q_0 - p_0^2}}\right)$$

$$= \frac{2}{\sqrt{4q_0 - p_0^2}} \arctan \frac{2x + p_0}{\sqrt{4q_0 - p_0^2}} + c$$

$m > 1$ 时, 设 $u = \dfrac{2x + p_0}{\sqrt{4q_0 - p_0^2}}$, 则

$$\int \frac{1}{(x^2 + p_0 x + q_0)^m} dx = \left(\frac{2}{4q_0 - p_0^2}\right)^{2m-1} \int \frac{1}{(u^2 + 1)^m} du$$

式中 $\displaystyle\int \frac{1}{[(1 + u^2)]^m} du$ 可用递推公式

$$I_{n+1} = \frac{u}{2n(1 + u^2)^n} + \frac{2n - 1}{2n} I_n, \quad I_1 = \arctan u + c$$

计算.

例 10　求 $\displaystyle\int \frac{1}{x^3 - 2x^2 + x} dx$.

解　设 $\dfrac{1}{x^3 - 2x^2 + x} = \dfrac{1}{x(x - 1)^2} = \dfrac{A_{11}}{x} + \dfrac{A_{21}}{x - 1} + \dfrac{A_{22}}{(x - 1)^2}$,

通分比较系数, 得 $A_{11} = 1, A_{11} + A_{21} = 0, -2A_{11} - A_{21} + A_{22} = 0$,

解得　$A_{11} = 1, A_{21} = -1, A_{22} = 1$

代入积分得

$$原式 = \int \left[\frac{1}{x} - \frac{1}{x - 1} + \frac{1}{(x - 1)^2}\right] dx = \ln\left|\frac{x}{x - 1}\right| - \frac{1}{x - 1} + c$$

例 11　计算下列积分.

(1) $\displaystyle\int \frac{1}{1 + x^4} dx$ 　　　　　　　(2) $\displaystyle\int \frac{1}{x(x^2 + x + 1)^2} dx$

解　(1)　设 $\dfrac{1}{1 + x^4} = \dfrac{1}{1 + 2x^2 + x^4 - 2x^2}$

$$= \frac{1}{(x^2 + 1 + \sqrt{2} x)(x^2 + 1 - \sqrt{2} x)}$$

$$= \frac{Ax + B}{x^2 + 1 + \sqrt{2} x} + \frac{Cx + D}{x^2 + 1 - \sqrt{2} x}$$

通过比较系数得

$$A + C = 0, \quad -\sqrt{2}A + B + \sqrt{2}C + D = 0$$

$$A - \sqrt{2}B + C + \sqrt{2}D = 0, \quad B + D = 1$$

解得 $A = \dfrac{1}{2\sqrt{2}}, B = \dfrac{1}{2}, C = -\dfrac{1}{2\sqrt{2}}, D = \dfrac{1}{2}$

因为

$$\int \frac{Ax + B}{x^2 + \sqrt{2}x + 1}dx = \frac{1}{4\sqrt{2}}\int\left[\frac{2x + \sqrt{2}}{x^2 + \sqrt{2}x + 1} + \frac{\sqrt{2}}{\left(x + \frac{\sqrt{2}}{2}\right)^2} + \frac{1}{2}\right]dx$$

$$= \frac{1}{4\sqrt{2}}\left[\ln(x^2 + \sqrt{2} + 1) + 2\arctan(\sqrt{2}x + 1)\right] + c_1$$

类似

$$\int \frac{Cx + D}{x^2 - \sqrt{2}x + 1}dx = -\frac{1}{4\sqrt{2}}\int\left[\frac{2x - \sqrt{2}}{x^2 - \sqrt{2}x + 1} - \frac{\sqrt{2}}{\left(x - \frac{\sqrt{2}}{2}\right)^2} + \frac{1}{2}\right]dx$$

$$= \frac{1}{4\sqrt{2}}\left[\ln(x^2 - \sqrt{2}x + 1) - 2\arctan(\sqrt{2}x - 1)\right] + c_1$$

所以

$$原式 = \frac{\sqrt{2}}{4}\left[\frac{1}{2}\ln\frac{x^2 + \sqrt{2}x + 1}{x^2 - \sqrt{2}x + 1} + \arctan(\sqrt{2} + 1) - \arctan(\sqrt{2} - 1)\right] + c$$

（2） 设 $\dfrac{1}{x(x^2 + x + 1)^2} = \dfrac{A}{x} + \dfrac{Bx + C}{x^2 + x + 1} + \dfrac{Dx + E}{(x^2 + x + 1)^2}$,

通分,比较系数得

$$A = 1, A + B = 0, 2A + B + C = 0$$

$$3A + B + C + E = 0, 2A + C + F = 0$$

解得 $A = 1, B = C = D = E = -1$

所以

$$原式 = \int\left[\frac{1}{x} - \frac{x + 1}{x^2 + x + 1} - \frac{x + 1}{(x^2 + x + 1)^2}\right]dx$$

因为

$$\int \frac{x + 1}{x^2 + x + 1}dx = \frac{1}{2}\int\frac{2x + 1}{x^2 + x + 1}dx + \frac{1}{2}\int\frac{1}{(x + 1/2)^2 + 3/4}dx$$

$$= \ln\sqrt{x^2 + x + 1} + \frac{1}{\sqrt{3}}\arctan\frac{2x + 1}{\sqrt{3}} + c_1$$

$$\int \frac{x+1}{(x^2+x+1)^2}dx = \frac{1}{2}\int \frac{2x+1}{(x^2+x+1)^2}dx + \frac{1}{2}\int \frac{1}{[(x+1/2)^2+3/4]^2}dx$$

$$= -\frac{1}{2(x^2+x+1)} + \frac{1}{2}\int \frac{1}{[(x+1/2)^2+3/4]^2}dx$$

$$\int \frac{1}{[(x+1/2)^2+3/4]^2}dx \overset{u=\frac{2x+1}{\sqrt{3}}}{=} \frac{8}{3\sqrt{3}}\int \frac{1}{(1+u^2)^2}du$$

$$= \frac{8}{3\sqrt{3}}\Big[\frac{u}{2(1+u^2)} + \frac{1}{2}\arctan u\Big] + c_2$$

$$= \frac{2x+1}{3(x^2+x+1)} + \frac{4}{3\sqrt{3}}\arctan\frac{2x+1}{\sqrt{3}} + c_2$$

$$\int \frac{x+1}{(x^2+x+1)^2}dx$$

$$= -\frac{1}{2(x^2+x+1)} + \frac{2x+1}{6(x^2+x+1)} + \frac{2}{3\sqrt{3}}\arctan\frac{2x+1}{\sqrt{3}} + \frac{c_2}{2}$$

$$= \frac{x-1}{3(x^2+x+1)} + \frac{2}{3\sqrt{3}}\arctan\frac{2x+1}{\sqrt{3}} + \frac{c_2}{2}$$

所以

$$原式 = \int\Big[\frac{1}{2} - \frac{x+1}{x^2+x+1} - \frac{x+1}{(x^2+x+1)^2}\Big]dx$$

$$= \ln|x| - \ln\sqrt{x^2+x+1} - \frac{1}{\sqrt{3}}\arctan\frac{2x+1}{\sqrt{3}}$$

$$- \frac{x-1}{3(x^2+x+1)} - \frac{2}{3\sqrt{3}}\arctan\frac{2x+1}{\sqrt{3}} + c$$

$$= \ln\frac{|x|}{\sqrt{x^2+x+1}} - \frac{x-1}{3(x^2+x+1)} - \frac{5}{3\sqrt{3}}\arctan\frac{2x+1}{\sqrt{3}} + c$$

最后要说明的一点就是,虽然有了许多的积分方法,但是,仍有一些函数,尽管原函数存在,却无法用初等函数表示(积不出来). 下面这些积分就是其中的一部分:

$$\int e^{x^2}dx, \int \sin(x^2)dx, \int \cos(x^2)dx, \int \frac{e^x}{x}dx, \int \frac{\sin x}{x}dx, \int \frac{\cos x}{x}dx, \int \frac{1}{\ln x}dx.$$

建议读者遇到这样的积分,不要再浪费时间去积分求原函数了。

习题 5.5

1. 计算下列积分.

(1) 设 $f'(x) = f(x)$，求 $\int xf'(x)\,dx$ (2) $\int xf''(ax+b)\,dx$

(3) 设 $f(x)$ 有一个原函数 $\dfrac{e^x}{x}$，求 $\int xf'(x)\,dx$

(4) $\int [f(x) + xf'(x)]\,dx$

(5) $\int [f(x) + f''(x)]\sin x\,dx$

2. 计算下列积分.

(1) $\int \dfrac{\sin x \cos^3 x}{1 + \cos^2 x}\,dx$ (2) $\int \dfrac{\sin x}{\sin x + \cos x}\,dx$

(3) $\int \dfrac{1 + \tan x}{\sin 2x}\,dx$ (4) $\int \dfrac{1}{5 - 4\sin x + 3\cos x}\,dx$

(5) $\int \dfrac{1}{(\sin x + \cos x)^2}\,dx$ (6) $\int \dfrac{1}{1 + \tan x}\,dx$

3. 计算下列有理分式积分.

(1) $\int \dfrac{x^{11}}{(1 + x^6)^3}\,dx$ (2) $\int \dfrac{x^3}{x^8 - 1}\,dx$

(3) $\int \dfrac{x}{(x+1)(x+3)}\,dx$ (4) $\int \dfrac{2x^3 - x - 2}{x(x-1)^2}\,dx$

4. 计算下列积分.

(1) $\int \dfrac{1}{x}\sqrt{\dfrac{1+x}{x}}\,dx$ (2) $\int \dfrac{\sqrt{1+x} - \sqrt{1-x}}{\sqrt{1+x} + \sqrt{1-x}}\,dx$

(3) $\int \sqrt{x^2 + 2x - 3}\,dx$ (4) $\int \sqrt{4x^2 + 4x - 5}\,dx$

5. 设 $\int f(e^x)\,dx = \sin 2x + x + c$，求 $\int xf'(x)\,dx$.

综合练习 5

1. 设 $f(x)$ 满足下列积分，求 $f(x)$.

(1) $\int f(x)\,dx = \sin(1 + \ln x) + c$

(2) $\int f(x)\,dx^2 = \arctan 2x + c$

(3) $\int f(x^3)\,dx = x^2 2^x + c$

2. 设 $\int f'(\ln x)\,dx = x\ln x + c$，求 $\int xf''(x)\,dx.$

3. 计算下列积分.

(1) $\displaystyle\int \frac{\ln x}{\sqrt{x}}dx$

(2) $\displaystyle\int \sqrt{1+e^x}\,dx$

(3) $\displaystyle\int \frac{1}{\sqrt{10-2x+x^2}}dx$

(4) $\displaystyle\int \frac{xe^{2x}-2^x}{5^{3x-2}}dx$

(5) $\displaystyle\int \frac{(1+x)^2}{\sqrt{e^x}}dx$

(6) $\displaystyle\int x\arctan^2 x\,dx$

(7) $\displaystyle\int (e^x\sin x)^2 dx;$

(8) $\displaystyle\int \frac{1}{1+x^4}dx$

(9) $\displaystyle\int \sin^2(\ln x)\,dx$

(10) $\displaystyle\int \frac{\cos 2x}{\sin x}dx$

(11) $\displaystyle\int \frac{1+\tan x}{\cos x}e^x dx$

4. 设 $F(x)>0, F(0)=1$，且 $f'(x)=f(x), F(x)f(x)=\dfrac{xe^x}{(1+x)^2}$，求 $f(x).$

5. 设一曲线任一点的纵坐标与横坐标乘积都等于该点切线斜率与横坐标加 2 的乘积，且曲线过 $(0,1)$ 点，求该曲线.

6. 设某商品当产量为 x 单位时，平均成本为 $\bar C = 15 + 0.1x + \dfrac{10}{x}$，边际需求为 $20-0.2x$，求该商品最多可获得多少利润？

第6章 定积分

上一章我们从导数的逆运算引入了不定积分,而积分真正的意义在于函数的连续累积.

§6.1 定积分的概念

6.1.1 概念的引入

例 1(曲边梯形的面积) 设$f(x)$在$[a,b]$上连续,且$f(x) \geq 0$. 求曲线$y = f(x)$及x轴、垂直直线$x = a$、$x = b(b > a)$所围的平面图形的面积(**曲边梯形**).

解 如果$y = f(x)$为直线,所围平面图形是一个矩形或梯形,有面积公式

$$S = \frac{f(a) + f(b)}{2}(b - a)$$

当$f(x)$是一条曲线时,所围的平面图形称为**曲边梯形**,其面积没有现成的计算公式,考虑先做近似计算.

如图6-1所示,将曲边梯形分成很窄的小曲边梯形(n个),其中第i个小曲边梯形对应区间$[x_{i-1}, x_i]$. 当区间分的很小时,小曲边梯形近似一个小矩形,并且以小区间内任一点ξ_i的函数值$f(\xi_i)$作为长都相差不大,可得小曲边梯形面积的近似值

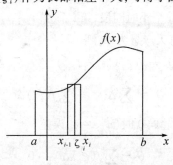

图6-1

$$\Delta S_i \approx f(\xi_i)(x_i - x_{i-1}) \overset{记为}{=} f(\xi_i)\Delta x_i$$

整个曲边梯形面积的近似值则为

$$S = \sum_{i=1}^{n} \Delta S_i \approx \sum_{i=1}^{n} f(\xi_i)\Delta x_i,$$

并且,区间分的越小,区间内 $f(\xi_i)$ 的差别越小,计算小面积近似值与 ΔS_i 的误差也越小,如果分的所有小区间的长趋向 0 时 $(n \to \infty)$,误差

$$S - \sum_{i=1}^{n} f(\xi_i)\Delta x_i \to 0$$

则得到 S 的精确计算公式

$$S = \lim_{\substack{\lambda \to 0 \\ (n \to \infty)}} \sum_{i=1}^{n} f(\xi_i)\Delta x_i$$

λ 为所有小区间长度的最大值.

例 2(变速生产产量) 某产品在每天的生产过程中,单位时间生产的产品数(生产率)是时间的二次函数,其中,刚开工时,每小时可生产 80 公斤;开工一小时后每小时产量达到最大,每小时可生产 100 公斤;8 小时后每小时仅能生产 50 公斤.如果按 8 小时工作日计算,求每个工作日所能生产的产品数.

解 如果一天内生产率不变,则每个工作日生产的产品数为:生产率×生产时间.现在每天不同时间生产率不同,就不能用这个公式计算每天的产量.

由于生产率是时间的连续函数,当时间间隔很小时,生产率变化不大,可用上述公式计算近似值,且时间间隔越小误差也越小.

设生产率为 $f(t)$,则

$$f(t) = at^2 + bt + c$$

代入 $f(0) = 80$,$f(1) = 100$,$f(8) = 50$,得

$$f(t) = \frac{95}{28}t^2 + \frac{655}{28}t + 80$$

将工作日 $[0,8]$ 分成 n 个小时间段,第 i 个为 $[t_{i-1}, t_i]$,ξ_i 为该区间任一点,第 i 个小时间段产量为 ΔQ_i,每天产量为 Q,则

$$\Delta Q_i \approx f(\xi_i)(t_i - t_{i-1}) \overset{记为}{=} f(\xi_i)\Delta t_i$$

$$Q = \sum_{i=1}^{n} \Delta Q_i \approx \sum_{i=1}^{n} f(\xi_i)\Delta t_i$$

如果所有小区间的长趋向 0 时 $(n \to \infty)$,误差

$$Q - \sum_{i=1}^{n} f(\xi_i)\Delta t_i \to 0$$

则每天产量为

$$Q = \lim_{\substack{\lambda \to 0 \\ (n \to \infty)}} \sum_{i=1}^{n} f(\xi_i) \Delta t_i$$

λ 为所有小区间长度的最大值.

例 3(变价运输费用) 设欲在 A、B 之间修一段路(如图6-2所示). 已知 A、B 间距离为 100 千米,每千米铺路材料运到 A 点价格为 8 万元,运到 B 点价格为 10 万元,A、B 之间每千米铺路材料运输价格为 0.3 万元/千米. 问应如何安排铺路材料的运输以及铺路材料运输费用需多少.

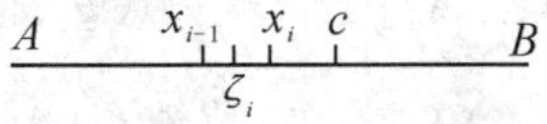

图 6-2

总运输费用包括运送到 A、B 两点的运费及从 A、B 运送到道路铺设点的运费. 设经 A 点运送的铺路材料为 c 千米,则运送到 A 点的运输费为 $8c$ 万元,A 点送到道路铺设点的运费则由于距离的不同而运价不同,不能简单计算. 但是,如果铺设很短的路段,则从 A 点到该路段的距离相差不多,就可以用该路段任意点到 A 的距离近似计算运费,且该铺设路段越短误差越小. 如果路段长趋于 0 时,误差也趋于 0,则经 A 点运输总运费可以通过将 $[0,c]$ 分成许多(n 个)小路段,逐个路段计算近似值,累加后,让各小路段长都趋向零计算.

设经 A 点运送的铺路材料的总运费为 P_A,在 $[0,c]$ 内插入 $n-1$ 个分点

$$0 = x_0 < x_1 < \cdots < x_{n-1} < x_n = c$$

将路段 $[0,c]$ 分成 n 个小路段,设第 i 个为 $[x_{i-1}, x_i]$,ξ_i 为 $[x_{i-1}, x_i]$ 上任一点,则铺设该段的材料运费近似为

$$\Delta P_{A_i} \approx (8 + 0.3\xi_i)(x_i - x_{i-1}) = (8 + 0.3\xi_i)\Delta x_i$$

总运费 P_A 为

$$P_A = \sum_{i=1}^{n} P_{A_i} \approx \sum_{i=1}^{n} (8 + 0.3\xi_i)\Delta x_i$$

精确值

$$P_A = \sum_{i=1}^{n} P_{A_i} = \lim_{\substack{\lambda \to 0 \\ (n \to \infty)}} \sum_{i=1}^{n} (8 + 0.3\xi_i)\Delta x_i$$

λ 为所有小路段区间长度的最大值.

类似地,经 B 点运送的材料运费为

$$P_B = \sum_{i=1}^{n} P_{B_i} = \lim_{\substack{\lambda \to 0 \\ (n \to \infty)}} \sum_{i=1}^{n} (10 + 0.3\xi_i)\Delta x_i$$

其中 ξ_i、Δx_i 为将 $[0, 100-c]$ 分成小路段后第 i 个小路段上任一点和路段长.

上述三个问题尽管实际背景不同,但是,其计算问题有一个共同的特点:待计

算量是一个确定量,且由一个变量和一个区间所确定;计算过程都是通过将区间分成小区间,用各小区间上任一点对应的变量值与小区间终点减始点的乘积取和,再令小区间长度的最大值趋向 0 取极限完成. 这样的计算过程是一种特定的运算,称之为定积分运算.

定义 6.1 设 $f(x)$ 在 $[a,b]$ 上有定义,$[a,b]$ 内插入 $n-1$ 个分点 $a = x_0 < x_1 < x_2 < \cdots < x_n = b$,将区间 $[a,b]$ 分成 n 个小区间,第 i 个小区间为 $[x_{i-1}, x_i]$,且记 $\Delta x_i = x_i - x_{i-1}$. 在 $[x_{i-1}, x_i]$ 上任取一点 ξ_i,得

$$f(\xi_i)\Delta x_i \quad \text{及} \quad \sum_{i=1}^{n} f(\xi_i)\Delta x_i$$

其中和式 $\sum_{i=1}^{n} f(\xi_i)\Delta x_i$ 称为积分和. 令 λ 为所有小区间长度的最大值,如果不论分点如何插入,不论 ξ_i 如何取,都有极限

$$\lim_{\substack{\lambda \to 0 \\ (n \to \infty)}} \sum_{i=1}^{n} f(\xi_i)\Delta x_i$$

存在,则称函数 $f(x)$ 在区间 $[a,b]$ 上**可积分**(简称可积),并称该极限为 $f(x)$ 在区间 $[a,b]$ 上的**定积分**. 记为 $\int_a^b f(x)dx$. 即

$$\int_a^b f(x)dx = \lim_{\substack{\lambda \to 0 \\ (n \to \infty)}} \sum_{i=1}^{n} f(\xi_i)\Delta x_i$$

其中 $\int$ 为积分运算符号,$f(x)$ 叫做**被积函数**,x 叫做**积分变量**,$f(x)dx$ 称为**积分表达式**,a、b 分别称为**积分下限**和**积分上限**,区间 $[a,b]$ 称为**积分区间**.

根据定积分概念,例 1 中曲边梯形面积为

$$S = \int_a^b f(x)dx$$

例 2 中变生产率的日产量则为

$$Q = \int_0^8 \left(\frac{655}{28}t^2 - \frac{95}{28}bt + 80 \right)dt$$

例 3 中变价运输总费用则为

$$P = P_A + P_B = \int_0^c (8 + 0.3x)dx + \int_0^{100-c} (10 + 0.3x)dx$$

6.1.2 函数可积的条件

定理 6.1 如果 $f(x)$ 在 $[a,b]$ 上连续,则 $f(x)$ 在 $[a,b]$ 上一定可积.

证 因为 $f(x)$ 在 $[a,b]$ 上连续,因此在 $[a,b]$ 内不论如何插入分点,不论 ξ_i 如何取,有 $f(x)$ 在 $[x_{i-1}, x_i]$ 上连续,存在最大、最小值 M_i、m_i,且

$$m_i \leqslant f(\xi_i) \leqslant M_i$$

因此

$$\sum_{i=1}^{n} m_i \Delta x_i \leqslant \sum_{i=1}^{n} f(\xi_i) \Delta x_i \leqslant \sum_{i=1}^{n} M_i \Delta x_i$$

下证

$$\lim_{\lambda \to 0} \sum_{i=1}^{n} m_i \Delta x_i = \lim_{\lambda \to 0} \sum_{i=1}^{n} M_i \Delta x_i$$

在 $[a,b]$ 内进一步细分,如在 $[x_{i-1}, x_i]$ 内插入分点 x_i',记区间 $[x_{i-1}, x_i']$,$[x_i',$ $x_i]$ 上的最大、最小值分别 M_i',m_i' 和 M_i'',m_i''. 显然有

$$M_i' \leqslant M_i, m_i' \geqslant m_i; M_i'' \leqslant M_i, m_i'' \geqslant m_i$$

从而

$$M_i'(x_i' - x_{i-1}) + M_i''(x_i - x_i') \leqslant M_i[(x_i' - x_{i-1}) + (x_i - x_i')] = M_i \Delta x_i$$

$$m_i'(x_i' - x_{i-1}) + m_i''(x_i - x_i') \geqslant m_i[(x_i' - x_{i-1}) + (x_i - x_i')] = m_i \Delta x_i$$

即在 $\lambda \to 0$ 的过程中,$\sum_{i=1}^{n} m_i \Delta x_i$ 单调增加,且有上界 $M(b-a)$,M 为 $f(x)$ 在 $[a,b]$ 上的最大值;$\sum_{i=1}^{n} M_i \Delta x_i$ 单调减少,且有下界 $m(b-a)$,m 为 $f(x)$ 在 $[a,b]$ 上的最小值. 根据单调有界准则知

$$\lim_{\lambda \to 0} \sum_{i=1}^{n} m_i \Delta x_i \ \text{和} \ \lim_{\lambda \to 0} \sum_{i=1}^{n} M_i \Delta x_i$$

都存在. 再由 $f(x)$ 在闭区间的连续性,可以证明

$\forall \varepsilon > 0, \exists \delta > 0$,当 $\lambda < \delta$ 时,有

$$M_i - m_i < \frac{\varepsilon}{b-a}$$

成立(证明中要用到函数的一致连续性概念及理论,略),所以当 $\lambda < \delta$ 时,有

$$0 \leqslant \sum_{i=1}^{n} (M_i - m_i) \Delta x_i < \frac{\varepsilon}{b-a} \sum_{i=1}^{n} \Delta x_i = \varepsilon$$

即

$$\lim_{\lambda \to \infty} \sum_{i=1}^{n} (M_i - m_i) \Delta x_i = \lim_{\lambda \to \infty} \sum_{i=1}^{n} M_i \Delta x_i - \lim_{\lambda \to \infty} \sum_{i=1}^{n} m_i \Delta x_i = 0$$

所以

$$\lim_{\lambda \to \infty} \sum_{i=1}^{n} m_i \Delta x_i = \lim_{\lambda \to 0} \sum_{i=1}^{n} M_i \Delta x_i$$

根据夹逼定理得

$$\lim_{\substack{\lambda \to 0 \\ (n \to \infty)}} \sum_{i=1}^{n} f(\xi_i) \Delta x_i$$

存在,即 $f(x)$ 在区间 $[a,b]$ 上可积分.

定理 6.2 如果 $f(x)$ 在 $[a,b]$ 上仅有有限个第一类间断点,则 $f(x)$ 在 $[a,b]$ 上一定可积.

证略.

定理 6.3 如果 $f(x)$ 在 $[a,b]$ 上可积,则 $f(x)$ 在 $[a,b]$ 上一定有界.

证 (反证)不失一般性,假设 $f(x)$ 在 $x=a$ 无界,对 $\forall M>0$,在 $[a,b]$ 内任意插入分点,任取 $\xi_i \in [x_{i-1}, x_i]$,$i=2,3,\ldots,n$,因为 $f(x)$ 在 $[a,x_1]$ 无界,因此 $\exists \xi_1 \in (a,x_1)$ 使得

$$|f(\xi_1)\Delta x_1| > M + \left| \sum_{K=2}^{n} f(\xi_K)\Delta x_K \right|$$

从而

$$\left| \sum_{K=1}^{n} f(\xi_K)\Delta x_K \right| \geqslant |f(\xi_1)\Delta x_1| - \left| \sum_{K=2}^{n} f(\xi_K)\Delta x_K \right| > M$$

即 $\lim\limits_{\substack{\lambda \to 0 \\ (n \to \infty)}} \sum\limits_{i=1}^{n} f(\xi_i)\Delta x_i$ 不存在,与 $f(x)$ 可积矛盾.

所以 $f(x)$ 在 $[a,b]$ 上可积,一定在 $[a,b]$ 上有界.

定积分定义是一个计算性定义,在给出可积概念的同时,也给出了计算方法,即要计算 $\int_a^b f(x)dx$,只要计算极限 $\lim\limits_{\substack{\lambda \to 0 \\ (n \to \infty)}} \sum\limits_{i=1}^{n} f(\xi_i)\Delta x_i$ 即可. 而且,当 $f(x)$ 可积时,不论如何插入分点,无论 ξ_i 在 $[x_{i-1}, x_i]$ 上如何选取,都有

$$\lim\limits_{\lambda \to 0} \sum_{i=1}^{n} f(\xi_i)\Delta x_i = \int_a^b f(x)dx$$

因此可以取特殊的插入方法和在 $[x_{i-1}, x_i]$ 上选取特殊的点.

例 4 计算例 3 中的总运费

$$P = P_A + P_B = \int_0^c (8 + 0.3x)dx + \int_0^{100-c} (10 + 0.3x)dx$$

解 先计算 $P_A = \int_0^c (8 + 0.3x)dx$.

因为 $f(x) = 8 + 0.3x$ 在 $[0,c]$ 上连续,由定理 6.1 知 $f(x)$ 可积.

将 $[0,c]$ n 等分,则第 i 个小区间为 $\left[\dfrac{(i-1)c}{n}, \dfrac{i \cdot c}{n} \right]$,选取右端点为 ξ_i,即 $\xi_i = \dfrac{i \cdot c}{n}$,$i = 1,2\cdots,n$,则

$$\int_0^c (8 + 0.3x)dx = \lim_{n \to \infty} \sum_{i=1}^{n} \left(8 + 0.3 \cdot i\frac{c}{n} \right)\frac{c}{n}$$

$$= \lim_{n \to \infty} \left[8c + \frac{0.3c^2}{n^2} (1 + 2 + \cdots + n) \right]$$

$$= \lim_{n \to \infty} \left[8c + \frac{0.3c^2}{n^2} \cdot \frac{n(n+1)}{2} \right] = 8c + 0.15c^2$$

类似可得

$$\int_0^{100-c} (10 + 0.3x) dx = 10(100 - c) + 0.15(100 - c)^2$$

所以

$$P = P_A + P_B = 1000 - 2c + 0.15 \left[c^2 + (100 - c)^2 \right]$$

总运费是 c 的函数. 利用最优化方法可解得 $c = \dfrac{160}{3}$ 时, 总运费最少. 最小总运输费

为 $\dfrac{4940}{3}$.

例5 用定义计算 $\displaystyle\int_0^1 e^x dx$.

解 $f(x) = e^x$ 可积. 将 $[0,1]$ n 等分, 每个小区间取左端点, 则

$$\int_0^1 e^x dx = \lim_{n \to \infty} (e^{\frac{0}{n}} + e^{\frac{1}{n}} + \cdots + e^{\frac{n-1}{n}}) \frac{1}{n}$$

$$= \lim_{n \to \infty} \frac{1}{n} \cdot \frac{1 - (e^{\frac{1}{n}})^n}{1 - e^{\frac{1}{n}}} = e - 1$$

从以上两个例子可以看出, 用定义计算定积分, 即使是很简单的函数, 计算也是非常繁琐的. 因此, 有必要寻找更有效的定积分计算方法.

6.1.3 定积分的几何意义

根据例1可知, 当 $f(x) \geqslant 0$ 时, $\displaystyle\int_a^b f(x) dx$ 在几何上表示由曲线 $y = f(x)$、x 轴、$x = a$、$x = b$ 所围的曲边梯形的面积.

当 $f(x) < 0$ 时, $-f(x) \geqslant 0$, $\displaystyle\int_a^b [-f(x)] dx$ 在几何上表示由曲线 $y = -f(x)$、x 轴、$x = a$、$x = b$ 所围的曲边梯形面积. 注意到 $-f(x)$ 与 $f(x)$ 关于 x 轴对称, 且 $f(x) < 0$, 曲线 $y = f(x)$ 在 x 轴下方, 知 $\displaystyle\int_a^b f(x) dx$ 表示曲线 $y = f(x)$、x 轴、$x = a$、$x = b$ 所围的曲边梯形面积的负值.

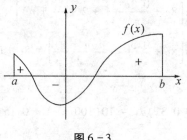

图 6-3

如果 x 轴上方曲边梯形面积记为正值,x 轴下方曲边梯形"面积"记为负值,如图 6-3. 一般地,$\int_a^b f(x)\,dx$ 几何上表示由曲线 $y = f(x)$、x 轴、$x = a$、$x = b$ 所围的曲边梯形 x 轴上方面积与 x 轴下方"面积"的代数和.

根据定积分几何意义,可得定积分的一种计算方法——面积法.

例 6 求 $\int_0^{\sqrt{2}} \sqrt{2 - x^2}\,dx$.

解 根据几何意义,该定积分为曲线 $y = \sqrt{2 - x^2}$,x 轴,$x = 0$,$x = \sqrt{2}$ 所围曲边梯形面积,即半径为 $R = \sqrt{2}$ 的圆在第一象限的面积,因此

$$\int_0^{\sqrt{2}} \sqrt{2 - x^2}\,dx = \frac{1}{4}\pi(\sqrt{2})^2 = \frac{\pi}{2}$$

例 7 用几何法求解例 3.

解 安排材料运输应使总运费越少越好,故目标函数为

$$P = P_A + P_B = \int_0^c (8 + 0.3x)\,dx + \int_0^{100-c} (10 + 0.3x)\,dx$$

根据几何意义,P_A 为直线 $y = 8 + 0.3x$、两轴及 $x = c$ 所围梯形面积,因此

$$\int_0^c (8 + 0.3x)\,dx = \frac{8 + (8 + 0.3c)}{2}c = 8c + \frac{0.3c^2}{2}$$

类似

$$\int_0^{100-c} (10 + 0.3x)\,dx = 1000 - 10c + \frac{0.3}{2}(100 - c)^2$$

所以

$$P = 2500 - 32c + 0.3c^2$$

由 $P_c' = 0.6c - 32 = 0$ 得唯一驻点 $c = \frac{160}{3}$(千米),

又 $P_{cc}'' = 0.6 > 0$,驻点为极小值点,也是最小值点,即有

$$P_{\min} = P_{c = \frac{160}{3}} = 2500 - 32 \times \frac{160}{3} + 0.3 \times \left(\frac{160}{3}\right)^2 = \frac{4940}{3}(万元)$$

答:应经 A 点运送 $\dfrac{160}{3}$ 千米的铺路材料,经 B 点运送 $\dfrac{140}{3}$ 千米的铺路材料,总运输费用最少,最小总运输费为 $\dfrac{4940}{3}$ 万元.

6.1.4 定积分的性质

在介绍定积分性质前,为了讨论方便,作两条约定:

$$(1)\ \int_a^a f(x)\,dx = 0 \qquad\qquad (2)\int_b^a f(x)\,dx = -\int_a^b f(x)\,dx$$

这是因为当 $a=b$ 时,区间 $[a,b]$ 仅有一个点,无论怎样插入分点,"小区间"长度都为 0,故积分和及其极限为 0;而当 $a<b$ 时,若仍将 $[b,a]$ 看作区间,插入分点 $b=x_0'>x_1'>\cdots>x_n'=a$,取 $\xi_i\in[x_{i-1}',x_i']$,记

$$x_i = x_{n-i}',\quad \xi_i = \xi_{n-i+1}'$$

则上述分点也是 $a=x_0<x_1<\cdots<x_n=b$,且 $\xi_i\in[x_{i-1},x_i]$,有

$$\sum_{i=1}^n f(\xi_i')(x_i'-x_{i+1}') = \sum_{i=1}^n f(\xi_{n-i+1})(x_{n-i}-x_{n-i+1})$$

$$= -\sum_{i=1}^n f(\xi_i)(x_i-x_{i-1})$$

因此

$$\int_b^a f(x)\,dx = -\int_a^b f(x)\,dx$$

性质 1 当 $f(x)=1$ 时,被积函数可以省略,且 $\int_a^b dx = b-a$.

这是因为

$$\sum_{i=1}^n f(\xi_i)\Delta x_i = \sum_{i=1}^n \Delta x_i$$

$$= (x_1-a)+(x_2-x_1)+\cdots\cdots+(b-x_{n-1}) = b-a$$

性质 2 设 $f(x)$ 在 $[a,b]$ 上可积,k 为常数,则 $kf(x)$ 在 $[a,b]$ 上可积,且 $\int_a^b Kf(x)\,dx = \int_a^b kf(x)\,dx$.

这是因为 $\sum_{i=1}^n kf(\xi_i)\Delta x_i = k\sum_{i=1}^n f(\xi_i)\Delta x_i$,且 $\lim\limits_{\lambda\to 0}\sum_{i=1}^n f(\xi_i)\Delta x_i$ 存在,所以

$$\lim_{\lambda\to 0}\sum_{i=1}^n kf(\xi_i)\Delta x_i = k\cdot\lim_{\lambda\to 0}\sum_{i=1}^n f(\xi_i)\Delta x_i$$

存在,$kf(x)$ 可积,得

$$\int_a^b kf(x)\,dx = k\int_a^b f(x)\,dx$$

性质 3 设 $f(x),g(x)$ 在 $[a,b]$ 上可积,则 $f(x)\pm g(x)$ 在 $[a,b]$ 上可积,且

$$\int_a^b [f(x) \pm g(x)] dx = \int_a^b f(x) dx \pm \int_a^b g(x) dx.$$

这是因为

$$\sum_{i=1}^n [f(\xi_i) \pm g(\xi_i)] \Delta x_i = \sum_{i=1}^n f(\xi_i \Delta x_i \pm \sum_{i=1}^n g(\xi_i) \Delta x_i$$

且 $\lim\limits_{\lambda \to 0} \sum\limits_{i=1}^n f(\xi_i) \Delta x_i$ 和 $\lim\limits_{\lambda \to 0} \sum\limits_{i=1}^n g(\xi_i) \Delta x_i$ 都存在，所以

$$\lim_{\lambda \to 0} \sum_{i=1}^n [f(\xi_i) \pm g(\xi_i)] \Delta x_i = \lim_{\lambda \to 0} \sum_{i=1}^n f(\xi_i) \Delta x_i \pm \lim_{\lambda \to 0} \sum_{i=1}^n g(\xi_i) \Delta x_i$$

存在，且

$$\int_a^b [f(x) \pm g(x)] dx = \int_a^b f(x) dx \pm \int_a^b g(x) dx$$

性质 4 设 $f(x)$ 在 $[a,b]$，$[b,c]$ 上可积，则 $f(x)$ 在 $[a,c]$ 上可积，且

$$\int_a^c f(x) dx = \int_a^b f(x) dx + \int_b^c f(x) dx$$

这是因为只要在 $[a,c]$ 中插入分点时，b 始终作为一个分点，且设 $[a,b]$ 中含 n_1 个分点(包括 b 点)，$[b,c]$ 中含 n_2 个分点，则恒有

$$\sum_{i=1}^n f(\xi_i) \Delta x_i = \sum_{i=1}^{n_1} f(\xi_i) \Delta x_i + \sum_{i=n_1+1}^{n_1+n_2} f(\xi_i) \Delta x_i$$

又 $\lim\limits_{\lambda \to 0} \sum\limits_{i=1}^{n_1} f(\xi_i) \Delta x_i$ 和 $\lim\limits_{\lambda \to 0} \sum\limits_{i=n_1+1}^{n_1+n_2} f(\xi_i) \Delta x_i$ 都存在，且

$$\lim_{\lambda \to 0} \sum_{i=1}^{n_1} f(\xi_i) \Delta x_i = \int_a^b f(x) dx, \lim_{\lambda \to 0} \sum_{i=n_1+1}^{n_1+n_2} f(\xi_i) \Delta x_i = \int_b^c f(x) dx$$

所以

$$\int_a^c f(x) dx = \lim_{\lambda \to 0} \sum_{i=1}^n f(\xi_i) \Delta x_i$$

$$= \lim_{\lambda \to 0} \sum_{i=1}^{n_1} f(\xi_i) \Delta x_i + \lim_{\lambda \to 0} \sum_{i=n_1+1}^{n_1+n_2} g(\xi_i) \Delta x_i$$

$$= \int_a^b f(x) dx + \int_b^c f(x) dx$$

这个性质叫作定积分对积分区间的可加性.

性质 4 中默认是 $b \in [a,c]$，事实上，若 $b \notin [a,c]$，只要 $f(x)$ 在 a、b、c 三数构成的任意两个区间可积，性质 3 都成立. 如 $a \leqslant c \leqslant b$，且 $f(x)$ 在 $[a,c]$，$[c,b]$ 可积，由性质 4 得

$$\int_a^b f(x) dx = \int_a^c f(x) dx + \int_c^b f(x) dx$$

由约定(2)，$\int_c^b f(x)dx = -\int_b^c f(x)dx$，得

$$\int_a^c f(x)dx = \int_a^b f(x)dx + \int_b^c f(x)dx$$

例8 设$f(x)$在$[0,10]$上连续，判断下列等式是否正确？

(1) $\int_1^3 f(x)dx = \int_1^2 f(x)dx + \int_2^3 f(x)dx$

(2) $\int_0^5 f(x)dx = \int_0^{-1} f(x)dx + \int_{-1}^5 f(x)dx$

(3) $\int_0^9 f(x)dx = \int_3^6 f(x)dx + \int_0^3 f(x)dx + \int_6^9 f(x)dx$

(4) $\int_2^1 f(x)dx = \int_2^3 f(x)dx - \int_1^3 f(x)dx$

解 (1)因为$f(x)$在$[0,10]$上连续，所以根据性质4，在$[0,10]$上的任何子区间可积，在$[1,2]$、$[2,3]$也可积，由性质4得

$$\int_1^3 f(x)dx = \int_1^2 f(x)dx + \int_2^3 f(x)dx$$

(2)根据约定(2)，$\int_0^{-1} f(x)dx = -\int_{-1}^0 f(x)dx$，而由于$f(x)$在$[-1,0]$不一定可积，所以等式不一定正确.

(3)由于$f(x)$在$[0,3]$、$[3,6]$、$[6,9]$都可积，所以

$$\int_0^3 f(x)dx + \int_3^6 f(x)dx + \int_6^9 f(x)dx$$
$$= \int_0^6 f(x)dx + \int_6^9 f(x)dx = \int_0^9 f(x)dx$$

(4)$f(x)$在$[1,3]$、$[2,3]$可积，所以

$$\int_1^3 f(x)dx = \int_1^2 f(x)dx + \int_2^3 f(x)dx = -\int_2^1 f(x)dx + \int_2^3 f(x)dx$$

得

$$\int_2^1 f(x)dx = \int_2^3 f(x)dx - \int_1^3 f(x)dx$$

性质5 设$f(x),g(x)$在$[a,b]$可积，且$f(x)\leqslant g(x)$，则

$$\int_a^b f(x)dx \leqslant \int_a^b g(x)dx$$

这是因为$\Delta x_i \geqslant 0$，$f(\xi_i) \leqslant g(\xi_i)$，所以$\sum_{i=1}^n f(\xi_i)\Delta x_i \leqslant \sum_{i=1}^n g(\xi_i)\Delta x_i$，由极限保号性，得

$$\int_a^b f(x)dx = \lim_{\lambda \to 0}\sum_{i=1}^n f(\xi_i)\Delta x_i \leqslant \lim_{\lambda \to 0}\sum_{i=1}^n g(\xi_i)\Delta x_i = \int_a^b g(x)dx$$

推论 1　设 $f(x)$ 在 $[a,b]$ 可积,且 $f(x) \geqslant 0$,则 $\int_a^b f(x) dx \geqslant 0$.

推论 2　设 $f(x)$,$|f(x)|$ 在 $[a,b]$ 可积,则

$$\left| \int_a^b f(x) dx \right| \leqslant \int_a^b |f(x)| dx$$

这是因为 $\quad -|f(x)| \leqslant f(x) \leqslant |f(x)|.$

性质 5 也称为**积分保号性**或积分不等式.它指出比较两个积分大小时,若积分区间相同($a < b$),只需要比较被积函数的大小.

例 9　设 $I_1 = \int_0^1 e^x dx$,$I_2 = \int_0^1 e^{x^2} dx$,试比较 I_1,I_2 的大小.

解　因为 $0 \leqslant x \leqslant 1$ 时,$x \geqslant x^2$;再由 e^x 的单调性得 $e^x \geqslant e^{x^2}$,所以

$$\int_0^1 e^x dx \geqslant \int_0^1 e^{x^2} dx$$

例 10　比较积分 $\quad \int_{-\frac{\pi}{2}}^\pi \sin x dx$ 与 $\int_0^\pi 2\sin \frac{x}{2} dx$ 的大小.

解　在 $[0,\pi]$ 上 $\sin x = 2\sin \frac{x}{2} \cos \frac{x}{2} \leqslant 2\sin \frac{x}{2}$,所以

$$\int_0^\pi \sin x dx \leqslant \int_0^\pi 2\sin \frac{x}{2} dx$$

又在 $[-\frac{\pi}{2},0]$ 上 $\sin x \leqslant 0$,进而 $\int_{-\frac{\pi}{2}}^0 \sin x dx \leqslant 0$,所以

$$\int_{-\frac{\pi}{2}}^\pi \sin x dx = \int_{-\frac{\pi}{2}}^0 \sin x dx + \int_0^\pi \sin x dx \leqslant \int_0^x 2\sin \frac{x}{2} dx$$

例 11　设 $f(x) \geqslant 0$ 在 $[a,b]$ $(a < b)$ 连续,且 $\exists x_0 \in [a,b]$ 使 $f(x_0) > 0$,证明 $\int_a^b f(x) dx > 0$.

证　只证 $a < x_0 < b$ 的情形,对 $x_0 = a$ 或 $x_0 = b$ 证明类似.

因为 $f(x_0) > 0$ 且 $f(x)$ 连续,因此对 $f(x_0) > 0$,$\exists \delta > 0$,当 $|x - x_0| < \delta$ 时,有 $|f(x) - f(x_0)| \leqslant \frac{f(x_0)}{2}$,即 $f(x) > \frac{f(x_0)}{2}$.由性质 4、性质 5 得

$$\int_a^b f(x) dx = \int_a^{x_0-\delta} f(x) dx + \int_{x_0-\delta}^{x_0+\delta} f(x) dx + \int_{x_0+\delta}^b f(x) dx$$

$$\geqslant \frac{f(x_0)}{2} \cdot 2\delta > 0$$

例 11 可以推出如下两个重要结果:

(1)设 $f(x) \geqslant 0$ 在 $[a,b]$ 上连续,且 $\int_a^b f(x) dx = 0$,则必有 $f(x) \equiv 0$.

(2) 若 $f(x)$、$g(x)$ 在 $[a,b]$ 上连续,且 $f(x) \leqslant g(x)$,若 $\exists x_0 \in [a,b]$,使 $f(x_0) < g(x_0)$,则必有 $\int_a^b f(x)dx < \int_a^b g(x)dx$.

性质 6 设 $f(x)$ 在 $[a,b]$ 可积,且 m、M 为 $f(x)$ 的最小、最大值,则
$$m(b-a) \leqslant \int_a^b f(x)dx \leqslant M(b-a)$$

这是因为
$$m(b-a) = \int_a^b mdx \leqslant \int_a^b f(x)dx \leqslant \int_a^b Mdx = M(b-a)$$

性质 6 也称为积分**估值定理**. 它指出:定积分值可以用被积函数在积分区间上的最大值、最小值和区间长估计.

例 12 试估计积分 $\int_0^{\frac{\pi}{2}} \sin^2 x^2 dx$ 的值.

解 因为 $0 \leqslant \sin^2 x^2 \leqslant 1$,且 $\sin^2 0 = 0$,$\sin^2\left(\sqrt{\frac{\pi}{2}}\right)^2 = 1$,$0 < \sqrt{\frac{\pi}{2}} < \frac{\pi}{2}$,所以 $m = 0$,$M = 1$,得
$$0 \leqslant \int_0^{\frac{\pi}{2}} \sin^2 x^2 dx \leqslant \frac{\pi}{2}$$

例 13 试估计 $\int_{-\frac{1}{2}}^2 x^2 e^{-x^2} dx$ 的值.

解 设 $f(x) = x^2 e^{-x^2}$,由 $f'(x) = 2x(1-x^2)e^{-x^2} = 0$ 得驻点 $x = 0$,$x = \pm 1$(-1 舍去);当 $-\frac{1}{2} < x < 0$ 或 $x > 1$ 时,$f'(x) < 0$,$f(x)$ 单调减少;$0 < x < 1$ 时,$f'(x) > 0$,$f(x)$ 单调增加. 且
$$f(0) = 0, f(1) = e^{-1}, f\left(-\frac{1}{2}\right) = \frac{1}{4}e^{\frac{1}{4}}, f(2) = 4e^{-4} > 0$$

所以 $m = f_{\min} = 0$,$M = f_{\max} = e^{-1}$,得
$$0 \leqslant \int_{-\frac{1}{2}}^2 x^2 e^{-x^2} dx \leqslant e^{-1}\left(2 - \frac{1}{2}\right) = \frac{3}{2}e^{-1}$$

性质 7(积分中值定理) 设 $f(x)$ 在 $[a,b]$ 上连续,则 $\exists \xi \in [a,b]$ 使得
$$\int_a^b f(x)dx = f(\xi)(b-a)$$

证 因为 $f(x)$ 在 $[a,b]$ 上连续,所以在 $[a,b]$ 上 $f(x)$ 可积,且存在最大、最小值 M、m,由性质 6 有
$$m(b-a) \leqslant \int_a^b f(x)dx \leqslant M(b-a)$$

$$m \leqslant \frac{\int_a^b f(x)\,dx}{b-a} \leqslant M$$

即 $\dfrac{\int_a^b f(x)\,dx}{b-a}$ 是 $f(x)$ 在 $[a,b]$ 上最大、最小值之间的一值,由连续函数介值定理知,

$\exists \xi \in [a,b]$ 使得

$$f(\xi) = \frac{\int_a^b f(x)\,dx}{b-a}$$

即

$$\int_a^b f(x)\,dx = f(\xi)(b-a)$$

事实上,由例 10 的两个推论可以知道,性质 7 中若 $f(x)$ 不是常数,必有

$$m(b-a) < \int_a^b f(x)\,dx < M(b-a)$$

进而 $\exists \xi \in (a,b)$,使得

$$f(\xi) = \frac{\int_a^b f(x)\,dx}{b-a}$$

即

$$\int_a^b f(x)\,dx = f(\xi)(b-a)$$

积分中值定理的几何意义:如果 $f(x) \geqslant 0$,则连续曲线 $y = f(x)$、x 轴、直线 $x = a$、$x = b$ 所围成的曲边梯形面积等于 $[a,b]$ 内一点 ξ 的函数值 $f(\xi)$ 为高,$b-a$ 为宽的矩形面积. 如图 6-4 所示. $f(\xi)$ 也是该曲边梯形的平均高度或连续函数 $f(x)$ 在 $[a,b]$ 上的平均值.

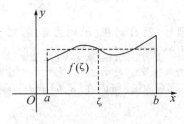

图 6-4

例 14 设 $f(x)$ 在 $[a,b]$ 上连续且单调增加,证明

$$\int_a^{\frac{a+b}{2}} f(x)\,dx \leqslant \int_{\frac{a+b}{2}}^b f(x)\,dx$$

证 因为 $\left[a, \dfrac{a+b}{2}\right] \subset [a,b]$，$\left[\dfrac{a+b}{2}, b\right] \subset [a,b]$，且 $f(x)$ 在 $[a,b]$ 上连续，所以

$f(x)$ 在 $\left[a, \dfrac{a+b}{2}\right]$ 和 $\left[\dfrac{a+b}{2}, b\right]$ 上连续，由积分中值定理知，

$$\exists \xi_1 \in \left[a, \frac{a+b}{2}\right], \xi_2 \in \left[\frac{a+b}{2}, b\right]$$

使得

$$\int_a^{\frac{a+b}{2}} f(x)\,dx = f(\xi_1)\,\frac{b-a}{2}$$

$$\int_{\frac{a+b}{2}}^b f(x)\,dx = f(\xi_2)\,\frac{b-a}{2}$$

又 $f(x)$ 单调增加，即 $f(\xi_1) \leqslant f(\xi_2)$

所以

$$\int_a^{\frac{a+b}{2}} f(x) \leqslant \int_{\frac{a+b}{2}}^b f(x)\,dx$$

习题 6.1

1. 用定积分定义计算下列积分.

(1) $\displaystyle\int_0^2 (2x+3)\,dx$ 　　　　　　(2) $\displaystyle\int_0^1 x^2\,dx$

2. 利用定积分几何意义计算下列积分:

(1) $\displaystyle\int_0^2 (2x+3)\,dx$ 　　　　　　(2) $\displaystyle\int_{-2}^2 \sqrt{4-x^2}\,dx$

(3) $\displaystyle\int_{-1}^1 \sin x\,dx$ 　　　　　　(4) $\displaystyle\int_0^1 \left(1 + \sqrt{1-x^2} - x\right)dx$

3. 比较下列积分大小.

(1) $I_1 = \displaystyle\int_0^1 e^x\,dx$, $I_2 = \displaystyle\int_0^1 e^{x^2}\,dx$

(2) $I_1 = \displaystyle\int_0^1 x\sin x\,dx$, $I_2 = \displaystyle\int_0^1 \sin^2 x\,dx$

(3) $I_1 = \displaystyle\int_{-1}^0 \sin x\,dx$, $I_2 = \displaystyle\int_{-1}^0 \sin x^2\,dx$

(4) $I_1 = \displaystyle\int_1^2 e^x\,dx$, $I_2 = \displaystyle\int_1^2 e^{x^2}\,dx$

(5) $I_1 = \int_a^b e^{x2} dx$, $I_2 = \int_a^b (1 + x^2) dx$

(6) $I_1 = \int_0^{\sqrt{\pi}} \sin x^2 dx$, $I_2 = \int_0^{\sqrt{2\pi}} \sin x^2 dx$

4. 估计下列积分的值.

(1) $I = \int_0^1 xe^{-x} dx$ (2) $I = \int_1^{\sqrt{3}} (3\arctan x - x) dx$

(3) $I = \int_{\frac{1}{e}}^{\frac{e}{2}} (x^2 - \ln x) dx$

5. 设 $f(x)$ 在 $[a,b]$ 上连续,用定积分定义证明 $f(x)$ 在 $[a,b]$ 上的平均值

$$\overline{f(x)} = \frac{1}{b-a} \int_a^b f(x) dx$$

6. 设 $f(x)$ 在 $[0,1]$ 上连续且单调减少,并有 $f(x) > 0$. 证明:对任意 $0 < \alpha < \beta < 1$ 有 $\beta \int_0^\alpha f(x) dx > \alpha \int_\alpha^\beta f(x) dx$.

§6.2 定积分基本公式

上一节引入了定积分定义,但是用定义计算定积分几乎是不可能的,需要寻找新的计算方法.

针对变生产率产量问题,由导数概念可知,任一时刻生产的总产量 $Q(t)$ 对时间的导数,恰为该时刻生产率 $f(t)$;反之,总产量 $Q(t)$ 就是生产率 $f(t)$ 的原函数. 如果求得 $Q(t)$,每天总产量只需计算函数值 $Q(8)$ 即可. 即生产产量的定积分问题可以利用原函数的函数值计算.

是否定积分都可以使用这种方法? 本节将讨论这个问题.

6.2.1 定积分变上限函数

设函数 $f(x)$ 在 $[a,b]$ 上连续,则由定积分存在定理知,对 $\forall x \in [a,b]$,$f(t)$ 在 $[a,x]$ 可积,存在唯一确定的值 $\int_a^x f(t) dt$ 与之对应,因此,变上限定积分 $\int_a^x f(t) dt$ 是定义在 $[a,b]$ 上的一个函数,称之为积分**变上限函数**,记为

$$\Phi(x) = \int_a^x f(t) dt$$

定理 6.4 若 $f(x)$ 在 $[a,b]$ 上可积,则 $\Phi(x)$ 在 $[a,b]$ 上连续;若函数 $f(x)$ 在 $[a,b]$ 上连续,则 $\Phi(x)$ 在 $[a,b]$ 上可导,且

$$\left[\int_a^x f(t) dt \right]' = \Phi'(x) = f(x)$$

证 设 $f(x)$ 在 $[a,b]$ 可积,$\forall x_0 \in [a,b]$,则由性质6得,

$x > x_0$ 时，$m(x - x_0) \leqslant \Phi(x) - \Phi(x_0) = \int_{x_0}^{x} f(t)\,dt \leqslant M(x - x_0)$

$x < x_0$ 时，$M(x - x_0) \leqslant \Phi(x) - \Phi(x_0) = -\int_{x}^{x_0} f(t)\,dt \leqslant m(x - x_0)$

其中 m、M 为 $f(x)$ 在 $[a,b]$ 上的下界和上界.

又 $\lim\limits_{x \to x_0} M(x - x_0) = \lim\limits_{x \to x_0} m(x - x_0) = 0,$

由夹逼定理得 $\lim\limits_{x \to x_0} \Phi(x) = \Phi(x_0)$，即 $\Phi(x)$ 连续.

当 $f(x)$ 在 $[a,b]$ 上连续时，$\forall x \in [a,b]$，且设 $x + \Delta x \in [a,b]$，则有

$$\frac{\Phi(x + \Delta x) - \Phi(x)}{\Delta x} = \frac{\int_{a}^{x+\Delta x} f(t)\,dt - \int_{a}^{x} f(t)\,dt}{\Delta x} = \frac{\int_{x}^{x+\Delta x} f(t)\,dt}{\Delta x}$$

又 $f(x)$ 在 $[a,b]$ 上连续，由积分中值定理知在 $x + \Delta x$ 与 x 之间存在 ξ 点，使得

$$\int_{x}^{x+\Delta x} f(t)\,dt = f(\xi)\Delta x$$

于是有

$$\frac{\Phi(x + \Delta x) - \Phi(x)}{\Delta x} = f(\xi)$$

显然，$\Delta x \to 0$ 时 $\xi \to x$，且 $f(\xi)$ 在 x 连续，故

$$\lim\limits_{\Delta x \to 0} \frac{\Phi(x + \Delta x) - \varphi(x)}{\Delta x} = \lim\limits_{\Delta x \to 0} f(\xi) = \lim\limits_{\xi \to x} f(\xi) = f(x)$$

存在，$\Phi(x)$ 在 x 点可导. 再由 x 的任意性得 $\Phi(x)$ 在 $[a,b]$ 可导. 且根据导数定义知

$$\Phi'(x) = \lim\limits_{\Delta x \to 0} \frac{\Phi(x + \Delta x) - \Phi(x)}{\Delta x} = f(x)$$

推论 若函数 $f(x)$ 在 $[a,b]$ 上连续，则在 $[a,b]$ 上 $f(x)$ 必有原函数.

根据原函数定义知，$\Phi(x)$ 就是 $f(x)$ 在 $[a,b]$ 上的一个原函数. 定理 6.4 也称为**积分变上限函数导数公式**.

利用复合函数求导公式，如果 $f(x)$ 在 $[a,b]$ 上连续，$g(x) \in [a,b]$，且 $g(x)$ 可导，则有变上限复合函数求导公式

$$\left[\int_{a}^{g(x)} f(t)\,dt \right]' = \{\Phi[g(x)]\}' = \Phi'[g(x)] \cdot g'(x) = f[g(x)] \cdot g'(x)$$

类似可以定义积分变下限函数

$$\int_{x}^{b} f(t)\,dt$$

如果 $f(x)$ 在 $[a,b]$ 上连续，$g(x) \in [a,b]$，且 $g(x)$ 可导，则有变下函数求导公式

$$\left[\int_{g(x)}^{b} f(t)\,dt\right]' = \left[-\int_{b}^{g(x)} f(t)\,dt\right]' = -f[g(x)] \cdot g'(x)$$

更一般地,如果 $f(x)$ 在 $[a,b]$ 上连续,$g(x),h(x) \in [a,b]$,且 $g(x),h(x)$ 可导,则有积分变限函数导数公式:

$$\left[\int_{g(x)}^{h(x)} f(t)\,dt\right]' = f[h(x)] \cdot h'(x) - f[g(x)] \cdot g'(x)$$

例1 设 $f(x) = e^{-x^2}$,试讨论函数 $F(x) = \int_{0}^{x} f(t)\,dt$ 的单调性、极值、凹凸性、拐点.(注意,这里不能通过积分求出 $F(x)$)

解 因为 $f(x) = e^{-x^2}$ 在 $(-\infty, +\infty)$ 连续,所以 $F(x)$ 在 $(-\infty, +\infty)$ 上可导,由导数公式得

$$F'(x) = f(x) = e^{-x^2} > 0$$

所以 $F(x)$ 在 $(-\infty, +\infty)$ 单调增加,没有极值.

又

$$F''(x) = (e^{-x^2})' = -2xe^{-x^2}$$

由 $F''(x) = 0$ 得 $x = 0$,且 $x < 0$ 时,$F''(x) > 0$,曲线 $F(x)$ 上凹,$x > 0$ 时,$F''(x) < 0$,曲线 $F(x)$ 下凹,曲线有拐点 $(0, F(0)) = (0, \int_{0}^{1} e^{-x^2}dx)$.

例2 计算极限 $\displaystyle\lim_{x \to 0} \frac{\int_{0}^{x^2} \sin t^2\,dt}{x^5}$.

解 因为 $\sin x^2$ 在 $(-\infty, +\infty)$ 上连续,所以 $\int_{0}^{x^2} \sin t^2\,dt$ 可导(必连续),有

$$\lim_{x \to 0} \int_{0}^{x^2} \sin t^2\,dt = \int_{0}^{0} \sin t^2\,dt = 0$$

利用罗必达法则得

$$\lim_{x \to 0} \frac{\int_{0}^{x^2} \sin t^2\,dt}{x^5} = \lim_{x \to 0} \frac{2x\sin x^4}{5x^4} = 0$$

例3 求函数 $F(x) = 2x - \int_{0}^{x} e^{t^2}\,dt$ 在 $[0,1]$ 上的最大、最小值.

解 由 $F'(x) = 2 - e^{x^2} = 0$ 解得唯一驻点 $x = \sqrt{\ln 2}$.

由 $F''(x) = -2xe^{x^2} < 0$ 知驻点为最大值点,且

$$F_{\max}(x) = 2\sqrt{\ln 2} - \int_{0}^{\sqrt{\ln 2}} e^{t^2}\,dt$$

又

$$F(0) = 0, F(1) = 2 - \int_0^1 e^{t^2} dt > 2 - \int_0^1 e^t dt = 2 - (e-1) > 0$$

所以

$$F_{\min}(x) = F(0) = 0$$

例4 设 $f(x)$ 连续且单调增加,证明 $x > 0$ 时,$F(x) = \dfrac{\displaystyle\int_0^x f(t)\,dt}{x}$ 也单调增加.

证 $F'(x) = \dfrac{xf(x) - \displaystyle\int_0^x f(t)\,dt}{x^2} = \dfrac{\displaystyle\int_0^x [f(x) - f(t)]\,dt}{x^2}$

因为 $f(x)$ 连续且单调增加,所以 $f(x) - f(t) \geq 0$,从而 $x > 0$ 时

$$\int_0^x [f(x) - f(t)]\,dx > 0$$

即 $F'(x) > 0$,所以 $x > 0$ 时,$F(x)$ 也单调增加.

6.2.2 定积分基本公式(牛顿—莱布尼兹公式)

定理6.5 设 $f(x)$ 在 $[a,b]$ 上连续,若 $F(x)$ 是 $f(x)$ 在 $[a,b]$ 上的一个原函数,则

$$\int_a^b f(x)\,dx = F(b) - F(a)$$

证 因为 $F(x)$ 与 $\Phi(x) = \displaystyle\int_a^x f(t)\,dt$ 都是 $f(x)$ 的原函数,由定理4.3推论2,有

$$F(x) = \Phi(x) + c = \int_a^x f(t)\,dt + c$$

再由

$$F(a) = \int_a^a f(x)\,dx + c = c$$

$$F(b) = \int_a^b f(x)\,dx + c$$

解得

$$\int_a^b f(x)\,dx = F(b) - F(a)$$

定理6.5中公式称为**牛顿—莱布尼兹公式**.

引入记号 $F(b) - F(a) \overset{\Delta}{=} F(x)\big|_a^b$,则牛顿—莱布尼兹公式也写为

$$\int_a^b f(t)\,dt = F(x)\big|_a^b = F(b) - F(a)$$

例5 求上节例2中每天生产产量 Q.

解　生产率 $f(t) = -\dfrac{95}{28}t^2 + \dfrac{655}{28}t + 80$

$$Q = \int_0^8 \left(-\frac{95}{28}t^2 + \frac{655}{28}t + 80 \right)dt$$

$$= \left(-\frac{95}{84}t^3 + \frac{655}{56}t + 80t \right) \Big|_0^8 = \frac{17000}{21} \approx 809.5238$$

例6　求 $\displaystyle\int_0^1 \frac{x+1}{x^2+1}dx$.

解　$\displaystyle\int_0^1 \frac{x+1}{x^2+1}dx = \int_0^1 \frac{x}{1+x^2}dx + \int_0^1 \frac{1}{1+x^2}dx$

$$= \frac{1}{2}\ln(1+x^2)\Big|_0^1 + \arctan x\Big|_0^1$$

$$= \frac{\ln 2}{2} + \frac{\pi}{4}$$

例7　求 $\displaystyle\int_0^1 \frac{1+e^{2x}}{2x}dx$.

解　$\displaystyle\int_0^1 \frac{1+e^{2x}}{2^x}dx = \int_0^1 \left[\left(\frac{1}{2}\right)^x + \left(\frac{e^2}{2}\right)^x \right]dx$

$$= \left[-\frac{1}{\ln 2}\left(\frac{1}{2}\right)^x + \frac{1}{2-\ln 2}\left(\frac{e^2}{2}\right)^x \right]\Bigg|_0^1$$

$$= -\frac{1}{2\ln 2} + \frac{1}{\ln 2} + \frac{1}{2-\ln 2}\frac{e^2}{2} - \frac{1}{2-\ln 2}$$

$$= \frac{1}{2\ln 2} + \frac{e^2-2}{2-\ln 2}$$

例8　求 $\displaystyle\int_0^{\frac{\pi^2}{4}} \frac{1+\sin\sqrt{x}+x^2}{\sqrt{x}}dx$.

解　原式 $= \left(2\sqrt{x} - 2\cos\sqrt{x} + \dfrac{2}{5}x^{\frac{5}{2}} \right)\Bigg|_0^{\frac{\pi^2}{4}}$

$$= \pi + \frac{\pi^5}{80} + 2$$

习题6.2

1. 计算下列导数.

(1) 设 $\Phi(x) = \displaystyle\int_0^x \sin t\,dt$，求 $\Phi'(0)$、$\Phi'\left(\dfrac{\pi}{4}\right)$;

(2) 设 $y = \int_a^b \arctan x dx$，求 $\dfrac{dy}{da}$、$\dfrac{dy}{db}$；

(3) 设 $x = \int_0^t (1 - \cos u) du, y = \int_0^t \sin u du$，求 $\dfrac{dy}{dx}$，$\dfrac{d^2 y}{dx^2}$；

(4) 设 $y = f(x)$ 由方程 $\int_0^y e^t dt + \int_0^x t \sqrt{1 - t} dt = 0$ 确定，求 y'，y''；

2. 设 $f(x) > 0$ 且连续，证明：方程 $\int_a^x f(x) dt + \int_b^x \dfrac{1}{f(x)} dt = 0$ 在区间 (a, b) 上存在唯一实根.

3. 计算下列函数的导数.

(1) $\dfrac{d}{dx} \int_0^{x^2} \sin t^2 dt$

(2) $\dfrac{d}{dx^2} \int_{e^x}^1 \sqrt{1 + t^2} dt$

(3) $\dfrac{d}{dx} \int_{\sin x}^{\arctan x} \sqrt{1 + \ln t} dt$

(4) $\dfrac{d}{dx} \int_x^{x^2} (x - t) \sqrt{1 + t^2} dt$

4. 计算下列极限.

(1) $\lim\limits_{x \to 0} - \dfrac{\int_0^x \ln(1 - t) dt}{x^2}$

(2) $\lim\limits_{x \to 0} \dfrac{\int_x^0 \arctan t^2 dt}{x - \sin x}$

(3) $\lim\limits_{x \to 0} \dfrac{\int_x^{\sin x} e^u du}{\int_0^{x^3} e^{-t^2} dt}$

5. 求函数 $F(x) = \int_0^{x^2} (1 - t) e^{-t^2} dt$ 的极值点，并判断是极大值点还是极小值点.

6. 用定积分计算下列极限.

(1) $\lim\limits_{x \to 0} \sum\limits_{i=1}^n \dfrac{n}{n^2 + i^2}$

(2) $\lim\limits_{x \to 0} \sum\limits_{i=1}^n \dfrac{1}{n + 2i}$

(3) $\lim\limits_{x \to 0} \dfrac{1 + \sqrt{2} + \sqrt{3} \cdots + \sqrt{n}}{\sqrt{n^3}}$

7. 计算下列积分.

(1) $\int_1^2 x^a dx$

(2) $\int_0^{\frac{\pi}{2}} (\cos x - \sin x) dx$

(3) $\int_{\frac{1}{\sqrt{3}}}^{\sqrt{3}} \dfrac{dx}{1 + x^2}$

(4) $\int_1^2 x^2 \left(1 - \dfrac{1}{x^2}\right) dx$

(5) $\int_2^3 \dfrac{dx}{2x^2 + 3x - 2}$

(6) $\int_0^2 \dfrac{x}{(1 + x^2)^2} dx$

(7) $\int_1^2 \dfrac{1 + \ln x}{x} dx$

(8) $\int_0^1 \dfrac{2x + 1}{x^2 + x + 5} dx$

$(9) \displaystyle\int_0^1 \dfrac{2^{2x-1}-1}{e^x}dx$

$(10) \displaystyle\int_0^{\frac{\pi}{2}} \sqrt{1-\sin 2x}\,dx$

$(11) \displaystyle\int_0^2 |x-1|\,dx$

$(12) \displaystyle\int_{\frac{1}{4}}^{\frac{1}{2}} \dfrac{\arcsin\sqrt{x}}{\sqrt{x-x^2}}dx$

§6.3 定积分积分法

牛顿——莱布尼兹公式是利用原函数——不定积分来计算定积分. 换元积分法和分部积分法是不定积分的基本方法, 因此, 也可以运用到定积分之中.

6.3.1 定积分换元积分公式

定理 6.5 设 $f(x)$ 在 $[a,b]$ 上连续, $x=\varphi(t)$ 在 $[\alpha,\beta]$ 上严格单调且导数连续, 当 $\alpha\leqslant t\leqslant\beta$ 时 $a\leqslant\varphi(t)\leqslant b$, 并且 $\varphi(\alpha)=a$, $\varphi(\beta)=b$, 则

$$\int_a^b f(x)\,dx = \int_\alpha^\beta f[\varphi(t)]\varphi'(t)\,dt$$

证 因为 $f(x)$ 在 $[a,b]$ 上连续, 所以存在原函数, 设为 $F(x)$, 即 $F'(x)=f(x)$.

又因为 $x=\varphi(t)$ 在 $[\alpha,\beta]$ 上导数连续, 所以 $f[\varphi(t)]\varphi'(t)$ 在 $[\alpha,\beta]$ 上连续, $F[\varphi(t)]$ 在 $[\alpha,\beta]$ 上可导, 由

$$(F[\varphi(t)])'_t = f'[\varphi(t)]\varphi'(t) = f[\varphi(t)]\varphi'(t)$$

知 $F[\varphi(t)]$ 是 $f[\varphi(t)]\varphi'(t)$ 在 $[\alpha,\beta]$ 上的原函数.

由牛顿——莱布尼兹公式, 得

$$\int_a^b f(x)\,dx = F(x)\Big|_a^b = F(b)-F(a)$$

$$\int_\alpha^\beta f[\varphi(t)]\varphi'(t)\,dt = F[\varphi(t)]\Big|_\alpha^\beta$$

$$= F[\varphi(\beta)]-F[\varphi(\alpha)] = F(b)-F(a)$$

所以

$$\int_a^b f(x)\,dx = \int_\alpha^\beta f[\varphi(t)]\varphi'(t)\,dt$$

上式叫做定积分**换元积分公式**. 公式从右向左使用称为**第一换元积分法**, 从左向右使用称为**第二换元积分法**

例 1 求 $\displaystyle\int_0^{\ln 2} \sqrt{e^x-1}\,dx$.

解 设 $\sqrt{e^x-1}=u$, 则 $x=\ln(1+u^2)$, $dx=\dfrac{2u}{1+u^2}$, 且 $x=0$ 时 $u=0$, $x=\ln 2$ 时 $u=1$, 由换元积分公式得

$$\int_0^{\ln 2} \sqrt{e^x - 1}\, dx = 2\int_0^1 \frac{u^2}{1 + u^2}\, du$$

$$= 2\int_0^1 \left(1 - \frac{1}{1 + u^2}\right) du$$

$$= 2(u - \arctan u)\Big|_0^1 = 2 - \frac{\pi}{2}$$

例 2　求 $\int_0^1 \sqrt{2 - x^2}\, dx$.

解　设 $x = \sqrt{2}\sin t, -\dfrac{\pi}{2} < t < \dfrac{\pi}{2}$，则 $dx = \sqrt{2}\cos t\, dt$，且 $x = 0$ 时 $t = 0, x = 1$ 时 $t = \dfrac{\pi}{4}$，所以

$$\int_0^1 \sqrt{2 - x^2}\, dx = 2\int_0^{\frac{\pi}{4}} \cos^2 t\, dt$$

$$= \int_0^{\frac{\pi}{4}} (1 + \cos 2t)\, dt$$

$$= \left(t + \frac{1}{2}\sin 2t\right)\Bigg|_0^{\frac{\pi}{4}} = \frac{\pi}{4} + \frac{1}{2}$$

例 3　求 $\int_1^{10} \dfrac{1}{1 + \sqrt{x - 1}}\, dx$.

解　设 $\sqrt{x - 1} = u$，则 $x = 1 + u^2, dx = 2u\, du$，且 $x = 1$ 时 $u = 0, x = 10$ 时 $u = 3$，所以

$$\int_1^{10} \frac{1}{1 + \sqrt{x - 1}}\, dx = 2\int_0^3 \frac{u}{1 + u}\, du$$

$$= 2\int_0^3 \left(1 - \frac{1}{1 + u}\right) du$$

$$= 2[u - \ln(1 + u)]\Big|_0^3 = 2(3 - \ln 4)$$

例 4　设 $f(x)$ 在 $[-a, a]$ 上连续，且 $f(-x) = f(x)$，证明

$$\int_{-a}^a f(x)\, dx = 2\int_0^a f(x)\, dx = 2\int_{-a}^0 f(x)\, dx$$

证　利用定积分对区间的可加性，得

$$\int_{-a}^a f(x)\, dx = \int_{-a}^0 f(x)\, dx + \int_0^a f(x)\, dx$$

在 $\int_{-a}^0 f(x)\, dx$ 中设 $x = -t$，则 $dx = -dt$，且 $x = -a$ 时 $t = a, x = 0$ 时 $t = 0$，所以

$$\int_{-a}^{0} f(x)\,dx = -\int_{a}^{0} f(-t)\,dt = -\int_{a}^{0} f(t)\,dt = \int_{0}^{a} f(x)\,dx$$

带入前式,得

$$\int_{-a}^{a} f(x)\,dx = 2\int_{0}^{a} f(x)\,dx = 2\int_{-a}^{0} f(x)\,dx$$

类似可证:

设 $f(x)$ 在 $[-a,a]$ 上连续,且 $f(-x) = -f(x)$,则

$$\int_{-a}^{a} f(x)\,dx = 0$$

例 5 设 $f(x)$ 在 $(-\infty,+\infty)$ 上连续,且 $f(x+2T) = f(x)$,则

$$\int_{0}^{2T} f(x)\,dx = \int_{-T}^{T} f(x)\,dx$$

证 $\displaystyle\int_{0}^{2T} f(x)\,dx = \int_{0}^{-T} f(x)\,dx + \int_{-T}^{T} f(x)\,dx + \int_{T}^{2T} f(x)\,dx$

在 $\displaystyle\int_{T}^{2T} f(x)\,dx$ 中,设 $x = t+2T$,则 $dx = dt$,且 $x = T$ 时 $t = -T$,$x = 2T$ 时 $t = 0$,故有

$$\int_{T}^{2T} f(x)\,dx = \int_{-T}^{0} f(x)\,dx = -\int_{0}^{-T} f(x)\,dx$$

代入前式即得.

例 6 设 $f(x)$ 连续,证明 $\displaystyle\int_{0}^{\frac{\pi}{2}} f(\sin x)\,dx = \int_{0}^{\frac{\pi}{2}} f(\cos x)\,dx$.

证 设 $x = \dfrac{\pi}{2} - t$,则 $dx = -dt$,且 $x = 0$ 时 $t = \dfrac{\pi}{2}$,$x = \dfrac{\pi}{2}$ 时 $t = 0$,所以

$$\int_{0}^{\frac{\pi}{2}} f(\sin x)\,dx = -\int_{\frac{\pi}{2}}^{0} f(\cos t)\,dt = \int_{0}^{\frac{\pi}{2}} f(\cos x)\,dx$$

例 7 求 $\displaystyle\int_{0}^{\frac{\pi}{2}} \dfrac{1}{1+\sin x}\,dx$.

解 设 $\tan\dfrac{x}{2} = u\left(0 \leqslant x \leqslant \dfrac{\pi}{2}\right)$,则 $x = 2\arctan u$,$dx = \dfrac{2du}{1+u^2}$

且 $x = 0$ 时 $u = 0$,$x = \dfrac{\pi}{2}$ 时 $u = 1$,$\sin x = \dfrac{2u}{1+u^2}$,所以

$$\int_{0}^{\frac{\pi}{2}} \frac{1}{1+\sin x}\,dx = 2\int_{0}^{1} \frac{1}{(1+u)^2}\,du = -\frac{2}{1+u}\Big|_{0}^{1} = 1$$

6.3.2 分部积分公式

定理 6.6 设函数 $u(x)$、$v(x)$ 在 $[a,b]$ 上导数连续,则

$$\int_a^b u(x)v'(x)dx = u(x)v(x)\Big|_a^b - \int_a^b u'(x)v(x)dx$$

证 因为 $\quad[u(x)v(x)]' = u'(x)v(x) + u(x)v'(x)$

所以

$$\int_a^b [u'(x)v(x) + u(x)v'(x)]dx = u(x)v(x)\Big|_a^b$$

因而

$$\int_a^b u(x)v'(x)dx = u(x)v(x)\Big|_a^b - \int_a^b u'(x)v(x)dx$$

定理 6.6 也叫做**定积分分部积分公式**. 与不定积分类似,公式也可以改写为

$$\int_a^b u(x)dv(x) = u(x)v(x)\Big|_a^b - \int_a^b v(x)du(x)$$

称为微分形式的分部积分公式.

例 8 求 $\int_0^1 xe^x dx$.

解
$$\int_0^1 xe^x dx = \int_0^1 x de^x$$
$$= xe^x\Big|_0^1 - \int_0^1 e^x dx = e - e^x\Big|_0^1 = 1$$

例 9 求 $\int_{\frac{\pi}{4}}^{\frac{\pi}{2}} \frac{x}{\sin^2 x}dx$.

解
$$\int_{\frac{\pi}{4}}^{\frac{\pi}{2}} \frac{x}{\sin^2 x}dx = -\int_{\frac{\pi}{4}}^{\frac{\pi}{2}} x d\cot x$$
$$= -x\cot\Big|_{\frac{\pi}{4}}^{\frac{\pi}{2}} + \int_{\frac{\pi}{4}}^{\frac{\pi}{2}} \cot x dx$$
$$= \frac{\pi}{4} + \ln|\sin x|\Big|_{\frac{\pi}{4}}^{\frac{\pi}{2}} = \frac{\pi}{4} + \ln\sqrt{2}$$

例 10 $\int_0^{\frac{\pi}{2}} e^x \sin x dx$.

解
$$\int_0^{\frac{\pi}{2}} e^x \sin x dx = \int_0^{\frac{\pi}{2}} \sin x de^x$$
$$= e^x \sin x\Big|_0^{\frac{\pi}{2}} - \int_0^{\frac{\pi}{2}} e^x \cos x dx$$
$$= e^{\frac{\pi}{2}} - e^x\cos x\Big|_0^{\frac{\pi}{2}} - \int_0^{\frac{\pi}{2}} e^x \sin x dx = e^{\frac{\pi}{2}} + 1 - \int_0^{\frac{\pi}{2}} e^x \sin x dx$$

所以

$$\int_0^{\frac{\pi}{2}} e^x \sin x dx = \frac{e^{\frac{\pi}{2}} + 1}{2}$$

例 11 $\int_0^{\frac{\pi}{4}} \sec^3 x dx.$

解 $\int_0^{\frac{\pi}{4}} \sec^3 x dx = \int_0^{\frac{\pi}{4}} \sec x d\tan x$

$$= \tan x \sec x \Big|_0^{\frac{\pi}{4}} - \int_0^{\frac{\pi}{4}} \sec x \tan^2 x dx$$

$$= \sqrt{2} - \int_0^{\frac{\pi}{4}} \sec^3 x dx + \int_0^{\frac{\pi}{4}} \sec x dx$$

所以

$$\int_0^{\frac{\pi}{4}} \sec^3 x dx = \frac{1}{2} \left(\sqrt{2} + \int_0^{\frac{\pi}{4}} \sec x dx \right)$$

$$= \frac{1}{2} \left[\sqrt{2} + \ln(\tan x + \sec x) \Big|_0^{\frac{\pi}{4}} \right]$$

$$= \frac{1}{2} \left[\sqrt{2} + \ln(1 + \sqrt{2}) \right]$$

例 12 证明 $\dfrac{1}{2(n+1)} \leqslant \int_0^{\frac{\pi}{2}} \tan^n x dx \leqslant \dfrac{1}{2(n-1)}.$

证 因为 $0 \leqslant x \leqslant \dfrac{\pi}{4}$ 时 $0 \leqslant \tan x \leqslant 1$,所以 $\tan^{n+1} x \leqslant \tan^n x$

又

$$\int_0^{\frac{\pi}{4}} \tan^n x dx = \int_0^{\frac{\pi}{4}} \tan^{n-2} x d\tan x - \int_0^{\frac{\pi}{4}} \tan^{n-2} x dx$$

$$= \frac{\tan^{n-1} x}{n-1} \Big|_0^{\frac{\pi}{4}} - \int_0^{\frac{\pi}{4}} \tan^{n-2} x dx \leqslant \frac{1}{n-1} - \int_0^{\frac{\pi}{4}} \tan^n x dx$$

所以

$$\int_0^{\frac{\pi}{4}} \tan^n x dx \leqslant \frac{1}{2(n-1)}$$

类似, $\int_0^{\frac{\pi}{4}} \tan^n x dx \geqslant \int_0^{\frac{\pi}{4}} \tan^{n+2} x dx = \frac{1}{n+1} - \int_0^{\frac{\pi}{4}} \tan^n x dx$

进而

$$\int_0^{\frac{\pi}{4}} \tan^n x dx \geqslant \frac{1}{2(n+1)}$$

综上得

$$\frac{1}{2(n+1)} \leqslant \int_0^{\frac{\pi}{2}} \tan^n x dx \leqslant \frac{1}{2(n-1)}$$

例13 证明

$$\int_0^{\frac{\pi}{2}} \sin^n x dx = \begin{cases} \dfrac{n-1}{n} \dfrac{n-3}{n-2} \cdots \dfrac{2}{3} \cdot 1, n \text{ 为奇数} \\[2ex] \dfrac{n-1}{n} \dfrac{n-3}{n-2} \cdots \dfrac{1}{2} \dfrac{\pi}{2}, n \text{ 为偶数} \end{cases}$$

证 $\displaystyle\int_0^{\frac{\pi}{2}} \sin^n x dx = -\int_0^{\frac{\pi}{2}} \sin^{n-1} x d\cos x$

$$= -\sin^{n-1} x \cos x \Big|_0^{\frac{\pi}{2}} + (n-1) \int_0^{\frac{\pi}{2}} \sin^{n-2} x \cos^2 x dx$$

$$= (n-1) \int_0^{\frac{\pi}{2}} \sin^{n-2} x dx - (n-1) \int_0^{\frac{\pi}{2}} \sin^n x dx$$

所以

$$\int_0^{\frac{\pi}{2}} \sin^n x dx = \frac{n-1}{n} \int_0^{\frac{\pi}{2}} \sin^{n-2} x dx$$

递推得

$$\int_0^{\frac{\pi}{2}} \sin^n x dx = \begin{cases} \dfrac{n-1}{n} \dfrac{n-3}{n-2} \cdots \dfrac{2}{3} \displaystyle\int_0^{\frac{\pi}{2}} \sin x dx, n \text{ 为奇数} \\[2ex] \dfrac{n-1}{n} \dfrac{n-3}{n-2} \cdots \dfrac{1}{2} \displaystyle\int_0^{\frac{\pi}{2}} \sin^0 x dx, n \text{ 为偶数} \end{cases}$$

$$= \begin{cases} \dfrac{n-1}{n} \dfrac{n-3}{n-2} \cdots \dfrac{2}{3} (-\cos x) \Big|_0^{\frac{\pi}{2}}, n \text{ 为奇数} \\[2ex] \dfrac{n-1}{n} \dfrac{n-3}{n-2} \cdots \dfrac{1}{2} x \Big|_0^{\frac{\pi}{2}}, n \text{ 为偶数} \end{cases}$$

$$= \begin{cases} \dfrac{n-1}{n} \dfrac{n-3}{n-2} \cdots \dfrac{2}{3}, n \text{ 为奇数} \\[2ex] \dfrac{n-1}{n} \dfrac{n-3}{n-2} \cdots \dfrac{1}{2} \dfrac{\pi}{2}, n \text{ 为偶数} \end{cases}$$

若记 $1 \cdot 3 \cdot 5 \cdots (2k-1) = (2k-1)!!, 2 \cdot 4 \cdot 6 \cdots (2k) = (2k)!!$, 则上式可简写为

$$\int_0^{\frac{\pi}{2}} \sin^n x dx = \begin{cases} \dfrac{(2k-2)!!}{(2k-1)!!}, n = 2k-1 \\[2ex] \dfrac{(2k-1)!!}{(2k)!!} \dfrac{\pi}{2}, n = 2k \end{cases} \quad, k = 1, 2, \cdots$$

类似地, 有

$$\int_0^{\frac{\pi}{2}} \cos^n x dx = \begin{cases} \dfrac{(2k-2)!!}{(2k-1)!!} & ,n = 2k-1 \\ \dfrac{(2k-1)!!}{(2k)!!} \dfrac{\pi}{2} & ,n = 2k \end{cases} ,k = 1,2,\cdots$$

6.3.3 分段函数积分

设 $f(x) = \begin{cases} \varphi(x), x \geq x_0 \\ \psi(x), x < x_0 \end{cases}$，其中 $\psi(x)$、$\varphi(x)$ 分别在 $[a,x_0)$、$[x_0,b]$ 上连续，且 $\lim\limits_{x \to x_0^-} \psi(x)$ 存在，则由定积分的区间可加性，有

$$\int_a^b f(x)dx = \int_a^{x_0} f(x)dx + \int_{x_0}^b f(x)dx$$
$$= \int_a^{x_0} \psi(x)dx + \int_{x_0}^b \varphi(x)dx$$

例 14 计算 $\int_0^{10} |x-1|dx$.

解 因为 $|x-1| = \begin{cases} x-1, x \geq 1 \\ 1-x, x \leq 1 \end{cases}$,

所以

$$\int_0^{10} |x-1|dx = \int_0^1 (1-x)dx + \int_1^{10}(x-1)dx$$
$$= \left(x - \frac{x^2}{2}\right)\Big|_0^1 + \left(\frac{x^2}{2} - x\right)\Big|_1^{10}$$
$$= \frac{1}{2} + \left(40 + \frac{1}{2}\right) = 41$$

例 15 设 $f(t) = \int_0^1 |x-t|dx$，求 $f(t)$ 的单调区间.

解 当 $t \leq 0$ 时，$\int_0^1 |x-t|dx = \int_0^1 (x-t)dx = \frac{1}{2} - t$

当 $t \geq 1$ 时，$\int_0^1 |x-t|dx = \int_0^1 (t-x)dx = t - \frac{1}{2}$

当 $0 < t < 1$ 时，$|x-t| = \begin{cases} x-t, t \leq x \leq 1 \\ t-x, 0 \leq x \leq t \end{cases}$

$$\int_0^1 |x-t|dx = \int_0^t (t-x)dx + \int_t^1 (x-t)dx$$
$$= \left(tx - \frac{x^2}{2}\right)\Big|_0^t + \left(\frac{x^2}{2} - tx\right)\Big|_t^1 = t^2 - t + \frac{1}{2}$$

所以

$$f(t) = \begin{cases} \dfrac{1}{2} - t, & t \leq 0 \\ t^2 - t + \dfrac{1}{2}, & 0 < t < 1 \\ t - \dfrac{1}{2}, & t \geq 1 \end{cases}$$

可证 $f'_-(0) = f'_+(0) = -1$，$f'_-(1) = f'_+(1) = 1$，所以

$$f'(t) = \begin{cases} -1, & t \leq 0 \\ 2t - 1, & 0 < t < 1 \\ 1, & t \geq 1 \end{cases}$$

由 $f'(t) > 0$，解得 $t > \dfrac{1}{2}$，故 $f(t)$ 单增区间为 $\left(\dfrac{1}{2}, +\infty \right)$；

由 $f'(t) < 0$，解得 $t < \dfrac{1}{2}$，故 $f(t)$ 单减区间为 $\left(-\infty, \dfrac{1}{2} \right)$.

例 16 计算 $\displaystyle\int_1^{10} x|\ln x - 1| dx$.

解 $x|\ln x - 1| = \begin{cases} x(\ln x - 1), & x \geq e \\ x(1 - \ln x), & x \leq e \end{cases}$

所以

$$\int_1^{10} x|\ln x - 1| dx = \int_1^e x(1 - \ln x) dx + \int_e^{10} x(\ln x - 1) dx$$

$$= \frac{x^2}{2}(1 - \ln x) \Big|_1^e - \frac{1}{2} \int_1^e x^2 \left(-\frac{1}{x} \right) dx + \frac{x^2}{2}(\ln x - 1) \Big|_e^{10} - \frac{1}{2} \int_e^{10} x^2 \cdot \frac{1}{x} dx$$

$$= -\frac{1}{2} + \frac{x^2}{4} \Big|_1^e + 50(\ln 10 - 1) - \frac{x^2}{4} \Big|_e^{10} = \frac{e^2}{2} - \frac{303}{4} + 50\ln 10$$

6.3.4 定积分的近似计算

利用牛顿——莱布尼兹公式可以容易地计算出定积分的精确值，但是它依赖于被积函数的原函数. 如果被积函数的原函数不能用初等函数表示，就要考虑计算近似值.

由定积分定义，可直接得到定积分的近似计算公式

$$\int_a^b f(x) dx = \lim_{\lambda \to 0} \sum_{i=1}^n f(\xi_i) \Delta x_i \approx \sum_{i=1}^n f(\xi_i) \Delta x_i$$

一般情况下，这个公式中当区间 $[a, b]$ 的划分很细时才能保证一定的计算精

度. 但是计算量也会大大增加. 如果在划分的各小区间选用适当的简单曲线(如泰勒多项式)替代原被积函数,则会在 n 不很大的情形下,得到具有较高精确度定积分近似值.

1. 梯形法

将 $[a,b]$ 区间 n 等分,等分点为 $a = x_0 < x_1 < \cdots < x_n = b$,$\Delta x_1 = \dfrac{b-a}{n}$,记相应的函数值为

$$y_0 \ 、y_1 \ 、\cdots \ 、y_n, \quad y_i = f(x_i) \quad i = 0,1,2,\cdots,n$$

对应曲线 $y = f(x)$ 上的点记为

$$P_0 \ 、P_1 \ 、\cdots \ 、P_n, \quad P_i = (x_i, y_i) \quad i = 0,1,2\cdots,n$$

在第 i 个小区间上,用弦 $\overline{P_{i-1}P_i}$(直线)代替曲线弧 $\overparen{P_{i-1}P_i}$,也即在第 i 个小区间上用梯形代替原小曲边梯形(如图 6-4 所示),得曲边梯形面积

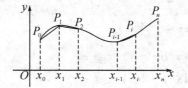

图 6-4

$$\int_a^b f(x)\,dx \approx \sum_{i=1}^n \frac{y_{i-1} + y_i}{2} \Delta x_i = \frac{b-a}{2n} \sum_{i=1}^n (y_{i-1} + y_i)$$

或

$$\int_a^b f(x)\,dx \approx \frac{b-a}{n}\left(\frac{y_0 + y_n}{2} + y_1 + y_2 + \cdots + y_{n-1}\right)$$

此式称为梯形法公式.

例 17 利用梯形法近似计算定积分 $\displaystyle\int_0^1 \frac{1}{1+x^2}\,dx$.

解 取 $n = 10$,计算 y_i 值如表 6-1 所示:

表 6-1

X	0	0.1	0.2	0.3	0.4	0.5	0.6	0.7	0.8	0.9	1
Y	1	0.9901	0.9615	0.9174	0.8621	0.8000	0.7353	0.6711	0.6098	0.5525	0.5000

代入梯形公式,得

$$\int_0^1 \frac{1}{1+x^2}\,dx \approx \frac{1-0}{10}\left(\frac{1+0.5}{2} + 0.9901 + 0.9615 + \cdots + 0.5525\right) \approx 0.7850$$

与 $\int_0^1 \dfrac{1}{1+x^2}dx = \dfrac{\pi}{4} \approx 0.785398$ 比较,前三位有效数字是精确的.

2. 抛物线法

梯形法是在 $[x_{i-1}, x_i]$ 上用过 P_{i-1}、P_i 的直线代替曲线计算曲边梯形,没有考虑曲线的凹向. 如果用与原曲线凹向一致的抛物线代替,就会有效地提高计算精度.

将区间 $[a,b]$ 划分为 $2n$ 等分,分点

$$a = x_0 < x_1 < x_2 < \cdots < x_{2n-1} < x_{2m} = b \qquad \Delta x_i = \dfrac{b-a}{2n}$$

对应的函数值为

$$y_0、y_1、y_2、\cdots、y_{2n} \qquad y_i = f(x_i) \quad i = 0,1,2,\cdots,2n$$

曲线上的点为

$$P_0、P_1、P_2、\cdots、P_{2n} \qquad P_i = (x_i, y_i) \quad i = 0,1,2,\cdots,2n$$

在区间 $[x_{2i-2}, x_{2i}]$ 上,用过 P_{2i-2}、P_{2i-1}、P_{2i} 三点的抛物线

$$y = \alpha_i x^2 + \beta_i x + y_i \qquad i = 1,2,\cdots,n$$

代替原曲线 $y = f(x)$ 得到,小区间上定积分

$$\int_{x_{2i-2}}^{x_{2i}} f(x)\,dx \approx \int_{x_{2i-2}}^{x_{2i}} (\alpha_i x^2 + \beta_i x + \gamma_i)\,dx$$

$$= \left(\dfrac{\alpha_i}{3}x^3 + \dfrac{\beta_i}{2}x^2 + \gamma_i x \right) \Big|_{x_{2i-2}}^{x_{2i}}$$

$$= \dfrac{\alpha_i}{3}(x_{2i}^3 - x_{2i-2}^3) + \dfrac{\beta_i}{2}(x_{2i}^2 - x_{2i-2}^2) + \gamma_i(x_{2i} - x_{2i-2})$$

$$= \dfrac{x_{2i} - x_{2i-2}}{6}\big[2\alpha_i(x_{2i}^2 + x_{2i}x_{2i-1} + x_{2i-2}^2) + 3\beta_i(x_{2i} + x_{2i-2}) + 6\gamma_i \big]$$

$$= \dfrac{b-a}{6n}\big[(\alpha_i x_{2i}^2 + \beta_i x_{2i} + \gamma_i) + (\alpha_i x_{2i-2}^2 + \beta_i x_{2i-2} + \gamma_i)$$

$$+ \alpha_i(x_{2i} + x_{2i-2})^2 + 2\beta_i(x_{2i} + x_{2i-2}) + 4\gamma_i \big]$$

$$= \dfrac{b-a}{6n}\big[y_{2i} + y_{2i-2} + 4(\alpha_i x_{2i-1}^2 + \beta_i x_{2i-1} + \gamma_i) \big]$$

$$= \dfrac{b-a}{6n}(y_{2i} + y_{2i-2} + 4y_{2i-1})$$

于是

$$\int_a^b f(x)\,dx \approx \sum_{i=1}^n \int_{x_{2i}}^{x_{2i}} (\alpha_i x^2 + \beta_i x + \gamma_i)\,dx$$

$$= \frac{b-a}{6n} \sum_{i=1}^{n} \left(y_{2i} + y_{2i-2} + 4y_{2i-1} \right)$$

$$= \frac{6-a}{6n} \left[y_0 + y_{2n} + 4\left(y_1 + y_3 + \cdots y_{2n-1} \right) + 2\left(y_2 + \cdots + y_{2n-2} \right) \right]$$

这个公式就叫做抛物线法公式,也称为辛卜生(Simpson)公式.

例如用物线法公式计算 $\int_0^1 \frac{1}{1+x^2} dx$,取 $2n = 10$,计算得

$$\int_0^1 \frac{1}{1+x^2} dx \approx \frac{1}{30} \left[1 + 0.5 + 4(0.9901 + 0.9174 + 0.8 + 0.6711 + \right.$$
$$\left. + 0.5525) + 2(0.9615 + 0.8621 + 0.7353 + 0.6098) \right]$$
$$= 0.7854$$

比梯形法精度更高.

习题 6.3

1. 计算下列积分.

(1) $\int_0^1 \sqrt{e^x - 1} \, dx$

(2) $\int_0^{\frac{\pi}{2}} \sin(2x-1) \, dx$

(3) $\int_0^0 x \sqrt{1+x^2} \, dx$

(4) $\int_0^1 \sqrt{1-\sqrt{x}} \, dx$

(5) $\int_0^4 \frac{\sqrt{x}}{1+\sqrt{x}} \, dx$

(6) $\int_0^{\frac{\pi}{2}} \frac{\cos x}{1+\cos^2 x} \, dx$

(7) $\int_0^1 \frac{1}{1+\sqrt{1+x}} \, dx$

(8) $\int_0^{\frac{\pi}{2}} \sin^2 2x \cos^3 x \, dx$

(9) $\int_0^1 x^3 \sqrt{1+x^2} \, dx$

(10) $\int_0^{\frac{\pi}{2}} \sqrt{1+x^2} \, dx$

(11) $\int_0^1 \frac{1}{1+e^x} \, dx$

(12) $\int_0^1 \frac{\sqrt{x}}{1+3\sqrt{x}} \, dx$

2. 计算下列积分.

(1) $\int_0^1 e^{2x} \, dx$

(2) $\int_0^{\frac{\pi}{2}} (1-x^2) \sin x \, dx$

(3) $\int_1^{e^2} \ln^2 x \, dx$

(4) $\int_0^{\ln 2} x^3 e^{-x^2} \, dx$

(5) $\int_0^1 x \arctan^2 x \, dx$

(6) $\int_0^1 \sin ax \cos^2 bx \, dx$

(7) $\int_0^{\frac{\sqrt{\pi}}{2}} \left(1 + \frac{4}{3}x^4 \right) \sin x^2 \, dx$

(8) $\int_0^1 x^2 \ln(1+x^2) \, dx$

(9) $\int_0^1 \arcsin\sqrt{x}\,dx$ (10) $\int_0^{\frac{\pi}{4}} \tan^3 x\,dx$

(11) $\int_0^{\frac{1}{2}} e^{\sqrt{1-2x}}\,dx$ (12) $\int_0^{\frac{\pi^3}{8}} \sin(3\sqrt[3]{x})\,dx$

3. 计算下列积分.

(1) $\int_0^2 |x-1|e^x\,dx$ (2) $\int_{\frac{1}{e}}^e |\ln x|\,dx$

(3) $\int_0^\pi \sqrt{1-\sin^2 x}\,dx$ (4) $\int_0^1 |x^2-2x+t^2|\,dx$

(5) $\int_0^4 f(x)\,dx, f(x) = \begin{cases} e^x\cos x, & x < 0 \\ 1-x, & x \geq 0 \end{cases}$

4. 分别用梯形法、抛物线法近似计算 ln2. $\left(\ln 2 = \int_0^1 \dfrac{dx}{1+x} \right)$

5. 设 $f(x)$ 连续,证明:若 $f(x)$ 为奇函数,则 $f(x)$ 的任一个原函数都是偶函数;若 $f(x)$ 为偶函数,则 $f(x)$ 仅有一个原函数是偶函数.

6. 设 $f(x)$、$g(x)$ 连续,且 $g(x)$ 为偶函数, $f(x)+f(-x)=A$,证明

$$\int_{-a}^a f(x)g(x)\,dx = A\int_0^a g(x)\,dx$$

并计算 $\int_{-\frac{\pi}{2}}^{\frac{\pi}{2}} |\sin x|\arctan e^x\,dx$.

7. 设 $f(x)$ 连续,证明 $\int_0^a x f(x^2)\,dx = \dfrac{1}{2}\int_0^{a^2} f(x)\,dx$. $(a > 0)$

8. 证明对任意 $\lambda > 0$, $\int_0^{\frac{\pi}{2}} \dfrac{dx}{1+\tan^\lambda x} = \dfrac{\pi}{4}$.

9. 设 $f'(x)$ 在 $[a,b]$ 上连续,且 $f(a)=f(b)=0$. 证明

$$|f(x)| \leqslant \frac{1}{2}\int_a^b |f'(x)|\,dx. \quad (提示: f(x) = \int_a^x f'(t)\,dt.)$$

§6.4 广义积分

定积分要求积分区间是有限闭区间,被积函数 $f(x)$ 有界,但是,在一些实际问题中,需要考虑无限区间和无界函数的积分问题,根据积分概念和条件,它们已经不属于定积分的范畴,需要重新定义,称之为广义积分.

6.4.1 无限区间上的广义积分

例1 考察质量为 m 的火箭克服地球引力所作的功(空气阻力忽略不计).

解 假设地球质量为 M,根据万有引力定律,当火箭距地心距离为 r 时,火箭

受到的地球引力为

$$F = k \frac{Mm}{r^2}$$

其中 k 为比例常数, M 为地球质量.

火箭克服地球引力从地球表面($r = R$)移动到 b 所作的功为

$$W(b) = \int_R^b K \frac{Mm}{r^2} dr$$

进而,火箭从地球表面移到无穷远作的总功就是 $b \to \infty$ 时的积分,成为一个无限区间 $[R, +\infty)$ 上的积分问题

$$W(\infty) = \lim_{b \to \infty} \int_R^b k \frac{Mm}{r^2} dr$$

例2 设某包装机正常工作时,包装产品重量为 100 千克,如果包装重量误差超过 0.5 千克,就认为机器工作不正常. 若包装重量落入 x 邻域单位区间内的概率为 $f(x)$(也称为概率密度),考察机器工作不正常的概率.

解 当包装重量 $x \in D = [0, 99.5] \cup [100.5, +\infty)$(千克)时,机器工作不正常.

将 D 中区间分成小区间,包装重量 $x \in [x_{i-1}, x_i] \subset D$ 的概率

$$\Delta P_i \approx f(\xi_i)(x_i - x_{i-1}) = f(\xi_i) \Delta x_i$$

ξ_i 为 $[x_{i-1}, x_i]$ 内任取一点,由定积分概念可得,包装重量属于 $[0, 99.5]$ 的概率为

$$P_{[0, 99.5]} = \int_0^{99.5} f(x) dx$$

包装重量属于 $[100.5, b]$($b > 100.5$)的概率为

$$P_{[100.5, b]} = \int_{100.5}^b f(x) dx$$

从而,包装重量大于100.5千克的概率就是 $b \to \infty$ 时的积分,成为无限区间 $[100.5, +\infty)$ 的积分问题

$$P_{[100.5, +\infty)} = \lim_{b \to +\infty} \int_{100.5}^b f(x) dx$$

定义6.2 设对任意实数 b($b > a$),函数 $f(x)$ 在 $[a, b]$ 可积,称极限 $\lim_{b \to +\infty} \int_a^b f(x) dx$ 为 $f(x)$ 在 $[a, +\infty)$ 上的广义积分,且记为 $\int_a^{+\infty} f(x) dx$. 即

$$\int_a^{+\infty} f(x) dx = \lim_{b \to +\infty} \int_a^b f(x) dx$$

若极限 $\lim_{b \to +\infty} \int_a^b f(x) dx$ 存在,则称广义积分 $\int_a^{+\infty} f(x) dx$ **收敛**,且称此极限值为广

义积分 $\int_a^{+\infty} f(x)\,dx$ 的值;若极限 $\lim\limits_{b\to+\infty}\int_a^b f(x)$ 不存在,称广义积分 $\int_a^{+\infty} f(x)\,dx$ **发散**(无意义).

根据定义 6.2,例 1 火箭克服地球引力所作的功为

$$W = \int_R^{+\infty} k\frac{Mm}{r^2}\,dr$$

$$= \lim_{b\to+\infty}\int_R^b \frac{kMm}{r^2}\,dr$$

$$= \lim_{b\to+\infty}\left(-\frac{KMm}{r}\right)\Bigg|_R^b = kMm\left(\frac{1}{R} - \lim_{b\to+\infty}\frac{1}{b}\right) = \frac{KMm}{R}$$

代入 $r = R$ 时,$k\dfrac{Mm}{r^2} = k\dfrac{Mm}{R^2} = mg$,得 $W = mgR$ （g 为重力加速度）.

例 3 计算 $\int_1^{+\infty} e^{-x}\,dx$.

解 $\int_1^{+\infty} e^{-x}\,dx = \lim\limits_{b\to+\infty}\int_0^b e^{-x}\,dx = \lim\limits_{b\to+\infty}(1 - e^{-b}) = 1$

根据定义可推出,

(1) 若 $\int_a^{+\infty} f(x)\,dx$ 收敛,则 $\int_a^{+\infty} Cf(x)\,dx$ 也收敛,且

$$\int_a^{+\infty} Cf(x)\,dx = C\int_a^{+\infty} f(x)\,dx$$

(2) 若 $\int_a^{+\infty} f(x)\,dx$、$\int_a^{+\infty} g(x)\,dx$ 收敛,则 $\int_a^{+\infty}[f(x)\pm g(x)]\,dx$ 也收敛,且

$$\int_a^{+\infty}[f(x)\pm g(x)]\,dx = \int_a^{+\infty} f(x)\,dx \pm \int_a^{+\infty} g(x)\,dx$$

这是因为

$$\int_a^{+\infty} Cf(x)\,dx = \lim_{b\to+\infty}\int_a^b Cf(x)\,dx = \lim_{b\to+\infty} C\int_a^b f(x)\,dx$$

当 $\lim\limits_{b\to+\infty}\int_a^b f(x)\,dx$ 存在时,$\lim\limits_{b\to+\infty} C\int_a^b f(x)\,dx$ 也存在,且

$$\lim_{b\to+\infty} C\int_a^b f(x)\,dx = C\lim_{b\to+\infty}\int_a^b f(x)\,dx = C\int_a^{+\infty} f(x)\,dx$$

同样

$$\int_a^{+\infty}[f(x)\pm g(x)]\,dx = \lim_{b\to+\infty}\int_a^b[f(x)\pm g(x)]\,dx$$

$$= \lim_{b\to+\infty}\int_a^b f(x)\,dx \pm \lim_{b\to+\infty}\int_a^b g(x)\,dx$$

$$= \int_a^{+\infty} f(x)dx \pm \int_a^{+\infty} g(x)dx$$

类似定义广义积分 $\int_{-\infty}^b f(x)dx$.

定义 6.3 设对任意实数 $a(a<b)$，函数 $f(x)$ 在 $[a,b]$ 可积，称极限 $\lim\limits_{a \to -\infty} \int_a^b f(x)dx$ 为 $f(x)$ 在 $(-\infty,b]$ 上的广义积分，且记为

$$\int_{-\infty}^b f(x)dx$$

即

$$\int_{-\infty}^b f(x)dx = \lim\limits_{a \to -\infty} \int_a^b f(x)dx$$

若极限 $\lim\limits_{a \to -\infty} \int_a^b f(x)dx$ 存在，则称广义积分 $\int_{-\infty}^b f(x)dx$ **收敛**，且称此极限值为广义积分 $\int_{-\infty}^b f(x)dx$ 的值；若极限 $\lim\limits_{a \to -\infty} \int_a^b f(x)dx$ 不存在，称广义积分 $\int_{-\infty}^b f(x)dx$ **发散**（无意义）.

广义积分 $\int_{-\infty}^b f(x)dx$ 也有与广义积分 $\int_a^{+\infty} f(x)dx$ 类似的性质：

(1) 若 $\int_{-\infty}^b f(x)dx$ 收敛，则 $\int_{-\infty}^b Cf(x)dx$ 也收敛，且

$$\int_{-\infty}^b Cf(x)dx = C\int_{-\infty}^b f(x)dx$$

(2) 若 $\int_{-\infty}^b f(x)dx$、$\int_{-\infty}^b g(x)dx$ 收敛，则 $\int_{-\infty}^b [f(x) \pm g(x)]dx$ 也收敛，且

$$\int_{-\infty}^b [f(x) \pm g(x)]dx = \int_{-\infty}^b f(x)dx \pm \int_{-\infty}^b g(x)dx$$

定义 6.4 设对任意实数 $a(a<c)$、$b(b>c)$，函数 $f(x)$ 在 $[a,c]$、$[c,b]$ 上可积. 称极限 $\lim\limits_{a \to -\infty} \int_a^c f(x)dx + \lim\limits_{b \to +\infty} \int_c^b f(x)dx$ 为 $f(x)$ 在 $(-\infty,+\infty)$ 上的广义积分，且记为 $\int_{-\infty}^{+\infty} f(x)dx$. 即

$$\int_{-\infty}^{+\infty} f(x)dx = \lim\limits_{a \to -\infty} \int_a^c f(x)dx + \lim\limits_{b \to +\infty} \int_c^b f(x)dx$$

若极限 $\lim\limits_{b \to +\infty} \int_c^b f(x)dx$ 和 $\lim\limits_{a \to -\infty} \int_a^c f(x)dx$ 都存在，称广义积分 $\int_{-\infty}^{+\infty} f(x)dx$ **收敛**，且极限 $\lim\limits_{a \to -\infty} \int_a^c f(x)dx + \lim\limits_{b \to +\infty} \int_c^b f(x)dx$ 值称为广义积分 $\int_{-\infty}^{+\infty} f(x)dx$ 的值；若极限 $\lim\limits_{b \to +\infty} \int_c^b f(x)dx$ 或 $\lim\limits_{a \to -\infty} \int_a^b f(x)dx$ 不存在，称广义积分 $\int_{-\infty}^{+\infty} f(x)dx$ **发散**（无意义）.

例 4 讨论 $\int_1^{+\infty} \dfrac{1}{x^\alpha} dx$ 的敛散性.

解 当 $\alpha \neq 1$ 时, $\int_1^b \dfrac{1}{x^\alpha} dx = \dfrac{x^{1-\alpha}}{1-\alpha} \Big|_1^b = \dfrac{b^{1-\alpha}}{1-\alpha} - \dfrac{1}{1-\alpha}$

当 $\alpha = 1$ 时, $\int_1^b \dfrac{1}{x^\alpha} dx = \ln x \Big|_1^b = \ln b$.

因为

$$\lim_{b \to +\infty} \int_1^b \dfrac{1}{x^\alpha} dx = \begin{cases} \displaystyle\lim_{b \to +\infty} \dfrac{b^{1-\alpha}}{1-\alpha} - \dfrac{1}{1-\alpha}, \alpha \neq 1 \\ \displaystyle\lim_{b \to +\infty} \ln b \qquad\qquad, \alpha = 1 \end{cases} = \begin{cases} \dfrac{1}{\alpha-1}, \alpha > 1 \\ \infty \quad, \alpha \leq 1 \end{cases}$$

所以当 $\alpha > 1$ 时, $\int_1^{+\infty} \dfrac{1}{x^\alpha} dx$ 收敛, 且 $\int_1^{+\infty} \dfrac{1}{x^\alpha} dx = \dfrac{1}{\alpha-1}$;

当 $\alpha \leq 1$ 时, 广义积分 $\int_1^{+\infty} \dfrac{1}{x^\alpha} dx$ 发散,

例 5 计算 $\int_{-\infty}^0 e^{kx} dx$.

解 当 $k \neq 0$ 时, $\int_a^0 e^{kx} dx = \dfrac{e^{kx}}{k} \Big|_a^0 = \dfrac{1}{k} - \dfrac{e^{ka}}{k}$;

$k = 0$ 时, $\int_a^0 e^{kx} dx = \int_a^0 dx = -a$.

因为

$$\lim_{a \to -\infty} \int_a^0 e^{kx} dx = \begin{cases} \dfrac{1}{k} - \displaystyle\lim_{a \to -\infty} \dfrac{e^{ka}}{k}, k \neq 0 \\ \displaystyle\lim_{a \to -\infty} (-a), k = 0 \end{cases} = \begin{cases} \dfrac{1}{k}, k > 0 \\ \infty, k \leq 0 \end{cases}$$

所以当 $k > 0$ 时, $\int_{-\infty}^0 e^{kx} dx$ 收敛, 且 $\int_{-\infty}^0 e^{kx} dx = \dfrac{1}{k}$;

当 $k \leq 0$ 时, 广义积分 $\int_{-\infty}^0 e^{kx} dx$ 发散.

例 6 计算广义积分 $\int_{-\infty}^{+\infty} e^{-|x|} dx$.

解 $\int_0^b e^{-|x|} dx = \int_0^b e^{-x} dx = -e^{-x} \Big|_0^b = 1 - e^{-b} \quad (b > 0)$

$\int_a^0 e^{-|x|} dx = \int_a^0 e^x dx = e^x \Big|_a^0 = 1 - e^a \quad (a < 0)$

因为 $\displaystyle\lim_{b \to +\infty} \int_0^b e^{-|x|} dx = 1 - \lim_{b \to +\infty} e^{-b} = 1$ 存在,

$$\lim_{a \to -\infty} \int_a^0 e^{-|x|} dx = 1 - \lim_{a \to -\infty} e^a = 1 \text{ 也存在},$$

所以

$$\int_{-\infty}^{+\infty} e^{-|x|} dx = \lim_{b \to +\infty} \int_0^b e^{-|x|} dx + \lim_{a \to -\infty} \int_a^0 e^{-|x|} dx = 2$$

6.4.2　被积函数在积分区间上无界的广义积分(瑕积分)

定义6.5　设 $f(x)$ 在 $[a,b]$ 上连续,且 $\lim\limits_{x \to a^+} f(x) = \infty$,称 $\int_a^b f(x) dx$ 为 $f(x)$ 在 $(a,b]$ 上的**瑕积分**,$x = a$ 称为 $f(x)$ 的**瑕点**.

如果极限 $\lim\limits_{\varepsilon \to 0^+} \int_{a+\varepsilon}^b f(x) dx$ 存在,则称瑕积分 $\int_a^b f(x) dx$ **收敛**,且称此极限值为瑕积分 $\int_a^b f(x) dx$ 的值. 即

$$\int_a^b f(x) dx = \lim_{\varepsilon \to 0^+} \int_{a+\varepsilon}^b f(x) dx$$

如果极限 $\lim\limits_{\varepsilon \to 0^+} \int_{a+\varepsilon}^b f(x) dx$ 不存在,则称瑕积分 $\int_a^b f(x) dx$ **发散**(无意义).

与无限区间上的广义积分类似,瑕积分也有:

设 $f(x)$、$g(x)$ 在 $(a,b]$ 上连续,$\lim\limits_{x \to a^+} f(x) = \infty$,$\lim\limits_{x \to a^+} g(x) = \infty$.

(1)若 $\int_a^b f(x) dx$ 收敛,则 $\int_a^b Cf(x) dx$ 也收敛,且

$$\int_a^b Cf(x) dx = C \int_a^b f(x) dx$$

(2) 若 $\int_a^b f(x) dx$、$\int_a^b g(x) dx$ 收敛,则 $\int_a^b [f(x) \pm g(x)] dx$ 也收敛,且

$$\int_a^b [f(x) \pm g(x)] dx = \int_a^b f(x) dx \pm \int_a^b g(x) dx$$

定义6.6　设 $f(x)$ 在 $[a,b]$ 上连续,且 $\lim\limits_{x \to b^-} f(x) = \infty$,称 $\int_a^b f(x) dx$ 为 $f(x)$ 在 $[a,b)$ 上的瑕积分,$x = b$ 称为 $f(x)$ 的瑕点.

如果极限 $\lim\limits_{\varepsilon \to 0^+} \int_a^{b-\varepsilon} f(x) dx$ 存在,则称瑕积分 $\int_a^b f(x) dx$ **收敛**,且称此极限值为瑕积分 $\int_a^b f(x) dx$ 的值. 即

$$\int_a^b f(x) dx = \lim_{\varepsilon \to 0^+} \int_a^{b-\varepsilon} f(x) dx$$

如果极限 $\lim\limits_{\varepsilon \to 0^+} \int_a^{b-\varepsilon} f(x) dx$ 不存在,则称瑕积分 $\int_a^b f(x) dx$ **发散**(无意义).

定义 6.7 设 $f(x)$ 在 $[a,c] \cup (c,b]$ 上连续，且 $\lim\limits_{x \to c} f(x) = \infty$，称 $\int_a^b f(x)dx$ 为 $f(x)$ 在 $[a,b]$ 上的瑕积分，$x = c$ 称为 $f(x)$ 的瑕点.

如果极限 $\lim\limits_{\varepsilon_1 \to 0^+} \int_a^{c-\varepsilon_1} f(x)dx$、$\lim\limits_{\varepsilon_2 \to 0^+} \int_{c+\varepsilon_2}^b f(x)dx$ 都存在，则称瑕积分 $\int_a^b f(x)dx$ **收敛**，且称两极限之和为瑕积分 $\int_a^b f(x)dx$ 的值. 即

$$\int_a^b f(x)dx = \lim\limits_{\varepsilon_1 \to 0^+} \int_a^{c-\varepsilon_1} f(x)dx + \lim\limits_{\varepsilon_2 \to 0^+} \int_{c+\varepsilon_2}^b f(x)dx$$

如果极限 $\lim\limits_{\varepsilon_1 \to 0^+} \int_a^{c-\varepsilon_1} f(x)dx$ 或 $\lim\limits_{\varepsilon_2 \to 0^+} \int_{c+\varepsilon_2}^b f(x)dx$ 不存在，则称瑕积分 $\int_a^b f(x)dx$ **发散**（无意义）.

例 7 求 $\int_1^{\sqrt{2}} \dfrac{1}{\sqrt{x^2-1}}dx$

解 因为 $\lim\limits_{x \to 1^+} \dfrac{1}{\sqrt{x^2-1}} = \infty$

所以 $\int_1^{\sqrt{2}} \dfrac{1}{\sqrt{x^2-1}}dx$ 是一个瑕积分，瑕点为 $x = 1$.

由定义知

$$\int_1^{\sqrt{2}} \dfrac{1}{\sqrt{x^2-1}}dx = \lim\limits_{\varepsilon \to 0^+} \int_{1+\varepsilon}^{\sqrt{2}} \dfrac{1}{\sqrt{x^2-1}}dx$$

设 $x = \sec t, 0 \leqslant t \leqslant \dfrac{\pi}{2}$，则 $dx = \sec t \tan t \, dt$，且 $x = \sqrt{2}$ 时 $t = \dfrac{\pi}{4}$，$x = 1 + \varepsilon$ 时 $t = \arccos \dfrac{1}{1+\varepsilon}$，故

$$\int_1^{\sqrt{2}} \dfrac{1}{\sqrt{x^2-1}}dx = \lim\limits_{\varepsilon \to 0^+} \int_{1+\varepsilon}^{\sqrt{2}} \dfrac{1}{\sqrt{x^2-1}}dx$$

$$= \lim\limits_{\varepsilon \to 0^+} \int_{\arccos\frac{1}{1+\varepsilon}}^{\frac{\pi}{4}} \sec t \, dt$$

$$= \lim\limits_{\varepsilon \to 0^+} \ln(\sec t + \tan t) \Big|_{\arccos\frac{1}{1+\varepsilon}}^{\frac{\pi}{4}} = \ln(1 + \sqrt{2})$$

例 8 计算 $\int_0^1 \ln x \, dx$.

解 因为 $\lim\limits_{x \to 0^+} \ln x = -\infty$

所以 $\int_0^1 \ln x \, dx$ 是瑕积分，$x = 0$ 为瑕点.

$$\int_0^1 \ln x \, dx = \lim_{\varepsilon \to 0^+} \int_\varepsilon^1 \ln x \, dx$$

$$= \lim_{\varepsilon \to 0^+} (x \ln x - x) \Big|_\varepsilon^1$$

$$= -1 - \lim_{\varepsilon \to 0^+} (\varepsilon \ln \varepsilon - \varepsilon)$$

$$= -1 + \lim_{\varepsilon \to 0^+} \frac{(1 - \ln \varepsilon)'_\varepsilon}{\left(\frac{1}{\varepsilon}\right)'_\varepsilon} = -1 + \lim_{\varepsilon \to 0^+} \varepsilon = -1$$

例 9 计算 $\int_{-1}^1 \frac{1}{x^2} dx$.

解 因为 $\lim\limits_{x \to 0} \frac{1}{x^2} = \infty$, 所以 $\int_{-1}^1 \frac{1}{x^2} dx$ 是瑕积分, $x = 0$ 为瑕点.

$$\int_{-1}^1 \frac{1}{x^2} dx = \lim_{\varepsilon_1 \to 0^+} \int_{-1}^{-\varepsilon_1} \frac{1}{x^2} dx + \lim_{\varepsilon_2 \to 0^+} \int_{\varepsilon_2}^1 \frac{1}{x^2} dx$$

由于

$$\lim_{\varepsilon_2 \to 0^+} \int_{\varepsilon_2}^1 \frac{1}{x^2} dx = \lim_{\varepsilon_2 \to 0^+} \left(-\frac{1}{x}\right) \Big|_{\varepsilon_2}^1 = -1 + \lim_{\varepsilon_2 \to 0^+} \frac{1}{\varepsilon_2} = \infty$$

不存在, 所以广义积分(瑕积分) $\int_{-1}^1 \frac{1}{x^2} dx$ 发散.

注: 上式如果当作定积分计算, 就会出现

$$\int_{-1}^1 \frac{1}{x^2} dx = -\frac{1}{x} \Big|_{-1}^1 = -1 + \left(\frac{1}{-1}\right) = -2$$

而 $\frac{1}{x^2} > 0$, 因此 $\int_{-1}^1 \frac{1}{x^2} dx > 0$, 发生矛盾.

例 10 设 $\alpha > 0$, 讨论积分 $\int_a^b \frac{1}{(x-a)^\alpha} dx$ 在 α 为何值时收敛、发散. ($a < b$)

解 $\alpha > 0$ 时, $\lim\limits_{x \to a^+} \frac{1}{(x-a)^\alpha} = \infty$,

积分 $\int_a^b \frac{1}{(x-a)^\alpha} dx$ 为瑕积分, $x = a$ 为瑕点.

$$\int_a^b \frac{1}{(x-a)^\alpha} dx = \begin{cases} \dfrac{(x-a)^{1-\alpha}}{1-\alpha} \Big|_a^b, & a \neq 1 \\[2mm] \ln(x-a) \Big|_a^b, & \alpha = 1 \end{cases}$$

$$= \begin{cases} \dfrac{(b-a)^{1-\alpha}}{1-\alpha} - \lim\limits_{x \to a^+} \dfrac{(x-a)^{1-\alpha}}{1-\alpha}, & \alpha \neq 1 \\[2mm] \ln(b-a) - \lim\limits_{x \to a^+} \ln(x-a), & \alpha = 1 \end{cases}$$

$$= \begin{cases} \dfrac{(b-a)^{1-\alpha}}{1-\alpha}, & \alpha < 1 \\ \infty, & \alpha \geqslant 1 \end{cases}$$

所以 $0 < \alpha < 1$ 时,广义积分 $\displaystyle\int_a^b \dfrac{dx}{(x-a)^\alpha}$ 收敛,当 $\alpha \geqslant 1$ 时发散.

*6.4.3 广义积分判断敛法

广义积分的定义中,不仅给出了广义积分的概念,同时给出了计算方法——用可积区间上的定积分逼近广义积分. 但是,能够直接用定义计算值的广义积分并不多. 如果不能直接"计算"广义积分值,就要先知道广义积分是否收敛.

1. 无限区间上的广义积分判敛法

定理6.7 设 $f(x)$、$g(x)$ 在区间 $[a, +\infty)$ 上连续且有界 $(a > 0)$.

(1)若 $\exists N \geqslant a$,使得 $0 \leqslant f(x) \leqslant g(x)$,则 $\displaystyle\int_a^{+\infty} g(x)dx$ 收敛时,$\displaystyle\int_a^{+\infty} f(x)dx$ 也收敛;$\displaystyle\int_a^{+\infty} f(x)dx$ 发散时,$\displaystyle\int_a^{+\infty} g(x)dx$ 也发散.

(2)若 $\displaystyle\lim_{x \to +\infty} \dfrac{f(x)}{g(x)} = C (f(x) \geqslant 0, g(x) > 0)$,则当 $0 \leqslant C < +\infty$ 时,由 $\displaystyle\int_a^{+\infty} g(x)dx$ 收敛,得 $\displaystyle\int_a^{+\infty} f(x)dx$ 也收敛;当 $0 < C \leqslant +\infty$ 时,由 $\displaystyle\int_a^{+\infty} g(x)dx$ 发散时,得 $\displaystyle\int_a^{+\infty} f(x)dx$ 也发散.

证 (1)因为 $0 \leqslant f(x) \leqslant g(x)$,所以 $\displaystyle\int_a^b f(t)dt$ 是 b 的单调不减函数,且 $\displaystyle\int_a^b f(x)dx \leqslant \int_a^b g(x)dx.$ 若 $\displaystyle\int_a^{+\infty} g(x)dx$ 收敛,

即

$$\lim_{b \to +\infty} \int_a^b g(x)dx = A$$

存在.

则

$$\int_a^b f(x)dx \leqslant \int_a^b g(x)dx \leqslant \lim_{b \to +\infty} \int_a^b g(x)dx = A$$

$\displaystyle\int_a^b f(t)dt$ 有上界,因此 $\displaystyle\lim_{b \to +\infty} \int_a^b f(t)dt$ 存在,$\displaystyle\int_a^{+\infty} f(x)dx$ 收敛.

若 $\displaystyle\int_a^{+\infty} f(x)dx$ 发散,必有 $\displaystyle\lim_{b \to +\infty} \int_a^b f(x)dx = +\infty$,由极限保号性得

$$\lim_{b \to +\infty} \int b_a g(x)dx \geqslant \lim_{b \to +\infty} \int_a^b f(x)dx = +\infty$$

即 $\int_a^{+\infty} g(x)\,dx$ 发散.

(2)当 $C=0$ 时,因为 $\lim\limits_{b\to+\infty}\dfrac{f(x)}{g(x)}=0$,所以 $\forall\,\varepsilon>0$,$\exists\,N>a$,当 $x>N$ 时,有 $0\leqslant$

$f(x)<\varepsilon g(x)$;而 $\int_a^{+\infty} g(x)\,dx$ 收敛时,$\int_a^{+\infty}\varepsilon g(x)\,dx$ 也收敛,所以 $\int_a^{+\infty} f(x)\,dx$ 也收敛.

当 $C=+\infty$ 时,因为 $\lim\limits_{x\to+\infty}\dfrac{f(x)}{g(x)}=+\infty$,所以 $\forall\,M>0$,$\exists\,N_1>a$,当 $x>N_1$ 时,$f(x)$

$>g(x)M$,而 $\int_a^{+\infty} g(x)\,dx$ 发散时,$\int_a^{+\infty} Mg(x)\,dx$ 也发散,所以 $\int_a^{+\infty} f(x)\,dx$ 也发散.

当 $0<C<+\infty$ 时,取 $\varepsilon=\dfrac{C}{2}$,由 $\lim\limits_{x\to+\infty}\dfrac{f(x)}{g(x)}=C$ 得 $\forall\,\varepsilon>0$,$\exists\,N_2>a$,当 $x>N_2$

时,有 $0<\dfrac{C}{2}g(x)<f(x)<\dfrac{3C}{2}g(x)$,所以 $\int_a^{+\infty} g(x)\,dx$ 收敛时,$\int_a^{+\infty} f(x)\,dx$ 也收敛;

$\int_a^{+\infty} g(x)\,dx$ 发散时,$\int_a^{+\infty} f(x)\,dx$ 也发散.

证毕.

推论 1　如果广义积分 $\int_a^{+\infty}|f(x)|\,dx$ 收敛,则 $\int_a^{+\infty} f(x)\,dx$ 也收敛,且称广义积

分 $\int_a^{+\infty} f(x)\,dx$ 是**绝对收敛**.

证　$\int_a^{+\infty} f(x)\,dx=\int_a^{+\infty}\left[\dfrac{f(x)+|f(x)|}{2}-\dfrac{|f(x)|-f(x)}{2}\right]dx$

因为

$$0\leqslant\dfrac{f(x)+|f(x)|}{2}\leqslant|f(x)|,\quad 0\leqslant\dfrac{|f(x)|-f(x)}{2}\leqslant|f(x)|$$

而 $\int_a^{+\infty}|f(x)|\,dx$ 收敛,所以广义积分

$$\int_a^{+\infty}\dfrac{f(x)+|f(x)|}{2}dx\ \text{和}\ \int_a^{+\infty}\dfrac{|f(x)|-f(x)}{2}dx$$

收敛,进而 $\int_a^{+\infty} f(x)\,dx$ 也收敛.

推论 2　设 $f(x)$ 在 $[a,+\infty)$ 上连续 $(a>0)$,如果存在常数 $A>0$ 及 $p>1$,

使得 $\forall\,x\in[a,+\infty)(a>0)$ 有 $|f(x)|\leqslant\dfrac{A}{x^p}$,则广义积分 $\int_a^{+\infty} f(x)\,dx$ 收敛;如果存

在常数 $A>0$ 及 $q\leqslant 1$,使得 $\forall\,x\in[a,+\infty)(a>0)$ 有 $f(x)\geqslant\dfrac{A}{x^q}$,则广义积分

$\int_a^{+\infty} f(x)\,dx$ 发散.

这是因为广义积分 $\int_a^{+\infty} \dfrac{1}{x^\alpha}dx$ 当 $a>1$ 时收敛,当 $\alpha \le 1$ 时发散.

推论 3 设 $f(x)$ 在 $[a,+\infty)$ 上连续 $(a>0)$,若 $\exists p>1$ 使得

$$\lim_{x \to +\infty} x^p |f(x)| = A$$

存在,则 $\int_a^{+\infty} f(x)dx$ 收敛;若 $\lim\limits_{x \to +\infty} xf(x) = A > 0$ 存在(或 $\lim\limits_{x \to +\infty} xf(x) = +\infty$),则

$\int_a^{+\infty} f(x)dx$ 发散.

例 11 判断下列广义积分的敛散性.

(1) $\displaystyle\int_0^{+\infty} \dfrac{|\sin x|}{1+x^2}dx$ 　　　　　　　　　(2) $\displaystyle\int_1^{+\infty} \dfrac{e^{-x}}{x}dx$

解 (1) 因为 $0 \le \dfrac{|\sin x|}{1+x^2} \le \dfrac{1}{x^2}$,$p=2>1$,所以广义积分

$$\int_0^{+\infty} \dfrac{\sin x}{1+x^2}dx$$

收敛.

(2)因为 $\lim\limits_{x \to +\infty} x^2 \cdot \dfrac{e^{-x}}{x} = \lim\limits_{x \to +\infty} \dfrac{x}{e^x} = 0$,所以广义积分

$$\int_1^{+\infty} \dfrac{e^{-x}}{x}dx$$

收敛.

法二:因为 $x \ge 1$ 时,$\dfrac{e^{-x}}{x} \le e^{-x}$,而

$$\int_1^{+\infty} e^{-x}dx = \lim_{b \to +\infty}(e^{-1} - e^{-b}) = e^{-1}$$

收敛,所以 $\int_1^{+\infty} \dfrac{e^{-x}}{x}dx$ 收敛.

3. 瑕积分判敛法

定理 6.8 设 $f(x)$、$g(x)$ 在区间 $(a,b]$ 上非负连续,且

$$\lim_{x \to a^+} f(x) = \lim_{x \to a^+} g(x) = +\infty$$

(1) 如果 $\exists \delta > 0$,使得 $\forall x \in (a, a+\delta)$ 有 $f(x) \le g(x)$,则当广义积分 $\int_a^b g(x)dx$ 收敛时,$\int_a^b f(x)dx$ 也收敛;广义积分 $\int_a^b f(x)dx$ 发散时,$\int_a^b g(x)dx$ 也发散.

(2) 若 $\lim\limits_{x \to a^+} \dfrac{f(x)}{g(x)} = C(g(x)>0)$,则当 $0 \le C < +\infty$ 时,$\int_a^b g(x)dx$ 收敛,

$\int_b^a f(x)dx$ 也收敛;当 $0 < C \le +\infty$ 时,$\int_a^b g(x)dx$ 发散,$\int_a^b f(x)dx$ 也发散;

证明中只要注意 $\int_{a+\varepsilon}^{b} f(x)dx$ 是随 ε 减少而单调不减的函数,其他与定理6.7类似. 证略.

推论1 设 $f(x)$ 在区间 $(a,b]$ 上连续,且 $\lim\limits_{x\to a^+}f(x)=\infty$. 则广义积分 $\int_{a}^{b}|f(x)|dx$ 收敛,必有 $\int_{a}^{b}f(x)dx$ 也收敛,且称广义积分 $\int_{a}^{b}f(x)dx$ 是绝对收敛.

推论2 设 $f(x)$ 在 $(a,b]$ 上连续,且 $\lim\limits_{x\to a^+}f(x)=\infty$. 如果存在常数 $\delta>0$ 及 $p<1$,使得 $\forall x\in(a,a+\delta)$ 有 $|f(x)|\le\dfrac{A}{(x-a)^p}$($A$ 为常数),则广义积分 $\int_{a}^{b}f(x)dx$ 收敛;如果存在常数 $A>0$ 及 $q\ge1$,使得 $\forall x\in(a,a+\delta)$ 有 $f(x)\ge\dfrac{A}{x^q}$,则广义积分 $\int_{a}^{b}f(x)dx$ 发散.

推论3 设 $f(x)$ 在 $(a,b]$ 上连续,且 $\lim\limits_{x\to a^+}f(x)=\infty$. 若 $\exists p<1$ 使得

$$\lim_{x\to a^+}(x-a)^p|f(x)|=A$$

存在,则 $\int_{a}^{b}f(x)dx$ 收敛;若

$$\lim_{x\to a^+}(x-a)|f(x)|=A>0$$

存在(或 $\lim\limits_{x\to a^+}(x-a)|f(x)|=+\infty$),则 $\int_{a}^{b}f(x)dx$ 发散.

例12 判断下列广义积分的敛散性.

(1) $\int_{1}^{3}\dfrac{1}{\ln x}dx$ (2) $\int_{2}^{\frac{\pi}{2}}\dfrac{\cos x}{\sqrt{x}}dx$

解 (1) 因为 $\lim\limits_{x\to1^+}(x-1)\cdot\dfrac{1}{\ln x}=\lim\limits_{x\to1^+}x=1>0$,所以广义积分 $\int_{1}^{3}\dfrac{1}{\ln x}dx$ 发散.

(2) 因为 $\left|\dfrac{\cos x}{\sqrt{x}}\right|\le\dfrac{1}{\sqrt{x}}$,$p=\dfrac{1}{2}<1$,所以广义积分 $\int_{0}^{\frac{\pi}{2}}\dfrac{\cos x}{\sqrt{x}}dx$ 收敛.

3. Γ(伽玛)函数

考察广义积分 $\int_{0}^{+\infty}x^{s-1}e^{-x}dx$.

当 $s<1$ 时,$x=0$ 一个瑕点. 这个积分既是一个无限区间的广义积分,又是一个瑕积分. 将积分改写为

$$\int_{0}^{+\infty}x^{s-1}e^{-x}dx=\int_{0}^{1}x^{s-1}e^{-x}dx+\int_{1}^{+\infty}x^{s-1}e^{-x}dx$$

因为 $\lim\limits_{x\to0^+}x^{1-s}\cdot x^{s-1}e^{-x}=\lim\limits_{x\to0^+}e^{-x}=1$,所以当 $1-s<1$,即 $s>0$ 时,瑕积分

$\int_0^1 x^{s-1}e^{-x}dx$ 收敛; $1-s \geq 1$, 即 $s \leq 0$ 时, 瑕积分 $\int_0^1 x^{s-1}e^{-x}dx$ 发散.

又

$$\lim_{x \to +\infty} x^2 \cdot x^{s-1}e^{-x} = \lim_{x \to +\infty} \frac{x^{1+s}}{e^x} = 0$$

所以对 $\forall s \in R$, 广义积分 $\int_1^{+\infty} x^{s-1}e^{-x}dx$ 收敛.

综上, 广义积分 $\Gamma(s) = \int_0^{+\infty} x^{s-1}e^{-x}dx$ 是定义在 $(0, +\infty)$ 上的一个函数, 称之为 Γ(伽玛)函数.

Γ 函数性质:

(1) $\Gamma(s+1) = s\Gamma(x)$

(2) $\Gamma\left(\dfrac{1}{2}\right) = 2\int_0^{+\infty} e^{-x^2}dx$

证 (1) $\Gamma(s+1) = \int_0^{+\infty} x^s e^{-x}dx$

$$= \lim_{b \to +\infty} \int_0^b x^s e^{-x}dx$$

$$= \lim_{b \to +\infty} \left(-x^s e^{-x}\bigg|_0^b + S\int_0^b x^{s-1}e^{-x}dx\right)$$

$$= -\lim_{b \to +\infty} \frac{b^s}{e^b} + s\lim_{b \to +\infty} \int_0^b x^{s-1}e^{-x}dx = s\Gamma(s).$$

(2) $\Gamma\left(\dfrac{1}{2}\right) = \int_0^{+\infty} x^{-\frac{1}{2}}e^{-x}dx$,

设 $\sqrt{x} = u$, 则 $x = u^2$, $dx = 2udu$, 且 $\lim_{x \to 0^+} u = 0$, $\lim_{x \to +\infty} u = +\infty$, 故

$$\Gamma\left(\frac{1}{2}\right) = \int_0^{+\infty} x^{-\frac{1}{2}}e^{-x}dx = 2\int_0^{+\infty} e^{-u^2}du = 2\int_0^{+\infty} e^{-x^2}dx$$

特别地, $\Gamma(1) = 1$, $\Gamma\left(\dfrac{1}{2}\right) = \sqrt{\pi}$. 当 s 为正整数时, $\Gamma(s+1) = s!$;

当 $0 < s < 1$ 时, $\Gamma(s)$ 函数的部分函数值如表 $6-2$ 所示:

表 $6-2$

s	0.1	0.2	0.3	0.4	0.5	0.6	0.7	0.8	0.9
$\Gamma(s)$	9.5135	4.5908	2.9916	2.2182	1.7725	1.4892	1.2981	1.1642	1.0686

习题 6.4

1. 判断下列广义积分的敛散性.

(1) $\int_1^{+\infty} \frac{1}{x^3} dx$

(2) $\int_0^{+\infty} e^{-ax} dx$;

(3) $\int_1^{+\infty} \frac{1}{x^2 + x - 2} dx$

(4) $\int_1^{+\infty} \frac{1 + \ln x}{x} dx$

(5) $\int_0^{+\infty} \frac{x}{(1+x)^3} dx$

(6) $\int_{-\infty}^{+\infty} \frac{1}{1+x^2} dx$

(7) $\int_{-\infty}^{+\infty} x^3 e^{-\frac{x^2}{2}} dx$

(8) $\int_0^{+\infty} e^{-ax} \cos x \, dx$

(9) $\int_1^{+\infty} \frac{\arctan x}{x^3} dx$

(10) $\int_0^{+\infty} a^x dx$

2. 计算下列积分.

(1) $\int_0^1 \frac{1}{\sqrt{1-x}} dx$

(2) $\int_0^1 \frac{1}{x + x \ln^2 x} dx$

(3) $\int_0^2 \frac{x^2}{x^2 - 4x + 3} dx$

(4) $\int_0^1 \frac{1}{\sqrt{x - x^2}} dx$

(5) $\int_0^1 \frac{\ln^\alpha x}{x} dx$

(6) $\int_0^e \frac{1}{x \ln x \ln^\alpha (\ln x)} dx$

3. 判断下列广义积分敛散性.

(1) $\int_0^{+\infty} \frac{x^2}{ax^4 + x^2 + 1} dx$

(2) $\int_0^1 \frac{1}{\sqrt{x} \sqrt[3]{1+x^2}} dx$

(3) $\int_1^{+\infty} \sin \frac{1}{x^2} dx$

(4) $\int_0^2 \frac{1}{\ln^n x} dx$, n 为正整数

4. 证明:若无限区域广义积分 $\int_0^{+\infty} f^2(x) dx$ 收敛,则广义积分

$$\int_0^{+\infty} \frac{|f(x)|}{x} dx \quad (a > 0)$$

收敛.

5. 将下列积分用 Γ 函数表示.

(1) $\int_0^{+\infty} e^{-\frac{x^2}{2}} dx$

(2) $\int_0^1 \left(\ln \frac{1}{x} \right)^\alpha dx$

(3) $\int_0^{+\infty} x^m e^{-x^n} dx$, m、n 为正整数

§6.5 定积分的应用

定积分来自日常生活和社会实践,反过来,在社会活动及经济研究中,也有着

极其广泛的应用.本节将结合定积分的几何应用,介绍定积分应用的基本方法.

6.5.1 微元分析法

根据定积分概念,有

$$\int_a^b f(x)\,dx = \lim_{\lambda \to 0} \sum_{i=1}^n f(\xi_i)\Delta x_i$$

这就是说如果一个待计算量 I 具有可加性,即 $I = \sum \Delta I$,且 $\Delta I \approx f(\xi_i)\Delta x_i$,并且当 $f(x)$ 不变时 $\Delta I = f(\xi_i)\Delta x_i$,则当 $f(x)$ 在 $[a,b]$ 可积时,就有 $I = \int_a^b f(x)\,dx$.

换句话说,一个量 I 的局部量可由变量 $f(x)$ 的值和该局部范围大小乘积近似,且具有可加性,则量 I 的计算就是一个定积分问题.

微元分析法就是在 $[a,b]$ 内取一微小范围区间 $[x, x+\Delta x]$,考察待计算量 I 的局部量(称之微元)与区间长 Δx 的关系,建立微元

$$\Delta I \approx f(x)\Delta x$$

在 $f(x)$ 可积时,得到计算量计算公式

$$I = \int_a^b f(x)\,dx$$

具体步骤:

(1)考察待计算量 I 的可加性,即总量是否等于各部分量之和.如总产量等于各部分产量总和,具有可加性;而某时刻一间屋内的温度却不等于屋内各部分温度之和,就不具有可加性.

(2)待计算量 I 具有可加性时,在考察范围取区间微元,如 $[x, x+\Delta x]$.

(3)在 $[x, x+\Delta x]$ 上计算待计算量 I 的微元 ΔI 的近似值

$$\Delta I \approx f(x)\Delta x$$

(4)根据可积条件,判断 $f(x)$ 的可积性,若可积,得到计算量 I 的计算公式

$$I = \int_a^b f(x)\,dx$$

例1 计算连续曲线 $y = f(x) \geqslant 0$、x 轴、$x = a$、$x = b(b > a)$ 所围曲边梯形面积 S.

解 (1)总面积 S 等于图形各部分面积之和,具有可加性.

(2)在 $x = a$、$x = b$ 之间(区间 $[a,b]$ 内)取小区间 $[x, x+\Delta x]$.

(3)因为 Δx 很小时,面积微元 ΔS 的高差不多,近似为 $f(x)$,所以

$$\Delta S \approx f(x)\Delta x$$

(4)$f(x)$ 连续,根据可积条件知 $f(x)$ 在 $[a,b]$ 可积,所以

$$S = \int_a^b f(x)\,dx$$

例2 如一质点作直线运动,t 时刻速度 $v = 10 + 3t - t^2$(千米/小时),求质点从

开始到完全停止走过的路程 s.

解 由方程 $v = 10 + 3t - t^2 = 0$ 解得质点从开始到完全停止经过的时间 $t = 5$ 小时.

(1)质点走过的路程 s 等于各时间段走过的路程之和,具有可加性.

(2)在 $[0,5]$(小时)内取时间微元 $[t, t + \Delta t]$.

(3)因为时间间隔 Δt 很小时,速度变化不大,近似等于 $v(t)$,所以路程微元

$$\Delta s \approx v(t) \Delta t$$

(4)$v(t)$ 是二次函数,在 $(-\infty, +\infty)$ 可积,所以

$$s = \int_a^b (10 + 3t - t^2) dt$$

$$= \left(10t + \frac{3}{2}t^2 - \frac{1}{3}t^2 \right) \Big|_0^5 = \frac{275}{6} (千米)$$

6.5.2 定积分的几何应用

1. 平面图形的面积

(1)X—型区域图形面积.

设 $f(x)$、$g(x)$ 在区间 $[a,b]$ 上连续,且 $f(x) \geqslant g(x)$. $y = f(x)$,$y = g(x)$,$x = a$,$x = b$ 所围平面图形(如图 6-5 所示)区域称为 X—型区域.

求图形面积 S.

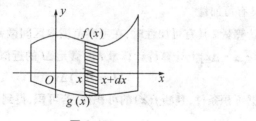

图 6-5

在 $[a,b]$ 上任取小区间 $[x, x + dx]$,则该小区间上对应的面积微元

$$\Delta S \approx [f(x) - g(x)] dx$$

由于 $f(x) - g(x)$ 在 $[a,b]$ 可积,且 $S = \sum \Delta S$,所以

$$S = \int_a^b [f(x) - g(x)] dx$$

例 3 计算 $y = x^2$,$y = x + 2$ 所围平面图形面积.

解 两曲线所围图形如图 6-6 所示,由两曲线交点求得图形所在范围 $[-1, 2]$;在 $[-1,2]$ 上

$$x + 2 \geqslant x^2$$

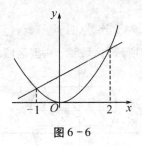

图 6 - 6

故所求面积为

$$S = \int_{-1}^{2} (x + 2 - x^2) \, dx$$

$$= \left(\frac{x^2}{2} + 2x - \frac{x^3}{3} \right) \Big|_{-1}^{2} = \frac{9}{2}$$

例4 求曲线 $x^2 + y^2 = 2, y = x^2$ 所围平面图形较小一块的面积.

解 两曲线所围图形如图 6 - 7 所示,由两曲线交点求得图形所在范围 $[-1, 1]$;在 $[-1,1]$ 上

$$\sqrt{2 - x^2} \geqslant x^2$$

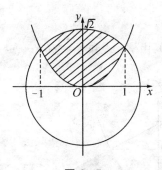

图 6 - 7

故所求面积为

$$S = \int_{-1}^{1} (\sqrt{2 - x^2} - x^2) \, dx$$

$$= 2 \int_{0}^{1} \sqrt{2 - x^2} \, dx - \frac{x^3}{3} \Big|_{-1}^{1}$$

$$\xlongequal{x = \sqrt{2}\sin t} 4 \int_{0}^{\frac{\pi}{4}} \cos^2 t \, dt - \frac{2}{3}$$

$$= 2 \int_{0}^{\frac{\pi}{4}} (1 + \cos 2t) \, dt - \frac{2}{3} = \frac{\pi}{2} + \sin 2t \Big|_{0}^{\frac{\pi}{4}} - \frac{2}{3} = \frac{\pi}{2} + \frac{1}{3}$$

（2）Y—型区域图形面积.

设 $f(y),g(y)$ 在区间 $[a,d]$ 上连续,且 $f(y) \geqslant g(y)$. $x = f(y),x = g(y),y = c,y = d$ 所围平面图形(如图6-8所示)区域称 **Y—型区域**. 求图形面积 S.

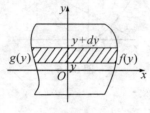

图 6-8

在 $[a,d]$ 上任取小区间 $[y,y+dy]$,则该小区间上对应的面积微元

$$\Delta S \approx [f(y) - g(y)]dy$$

由于 $f(y) - g(y)$ 在 $[a,d]$ 可积,且 $S = \sum \Delta S$,所以

$$S = \int_c^d [f(y) - g(y)]dy$$

例5 求曲线 $y = x^2$,直线 $y = \dfrac{1}{2}(3-x)$ 及 x 轴在第一象限所围平面图形的面积.

解 方法一:如图6-9,由 $y = x^2$ 和 $y = \dfrac{1}{2}(3-x)$ 得 $x = \sqrt{y}$ 和 $x = 3 - 2y, 0 \leqslant y \leqslant 1$.

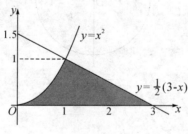

图 6-9

在 $[0,1]$ 内,

$$3 - 2y \geqslant \sqrt{y}$$

所以图形面积

$$S = \int_0^1 (3 - 2y - \sqrt{y})dy = 3 - y^2 \Big|_0^1 - \frac{2}{3}y^{\frac{3}{2}} \Big|_0^1 = \frac{4}{3}$$

方法二:图形可分为 $y = x^2$、$x = 1$ 和 x 轴所围图形面积 S_1 与 $x = 1$,

$y = \dfrac{1}{2}(3-x)$ 和 x 轴所围图形面积 S_2 之和. 所以

$$S = S_1 + S_2$$

$$= \int_0^1 x^2 dx + \frac{1}{2}\int_1^3 (3-x)dx$$

$$= \frac{1}{3}x^3 \Big|_0^1 + \frac{1}{2}\left(3x - \frac{x^2}{2}\right)\Big|_1^3 = \frac{1}{3} + 1 = \frac{4}{3}$$

例 6 计算 $x = y^2$、$x - y = 2$ 所围平面图形面积.（如图 6-10 所示）

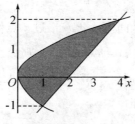

图 6-10

解 由 $\begin{cases} x = y^2 \\ x - y = 2 \end{cases}$ 得交点 $(1,-1)$、$(2,4)$，知

$$S = \int_{-1}^2 (2 + y - y^2)dy$$

$$= \left(2y + \frac{1}{2}y^2 - \frac{1}{3}y^3\right)\Big|_{-1}^2 = \frac{9}{2}$$

2. 旋转体体积

（1）已知平行截面面积的空间物体体积.

如图 6-11 所示，已知过空间物体作垂直于 x 轴的截面，其截面面积函数为 $S(x)$，求该物体的体积 V.

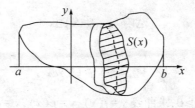

图 6-11

在 $[a,b]$ 上任取小区间 $[x, x+dx]$，该小区间上对应的物体的体积微元

$$\Delta V \approx S(x)dx，且\ V = \sum \Delta V$$

因此，当 $S(x)$ 可积时，有

$$V = \int_a^b S(x)\,dx$$

例7 求底半径为 R，高为 h 的正劈锥（如图6-12所示）的体积.

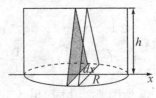

图6-12

解 在 $[-R,R]$ 内任取区间 $[x,x+dx]$，过 x 点作截面，得底为 $2\sqrt{R^2-x^2}$ 高为 h 的三角形，截面面积为 $S(x) = h\sqrt{R^2-x^2}$，所以，体积为

$$V = h\int_{-R}^R \sqrt{R^2-x^2}\,dx = \frac{1}{2}\pi R^2 h$$

（2）旋转体体积.

旋转体是指平面图形绕平面内一轴旋转一周形成的空间物体.

a）曲线 $y = f(x) \geq 0, x = a, x = b(a < b)$ 及 x 轴所围平面图形绕 x 轴旋转一周，所成旋转体体积 V_x. 如图6-13所示.

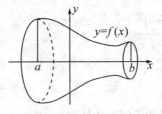

图6-13

旋转体在 x 点处截面是一个半径为 $f(x)$ 的圆，截面面积 $S(x) = \pi f^2(x)$，体积微元

$$\Delta V_x \approx \pi f^2(x)\Delta x$$

所以当 $f(x)$ 连续时，有

$$V_x = \pi\int_a^b f^2(X)\,dx$$

a′）设 $f(x) \geq g(x) \geq 0$，求曲线 $y = f(x), y = g(x), x = a, x = b(a < b)$ 所围平面图形绕 x 轴旋转一周，所成旋转体体积 V_x. 如图6-14所示.

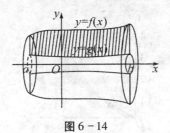

图 6-14

旋转体在 x 点处截面是一个半径分别为 $f(x)$、$g(x)$ 的圆环, 截面面积

$$S(x) = \pi f^2(x) - \pi g^2(x) = \pi[f^2(x) - g^2(x)]$$

所以

$$V_x = \pi \int_a^b [f^2(x) - g^2(x)] dx$$

上式也可以理解为曲线 $y = f(x) \geqslant 0, x = a, x = b$ 及 x 轴所围平面图形绕 x 轴旋转一周而成旋转体体积与曲线 $y = g(x) \geqslant 0, x = a, x = b$ 及 x 轴所围平面图形绕 x 轴旋转一周而成旋转体体积之差.

例 8 求底半径为 r, 高为 h 的圆锥体体积 V.

解 以圆锥顶点为原点, 圆锥的轴为 x 轴, 且指向圆锥底面, 则圆锥为坐标面交线(Ⅰ 象限) $y = \dfrac{r}{h}x$ $x \in [0, h]$ 绕 x 轴旋转而成旋转体. 如图 6-15 所示.

所以

$$V = \pi \int_0^h \left(\frac{r}{h}x \right)^2 dx = \frac{\pi r^2}{3h^2} x^3 \Big|_0^h = \frac{1}{3}\pi r^2 h$$

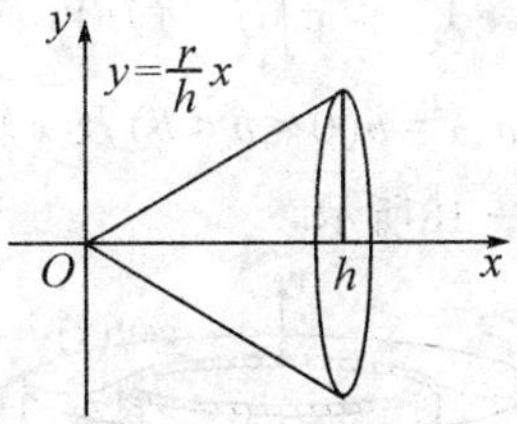

图 6-15

例 9 计算曲线 $y = x^2$、直线 $y = x$、$x = 2$ 所围平面图形绕 x 轴旋转而成旋转体体积 V. 如图 6-16 所示.

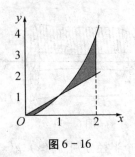

图 6 - 16

解　(1)$y = x^2$、$y = x$ 交点为 $(0,0)$，$(1,1)$

$$V_x = \pi\int_0^1 (x^2 - x^4)\,dx + \pi\int_1^2 (x^4 - x^2)\,dx = 4\pi$$

(2)曲线 $x = f(y) \geqslant 0$，$y = c$，$y = d$ 及 y 轴所围平面图形绕 y 轴旋转一周，所成旋转体体积 V_y. 如图 6 - 17 所示.

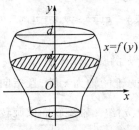

图 6 - 17

旋转体在 y 点处截面是一个半径为 $f(y)$ 的圆，截面面积为 $S(y) = \pi f^2(y)$ 所以

$$V_y = \pi\int_c^d f^2(y)\,dy$$

(3)曲线 $y = f(x) \geqslant 0$，$x = a$，$x = b(0 \leqslant a < b)$ 及 x 轴所围平面图形绕 y 轴旋转一周，所成旋转体体积 V_y. 如图 6 - 18 所示.

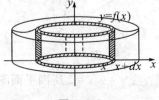

图 6 - 18

在 $[a,b]$ 上任取小区间 $[x, x + dx]$，该区间上图形绕 y 轴旋转一周体积微元

$$\Delta V_y \approx 2\pi x f(x)\,dx，且 V_y = \sum \Delta V_y$$

所以 $xf(x)$ 可积时

$$V_y = 2\pi\int_a^b xf(x)\,dx$$

例 10 计算曲线 $y = x^2, x = 1$ 及 x 轴所围平面图形分别绕 x 轴、y 轴旋转所成旋转体的体积.

解 解法一:图形如图 6 - 19 所示. 绕 x 轴旋转:

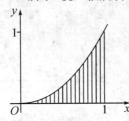

图 6 - 19

$$V_x = \pi \int_0^1 (x^2)^2 dx = \frac{\pi}{5} x^5 \Big|_0^1 = \frac{\pi}{5}$$

绕 y 轴旋转:

$$V_y = \pi \cdot 1^2 \cdot 1 - \pi \int_0^1 (\sqrt{y})^2 dy$$

$$= \pi - \frac{\pi}{2} y^2 \Big|_0^1 = \frac{\pi}{2}$$

解法二: $V_y = 2\pi \int_0^1 x \cdot x^2 dx = \frac{\pi}{2} x^4 \Big|_0^1 = \frac{\pi}{2}$

例 11 试计算正弦曲线 $y = \sin x$、x 轴在 $[0, \pi]$ 部分所围图形分别绕两坐标轴旋转而成旋转体体积.

解 解法一:绕 x 轴旋转(如图 6 - 20 所示):

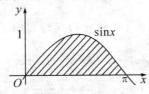

图 6 - 20

$$V_x = \pi \int_0^\pi \sin^2 x dx$$

$$= \frac{\pi}{2} \left(x - \frac{1}{2} \sin 2x \right) \Big|_0^\pi = \frac{\pi^2}{2}$$

绕 y 轴旋转:

$$V_y = \pi \int_0^1 (\pi - \arcsin y)^2 dy - \pi \int_0^1 \arcsin^2 y dy$$

$$= \pi \int_0^1 (\pi^2 - 2\pi \arcsin y) dy$$

$$= \pi^3 - 2\pi^2 y \arcsin y \Big|_0^1 - \int_0^1 \frac{y}{\sqrt{1-y^2}} dy$$

$$= \pi^3 - 2\pi^2 \left(\frac{\pi}{2} + \sqrt{1-y^2} \Big|_0^1 \right) = 2\pi^2$$

解法二：$V_y = 2\pi \int_0^\pi x \sin x dx$

$$= 2\pi(-x\cos x + \sin x) \Big|_0^\pi = 2\pi^2.$$

3. 曲线的弧长

设 $f(x)$ 在 $[a,b]$ 上导数连续，求曲线 $y = f(x)$ 从 $(a, f(a))$ 到 $(b, f(b))$ 一段的弧长. 如图 6-21 所示.

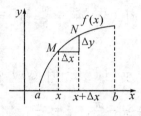

图 6-21

在 $[a,b]$ 上任取小区间 $[x, x\Delta x]$，该区间上曲线弧长微元

$$\Delta l \approx \sqrt{(\Delta x)^2 + (\Delta y)^2} \approx \sqrt{1 + (y')^2} \Delta x$$

因为 $\sqrt{1 + [f'(x)]^2}$ 在 $[a,b]$ 可积，且 $l = \sum \Delta l$，
所以

$$l = \int_a^b \sqrt{1 + [f'(x)]^2} dx$$

例 12 计算上半圆 $y = \sqrt{a^2 - x^2}$ $(a > 0)$ 的弧长.

解 $y' = -\dfrac{x}{\sqrt{a^2 - x^2}}$，$\sqrt{1 + (y')^2} = \dfrac{a}{\sqrt{a^2 - x^2}}$

$$l = \int_{-a}^a \frac{a}{\sqrt{a^2 - x^2}} dx$$

$$= a \lim_{\varepsilon_1 \to 0^+} \int_{-a+\varepsilon_1}^0 \frac{1}{\sqrt{a^2 - x^2}} dx + a \lim_{\varepsilon_2 \to 0^+} \int_0^{a-\varepsilon_2} \frac{1}{\sqrt{a^2 - x^2}} dx$$

$$= a \lim_{\varepsilon_1 \to 0^+} \arcsin \frac{x}{a} \Big|_{-a+\varepsilon_1}^0 + a \lim_{\varepsilon_2 \to 0^+} \arcsin \frac{x}{a} \Big|_0^{a-\varepsilon_2} = a\pi$$

例 13 求抛物线 $y = x^2$ 在 $x = 0$ 到 $x = 1$ 内一段的弧长. 如图 6-22 所示.

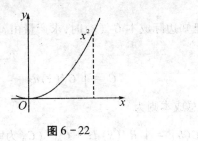

图 6 - 22

解 $\sqrt{1 + (y')^2} = \sqrt{1 + 4x^2}$,

$l = \displaystyle\int_0^1 \sqrt{1 + 4x^2}\,dx$,

设 $2x = \tan t$,则 $dx = \dfrac{1}{2}\sec^2 t\,dt$,当 $x = 0$ 时 $t = 0$,当 $x = 1$ 时 $t = \arctan 2$,

$$l = \frac{1}{2}\int_0^{\arctan 2} \sec^3 t\,dt$$

$$= \frac{1}{2}\Big(\sec t\tan t \Big|_0^{\arctan 2} - \int_0^{\arctan 2} \tan^2 t \, \sec t\,dt\Big)$$

$$= \frac{1}{2}\sec t\,\tan t \Big|_0^{\arctan 2} - \frac{1}{2}\int_0^{\arctan 2} \sec^3 t\,dt + \frac{1}{2}\int_0^{\arctan 2} \sec t\,dt$$

所以

$$l = \frac{1}{4}\sec t\tan t \Big|_0^{\arctan 2} + \frac{1}{4}\ln\ |\sec t + \tan t|\ \Big|_0^{\arctan 2}$$

$$= \frac{\sqrt{5}}{2} - \frac{1}{4}\ln\,(\sqrt{5} - 2)$$

6.5.3 定积分在经济中的应用

1. 边际函数求总量

设边际收入为 $R'(x)$, x 为产量,求产量由 $x = a$ 增加到 $x = b$ 时,增加的总收入 R .

在 $[a,b]$ 上任取小区间 $[x, x + \Delta x]$,根据边际收入经济意义:产量为 x 时,每增加一个单位产量,收入可以增加 $R'(x)$.因此,产量增加 Δx 时,收入增加微元

$$\Delta R \approx R'(x)\Delta x, \text{且} R = \sum \Delta R$$

所以 $R'(x)$ 可积时,产量由 $x = a$ 增加到 $x = b$ 时,增加的总收入

$$R = \int_a^b R'(x)\,dx$$

产量为 b 时的总收入则为

$$R = \int_0^b R'(x)\,dx.$$

类似可得,在已知边际成本 $C'(x)$ 时,求产量由 $x=a$ 增加到 $x=b$ 时,增加的总成本 C

$$C = \int_a^b C'(x)dx$$

产量为 b 时的总成本则为

$$C(b) = \int_0^b R'(x)dx + C_0 \quad (C_0 \text{ 为固定成本})$$

例 14 设某产品的边际成本 $C_M = 2x^2 - 16x + 50$(千元/吨),x 为产量(单位:吨),试分别求产量从 2 吨增长到 3 吨和从 3 吨增长到 5 吨时,增加的总成本. 若固定成本为 3 万元,求产量为 x_0 吨时总成本.

解 产量从 2 吨增长到 3 吨时,增加的总成本

$$C_{[2,3]} = \int_2^3 (2x^2 - 16x + 50)dx = \frac{68}{3} \text{ (千元)}$$

产量从 3 吨增长到 3 吨时,增加的总成本:

$$C_{[3,5]} = \int_3^5 (2x^2 - 16x + 50)dx = \frac{112}{3} \text{ (千元)}$$

产量为 x_0 吨时总成本

$$C_{\text{总}} = \int_0^{x_0} (2x^2 - 16x + 50)dx + 30 \text{ (千元)}$$

$$= \frac{2}{3}x_0^3 - 8x_0^2 + 50x_0 + 30.$$

2. 资金流量分析

设在 $[0,T]$ 内 t 时刻单位时间收入为 $f(t)$,若年利率为 r,并按连续复利计算,求到 T 时刻的总收入现值 A_0.

在 $[0,T]$ 内任取小区间 $[t,t+dt]$,当 dt 很小时,$f(t)$ 变化不大,因此,在 $[t,t+dt]$ 时间内收入微元

$$\Delta A(t) \approx f(t)dt$$

现值微元

$$\Delta A_0 \approx f(t)dt \cdot e^{-rt} = f(t)e^{-rt}dt, \text{且} A_0 = \sum \Delta A_0$$

所以,当 $f(t)e^{-rt}$ 可积时,总收入的现值为

$$A_0 = \int_0^T f(t)e^{-rt}dt$$

例 15 设一笔投资 20 万元,预计 5 年内,可均匀获得每年 5 万元的收入,若银行年利率为 5%,问这笔投资是否有价值?

解 在 $[t,t+dt]$ 时间内,收入现值微元 $\Delta R \approx 5e^{-0.05t}dt$,所以 5 年总收入现值

$$R = \int_0^5 5e^{-0.05t}dt = -\frac{e^{-0.05t}}{0.01}\bigg|_0^5 = \frac{1}{0.01}(1 - e^{-0.25}) \approx 22.12(万元)$$

答:该项投资如果没有其他费用支出,将会有10%的收益,存在投资价值.

例16 设一长期投资项目总投资额1000万元,年利率为5%(连续复利).计划第2年底开始投产,5年完工,从投产到全部完工年收入成线性增长,全部完工年收入可达600万元.试估算项目价值及投资回收期.

解 到t年末,总投资本利和为$A = 10e^{0.05t}$(百万元),

第t年收益资金流为

$$f(t) = \begin{cases} 0, & t \leqslant 2 \\ kt + b, & 2 < t < 5 \\ 6, & t \geqslant 5 \end{cases} (百万元/年)$$

利用连续性得:$k = 2, b = -4$

到T年$(T > 5)$,收益现值

$$R_T = \int_2^5 (2t - 4)e^{-0.05t}dt + \int_5^T 6e^{-0.05}dt$$

$$= -\frac{2t-4}{0.05}e^{-0.05t}\bigg|_2^5 + \frac{2}{0.05}\int_2^5 e^{-0.05t}dt - \frac{6}{0.05}e^{-0.05t}\bigg|_5^T$$

$$= -120e^{-0.25} + 800e^{-0.1} - 800e^{-0.25} + 120e^{-0.25} - 120e^{-0.05T}$$

$$= 800e^{-0.1} - 800e^{-0.25} - 120e^{-0.05T}(百万元)$$

当$T \to +\infty$时,得项目总收益现值

$$R_\infty = \int_0^{+\infty} f(t)dt$$

$$= \lim_{T \to +\infty}\left[800(e^{-0.1} - e^{-0.25}) - 120e^{-0.05T}\right] \approx 100.8293(百万元)$$

由 $10e^{0.05T} = 800e^{-0.1} - 800e^{-0.25} - 120e^{-0.05T}$,解得$T \approx 6.42$(年).

答:该项目价值约1亿元,投资回收期约6年零5个月.

练习6.5

1. 求下列平面图形的面积.

(1)$y = x^3$与$y = 2x$所围平面图形;

(2)$xy = 1$、$y = x$、$y = 2$所围平面图形;

(3)$x = y^2$与$x - 2y = 3$所围平面图形;

(4)$y = \sin x$、$y = \cos x$在$[0, 2\pi]$所围平面图形;

(5)$x^2 + y^2 = 2x$与$y = x^2$所围面积较小的平面图形;

(6)$y = \ln x$ 与其上一点切线及坐标轴所围第一象限平面图形.

2. 求 $y = e^{-ax}(a > 0)$ 与 x 轴所围第一象限部分图形面积.

3. 设 $y = ax^2$ 将 $y = 1 - x^2$ 与 x 轴所围平面图形平分为面积相等的两块,求 a.

4. 求 t 使得 $y = x^3$、$y = t$、y 轴所围图形面积与 $y = x^3$、$y = t$、$x = 3$ 所围图形面积之和最小

5. 证明在 $(1,2)$ 内存在唯一一点 ξ,使得 $y = e^x$、$x = \xi$、两坐标轴所围图形面积与 $y = e^x$、$y = e^2$、$x = \xi$ 所围图形面积相等,并计算其中一块面积.

6. 求下列平面图形绕 x 轴和绕 y 轴旋转而成的旋转体体积.

(1)$y = x^2$、$y^2 = x$ 所围平面图形;

(2)$y^2 = 2ax(a > 0)$、$x = 1$ 所围平面图形;

(3)$y = \ln x$、两坐标轴、$y = 1$ 所围平面图形;

(4)$y = e^x$、$x = 1$、$x = 2$ 及 x 轴所围平面图形.

7. 求曲线 $y = e^{-x}$ 与其在 $x = x_0 (x_0 > 0)$ 时的切线、y 轴所围平面图形绕 x 轴旋转一周,所成旋转体体积当 $x_0 \to +\infty$ 时的极限.

8. 利用微元法求半径为 a 的圆绕圆外一直线旋转一周,所成旋转体体积公式.

9. 求下列曲线弧长.

(1)$y = \ln x$ 对应 $1 \leq x \leq 2$ 一段;

(2)$y = \sqrt{y}$ 对应 $0 \leq x \leq 1$ 一段.

10. 设某产品产量的变化率为 $f(t) = 3t^2 + 4t + 5$(万吨/年),试分别求第一年、第二年产量.

11. 设某产品产量为 Q 时,边际利润为 $ML = 15 - \dfrac{Q}{20}$,产品的固定成本为 810,求该产品生产多少可以获利? 若生产 300 单位投放市场,可以获利多少?

12. 设某产品产量为 Q 时,边际成本为 $MC = 70000 - 20Q$,求产量从 500 增加到 1000 时,成本将增加多少?

13. 设某项投资 100 万,预计每年可收益 20 万元. 试按年利率(连续复利)5%,计算投资回收期. 若该项目预计可持续 10 年,计算该项目的价值.

综合练习 6

1. 判断下列积分是否正确? 为什么?

(1)$\displaystyle\int_{-1}^{1} \sin x^3 \, dx = 0$
    (2)$\displaystyle\int_{-1}^{2} \dfrac{dx}{x^2} = -\dfrac{1}{x} \Big|_{-1}^{2} = -\dfrac{3}{2}$

(3) 设 $\sin x = u$,则 $x = \arcsin u, dx = \dfrac{du}{\sqrt{1-u^2}}$,且 $x = 0$ 时 $u = 0, x = \pi$ 时 $u = 0$,

所以

$$\int_0^\pi \sqrt{1-\sin^2 x}\,dx = \int_0^0 du = 0$$

(4) $\displaystyle\int_1^2 \ln x\,dx = \dfrac{1}{x}\Big|_1^2 = -\dfrac{1}{2}$

(5) 因为 $\displaystyle\int_{-a}^a \sin x\,dx = 0$,所以

$$\int_{-\infty}^{+\infty} \sin x\,dx = \lim_{a\to+\infty}\int_{-a}^a \sin x\,dx = 0$$

2. 计算下列极限.

(1) $\displaystyle\lim_{n\to\infty}\left(\dfrac{1}{n^3}+\dfrac{4}{n^3}+\dfrac{9}{n^3}+\cdots+\dfrac{n^2}{n^3}\right)$　　　　(2) $\displaystyle\lim_{n\to\infty}\left(\dfrac{1}{1+n}+\dfrac{1}{2+n}+\cdots+\dfrac{1}{n+n}\right)$

(3) $\displaystyle\lim_{n\to\infty}\left(\dfrac{1}{\sqrt{n^2+1^2}}+\dfrac{1}{\sqrt{n^2+2^2}}+\cdots+\dfrac{1}{\sqrt{n^2+n^2}}\right)$

3. 计算下列各题.

(1) 设 $f(x)$ 连续,且 $f(x) = x^3 + x\displaystyle\int_0^1 f(x)\,dx$,求 $f(x)$.

(2) 设 $f(x)$ 连续, $\displaystyle\int_0^1 f(tx)\,dt = x^2 + 1$,求 $f(x)$.

(3) 讨论 $(x) = \displaystyle\int_0^2 |x - 2t|\,dt$ 的连续性、可导性.

(4) 设 $f(x)$ 可导, $F(x) = \dfrac{1}{x}\displaystyle\int_0^x f(t)\,dt, x > 0$. 证明: $f'(x) > 0$ 时, $F(x)$ 单调增加;

$f'(x) < 0$ 时, $F(x)$ 单调减少.

4. 计算下列积分.

(1) $\displaystyle\int_1^{e^{\frac{\pi}{2}}} \sin\ln x\,dx$ 　　　　(2) $\displaystyle\int_1^2\left(2 - \dfrac{1}{x^2}\right)d^{x^2}dx$

(3) $\displaystyle\int_0^1 \dfrac{dx}{(1+x^2)^2}$ 　　　　(4) $\displaystyle\int_0^1 \arctan\sqrt{x}\,dx$

5. 计算下列广义积分.

(1) $\displaystyle\int_1^e \dfrac{dx}{x\ln^p x}$ 　　　　(2) $\displaystyle\int_0^1 \dfrac{dx}{(2-x)\sqrt{1-x}}$

(3) $\displaystyle\int_1^{+\infty} \dfrac{x\ln x}{(1+x^2)^2}\,dx$ 　　　　(4) $\displaystyle\int_2^{+\infty} \dfrac{dx}{1+x-2x^2}$

6. 欲修一个上半部是抛物线,下半部为矩形的拱形涵洞. 若要求截面积为 S ,且

抛物线拱高 $h(h^2 < S)$ 为洞宽的一半,求涵洞的高为多少?

7. 用一平面截半径为 R 的球体,截下部分叫做球缺. 试推导球缺体积公式.

8. 某企业有一笔 T 时刻交货 Q_0 的生产订单. 如果过早生产出来,则存储费用较高;如果晚一点生产,为赶交货就需要加大生产能力,生产费用会增加. 设计划 t 时刻生产产量达到 $x(t)$,已知生产过程中,每单位时间单位产品的存储费为 $m.$ t 时刻单位时间的生产费用 f 与生产率 $x'(t)$ 有关,且生产率每增加一个单位,单位时间生产费用 f 的增加与这时的生产率成正比,比例系数为 k,即单位时间生产费用

$$f(t) = \frac{k}{2}\left[x'(t)\right]^2$$

试用微元分析法将总费用用计划产量表示出来.